禿子小貳 ——— 著
透明(Tomei) ——— 繪

人類幼崽
殘土苟活攻略

Children survive
the end of the world

4

# 目 錄
CONTENT

| 第一章 | 配!我們配得不得了!我們早就配上了 | 005 |
| --- | --- | --- |
| 第二章 | 哥哥,我剛才覺得你好像和平常不一樣 | 039 |
| 第三章 | 什麼?你們要去研究所偷東西? | 073 |
| 第四章 | 比努努你是我們嚮導班的驕傲 | 105 |
| 第五章 | 文字美就美在含蓄 | 139 |
| 第六章 | 走,跟著我一起跑 | 173 |

| 第七章 | 別怕，我在，我一直都在 .......................... | 207 |
| --- | --- | --- |
| 第八章 | 放心，我不會讓我們倆出事的 ..................... | 237 |
| 第九章 | 不管怎麼樣，你都有我，還有比努努和薩薩卡 ........ | 269 |
| 第十章 | 就算我哥哥不在，我也是超強的好吧？ ............... | 301 |
| 紙上訪談 | 作者獨家訪談第三彈，不可錯過的創作花絮 .......... | 334 |

## 【第一章】

## 配！我們配得不得了！
## 我們早就配上了

醫療官道：「你還沒有出現過結合熱，
這段時間我們會給你匹配合適的哨兵。
等到你結合熱的時候，匹配上的哨兵就要和你進行深度結合。」
「什麼？你們給我匹配？」
顏布布原本還在羞答答的，聞言立即大驚。
醫療官笑了下，「我已經把你的資料存到資料庫裡，
當匹配到合適的哨兵後，你們倆就要一起出任務培養感情。」
「不匹配，我不匹配。」
顏布布飛快搖頭，迭聲拒絕：「不要給我匹配。」

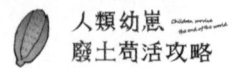
**人類幼崽　　Children survive**
**廢土苟活攻略　the end of the world**

　　顏布布發現沒有看到王穗子的量子獸，推了下滑到眼睛上的鋼盔，「王穗子，妳的無尾熊呢？我怎麼沒看見牠？」

　　陳文朝的短尾鱷也在攻擊沙丘蟲，但他沒看見那隻無尾熊。

　　王穗子道：「牠還在後面。」

　　顏布布蹲下身躲過一根飛來的沙丘蟲絲，「還沒跑出玉米地？」

　　「嗯。」

　　「那牠還要跑多久？」

　　「……大概10分鐘左右吧。」

　　兩人沒有做聲，只左右跑動著給各自的哨兵梳理，顏布布終於沒有忍住：「那妳怎麼不把牠收進精神域帶著跑？跑到這兒了再放出來，總比讓牠自己跑過玉米地好。」

　　剛才在卡車上，教官讓大家放出量子獸，王穗子的無尾熊雖然過了會兒才出來，但也只等了6、7分鐘左右。

　　王穗子張了張嘴又閉上，片刻後才艱難地解釋：「其實我們在教學樓裡聽到警鈴聲的時候，我就開始把牠放出精神域了。」

　　顏布布在心中回憶了一下將那隻無尾熊放出精神域的時間，突然就明白了。

　　另一頭，封琛有了顏布布的輔助，精神力更是毫無保留地往前鋪出，不光將自己面前整條線的沙丘蟲擊殺，還去幫助其他哨兵。

　　嚮導學員的到來讓嚮導士兵的重擔大大減輕，顏布布也不用去給其他哨兵疏導，只專注於封琛，以及給那些沙丘蟲施加精神束縛就行了。

　　顏布布左邊的趙翠驚叫不斷，右邊的王穗子很安靜，只有偶爾會響起陳文朝暴躁的聲音。

　　「你跑個屁啊跑！你跑到最右邊去了我怎麼給你疏導？老子是不是還要開車追你……」

　　沙丘蟲不斷對著人群吐絲，顏布布躲開迎面飛來的幾根細絲，看見它落在地上，那折斷的玉米桿便發出滋滋聲響，化成焦黑的灰。

6

不時會有學員嗷地一聲痛叫，軍醫便提著酒精桶跑過去，直接往被絲貼上的部位澆。

顏布布注意到前方哨兵們的作戰服都很破爛，封琛的作戰服也破了好幾道口子，還被酒精浸得濕答答的，知道他也被這種絲沾上過，頓時心疼起來。

封琛舉槍和旁邊的哨兵集火殺掉一隻沙丘蟲，感覺到有人站在身旁，餘光瞥見那是顏布布，連忙喝道：「快退回去，別站在這裡。」

「沒事，我不會有事的。」顏布布卻伸手去攬他的腰，「你忘了我腦子裡有意識圖像了？」

「意識圖像就不會有疏漏嗎？」封琛朝前方開了一槍，「快退回去，別在這兒礙事。」

「沒有疏漏的。」顏布布不但不退，反而攬緊了一下摟在他腰際的手，「往這邊。」

封琛跟著他往左移動了半步，幾根沙丘蟲絲便掉落在身側，滋滋地融化在沙土裡。

「往那邊走兩步……往後退……這邊走一步……」

封琛跟隨著顏布布的指令變化位置，巧妙地避開了那些襲來的沙丘蟲絲。他退掉空彈匣，喀嚓一聲裝上新彈匣，朝一隻撲來的沙丘蟲開槍，嘴裡道：「你不是知道左右了嗎？怎麼還是這邊那邊？」

顏布布反問：「後退兩步……左右還要想一下，哪有直接說這邊那邊方便？」

有了顏布布幫忙，封琛不用再分出心神去躲那些沙丘蟲絲，只專心對付沙丘蟲。

其他地方的戰鬥還很激烈，而他這條線上的沙丘蟲已經被殺得差不多了，剩下的沙丘蟲也不往這邊衝，只去攻擊其他地方，兩人便又去支援附近的哨兵及嚮導。

一名身著作戰服，戴著副金絲眼鏡的瘦高個兒中年人從另一頭走

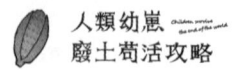

來，身後還跟著兩名教官。

他邊走邊對那兩人說著什麼，教官便頻頻點頭。

「……最重要的就是配合度，你是主教官，回去後要讓班級教官多注重這點。軍醫一定要把他們看好了，不能出現任何意外……」中年人眼睛注視著戰況最激烈的那塊區域，慢慢停下腳，嘴裡也沒了聲音。

主教官也順著他的視線看去，看見兩名哨兵學員正在分別對付兩隻沙丘蟲。其中一名哨兵……他的腰還被一名嚮導學員摟著，兩人貼成連體嬰似的一起移動。

「不像話！真是不像話！都什麼時候了……這……」主教官看向旁邊的教官，那教官神情一凜：「不是我班上的。」

三人就看著那對連體嬰，看他倆飛快地解決掉面前的沙丘蟲，又齊齊閃身避開左邊飄來的幾根沙丘蟲絲。那名哨兵在移動的同時還調轉槍口，幫助旁邊哨兵解決掉了兩隻沙丘蟲。

周圍的沙丘蟲都被擊殺，兩人卻也沒有分開，那哨兵一手端槍，一手攬住嚮導的肩膀，兩人又往左邊的戰場跑去。

「這都黏糊成什麼樣了？明明是在戰場上……」

「那哨兵的反應力和判斷力都很強，你們看左邊的空地，那裡的沙丘蟲都已經被清光了。」中年人卻打斷主教官的話，側頭問道：「你知道他是誰嗎？」

「……從來沒見過。」主教官也看向左邊沙地，神情變得驚愕，「真將這片的沙丘蟲都殺掉了！」

另一名班級教官道：「他們應該就是東聯軍剛送進學院的那兩名新學員。」

中年人點了下頭，繼續往前走，嘴裡吩咐主教官：「找到他們班級，讓班級教官帶他倆測一下，做一個等級測試。」

「是，孔院長。」

封琛和顏布布幫著一名哨兵學員殺掉沙丘蟲之後，又去往另一個戰

## 第一章
### 配！我們配得不得了！我們早就配上了

鬥激烈的地方。那名哨兵盯著兩人的背影看了會兒，一邊喘氣一邊轉頭看向站在身後十幾公尺遠處的嚮導。

「幹什麼？」嚮導被他看得毛毛的。

哨兵伸手做出個攬腰的動作，「我們要不要也像他們這樣？好像更厲害些。」

嚮導什麼也沒說，只冷冷看著他，哨兵又訕訕地轉回了頭。

到了下午7點，距離這批哨兵、嚮導學員們投入戰鬥已經過去了四個小時。沙丘蟲終於被殺得差不多，牠們不再往前衝，紛紛鑽入沙地逃向了遠方。

「沙丘蟲跑了，終於打跑了⋯⋯」

衣衫破爛的哨兵、嚮導們發出陣陣歡呼，將頭上的鋼盔取下來往天上拋，互相擁抱，慶祝又一次護住了種植園。

顏布布被這勝利的情緒感染，也尖叫著轉身抱住了封琛。

「哥哥，我心跳得好快⋯⋯」他聽著周圍人的歡呼，只覺得眼眶陣陣發熱，心臟也跳得很快。

封琛微笑著拍了拍他，眼眸裡也閃著愉悅的亮光。

顏布布目光越過封琛肩頭，看見趙翠正在逐個擁抱那些年輕哨兵，一張臉笑得見牙不見眼。

「抱抱⋯⋯勝利了，又勝利了⋯⋯來，讓姐抱抱⋯⋯」

一名看著已經不算年輕的哨兵也擠了過去，對著趙翠張開雙臂，趙翠卻立即斂起笑，板著臉走向其他方向。她的那隻大白鵝，剛才一直來回徘徊不敢去殺沙丘蟲，現在卻勇猛地朝老哨兵身旁的黃狗一頓亂啄，啄得那黃狗狼狽逃竄。

「回去了、回去了，集合點名返回學院。」總指揮的聲音從擴音器

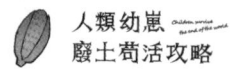
人類幼崽
廢土苟活攻略

裡傳出來：「今天大家表現得非常好，協助軍隊守住了種植園，我已經給食堂打過招呼了，今晚給大家加餐！」

「耶……加餐……今晚吃點好的吧，我想吃玉米，看著這些玉米桿子我都在流口水。」

「玉米還沒成熟，你吃個屁啊。」

「總指揮，今晚加餐是吃什麼？」

總指揮道：「遍地都是沙丘蟲屍體，不要浪費了，加餐就吃沙丘蟲肉吧。」

「不會吧！我寧願餓死也不吃沙丘蟲肉。」

「太噁心了，我想吐。」

「這叫加餐嗎？這是懲罰吧？」

正規軍已經先行離開，那些士兵邊走邊看著這群吵吵嚷嚷的學員，都忍不住露出了笑。

總指揮的聲音也帶上了幾分笑意：「那就吃野豬肉怎麼樣？再加上炒青菜和蘑菇湯。」

「哇！炒青菜！好啊，有菜吃了。」

「居然捨得把種植園裡的青菜給我們吃，太好了。」

學員們穿過玉米地往回走，雖然一個個衣衫襤褸，神情卻很愉悅，整個玉米地都是說笑聲。

顏布布跟在封琛身後，突然聽到王穗子在喊他的名字，兩人都轉回頭，看見王穗子領著一名身著作戰服的哨兵走了過來。

那哨兵雖然全身破破爛爛，臉上也糊了道道污痕，但依舊能看出來這是名容貌姣好的女哨兵。

顏布布如今身高一米七五，女哨兵比他還高一點，約莫一米七八的樣子。她兩隻手掛在橫扛在肩頭的槍身上，在看清顏布布的臉後，眼睛閃過一抹亮光，並將橫扛在肩上的槍枝拿下來，不易察覺地調整了姿勢。封琛原本沒有什麼表情地看著她，此時也微微瞇起眼。

## 第一章
配！我們配得不得了！我們早就配上了

「樊仁晶，還記得我嗎？」女哨兵沒有注意封琛，只用略微沙啞的女中音問顏布布。

顏布布盯著她看，又想起王穗子之前說計漪也在學院的話，立即道：「妳是計漪！」

女哨兵還沒回應，顏布布便驚喜地確認：「妳果然就是經常來小班打我們的那個中班同學計漪。」

計漪神情略略僵了下，接著又展顏一笑，抬手摘下頭上鋼盔，將滿頭黑髮往旁一甩。

一隻孔雀也出現在她腳邊，眼睛盯著顏布布，慢慢展開如扇的尾羽，簌簌抖個不停。

「對，我是計漪，我們一起在蜂巢船上的學校念過書。樊仁晶，我記得你，你唱歌的聲音都能飄到我們教室去。」計漪左手扛槍，右手揣進褲兜，斜斜勾起半邊嘴角。

「哈哈哈。」顏布布傻笑了幾聲。

計漪張開雙臂，作勢要和他擁抱。

顏布布的手臂動了動，也跟著張開，結果後衣領就被封琛拎住，提到了一旁。

計漪這才看向封琛，「這位是……」

「我哥哥，妳有印象嗎？以前叫秦深來著。」顏布布提到封琛，語氣裡帶上了自豪：「妳肯定看見過他的，我們殺了堪澤蜥的表彰會上，我哥哥也站在臺上。」

「哥哥好。」計漪趕緊站好和封琛打招呼。

封琛只淡淡地點了下頭，便牽起顏布布，「走吧。」

「好。」顏布布便對著計漪和王穗子揮揮手，示意自己先走了。

計漪看著顏布布的背影，撞了撞身旁的王穗子，低聲問道：「樊仁晶有哨兵了嗎？」

王穗子看了她一眼，「我不知道。」

11

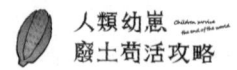
人類幼崽
廢土苟活攻略

「幫我打聽下？」計漪道。

王穗子莞爾一笑，「妳找他哥哥問去，他哥哥知道。」

計漪嘶了一聲：「不過我正在追一班那個叫做王學什麼的小嚮導……這樣會不會顯得我有些不專一？」

「呵呵。」王穗子將抱在自己小腿上的無尾熊收進精神域，大步往前走去。

接送學員的卡車就停在種植園外，等到學員們都上了車後，卡車出發，向著中心城駛去。

回到學院後，顏布布兩人回去洗了澡，換上乾淨制服，一起去往食堂吃飯。黑獅和比努努沒有跟去，就在小樓外的草坪裡玩。

顏布布打好飯，剛端著餐盤轉身，便看見王穗子在一張大圓桌前對他揮手，旁邊還坐著陳文朝。

「哥哥，王穗子在叫我們過去吃飯。」顏布布道。

封琛瞧了瞧食堂，發現每張桌子差不多都已經坐著人，便說道：「好，那就去吧。」

四人坐在一起吃飯，王穗子和顏布布邊吃邊聊，陳文朝渾身緊繃，都不往封琛那邊瞧一眼。

封琛倒是神情淡淡地只專心吃飯，不參與他們之間的對話。

「封哥、布布！」旁邊突然有人在喊，聲音裡帶著不確定的試探。

顏布布和封琛好奇地轉過頭，看見身旁竟然站著端著餐盤的丁宏升和蔡陶。

「果然是你們，我就說看著像你倆，老丁還說不是！」蔡陶一臉驚喜地叫道：「你們什麼時候來的？我們都不知道啊。」

陳文朝和王穗子見他們是熟人，便往旁邊挪了挪，蔡陶和丁宏升也順勢坐下來，幾人圍坐著一起吃飯。

「介紹一下，我叫蔡陶，這位是老丁，丁宏升。」蔡陶見兩名嚮導坐在桌上，立即伸出手。

12

第一章 ◆
配！我們配得不得了！我們早就配上了

「我叫王穗子，他叫陳文朝。」

王穗子和陳文朝和他倆分別握了手。

丁宏升笑道：「我和蔡陶還說週末去安置點看你們，結果就在這兒遇到了。」

「我們是昨天晚上才進來學院的，所以也沒來得及去找你們。」封琛回道。

蔡陶連忙追問：「那你們加入的是東聯軍還是西聯軍？」

「我們是東聯軍送進來的。」顏布布往嘴裡塞了一筷子青菜，含混不清地道。

蔡陶立即和丁宏升對擊掌，王穗子卻一臉震驚地問：「你們沒有進西聯軍？」

就連一直悶頭吃飯的陳文朝也抬起頭看向他倆。

顏布布搖搖頭，封琛在旁邊平靜地道：「是東聯軍先找的我們，所以我們就進了東聯軍。」

「可是、可是……」王穗子張了張嘴，像是想到了什麼，終究什麼也沒說。

陳文朝眼裡也閃過幾分了悟，接著又埋頭吃飯。

顏布布知道他倆是誤會了，認為他和封琛還記恨著小時候沒帶他們上船的事，所以不願意加入西聯軍，但現在也不好解釋什麼，便沒有做聲。蔡陶和丁宏升卻非常高興，開始詢問兩人在哪個班，又問封琛是住在哨兵樓幾層，需不需要幫忙弄來生活用品。

顏布布咬著筷子頭，邊吃邊說：「我哥哥沒住在哨兵樓，他和我住在一起的。」

「住在一起？」

「對，我們住在那邊的小樓裡。」顏布布對著門外指了個方向。

「啊……你們已經、已經……可是察覺不到啊。」蔡陶震驚地伸出手指，剩下三人的目光也在顏布布和封琛身上來回遊移。

13

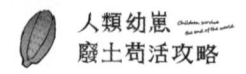

「我們怎麼了?察覺什麼?」顏布布疑惑地問。

封琛瞥了眼蔡陶,道:「因為有一些特殊原因,不方便住在宿舍,所以陳上校格外破例讓我們先住了進去。」

「喔,這樣啊⋯⋯」

幾人正在說話,不遠處突然傳來一道低低的女中聲:「弟弟,你有地圖嗎?」

「什麼地圖?」

女中音道:「我在你的眼睛裡迷路了,所以需要一張地圖。」

除了封琛和陳文朝還在吃飯,其他幾人都循聲看去,只見計漪正斜斜靠在門框上,伸手攔住了一名小嚮導。

「告訴姐姐,你是哪個班的?」

那小嚮導面紅耳赤地將計漪的胳膊推開,腳步飛快地往前走。計漪也不惱,在目送他離開後才轉頭,一眼便看見了顏布布。

「晶晶。」計漪對顏布布做口型,還對他眨了下右眼。

顏布布不知道該怎麼回應,有些發愣,封琛用筷子敲了下他的餐盤,「快吃飯,別東張西望的。」

「喔。」顏布布便對計漪點了下頭,轉回身繼續吃飯。

計漪摸著下巴看向顏布布旁邊的王穗子,剛露出個笑,王穗子便翻了個白眼,「油膩。」

計漪毫不介意,笑咪咪地去窗口旁拿餐盤打飯。

吃完飯後,一行人離開食堂,封琛慢下腳步,低聲對陳文朝和王穗子道:「我想請你們幫個忙。」

「哥哥你說吧,能幫的我們一定幫。」王穗子立即應聲,陳文朝也點了下頭。

14

## 第一章
### 配！我們配得不得了！我們早就配上了

封琛鄭重地道：「顏布布被喪屍咬過這件事，請你們為他保密。」

王穗子道：「這個放心，就算你不說，我們也不會告訴別人的。」

「謝謝。」封琛遲疑了下，不放心地說道：「還有那個計漪，她應該也知道這事……」

「別擔心，計漪她雖然看著吊兒郎當，心裡其實很有數的。」王穗子道。

幾人正說著話，帶封琛班的哨兵教官走了過來，說：「封琛，你和顏布布跟我來，去測一下哨響等級。」

兩人跟著教官經過教學樓，進入後面的一棟三層小樓。

教官道：「這是學院的醫療點，你們倆剛進學院，還沒正式測過哨響等級，現在來做個檢查，測一下精神力。」

顏布布有些忐忑地看了封琛一眼。他不知道這個精神力測試會不會測出來自己被喪屍咬過，心裡有些緊張。封琛安撫地在他肩上拍了下，示意別怕，顏布布又鎮定了不少。

教官問道：「今天剛入校就跟著去殺沙丘蟲，感覺怎麼樣？」

封琛道：「還好。」

「你呢？顏布布。」教官轉頭問顏布布。

「還好。」

教官又問：「那你倆在生活上還有什麼困難需要解決嗎？」

「沒有。」

教官瞟了眼封琛的後腦，「封琛啊，只是我們學院要求男學員必須短髮，你這個頭髮是不是需要剪一下？我們學院裡就有理髮室，等會兒就可以去修剪。」

封琛微微一笑，「是。」

哨兵和嚮導檢查身體分別在不同的房間，顏布布被一名醫療官帶走時又有些驚慌，頻頻回頭去看封琛。

「沒事，很快就檢查完了。」醫療官溫和地微笑。

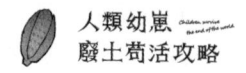
人類幼崽
廢土苟活攻略

「嗯，我知道的。」顏布布也勉強回了個笑。

進了房間，顏布布按照吩咐在一張床上躺下，只見頭頂儀器閃爍著，發出滴滴的聲響。

「不用緊張，只是檢查一下你的精神力等級，不疼的。」另一名醫療官走過來輕聲安慰：「來，現在放出你的精神力，看見前面那個黑箱了嗎？那是模擬的哨兵精神域，現在去為它做疏導。」

顏布布放出精神力探入黑箱，裡面是一堆亂糟糟的精神力觸鬚，他一邊梳理著，一邊聽兩名醫療官的小聲交談。

「……看來疏導能力評測為B，可以為A級以下以及A級的哨兵做疏導。」

「好的，可以把精神力從箱子裡撤出來了。」顏布布還沒從床上坐起身，就聽到醫療官說：「現在用你的精神力去束縛前面那個鐵杆，讓它不要動。」

前方有個被機械杆帶動著晃來晃去的鐵杆，像是個不倒翁似的，顏布布用精神力去束縛住它，堅持了約莫3秒的時間。

「……精神束縛評測為B級。」兩名醫療官又在做記錄，「好了，你可以起身了。」

顏布布從床上坐起身，醫療官道：「現在把你的精神體放出來。」

「……我的精神體在外面玩，沒有跟著我。」顏布布回道。

那名正在做記錄的醫療官抬起眼，「精神體沒有跟著你？」

顏布布搖頭，「沒有。」

「那把牠收回精神域再放出來吧，我們看下就行。」醫療官道。

顏布布心虛地移開視線，「不要收回來了，牠和我哥哥的量子獸在一起玩，我不想把牠收回來。」

任由兩名醫療官如何遊說，顏布布都拒絕收回精神體，只一直搖頭重複說著：牠在外面玩，我不收回來。

「你這是怎麼回事？看著這麼乖的一個小嚮導，怎麼就這麼固執

呢？我們只是將你的精神體登記一下，收回來看看就行。」

顏布布乾脆緊閉上嘴，只睜著大眼睛，無辜地看著他倆。

「算了算了，真是麻煩……」醫療官也被磨得沒了脾氣，最終做出了讓步，「那你量子獸是什麼？我們做個登記。」

「硒固蛙。」顏布布這次回答得很乾脆。

「硒固蛙……這種量子獸還是第一次聽說過。」醫療官快速登記完畢，告訴顏布布評測的最終結果：「經過檢測，你的嚮導等級目前為B級……」

顏布布聽了大吃一驚，一下就從床上跳下來，驚訝地道：「B級？但我是A級嚮導啊。」

醫療官道：「不是A級，是B級。」

「我哥哥說我是A級。」顏布布語氣裡明顯透出不信，斜著眼去看那只剛才模擬疏導的黑箱，「那個測得準嗎？我明明就是A級。」

醫療官安撫道：「你現在還在成長期，等度過結合熱以後，嚮導能力會第二次提升，並進入穩定期，那時候才是你的最終等級。所以你哥哥說的也沒錯，以後你是有可能成為A級嚮導的。」

顏布布的表情看上去不是很相信，卻也沒有繼續堅持說自己是A級，只是問道：「醫療官先生，我之前也聽到別人說結合熱，那我要怎麼才能結合熱？」

醫療官推了下鼻梁上的眼鏡，「當你性成熟後，自然就會出現結合熱。嚮導和普通人不同，性成熟和精神力成長緊密相連，所以不像普通人那樣用絕對的年齡來區別。嚮導一旦出現結合熱症狀，便代表了生理上已經成熟，身體和精神域都已經做好了深度結合的準備。」

顏布布對醫療官的話似懂非懂，但到底也觀摩過數部電影，一下就捕捉到了裡面的關鍵字。

──性成熟、生理成熟、深度結合。

性成熟和生理成熟他明白，但是這個深度結合是什麼意思？

17

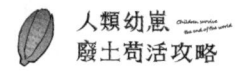

——難道是……

他突然就有些不好意思，目光飄忽地左右看。

醫療官看他這副神情，心中便已明朗，繼續道：「我不確定你要什麼時候出現結合熱，這個和分化時的年紀有關。如果是3、40歲分化，那麼很快就會出現結合熱。但如果分化時年紀較小，身體和精神域都沒長好，就要慢一些。有人17、8歲進入二次分化，也有人一直到了20多歲都還沒有。」

「不過哨嚮的深度結合不是單指身體結合，更多指的是精神域的結合。哨兵對伴侶徹底打開精神域，而嚮導一旦越過伴侶的屏障，就對他擁有了絕對的掌控權，甚至可以修改、重建哨兵伴侶的精神世界。」

醫療官看著他，意味深長地道：「那和你曾經聽說的，或者看過的一些電影不同。」

顏布布聽得臉蛋兒紅紅，耳朵卻豎得高高，生怕聽漏了一個字。

醫療官又道：「你還沒有出現過結合熱，所以這段時間我們會給你匹配合適的哨兵。等到你結合熱的時候，匹配上的哨兵就要和你進行深度結合。」

「什麼？你們給我匹配？」

顏布布原本還在羞答答的，聞言立即大驚。

醫療官笑了下，「我已經把你的資料存到資料庫裡，當匹配到合適的哨兵後，你們倆就要一起出任務培養感情。」

「不匹配，我不匹配。」顏布布飛快搖頭，迭聲拒絕：「不要給我匹配。」

醫療官想來已經見多了嚮導的這種反應，沒多說，只敷衍道：「行，不匹配。」

顏布布卻不信：「你存在哪兒了？資料庫在哪兒？我要看看。」

另一名醫療官道：「那有什麼好看的？」

顏布布警惕起來：「你們不准存進去給我匹配，我要看！我要看著

你們刪掉！」

顏布布乾脆自己去翻那些儀器，在上面胡亂按動，一副就要大鬧醫療室的模樣。

醫療官急了，連忙來拉他，「你別亂動啊，把別人的資料刪掉了怎麼辦？」

「那你們把我的刪了，我就不亂動。」

醫療官問：「那你結合熱到了怎麼辦？你又沒有哨兵……」

「誰說我沒有哨兵了？你們看見剛才和我一起上樓的那個哨兵了嗎？他就是我的哨兵。」

「可你們不一定適合啊，要匹配上了才行。」

「配！我們配得不得了！我們早就配上了！」顏布布很凶地叫道。

顏布布說著說著又要去按儀器，醫療官連忙將他拖住。他雖然個子不大，卻是嚮導，只是普通人的醫療官拖不住他。眼見他開始亂按，只得道：「行行行，給你刪了，你不要亂搞了。」

在顏布布的監督下，醫療官只得刪掉了他的資料，氣急地道：「要是結合熱的時候和你哨兵配不上，自己就受著。」

顏布布放下心，又露出乖乖的笑容，看上去軟乎乎的，「醫療官先生，那怎麼樣才能知道已經進入結合熱？」

「你是個變色龍嗎？說變臉就變臉。」醫療官沒好氣地道：「不用我告訴你，當你出現結合熱的時候，自己就會明白了。」

這層樓的另一間房裡，封琛剛收回砸向面前沙袋的拳頭，旁邊的顯示儀上跳出來幾個數字：瞬間爆發力 636SJ，快速力量 154KS。

兩名醫療官對視著，其中一名不解道：「他三次測試都在這個數值浮動，證明儀器是正常的啊。」

另一名醫療官看著手中的記錄本，「他的精神力顯示是 B+ 級哨兵，可這個瞬間爆發力和快速力量的確已經達到了 A 級哨兵的數值，那算起來的話，到底是 A 級還是 B+ 級呢？」

19

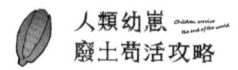

兩名醫療官低聲爭執著，封琛便拿起剛才脫掉的制服穿上，一顆顆繫好紐扣。

此時，房門不知道什麼時候被推開，一名身著西裝的清瘦中年人站在那裡。

「孔院長。」靠近門旁的醫療官率先發現他，連忙打招呼，另一名也跟著喚了聲。

孔思胤點了下頭，看向站在屋中央的封琛，「叫什麼名字？」

封琛回道：「封琛。」

「年齡？」

「22。」

「剛測出來是什麼等級？」孔思胤這句話問的卻是醫療官。

那名醫療官面露尷尬，「孔院長，他的情況有些特殊，精神力顯示是 B+ 級哨兵，但是表現出的哨兵能力又達到了 A 級哨兵的標準。所以……我們現在也不知道這名學員究竟是 B+ 級還是 A 級。」

孔思胤看向封琛，上下打量著他，金絲眼鏡後的雙眼帶著審視。

「是不是有嚮導了？」孔思胤問。

封琛一怔，還沒來得及回答，旁邊的醫療兵就插嘴道：「沒有，他還沒有和嚮導深度結合過，現在也沒有度過成長期。」

孔思胤卻依舊打量著封琛，嘴裡道：「如果有嚮導每天給他梳理精神域，時間在五個小時以上，長期堅持下來的話，就算沒有經過深度結合，他的哨兵能力也會得到極大的提高。」

封琛心裡一動，想起這些年來的每一晚，顏布布的精神力都會進入他的精神域，一待就是一整個晚上。

「長期堅持……那這段時間要多長？」一名醫療官小心翼翼地問。

孔思胤回道：「起碼 6、7 年以上。」

「6、7 年以上？沒有深度結合的哨兵嚮導每天梳理五個小時以上，還要長達 6、7 年，那也太難了。」醫療官驚歎。

## 第一章
### 配！我們配得不得了！我們早就配上了

「是的，太難了。」孔思胤轉身從醫療兵手裡接過封琛的體檢記錄表，邊翻閱邊道：「嚮導每天為哨兵梳理精神域五個小時以上，那便是在睡夢中進行無意識梳理。光是這一點的話，只能是有了匹配對象的哨兵嚮導才能做到。但有了匹配對象的哨兵嚮導，年紀也不小了，很快就會迎來結合熱，也就不存在6、7年還沒有深度結合。」孔思胤的視線從金絲眼鏡的邊框下看著封琛，「你很幸運，有一個和你同樣年幼的嚮導，為你在成長期梳理了至少6、7年的精神域。」

「那他的哨兵等級是⋯⋯」醫療官試探地問。

「B+級。」孔思胤薄薄的唇裡吐出兩個字，又接著道：「但他的精神域在這些年已經被拓寬了很多，所以在度過成長期進入第二次進化時，我也無法預測他的等級。」

孔思胤的目光灼灼發亮，上下打量著封琛。封琛只筆直地站著，目光平視前方。

「將他的資料錄入資料庫進行匹配，匹配度合適的嚮導都作為備選人，看哪個嚮導先進入結合熱，就和誰深度結合。」孔思胤看向最近的那名醫療官，「現在就去，馬上匹配，越早越好。」

「是。」

「等等！」一直未出聲的封琛突然開口：「孔院長，我覺得您可能有點誤會。」

孔思胤一怔：「什麼誤會？」

封琛嚴肅道：「我只是來體測的，並沒有要求錄入資料進行匹配，我拒絕⋯⋯」

「可是你必須要儘快和嚮導結合，才能激發出第二次成長。」孔思胤冷硬地打斷他。

封琛道：「孔院長，我不需要儘快第二次成長，所以您就算給我匹配了嚮導，我也不會按照您的吩咐去辦的，那只會讓整個場面變得很難看。您也知道我有自己的嚮導，我不需要其他的嚮導。」

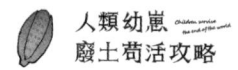

孔思胤不發一語，冷冷地注視著封琛，封琛和他對視著，目光平靜，卻毫不退讓。

醫療室內異常安靜，兩名醫療官看看封琛又看看孔思胤，站著沒有動。孔思胤片刻後終於道：「取消匹配。」

「是。」

孔思胤說完便走向大門，在門口時卻又停下腳步，「走吧，和我一起下樓。」

封琛毫不遲疑地跟了上去。

孔思胤走在樓梯上，淡淡地問：「你是這幾天才到中心城的嗎？」

「是的。」

「以前在哪兒？」

「海雲城。」

「海雲城⋯⋯」孔思胤輕輕念著這三個字：「海雲城的人不是 9 年前就到了中心城嗎？為什麼你現在才來？」

「對，我在海雲城的安置點住過一段時間，那時候安置點的最高長官是林奮林少將。」

封琛走在孔思胤右邊，落後半步距離，可以看到他的側臉。當說完這句後，便不動聲色地看了孔思胤一眼。

孔思胤神情不變，卻也沒有做出任何回應，只將雙手背在身後，不緊不慢地下樓。

兩人剛下到樓底，旁邊角落就閃出來一個人影，悄悄拉住了封琛的手。封琛依舊平視前方，看也沒看顏布布一眼，只牽著他的手繼續往前走。倒是孔思胤轉頭時發現封琛旁邊多了個人，腳步微微一頓。

「你叫什麼名字？」孔思胤問道。

顏布布看了眼封琛，「你在問我嗎？」

「你說呢？」孔思胤反問。

「我叫顏布布。」

## 第一章
### 配！我們配得不得了！我們早就配上了

「剛才你也檢測過吧，嚮導等級是多少？」

顏布布卻沒有吭聲。

孔思胤轉頭看向他，「怎麼了？」

顏布布嘟囔著：「這檢測不準的。」

「喔？怎麼不準了？」孔思胤問道。

顏布布說：「我明明是 A 級嚮導，但是檢測說我只是 B 級。」

孔思胤皺著眉點頭，「嗯，是不大準，不過你可以再堅持一下，等到結合熱以後再來檢查，那時候就準了。」

「是嗎？那時候就能檢測出我本來的 A 級了嗎？」顏布布問。

孔思胤點點頭道：「差不多吧。不過也許還是不準，只能檢測出你是 B 級。」

三人下了樓，穿過小操場後便要分路。

封琛帶著顏布布站定，等孔思胤離開後才往另一個方向走去。

「他是誰啊？」顏布布轉頭看孔思胤的背影。

封琛道：「他就是孔思胤。」

顏布布聞言驚訝道：「原來他是長這個樣子啊，我還以為他看上去會很威風。」

黑獅和比努努不知道從哪個地方鑽了出來，跟在兩人身旁，顏布布摟著黑獅的頭問封琛：「那你剛才和他在說什麼？你覺得他可疑嗎？」

封琛道：「只隨便交談了兩句，我提到了林少將的名字，他看上去並沒有什麼異常。」

「並沒有什麼異常⋯⋯你的意思是和他沒有什麼關係嗎？」

封琛搖搖頭，「恰好相反，正因為他表現得毫無異常，我反而覺得他和這事有關。」

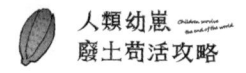

顏布布問:「為什麼?」

封琛將他拉上石塊路,思忖道:「林奮失蹤,還牽扯到密碼盒,這件事非常重大。他在聽我提到林奮時,或多或少都應該有一些反應,但他完全沒有。」

顏布布:「你是說,表現得太正常反而是一種反常?」

「對,孔思胤就算沒有問題,一定也知道些什麼。」封琛輕攬住顏布布的肩,「我們還要在這學院裡待一段時間,等到有了機會就要去研究所拿那個盒子。孔思胤今天聽我提到了林奮,多多少少會對我們生起警惕。所以在我們離開學院之前,你要注意安全,去哪兒的話都要帶上比努努。」

比努努在旁邊走著,聽到封琛提到自己,便轉頭往他看。

封琛警告地點了點牠,「這段時間不要光想著玩,要陪在顏布布身旁,知道嗎?」

比努努雖然板著臉沒有應聲,但顯然把這話聽進去了。

顏布布左右張望了下,才發現不是回去的路,問道:「我們這是要去哪兒?」

封琛摸了下自己後腦的頭髮,「去理髮。」

「好的,你剪頭髮,我就在旁邊等你。」顏布布伸手碰了下封琛的揪揪,喜滋滋地道。

他總是被封琛按著剪頭,而封琛自己卻能留著長髮,現在見他一樣被剪頭,心裡暗暗開心。

封琛似笑非笑地看了他一眼,「這麼高興?對了,你也要理髮。」

「我才不要!我頭髮好不容易才長得沒那麼醜。」顏布布抱著自己腦袋,「教官只是讓你剪頭髮,可沒讓我剪。」

封琛取下顏布布的貝雷軍帽,撚了下他的頭髮。雖然顏布布的頭髮看上去比之前順眼了不少,但依舊有些長短不齊,而且捲髮自帶蓬鬆感,看著就有些凌亂。

## 第一章
配！我們配得不得了！我們早就配上了

「不是我剪,是專業的理髮師。」封琛用手在空氣中剪了兩下,「就像電影裡的理髮店,可以給你修得更好看。」

「像電影裡的理髮店啊⋯⋯」顏布布有著瞬間的動心,但又忽然搖頭,「不,每次理髮你都是騙我像電影裡的理髮店,我不相信你。」

顏布布轉身就想跑,後衣領卻被封琛一把抓住,就那麼揪著他往理髮室走去。

「我不去、我不去⋯⋯」

「別動!說了不是我剪,你怕什麼?」

理髮室就在學院東邊的一處綠植後,是座不大的兩層小樓,裡面有專業的理髮師,只負責給學院裡的哨兵、嚮導理髮。

理髮室一共有四張座椅,其中兩張上各坐著一名男性嚮導學員,現在理髮師不在,他倆就在輕柔的背景音樂裡輕聲聊著天。

「莊弘,你的結合熱也快到了吧?」坐在最右邊的圓臉嚮導問道。

坐在第二張椅子上的嚮導長相俊秀,眉眼清冷,聞言皺起眉,看上去略帶煩躁,「不知道,想來也應該快到了。」

「學院給你匹配的那四個哨兵,你瞧上哪一個了?」

「一個也沒瞧得上。」

「我覺得昨天遇到的那個還不錯,可以和他接觸看看。」

莊弘幽幽地嘆了口氣:「也只能先接觸看看,反正沒有讓我心動的感覺。」

「你不要光看長相,有些人第一印象很一般,需要瞭解才能發現他的優點⋯⋯」大門被人推開,圓臉嚮導收住話,和莊弘一起轉頭,看見門口站著一名身形高大、長相英俊的陌生哨兵。

封琛目光在理髮室內環視一周,沒有見到理髮師,但看見還有兩張空座椅,便頭也不回地向後反手一抓,將正要偷偷溜走的顏布布抓住,大步進了屋。

「哥哥你好煩。」顏布布瞟見屋裡有人,也不好再掙扎,只嘟囔著

25

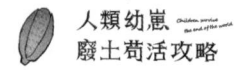

任由封琛將他拎到最邊上的空座位坐下。

封琛走到他身後，將他頭頂的帽子拿掉後擱在桌上，雙手就撐在他座椅兩側扶手上，微微俯身，眼睛看著鏡子裡的人。

「你自己看看，好看嗎？」封琛低聲問。

顏布布盯著鏡子裡的自己，「我覺得很好看。」

封琛兩手捧著他的腦袋左右轉動，「你看看，左耳朵蓋住了，右耳朵露在外面，額頭上的瀏海也是左邊高右邊低，這叫好看？」

「這叫不平整的好看。」顏布布道。

兩人在對話時，隔著一張空座椅的莊弘也抬起眼皮，看了兩眼鏡子裡的封琛。

「不好意思、不好意思，其他三名理髮師吃飯去了，馬上就回來，我剛才在裡面有點事，讓你們久等了。」一名理髮師從後面屋裡出來，看見封琛後眼睛一亮，搓著手道：「這位哨兵先生，能不能幫我去庫房取下箱子，我身高搆不著。」

「你好好坐著，要是偷跑掉的話，我就要收拾你。」封琛俯在顏布布耳邊低聲威脅了一句，這才跟著理髮師去了後面庫房。

顏布布看著他背影消失在門後才回頭，開始打量四周，好奇地看著桌案上那些長長短短的剪刀。

叮。旁邊傳來一聲輕響，他下意識從鏡子裡看向聲音的來源處，看見了一名長相很好看的嚮導，就忍不住多瞧了兩眼。

「莊弘，你的匹配器響了，系統又給你匹配到新哨兵了，快看看。」最邊上的圓臉嚮導在催促。

那名叫做莊弘的好看嚮導便從衣服口袋裡掏出個小儀器，點開上面的顯示幕在看。

圓臉嚮導問：「怎麼樣？是不是又匹配上了新哨兵？」

莊弘皺著眉點頭，「對，又匹配上了一個。」

「那這是剛將資料錄入到資料庫裡的。快看看叫什麼名字，是哪個

# 第一章

### 配！我們配得不得了！我們早就配上了

班的。」

莊弘關掉通知器，不在意地道：「叫什麼封琛的，在哨兵二班。」

封琛幫理髮師取下箱子，從庫房走出來時，便見顏布布垂著頭坐在椅子上，眼皮耷拉著，一張臉板得緊緊的。

他只當顏布布還在不高興要理髮的事，也沒在意，便走向和他相鄰的那張空椅。

他經過顏布布身後時，如平常般伸手去揉一下他的頭，卻被他動作很大地歪著身體躲開，帶得椅子都哐啷一聲，往旁邊移動了半寸。

「還在生氣呢？」封琛笑了笑，也不再理他，直接在椅子上坐下。

莊弘在封琛坐在他身旁時，飛快地往旁看了一眼。正要收回視線，便在鏡子裡撞上了最邊上那名小嚮導的目光。

那小嚮導從鏡子裡正看著他，眼睛一眨不眨。

莊弘從小就是被關注的焦點，所以也並不在意，被同樣好看的嚮導這樣注視著，心裡反而生起種微妙的愉悅。

他假意沒有留意到那名小嚮導的舉動，只平靜地移開視線。

大門被推開，三名理髮師吃完飯回來了。他們分別站在四人身後，抖開一張白布，繞在他們頸子上。

「先生，你的頭髮是要剪短嗎？」封琛身後的理髮師已經解開了他紮著的頭髮，拿噴壺往他頭上噴著水。

「對。」

「要多短？」

「你看著辦。」

「好咧。」那名理髮師去拿剪刀，嘴裡道：「放心，你這張臉，不管什麼髮型都壓得住，就沒有剪出來不好看的。」

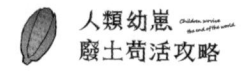

　　封琛濕漉漉的半長髮垂在頰邊，在他臉側也黏上了幾滴水珠。莊弘聽到理髮師的話，又偷偷瞟了一眼鏡子裡的人，在看見他放下腦後的長髮後，就有些移不開視線。

　　直到莊弘的餘光發現旁邊那名小嚮導一直盯著自己，就像隻護食的小狼狗，目光還帶著些氣勢洶洶的味道，這才回過神，稍稍有點慌亂地轉開了頭。

　　「我給你剪個寸頭怎麼樣？」理髮師拿起剪刀後問封琛。

　　封琛還沒回應，顏布布突然開口：「剃光吧，剃成個滷蛋，這樣也壓得住嗎？」

　　理髮師道：「他的五官臉型和氣質，就算剃光了也壓得住，光頭都好看。」

　　顏布布斜眼看著封琛，怪腔怪調地道：「留一半，剃光一半也壓得住嗎？周圍一圈留著，只把頂上剃掉也壓得住嗎？前面留一撮，其他地方全剃掉，壓得住嗎？」

　　那名理髮師忍不住笑起來，正要回應，大門就被推開，兩名哨兵學員走了進來。

　　「啊喔，人滿了，等會兒再來吧。」一名哨兵學員探頭看了眼，轉身時看見了封琛，便和他打招呼：「封琛。」

　　封琛從小接受培訓，其中有一項便是迅速記住陌生人的特徵和資料。雖然他並沒怎麼留心過班上的學員，但也能記住他們每個人的長相和姓名，便也招呼道：「孔祥振。」

　　封琛是新學員，孔祥振能記住他很正常，但他卻也能在這短短時間內便記住了人，還能準確地喊出名字，讓孔祥振看上去很高興。

　　「那我先走了，等會兒再來。」孔祥振對他揮手。

　　封琛點了下頭，「慢走。」

　　顏布布在這過程裡根本沒去管門口的人，只注意著封琛和莊弘。他發現在門口那哨兵喊出封琛兩個字時，莊弘身體頓時坐直了，迅速轉頭

## 第一章
配！我們配得不得了！我們早就配上了

看向他，眼裡分明閃過不可置信的欣喜。

莊弘這次的動作太明顯，連封琛也微微側頭看了他一眼，接著又不帶情緒地轉回了頭。

莊弘回過神，趕緊坐好，耳根處飄起了一抹微紅。

顏布布心裡像是有把火在燒，那火苗騰騰往上升，灼得他胸口生疼，喉嚨發乾，每根頭髮絲活似都冒出了煙。又像是被摁進了水潭裡，澀中帶苦的潭水直接灌進口鼻，悶得他肺部都開始脹痛。

——封琛的資料錄入資料庫了，他剛才在體測時便參加了匹配，他想和別的嚮導匹配。

——明明可以回家的，體測完他偏偏要來理髮，其實是來看這個莊弘的吧？

——他們才對視了那麼久，怕不是有5分鐘？就算沒有5分鐘，也有3分鐘吧？

「你的頭髮以前是誰剪的？幸好這張臉蛋兒長得漂亮，不然可真沒法見人。」理髮師撚起顏布布頭上一綹捲髮，有些忍俊不禁地笑道。

顏布布臉色難看地盯著鏡子，「是狗啃的！」

理髮室的人都笑起來，他身後的理髮師道：「狗啃的？別生氣啊，管他是狗啃的還是貓咬的，我都能給你修好。」

封琛側頭看向他，有些無奈地道：「好好說話。」

「我就不好好說話。」顏布布道。

封琛微微皺起眉，卻也沒說什麼，顏布布身後的理髮師便問道：「那你想剪成什麼樣兒？」

「剃光！」顏布布道。

這下整個理髮室的人，包括一直在出神的莊弘都看了過來。

「剃光？」理髮師愕然，「你確定？」

「別聽他胡說。」封琛在旁邊道。

顏布布從鼻子裡哼了一聲：「那就留一半，剃光一半。或者把周圍

29

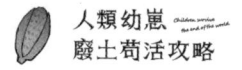

一圈留著，只把頂上的剃掉。要不前面留一撮，其他地方全剃掉。」

封琛這下也看出顏布布是在故意找碴了，沉下臉道：「你別……」

「別亂說是吧？我就要亂說。」顏布布氣得不行，卻也強行擠出一個無所謂的笑，「我知道你要收拾我，我不怕！收拾我吧！」

「行，你不怕。」封琛這下也被氣笑了，轉頭對顏布布身後的那名理髮師道：「你別搭理他，你覺得該怎麼修就怎麼修，中間不要和他說半個字。」

理髮師偷偷看了眼顏布布，「那我就開始自由發揮了。」

理髮室裡再沒有人說話，只傳來咔嚓咔嚓的剪刀聲。封琛一直面無表情地垂眸看著腳背。

莊弘開始還會偷偷瞟他一眼，可每次轉眼都被那小嚮導死死盯著，幾次下來後，便不再好意思去偷瞟封琛，只平視著前方。

雖然這兩人進門時，小嚮導喊了封琛「哥哥」，他以為他們是兄弟。可現在想來，他倒不是很確定這兩人之間的關係了……

顏布布見莊弘不再看封琛，便開始恨恨地瞪著封琛。封琛察覺後，便警告地回視回去，示意他收斂些。可顏布布不但不收斂，目光反而更加凶狠，封琛只好在心裡嘆氣，隨他去了。

見這兩人不再「眉來眼去」，顏布布這才放心地轉回了頭。但他心裡並沒有將這場「相親」搞黃掉的半分高興，反而更加苦澀難受，眼睛都一陣陣發脹。

10分鐘後，理髮師收起剪刀，滿意地對顏布布道：「好了，看看吧，保證你滿意。」

顏布布卻垂著頭一聲不吭，像是睡著了一般。

封琛也剪好了，俯下身輕聲道：「走了，回去再睡，這裡……」

他的話沒說完就斷在了嘴裡。只見顏布布雖然閉著眼睛，卻滿臉淚痕，一顆淚珠正從他睫毛上滴落，浸在胸前的白布上。

「怎麼了？」封琛心裡頓時揪緊，第一反應便是他被剪刀劃傷了，

# 第一章

## 配！我們配得不得了！我們早就配上了

趕緊去扒拉他的腦袋，被他一巴掌把手拍開，打得啪的一聲。

——還好，這麼有勁，沒什麼問題。

他隨即又看向理髮師。

理髮師被他凌厲的目光嚇了一跳，連忙解釋：「沒、沒有，你看這髮型也挺好看，沒有剪壞，不至於傷心成這樣吧？」

顏布布不想哭的，但是他忍不住。他也知道全理髮室的人都在看他，包括封琛的那個匹配對象莊弘。

「剪得很好，非常好看，謝謝。」他帶著哭腔對理髮師說了句，再拉下身上的白布，一邊抬袖子抹著眼睛，一邊飛快地走向大門，出了大門便朝著小樓飛奔。

理髮師茫然地問封琛：「他說的是反話嗎？」

「應該不是，剪得很好，謝謝。」封琛匆匆出了理髮室，大步追了上去。

比努努和黑獅正在家裡客廳看電視，大門突然被打開，顏布布看也不看牠倆一眼，只噔噔噔直接上樓。

黑獅和比努努看著他背影，目光都落在他腦袋上。

那原本長而捲、將半個耳朵都蓋住的頭髮短了一截，但卻是這些年來難得看著順眼的髮型。

封琛接著也走進了屋，黑獅和比努努的目光又落在了他的頭上。

封琛紮在腦後的半長髮也沒了，頭髮被剃得比顏布布還短，隱隱露出了青色的頭皮。他長相原本偏俊美，將長髮剪掉後，視覺上就多出了幾分冷峻。再加上他身著軍裝，看著就更加具有氣勢。

他將手裡的兩頂軍帽掛在門口，也跟著上樓。

走了兩步後又轉頭，指著黑獅和比努努道：「你們誰要是敢嘲笑他的頭髮，我就把誰趕出去罰站一天。」

兩隻量子獸好好地看著電視，突然就莫名其妙挨了頓訓，黑獅沒有做聲，比努努卻抓起桌上的一個杯墊，朝著封琛的背影砸了過去。

31

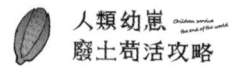

　　屋子裡沒有人，但床上被子裹成了個捲兒。封琛走到床邊坐下，偏著身體去拉被子，卻被顏布布抓得死死的。

　　封琛盯著被子捲兒看了片刻，伸手將最上面揭開一條小縫，「我看看……」

　　顏布布一把將被子扯下來，又將自己裹住。

　　封琛俯下身，對著被子捲的縫隙軟聲道：「你的頭髮剪得很好看，有腦門、有後腦杓，很不錯。」

　　以前他要是這樣誇讚顏布布，顏布布立即便會喜笑顏開，但現在卻依舊裹在被子捲兒裡沒有任何反應。

　　封琛意識到了不是這個原因：「到底發生什麼事了？」顏布布不做聲，他便皺著眉回憶，「去理髮店之前都還好好的，從我離開幾分鐘後就變了副模樣……」

　　顏布布已經沒有在流淚了，只躺在被子裡聽著，眼睛盯著縫隙處的一道亮光，也豎起了兩隻耳朵。

　　「當時理髮店裡也沒有理髮師……」封琛沉下了臉，「是不是那兩個在理髮的人對你做了什麼？不對，沒有人離開過座位……是不是他們對你說了什麼？嘲笑你的髮型？說你頭髮……」

　　「我頭髮怎麼了？我之前頭髮好看得很，沒人會覺得我頭髮不好看。」顏布布帶著濃重鼻音的聲音，憤憤然響起。

　　封琛問：「不是狗啃的嗎？」

　　「狗啃的那也好看。」顏布布吼道。

　　封琛注視著那被子捲，「那你出來，我們好好聊聊，告訴我到底發生了什麼事？」

　　顏布布又不吭聲了。

　　封琛點了點頭，「不說是吧？不說那我去樓下看電視了，你自己慢

## 第一章
### 配！我們配得不得了！我們早就配上了

慢躺著。」

「你不准走！」被子捲下迅速伸出隻手，拽住了他的褲腿。

「你不說原因，又不准我走，這是什麼臭毛病？」封琛低頭看著那隻拽得緊緊的手，有些無奈地道。

他躺在顏布布身旁，雙手墊在腦後，注視著天花板，嘴裡喃喃著：「無緣無故哭得這麼傷心……」

「沒有無緣無故。」顏布布又在被子裡出聲。

「沒有無緣無故，是讓我自己琢磨？那我能想到的唯一原因……」封琛側頭看著被子捲，「就是人家多看了我幾眼。」

被子捲裡沒有動靜，封琛便用膝蓋輕輕頂了他兩下，「是不是？煩人精。再不吭聲的話，我可將你連人帶被子一起扛到教室去，讓你的同學參觀。」

忽一聲，被子被突然掀開，顏布布蓬亂著頭髮從裡面鑽了出來。

他臉上的淚痕已經乾了，鼻子和眼睛還是紅紅的，目光凶狠地盯著封琛，「明明你只看了他一眼，為什麼會知道他看了你好幾眼？一直在斜著眼睛看別人吧！」

封琛道：「我又不是瞎子。」

「可是你不看人家，怎麼知道人家在看你呢？」顏布布邊說邊挪到床邊開始穿鞋子。

封琛依舊躺著，卻抬起一條腿橫在他胸前擋住，「你要去哪兒？」

「我要搬走，去嚮導宿舍，不和你一起住。」顏布布推了下他的腿，沒有推動，便想從旁邊爬下床。封琛又抬起另一條腿，將他夾在了兩腿間。

封琛問：「一個人住得習慣嗎？」

「太習慣了。」顏布布去推他的腿，脹紅著臉道：「讓開，讓我走，讓開。封琛我警告你，馬上鬆開！」

封琛問：「我要是不聽警告，你會怎麼辦？」

33

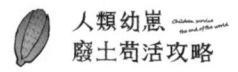

「我會打你！」顏布布側著頭怒吼。

封琛還是將他箍得死死的，他便去敲封琛的腿。

「嘶──」封琛皺起眉，他又立即放輕了力道。

封琛問：「那比努努怎麼辦？你要帶走牠？」

「……比努努，牠想要跟著我還是跟著你，讓牠自己選。」

顏布布沉默幾秒後又啞著嗓子道：「算了，讓比努努留下吧，我帶走薩薩卡。」

他原本想讓比努努自己選擇，但突然覺得讓牠留在封琛身旁更好。畢竟薩薩卡是個奸細，比努努可以用來監視封琛。

封琛似是在認真思索，點了下頭道：「也行，其實你搬去嚮導宿舍挺好，可以練習下獨立生活的能力。」說完便放下腿，起身走到了窗邊，伸個懶腰看外面。

顏布布沒想到他就這樣讓自己離開，坐在床上愣怔地回不過神。片刻後才慢吞吞地起床，打開衣櫃拿出行李袋，將自己的衣服往裡面放，邊放邊拿餘光偷瞟著封琛的背影。

「……奇怪了……奇怪……」封琛看向窗外，疑惑地自言自語：「不可能，絕對不可能！我一定是出現幻覺了。」

顏布布紅著眼睛盯著封琛，在他轉頭時又收回視線，繼續裝自己的鞋子。

「顏布布，你來看一下，我總覺得這個有問題。」封琛突然閃到窗旁，背貼牆壁側頭看著窗外，語氣和神情都很嚴肅。

顏布布原本心存狐疑，但見他說的像是真的，心頭一緊，瞬間閃過各種猜測。便也顧不上還在耍脾氣，連忙放下鞋子走了過去。

他趴在窗戶上往外看，路燈下只有空空的草坪和小路，其他什麼也沒見著。正想開口詢問，腰肢就被一雙大手掐住舉起，瞬間雙腳騰空，落坐在了高高的窗欞上。

「怎麼了？」顏布布驚慌地問。

## 第一章
### 配！我們配得不得了！我們早就配上了

封琛雙手撐在兩邊窗框上，將他禁錮在身前，「除了有人看我，你還在為什麼生氣？」

「先說說外面怎麼了？」顏布布還在扭頭。

封琛捏著他下巴讓他看向自己，聲音柔和卻堅定地命令：「別管外面，問你是為什麼生氣？」

顏布布反應過來自己還是上了當，便扭著身體掙扎。

封琛立即將他箍得緊緊的，在他耳邊低斥：「別動，再動我就鬆手，你就摔下去了。」

顏布布前面的路被封琛封住，後面便是窗臺。他就這樣被抱在封琛懷中，鼻端是他好聞的氣味，耳邊是他溫熱的呼吸，心裡那心酸的委屈再次生起。他雖然沒有繼續掙扎，卻又傷心地哭了起來。

「別哭了，告訴我，嗯？」封琛抱著他輕輕搖晃。

「你匹配了……嗚嗚……你被人匹配上了……我都沒有匹配，我以為你也不會……你說過以後就我們兩個人，你說過我們永遠在一起，沒有別人……你騙我，你有了別人……」

封琛停下搖晃，低頭看他，「我沒有匹配。」

「你有，你明明就匹配了，他的匹配器響了……還說是哨兵二班的封琛。你又在騙我，想和其他人在一起……」顏布布邊哭邊指控。

封琛從旁邊桌上拿過毛巾去揩顏布布臉上的淚水，被他憤憤地打掉，卻又立即扯住封琛的衣角不鬆。

「聽我說，先別哭。」封琛捧起顏布布的臉，「看著我，別哭，看著我。」

顏布布淚眼模糊地看著封琛。

封琛神情嚴肅，「你覺得我會騙你嗎？」

「會……你經常騙我。」

「不是，我說這種大事情，你覺得我會騙你嗎？」

顏布布想點頭，但封琛將他腦袋固定住，讓他動不了。

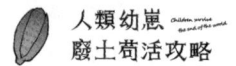

　　封琛又握著他的臉左右轉動兩下，像是在搖頭，「好了，你也知道我不會騙你，那就聽我說。顏布布，我明確地告訴你，我沒有匹配，沒有允許醫療官將我的資料錄入到匹配庫裡。你說你沒有參與匹配，我也沒有。」

　　「可是那匹配器裡明明有你……」

　　「你相信匹配器還是相信我？」封琛放開顏布布的頭，往後退了半步，和他拉開了一些距離。

　　顏布布伸手去攬封琛的腰，卻被他將手掰開。

　　「顏布布，你相信匹配器還是相信我？現在不要負氣，你要認真地想，再告訴我答案。」

　　顏布布抬頭看封琛，看見他神情冷硬，眼神透出嚴厲，心裡頓時一驚，那原本要脫口而出的「相信匹配器」又嚥了回去。

　　是的，他相信封琛，在他開口解釋時便已經全然相信，再沒有半分懷疑。雖然他憤憤地只想說反話，但其實心裡已經認定那個匹配器是壞掉了。

　　見到顏布布不吭聲，封琛問道：「是不是已經想好了？」

　　顏布布輕輕點了下頭。

　　「那你相信誰？」

　　「你。」

　　顏布布看見封琛臉上慢慢露出了個笑。那笑容雖然輕而淺，在臉上一瞬即逝，卻像是春風拂過冰川，堅冰融成了涓涓溪水，枝頭所有的花苞都次第綻放。

　　顏布布所有的憤懣和悲傷都隨著這個笑容煙消雲散，也抿起嘴角露出了笑。在封琛走前半步後，立即摟住他的腰，仰頭看著他。

　　「消氣了？」封琛問。

　　「差不多吧。」

　　「那還要拆散比努努和薩薩卡嗎？」

「不了⋯⋯」顏布布小聲道。

他的鼻頭和眼睛都還紅著，眼裡滿滿都是依戀，就那麼毫無掩飾地袒露著。

封琛沒有再說什麼，只垂眸看著他。片刻後抬起手，一根手指輕輕落在他額頭上，再順著鼻梁慢慢下滑，停留在他柔軟的唇瓣上，若有似無地蹭了下。接著才收回手，將手指蜷縮在了掌心。

兩人都沉默著，顏布布漸漸收起了笑。

他覺得此時的氣氛有些怪，卻又說不出哪裡怪，似乎連空氣都變得黏稠起來。他覺得封琛的目光像是有熱度，燙得他耳根發紅，心跳也跟著加快。

他目光不自覺地也落到封琛的唇上。

那兩片薄薄的唇，唇形完美，帶著種隱祕的吸引力，讓他情不自禁地揚起下巴，一點點試探地湊了上去。

屋內很安靜，顏布布只聽見自己劇烈的心跳聲。可就在他快要碰到那唇瓣時，一根手指抵住他額頭，阻止他繼續靠近。

顏布布伸手想將那根礙事的手指撥開，卻反被封琛握住。

封琛就那麼靜靜地看著顏布布，在他試圖再次湊上前時，將人攬進懷裡，下巴就擱在他頭頂。

顏布布掙了兩下，封琛低聲命令：「不准動。」

顏布布的耳朵就貼著封琛胸膛，有些驚喜地發現，那裡的心跳和他一樣急促。

兩人這樣擁抱了會兒，等到情緒平復下來後，封琛便將他像是小時候那般豎抱起來，在窗前來回走動。

顏布布就環著他脖子，閉著眼睛，把腦袋擱在他肩頭上。

「眼睛哭疼了沒？」封琛輕聲問。

顏布布搖了搖頭。

封琛便道：「比小時候難哄多了。」

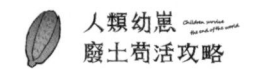

「那是我小時候太笨。」顏布布抓了抓封琛的背。

封琛低笑了聲,「現在也聰明不到哪兒去。」

封琛站住腳,「我先去洗個澡,換套衣服,再去醫療點讓他們把我的資料刪掉。」

顏布布現在全身心放鬆,連嘴都不想張,便又抓了抓他的後背,示意自己知道了。

封琛去衣櫃裡取乾淨衣服,顏布布坐在床上看著他背影,突然又想起件事,便問道:「那你本來也是想要和我匹配嗎?」

封琛沒有回話,只轉頭看了他一眼。

「問你呢,是不是本來想的就是要和我匹配?」顏布布追問。

封琛拿起乾淨衣服起身往浴室走,「你臊不臊?」

「不臊。」顏布布跳下床,跟在他身後追問:「問你呢,你還沒回答我。」

封琛進了浴室後才轉身,似笑非笑地看著顏布布,「你猜。」說完便砰一聲關上了門。

顏布布伸手去開門,卻已經被從裡面反鎖,便大叫:「你不說是吧?你不說我馬上就搬去嚮導宿舍樓住。」

「慢走。」屋內傳來封琛懶洋洋的聲音。

顏布布伸出手指撓門,「我真走啊,我還要帶走比努努和薩薩卡,一個也不留給你。」

「隨便。」

顏布布悻悻地走到床邊,突然又笑起來,噗一聲撲在床上,抱著被子左右翻滾。

## 【第二章】

## 哥哥，我剛才覺得
## 你好像和平常不一樣

◆━━━━━◆

「顏布布，你知不知道你就要考試了？
我也不指望你能考出個怎麼樣，但你好歹把趙翠考過去行不行？」
顏布布終於忍不住了，不可思議地看向封琛，
「可是翠姐是班上最後一名啊。」
「不然呢？」封琛垂眸看著他，
「我對你的要求就是這麼低，只要把翠姐考過就行。」

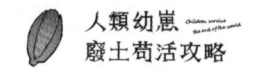

封琛穿著一身筆挺的軍裝走在通道裡，壓得低低的帽檐下眉目凌厲。黑獅緊緊跟在身側，警惕地左右打量著。

　　他來到通道盡頭的房間後，直接推開門，無視屋裡的兩名醫療官，走向左邊的儀器，伸手滑動螢幕，再在鍵盤上輸入。

　　「哎哎，你幹什麼呢？」一名醫療官發現了他，立即跑了過來，「這是你能隨便進來的地方嗎？叫什麼名字？」

　　他正想伸手去拉封琛的胳膊，封琛便轉頭看了他一眼。

　　封琛雖然什麼話也沒說，但渾身散發出攝人的威壓，目光森寒，其中的警告不言而喻。

　　醫療官只是名普通人，頓時只覺得腿軟，連伸手的勇氣都沒有了。

　　「密碼。」封琛手指懸空，等著醫療官報出進入系統的密碼。

　　「你就是下午做體測的那名學員吧？叫封琛對不對？孔院長也是為了你好，還有咱們這個中心城，非常需要高階哨兵……」

　　「密碼！」封琛轉過了身。

　　醫療官往後退了兩步，「你別生氣，剛才孔院長已經把系統密碼改過了，我們暫時也不能進去操作。」

　　「那誰知道密碼？」

　　封琛聲音很平靜，但醫療官毫不懷疑他下一秒就會掐住自己脖子，立即快速地回道：「我們知道的只有孔院長，但不清楚他有沒有告訴總教官。」

　　另一名醫療官指了指頭頂，「我們也沒辦法啊，孔院長就在樓上的理療室，你去找他好了。」

　　封琛帶著黑獅上了樓，在理療室找到了孔思胤。

　　孔思胤只穿著一件襯衣趴在單人床上，一名理療師正在給他做肩背放鬆。

　　聽到有人進來後，孔思胤只微微抬頭看了眼封琛，冷冷問道：「有什麼事？」

## 第二章

### 哥哥，我剛才覺得你好像和平常不一樣

封琛回道：「孔院長今天下午答應過我的資料不進入匹配，但是有人匹配到我了。」

「那不是很好嗎？」孔思胤摸過旁邊的眼鏡戴上，「你可以很快進入第二次進化，現在你⋯⋯」

封琛直接打斷道：「孔院長，我是來刪除我的資料的。」

孔思胤揮手讓理療師離開，自己坐起了身，「我不能給你刪除，除非你去找東西聯軍的高層官員來跟我說。」

封琛沒有再說什麼，神情卻瞬間冷肅，渾身肌肉繃緊，黑獅也蓄勢待發，就要朝著前方撲出。

孔思胤看著他，「你是準備攻擊我？」

「是。」封琛毫不猶豫地回道。

「這兒也沒有其他人，如果你攻擊我的話，我打不過你，只能給你刪除資料，但你也將會受到嚴厲的軍法處置，你確定？」

封琛沉聲回道：「下級攻擊上級，未造成嚴重傷害的，會被關禁閉30天，有軍銜的做降銜處理，沒有軍銜的再沒有進銜機會。我確定。」

孔思胤笑了笑，「我的身分並非東西聯軍，如果攻擊了我，誰也別想從我這兒保走你，你也非要硬來？」

封琛道：「是。」

「粗魯。」孔思胤站起身，從旁邊椅背上拿起西裝往身上穿，「我覺得你們這些哨兵都應該多學點文化禮儀，不要遇事就總想著用拳頭解決問題。你實在是不願意匹配，我還能綁著你去嗎？」

「嗯？」封琛知道旁邊屋子裡就有士兵，正想著接下來該怎麼動手，沒想到卻聽到這樣的回答，有著剎那的愣怔。

「別緊張，放鬆點。你只是一名普通學員，我也不是沒見過 B+ 的哨兵。你如果不想匹配，又關我什麼事？」孔思胤按下旁邊桌上的通話器，在接通後說道：「去醫療室，把哨兵二班封琛的匹配資料刪掉。」

「是。」

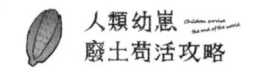

封琛跟著一名學院的總教官去了醫療室，親眼看著他刪掉了自己的資料，在走出這棟樓後，還有些回不過神。

　　就在下午，孔思胤明明答應了將他的匹配資料刪除，後面卻突然改變主意，重新給他進行匹配。

　　如果孔思胤出爾反爾的原因是想讓他接受匹配，為什麼又如此輕易地就答應了他的要求，將他資料再次刪掉？

　　難道他突然修改掉資料庫密碼，讓醫療官無法進行操作，就是要自己去找他？

　　可是他們剛才也沒有交談其他內容，那麼引自己去的目的又是什麼？莫非……和之前提及了林奮有關？

　　顏布布在封琛離開後便睡了一覺，睡覺後下樓，看見封琛坐在沙發上，手裡在縫一塊布頭。比努努就站在他旁邊，眼珠子一瞬不瞬地盯著他的手。

　　「在給比努努做新衣服？」顏布布蹭到封琛身旁坐下，看著他正在縫製的那根布條，「這是給牠做的領帶嗎？」

　　「對。」

　　茶几上已經擺放著一套深藍色的小軍裝，還有頂做成鋼盔形狀的布帽。顏布布將那布帽扣到頭上，發現自己都能戴，便故意問道：「這是給比努努做的還是給我做的？肯定是給我做的。」

　　比努努立即要去抓他頭頂的帽子。

　　「別著急啊，這是你的、是你的，我戴一下試試嘛。」顏布布護住頭頂的布帽，又笑道：「比努努個頭不大，腦袋還挺大。」

　　封琛輕笑了聲：「本來想用舊衣服的袖子給牠做帽子，後面用了整片前襟才做出來。」

第二章 ◆
哥哥，我剛才覺得你好像和平常不一樣

顏布布將雙腳蜷在沙發上，頭靠著封琛肩膀，手指慢慢撚著他毛衣上的絨毛。

「你的資料已經刪掉了吧？」

「還沒有刪掉⋯⋯」

顏布布倏地抬頭瞪著他。

「⋯⋯那是不可能的。」封琛又慢悠悠說道。

顏布布又靠回他肩頭，撚著一小團絨毛，「你知道醫療官先生今天跟我說什麼了嗎？」

「你坐遠點，大腦袋擋住我了，當心針扎進眼睛裡。」封琛將眼睛都快貼到領帶上的比努努推遠點，又問顏布布：「跟你說什麼了？」

顏布布將嘴抬高了些，湊到他耳邊說：「醫療官先生說，匹配是因為我會有結合熱。你知道嚮導的結合熱是什麼嗎？」

顏布布問完後便盯著封琛手上的布頭，餘光卻在偷看他的臉。

封琛拉動針線，漫不經心地問：「是什麼？」

顏布布斟酌了下，含蓄道：「就是那些事。」

「哪些事？」

「⋯⋯兩個人的那種事。」

「兩個人的那種事。」封琛意味深長地重複了遍，又問道：「兩個人的那種事是什麼事？現在我在縫領帶，你在旁邊看，我們做的也是兩個人的事。」

「不是這種啊。」顏布布含混地道：「是電影的那種事。你知道吧？電影裡的那種。」

「哪部電影？」封琛語氣依舊聽不出來什麼情緒。

顏布布轉頭瞧著他俊美的側臉，發出一聲明顯的吞嚥，悄聲道：「隱祕的愛戀。」

封琛慢慢看了過來，眼睛半瞇著上下打量顏布布，看上去有點危險。顏布布一個激靈，那些蕩漾的心思立即收好，正襟危坐道：「我沒

43

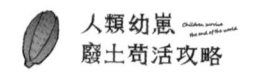

看那電影,我只是猜測。」

封琛收回目光,將手裡的線扯斷,拿起領帶轉頭對比努努說:「過來試試看。」

比努努飛快地跳下沙發,筆直地站到封琛面前,封琛便將那條小領帶繫上牠的脖子,開始打結。

顏布布卻不甘心就這麼放棄,趁熱打鐵地又湊過去,「醫療官說我要是結合熱的話,就要匹配一個哨兵,所以匹配就是這麼來的。當我結合熱的時候,我就要和你那個。」

封琛手下動作突然加重,比努努被勒住了脖子,嗷一聲後,一爪打在他手背上。

封琛又連忙將領帶撥鬆了些。

「我跟你說啊……」

「卷子做了嗎?作業寫了嗎?你自己說說有多少天沒做過卷子了?我們從海雲城帶走的那些卷子,你做了幾張?」封琛打斷了他。

顏布布傻眼了,「現在還要做那些卷子嗎?」

「你以為你進了嚮導班就能不做以前的題了?」封琛冷酷地指了下樓梯,「現在就去做一張。」

顏布布板著臉,坐著深呼吸了幾次,忽地起身,將地板踩得咚咚響地上了樓。

封琛繼續給比努努繫領帶,見牠盯著自己,便低聲道:「在心裡想想不就行了?還非要說出來……」

第二天去上課時,顏布布便依照封琛吩咐,把比努努和薩薩卡都帶上了。

比努努穿著一套嶄新的小軍裝,戴著帽子,繫著領帶,和黑獅一起

## 第二章

哥哥，我剛才覺得你好像和平常不一樣

跟著顏布布進了教學樓。

現在還沒上課，通道裡都是量子獸在閒逛，當牠們看見比努努後，都好奇地打量著，有些還跟了上來。

比努努最煩別人盯著牠看，哪怕是量子獸也不行。在來中心城的路上，蔡陶的狼犬愛盯著牠看，就挨過好幾次打。但牠此刻卻生生忍住了脾氣，既沒有發怒也沒有瞪回去，只是皺著眉一臉不耐煩。

顏布布看了一下滿教室的人，知道比努努不喜歡這樣的環境，便低聲問牠：「要不你就在樓下等我？你看這裡全部是同學，不會像哥哥說的那麼危險。」

比努努卻沒有理他，徑直走進了教室，黑獅便跟在後面。

「那你們去吧，我的座位是那個。」顏布布指給牠倆看。

第一名王晨笛和第二名劉思遠的兩隻量子獸依舊在講臺上打架。比努努與牠們擦身而過時，蹲身避開袋鼠的一拳，再從摔倒的海獺身上踏過去，目不斜視地往前走。

黑獅卻等著那倆打到一旁去了才通過講臺。

趙翠最先看見比努努，一邊織毛衣一邊驚喜道：「這是哪兒來的小漂亮啊，這可太俊了，這臉蛋兒青得喲，是化了妝嗎？看這小模樣，是哪兒來的小嚮導啊？」

趙翠的嗓門很大，又盯著比努努在看，顏布布有些擔心牠會生氣，但比努努不但沒有生氣，反而眉頭隱隱舒展。

顏布布解釋道：「這是我的硒固蛙量子獸，牠臉蛋兒沒有上色，就是這樣子的，叫做比努努。那一隻是我哥哥的量子獸，叫做薩薩卡。」

「這硒固蛙看著還有點像個小喪屍，哈哈哈。」趙翠絲毫不覺有異地笑起來，「不過你哥哥的量子獸還跟著你走嗎？」

「嗯，牠倆隨時都在一塊兒。」顏布布點頭。

另外幾個學員聽到聲音，轉過頭好奇地詢問：「比努努？誰的量子獸叫比努努？」

45

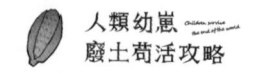

「我的，是我的。」顏布布道：「硒固蛙量子獸，名叫比努努。」

年紀大的學員不知道比努努，但年紀小的還是知道的，都盯著比努努看，嘴裡驚歎：「硒固蛙長得真的好像比努努，除了膚色不一樣，難怪你要給牠取個這樣的名字……這不會就是比努努吧？看著的確有些像小喪屍，哈哈哈，好有意思。」

顏布布摸了下比努努的腦袋，半真半假道：「哎，其實吧，牠就是比努努。」

學員們也沒當真，都笑了起來，稱讚道：「好吧好吧，牠就是比努努，好可愛。」

王穗子和陳文朝也走了過來，打量著比努努。王穗子神情越來越疑惑，顏布布知道她在想什麼，便挨近兩人低聲道：「真的是比努努，只是我被那咬過後，牠就成這樣了……所以只能說牠是硒固蛙。」

「啊！」王穗子震驚地捂住了嘴，又跺著腳小聲尖叫：「牠是真的比努努？居然是比努努？」

顏布布見她這樣興奮，心裡也很激動，「想不到吧？」

「對啊，量子獸不都是動物嗎？居然還有比努努！」

陳文朝一直盯著比努努，眼睛灼灼發亮，「也有虛幻量子獸的，福利院有個小哨兵的量子獸就是個小機器人。」

王穗子問：「那是為什麼？我也好想有個彩虹小仙女啊，天天在我身邊飛……」話音剛落，她便察覺到什麼，神情一變立即改口：「當然，什麼彩虹小仙女也比不上無尾熊好。」

陳文朝道：「可能越小進化越容易出虛幻量子獸吧，畢竟在他們看來，那些都是真實存在的。」

「但我無法把牠收進精神域裡，只能就這樣帶在身邊。」顏布布摸了下比努努的腦袋。

陳文朝和王穗子知道多半和喪屍有關，所以也沒有多問，只盯著比努努看。

## 第二章 ◆
### 哥哥，我剛才覺得你好像和平常不一樣

比努努雖然面朝黑板，卻開始沉著臉齜牙，黑獅連忙擋住牠，又安慰地舔了下牠的臉蛋。

王穗子又感嘆道：「真的好可愛啊，凶起來都這麼可愛……」

陳文朝補充：「有一種詭異的可愛。」

比努努便又平靜下來，還往旁邊挪了步，從黑獅身後站出來。

雖然比努努讓很多人聯想到了喪屍，但硒固蛙這個東西太罕見，並沒有誰真正見過，所以也並沒有在意。倒是別人的量子獸也跟進了教室，讓他們覺得很稀奇，更多地在議論黑獅。

很快的，上課鈴響，量子獸們紛紛被收回精神域，教室裡便只剩下了黑獅和比努努。

顏布布剛想問牠倆要不要去教室外玩，就見比努努走到教室最後一排的空位上坐下，黑獅左右看了看，便趴在牠身後。

教官走進教室，並沒注意到比努努，也沒看見被課桌擋著的黑獅，便開始上課。「這節是理論課，我們講一下現代戰爭裡的資訊化戰爭，都注意著點兒，下次考試會考這些內容。現在都把筆記本拿出來，準備做筆記。」

教官轉身在黑板上寫字，顏布布和其他同學一樣，從課桌裡拿出筆記本和筆。

他剛將筆記本在桌上攤開，就覺得袖子被扯了下。側過頭，看見比努努站在旁邊，眼睛盯著他的筆記本。

「這些在每個課桌裡都有，不需要我們自己準備，你去找。」顏布布低聲道。

比努努走回去打開課桌蓋，從裡面拿出嶄新的筆記本和筆，滿意地攤開在桌面上。

一堂課上到一半，教官才發現了最後一排的比努努。他疑惑地盯著比努努看了半响，走過去後，也看見了趴在牠身後的黑獅。

「這隻量子獸是誰的？」教官問。

47

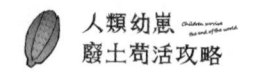

顏布布舉手,「是我的。」

「這是什麼量子獸?」

顏布布熟練地回道:「是硒固蛙。」

「硒固蛙⋯⋯一共兩隻,除了這隻硒固蛙,另外一隻獅子是誰的量子獸?」

顏布布道:「也是我的。」

「什麼?」

顏布布忙補充:「是我哥哥的量子獸,跟著我來上課。」

教官沉默半瞬,應該是想到顏布布的量子獸曾經也跟著他哥哥亂跑,所以沒有再說什麼,只道:「上課時是要將量子獸收進精神域的,不能任由牠們在教室裡亂轉,打擾課堂秩序。」

「牠們沒有亂轉,一個在認真學習,一個在趴著睡覺。」顏布布認真回道。

比努努只端正坐著,雙眼平視前方,像是他們在說的根本不是自己。教官低頭看了眼牠面前的筆記本,發現那上面畫著一排排小黑團,就像寫出的字似的,大小一致,排列均勻,看得出畫得還很認真。

教官頓了下,再轉身看其他學員的筆記本,頓時發出怒喝:「你這是寫的什麼?你能認清嗎?鬼畫符一樣的。」

那學員嘟囔:「我自己能認清就行了。」

「你呢?你的筆記本上怎麼一個字都沒有?」

趙翠把藏在膝蓋上的棒針毛線往裡塞,「教官,所有的知識我都記在心裡的呢。」

教官回到講臺上,痛心疾首地敲著黑板,「每次考試下來,幾個嚮導班裡你們班是倒數第一。看看你們的學習態度,一隻量子獸都比你們的學習態度要認真,你們怎麼不成為倒數第一?」

有學員嬉皮笑臉地道:「教官,證明我們班學習風氣好啊,連我們的量子獸都在認真學習。」

## 第二章
### 哥哥，我剛才覺得你好像和平常不一樣

「對對對，就是這個道理。」

教官恨恨地道：「不以為恥，反以為榮。」

下課後，王穗子便招呼顏布布：「下節課是訓練課，走了，去訓練室上課，快把量子獸放出來。」

她說完這句便頓了下，「你不用提前放，我是習慣了。」

顏布布帶著比努努和薩薩卡跟了上去，「訓練課是要連同量子獸一起訓練嗎？」

陳文朝在旁邊道：「是要和量子獸一起訓練的，但每堂課的內容不一樣，等會兒聽教官指令就行了。」

「這樣啊，好吧。」

訓練室在通道的另一頭，是個很大的房間。現在還沒上課，學員們站在教室門附近聊天，量子獸們則在房間裡追逐打鬧。

三十多隻量子獸放出來後，場面很是熱鬧。第一名的袋鼠和第二名的海獺在認真打架，其他量子獸就摟著在地上翻滾，或是追逐嬉戲，看著很是快活。

只有少數幾隻量子獸很安靜，比如比努努和黑獅，還有陳文朝的那隻短尾鱷，都安安靜靜地站在各自主人身旁。

上課後，所有人進了訓練室站好，正在打鬧的量子獸們也作鳥獸散，回到主人身邊站著。

教官走了進來，目光在所有人和量子獸身上掃了一遍。

「王晨笛、劉思遠，把你們的量子獸叫回來，上課了都還在後面打架，像什麼話？」

袋鼠和海獺終於分開，袋鼠還仗著腿長，抽冷子又踢了海獺一腳才往回走。

**人類幼崽**
**廢土苟活攻略**

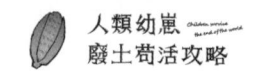

　　教官雙手背在身後，朗聲道：「這節課是訓練嚮導和量子獸的默契度。量子獸繞著訓練室跑五圈，路上會布下牠們看不見的紅外線障礙。你們能從可視眼鏡裡看見紅外線，再用精神聯繫告訴量子獸，讓牠們避開那些障礙。」

　　「喔……和上節課的內容差不多嘛。」

　　「嚇死我了，我還以為這節課難度要提高，結果還是過障礙，太輕鬆了。」

　　「輕鬆什麼啊，這個不光要靠配合，還要靠反應，我那量子獸雖然打架勇猛，但反應總是慢半拍，最怕這樣的訓練。」

　　顏布布沒有上過這種課，但也聽懂了教官的大概意思，特別是那句用精神聯繫告訴量子獸，讓他心生不妙。

　　「好了，現在是第一組名單，王穗子、林晨鈺、秦洪生……」教官拿出名單念了七、八個學員名字。

　　王穗子和另外幾人去教官那裡領了一副眼鏡戴上，在訓練室前方站成一排沒有動。而幾隻量子獸則走到訓練室右邊的劃線處，做出隨時準備衝出去的架式。

　　「王穗子，妳的量子獸呢？」教官問道。

　　王穗子回道：「馬上就好。」

　　等所有量子獸都站好位後，王穗子腳邊就出現了那隻無尾熊，慢吞吞地往劃線處走去。

　　全班學員都盯著牠，看牠走兩步停一下。教官顯然也習慣了，只擰著眉頭沒有說話。王穗子瞧著無尾熊實在是太慢，乾脆將牠抱到右邊劃線處再放下去。

　　「預備──」教官舉起手，幾隻量子獸都半俯下身，蓄勢待發，喉嚨裡發出呼嚕嚕的緊張聲響。

　　「開始！」

　　隨著教官一聲下令，量子獸們衝了出去，沿著寬大的訓練室邊緣奔

第二章 ◆
哥哥，我剛才覺得你好像和平常不一樣

跑前進。

原本安靜的學員們也頓時炸開了鍋，為牠們喊著加油。

顏布布的目光在量子獸和主人之間來回逡巡。他看見那幾隻量子獸在奔跑的過程中突然往左移，接著又迅速回位，再齊齊移向右邊，動作整齊劃一。

而牠們的主人就戴著那副眼鏡，站在原地沒有動。

他終於琢磨出這是怎麼回事了。這些量子獸雖然看不見障礙，但牠們的主人能看見，並通過精神聯繫告訴牠們，讓牠們在快速奔跑中也能避開那些障礙。

——完蛋！

顏布布瞥了眼旁邊的比努努，見牠看得很專心，便俯下身在牠耳邊道：「我們倆這堂課要墊底了。」

比努努一臉茫然，他便仔細講解了一番，最後道：「我們倆沒有精神聯繫，我看到的沒法告訴你啊。」

比努努聽完後沒有反應，卻慢慢移開視線，也不再去看那幾隻量子獸。顏布布看牠這副樣子有些心疼，便低聲安慰道：「你等會兒去隨便跑跑就回來，墊底就墊底唄，沒事的，反正我們打架又不會輸給別的量子獸。」

黑獅也輕輕和比努努撞了下頭，再安慰地在牠臉上舔了下。

滴，場內響起一道鈴聲。教官看了眼手上的顯示幕，大聲道：「林晨鈺，淘汰！」

站在王穗子身旁的那名學員摘下眼鏡，交還到旁邊盒子裡，而場裡一隻浣熊也停下奔跑，垂頭喪氣地走了回來。經過教官身側時，還將他身旁的凳子一爪子打翻。

教官冷眼看向那名學員，「林晨鈺，注意你的情緒。」

量子獸們在左移右躲中往前跑，動作敏捷且迅速。只有王穗子那隻無尾熊不緊不慢地，很快就被其他量子獸超過了兩圈。

51

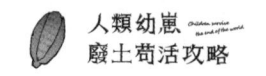

不過牠前進雖然慢，左右移動時卻毫不含糊，在躲避那看不見的障礙時迅如閃電。只是躲過後便又慢下來，還會坐在地上休息一下，看上去非常淡定，和現場激烈緊張的氛圍格格不入。

全程一共五圈，量子獸們陸續衝過了終點，除了中途被淘汰的那隻，就只剩下王穗子的無尾熊還在慢慢走。

那些學員都取下眼鏡回到了隊伍裡，只有王穗子還站在原地。教官抬腕看了下時間，道：「還有兩分鐘。」

「加油啊，無尾熊，你要走快點，時間快到啦！」

「走起來啊，你別坐著不動，快走起來。」

顏布布和其他學員一起對著無尾熊吶喊加油，大家倒也理智，沒誰喊快點跑起來。

誰知原本坐在地上的無尾熊，也不知道是不是覺得時間反正快到了，乾脆四仰八叉躺了下去。

顏布布：「……」

兩分鐘時間到，王穗子摘下眼鏡回到隊伍裡。顏布布見她神情有些沮喪，便低聲安慰道：「沒事的，以後牠應該會快起來的。」

王穗子幽怨地問道：「你覺得可能嗎？」

顏布布嘴唇翕動了下，還是沒能將可能兩個字成功說出口。

教官開始念第二批名單，顏布布已經做好了開場即淘汰的思想準備，但比努努顯然還沒準備好，看上去有些緊張，爪子揪住了旁邊黑獅的鬃毛。

「……陳文朝、趙翠、劉思明。」

第二批名單念完後，顏布布和比努努都緩緩鬆了口氣。

陳文朝和趙翠戴上了眼鏡，短吻鱷和大白鵝也站到了起始線上。站在牆邊觀看的學員們又開始了一波喧嘩，有些開始敲門板，「加油啊，衝啊。」

「預備──」教官抬起了手。

## 第二章
### 哥哥，我剛才覺得你好像和平常不一樣

「嘎！」大白鵝已經撲搧著翅膀衝了出去。

教官無奈地看向趙翠，「翠姐……」

「不好意思啊，重新來。」

「預備——」

「嘎！」

重來三次後，趙翠的大白鵝才沒有提前衝出去，只是在遇到第一道障礙時，其他量子獸都閃向右邊，只有她的大白鵝跑向左邊。

滴，鈴聲響起。

「趙翠，淘汰。」

「怎麼這麼快啊？是不是搞錯了？我的小白就是按照我給牠的路線跑的。」趙翠摘下眼鏡茫然地問教官，而她那隻大白鵝還在繼續往前衝，報錯的滴滴聲響個不停。

教官也戴著眼鏡，只面無表情地道：「看見那個紅線是要去躲，不是讓妳去撞。」

「是嗎？可是上次不就是去撞那些黃色的小方塊嗎？」

教官嘆了口氣，「翠姐啊，每堂課的內容不一樣的，妳能不能稍微認真聽一下課？」

趙翠的大白鵝不情不願地退了場，剩下的量子獸們還在繼續。

陳文朝那隻短吻鱷反應相當快，動作也迅速靈敏，始終超過其他幾隻量子獸半個身位。最後也沒有什麼懸念，一鱷當先地衝過了終點。

「小鱷你好棒啊，你好厲害。」顏布布一直在拚命鼓掌，又高興地問比努努：「陳文朝的鱷魚是不是超級厲害？」

比努努只冷冷地盯著他，渾身透出森寒之氣，顏布布又鼓了兩下掌後，訕訕地收回手，也不再吭聲了。

「下一組，顏布布、王晨笛、劉思遠……」

顏布布在聽到自己名字後一個激靈，比努努也站直了身體。

聽到自己名字的學員都開始往那邊走，只有顏布布還站著沒動。

**人類幼崽廢土苟活攻略**

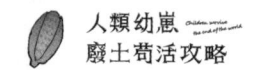

顏布布身旁的同學開始叫他：「顏布布，有你的名字，你在這一組，快過去。」

該來的總要來，顏布布只得硬著頭皮出列，邊走邊往回看，想看比努努跟來了沒有。結果不止比努努，連薩薩卡也跟上來了。

顏布布從桌上盒子裡掏出眼鏡戴上，往四周張望了一下，並沒有發現有什麼異常，便去和其他幾名學員站在了一排。比努努和薩薩卡則去了右邊的起跑線上。

另外幾隻量子獸已經在做準備，那隻袋鼠不停原地小跳，還活動著脖子和手腕，架式看上去很老道。

「準備——」教官下令。

顏布布心跳頓時加速，看見那些量子獸都進入了準備狀態，比努努和薩薩卡也伏低了身體，眼睛直盯著前方。

幾秒後，那聲開始遲遲沒有到來，教官疑惑地問：「顏布布，到底硒固蛙是你的量子獸，還是獅子是你的量子獸？」

「啊？是硒固蛙。」

「那獅子怎麼也去了？這個要精神聯繫的，你讓獅子回來。」

顏布布便大聲問黑獅：「薩薩卡，你要回來嗎？」

黑獅搖了搖頭。

教官對顏布布道：「我們是在上課，在訓練，牠主人沒在這裡，你讓牠去旁邊看著就行了，不要在這兒搗亂。」

黑獅沉默地轉回了頭，表示出拒絕的態度。

「教官，牠不想回來。」顏布布見黑獅不願意回來，知道牠想陪比努努，又狡黠地補充：「牠是我哥哥的量子獸，不聽我的話，我也沒辦法啊。」

教官挺好說話，反正也只是訓練，也就不再說什麼，只抬起了手，「準備——開始！」

一聲令下，顏布布眼前瞬間多出了許多紅色的光束。它們分布在訓

第二章 ◆
哥哥，我剛才覺得你好像和平常不一樣

練室的四周，擋在量子獸們前進的路線上，有些還在左右移動著。

起始線上的量子獸已經衝了出去，比努努最為迅捷，在不到半秒的時間內，已經超過了其他量子獸半個身位。

眼見前方就是第一道紅線，而且正處在比努努的前方。顏布布以為牠會就這樣一頭撞上去時，薩薩卡卻突然越過牠，側身微微擋住，將牠奔跑的速度壓緩，讓其他量子獸從身邊擦過去。

比努努便落後了其他量子獸半個身位。

到了第一道紅線處，袋鼠和海獺率先往右邊閃，其他幾名學員的量子獸緊跟其後，也向著右邊閃出。

黑獅一直盯著前方幾隻量子獸的腳，在牠們剛抬步往右移動時，也推著比努努往右，於是牠倆在跑到紅線位置時，一起避過了那道紅線。

顏布布原以為牠倆在第一道線上就會被淘汰，沒想到竟然通過了，啊地一聲尖叫，在原地蹦了起來。

比努努很想衝到第一，但薩薩卡一直壓著牠的速度，在牠幾次想提速時都側身擋著，讓牠始終只能跟在其他量子獸身後，落後半個身位。

薩薩卡的眼睛也緊盯著前方幾隻量子獸的腳爪，在牠們轉變方向的同時便推擠比努努，讓牠也跟著一起調整前進方向。

量子獸們迅速飛奔著，避開一道又一道的無形障礙，偌大的訓練場內，響起學員們的陣陣驚呼。

大家並不知道比努努和顏布布並沒有精神連接，但知道黑獅的主人是沒在這裡的，眼見牠竟然能一起跟上，又是震驚又是佩服。

「獅子是跟著其他量子獸身後在跑吧？但怎麼看上去就和牠們齊頭並進似的。」

「對啊，牠就一直跟著。關鍵是速度這麼快，又只比其他量子獸落後一點點，這就需要很強的觀察力和判斷力才行。」

「這是顏布布他哥的量子獸吧，好厲害。」

「那他哥也一定很厲害，不然量子獸不會這麼強。」

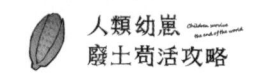

顏布布激動萬分，跳著腳為兩隻量子獸加油：「比努努加油！薩薩卡加油！比努努你超棒！薩薩卡你超棒！」

因為戴著眼鏡，視野不怎麼清晰，顏布布乾脆將眼鏡摘掉，拿在手裡激動揮舞。

王穗子看見了，連忙擠過去拉他，「你幹麼把眼鏡摘了？眼鏡要戴上啊。」

顏布布這才想起自己還要裝著和比努努有精神連接，連忙又將眼鏡戴上。還好其他學員和教官都看著場內的量子獸，沒有誰注意到他。

袋鼠和海獺一直都處在領先位置，且不分前後。但也不知道是誰先動的手，兩隻量子獸跑著跑著便開始互相使絆子，你推我一下，我撓你一爪，反而都慢下了速度，被一隻斑羚給超了過去。

薩薩卡始終看著前方，目光沉穩且鎮定，現在也立即調換了跟隨對象，帶著比努努跟上斑羚，一起超過了袋鼠和海獺。

量子獸們的速度迅捷如風，很快就跑過了四圈。在最後一圈時，所有學員都在吶喊助威，顏布布更是高聲尖叫，弓起背脹紅著臉，脖子上鼓起道道青筋，「比努努加油，薩薩卡加油……」

教官就站在他不遠處，乾脆抬手摀住了耳朵。

海獺和袋鼠察覺到不妙，互相也不打架了，只埋頭衝刺。幾隻量子獸都發力衝向終點，互相只落後半個身位。

目前第一的是斑羚，後面緊跟著比努努和薩薩卡，再後面則是其他學員的量子獸。

終點線就在前方 10 公尺處，這裡已經沒有再設置障礙，顏布布一把摘下眼鏡，雙手攏在嘴邊大喊：「直接衝啊！衝！」

黑獅在聽到他喊聲時，便用腦袋頂了下旁邊的比努努，再往旁挪了半步拉開距離，不再壓著牠的速度。

比努努和黑獅之間非常有默契，立即一個彈躍騰空而起，像是一枚炮彈般直衝向前，在那隻斑羚快要到達終點時，率先衝過了終點。

## 第二章
### 哥哥，我剛才覺得你好像和平常不一樣

緊跟著便是不分先後的黑獅和斑羚，再後邊是其他量子獸，原本跑在前兩名的袋鼠和海獺落在了最後。

「啊啊啊啊啊！」顏布布摘下眼鏡衝向兩隻量子獸，將比努努和黑獅都攬在懷裡，「你們好厲害，好厲害！啊啊啊啊！」接著又分別在兩隻量子獸臉上親。

比努努被顏布布緊箍著親了兩下後，就將他的臉推遠，顏布布又將牠抱起來拋向半空，落下後接住再繼續拋出。

比努努皺著眉盯著忽近忽遠的天花板，卻也沒有掙扎。黑獅在旁邊靜靜地看著，在比努努被放下地後，用黑鼻頭在牠頭頂輕輕碰了下。

上午第二節的課後時間很長，於是下課後，顏布布便讓比努努和薩薩卡回教室，自己去樓上教室找封琛報喜。

樓上也是三個班，兩個哨兵班和一個嚮導班。

顏布布找到哨兵二班，站在教室門口探頭探腦地往裡看。

一群哨兵正圍在一起掰手腕，喊聲震天，他們的量子獸便在教室後面的空地上摔跤，互相摔成一團。而封琛一個人坐在窗邊看書，無視周遭的喧嘩吵鬧，神情從容而淡定。一束燈光從他頭頂投落，柔和了他的五官線條，看上去既乾淨又冷清。

顏布布在看到他的第一眼，心臟便像被什麼輕輕敲了下，發出嗡嗡的回聲。其他人就成了虛化的背景，眼裡只剩下了他一個人。

顏布布見沒人注意自己，便慢慢蹭進了教室裡。

一名哨兵首先發現了他，立即便去捅身旁的人，興奮道：「欸、欸，快看。」

「幹什麼……」那哨兵不耐煩地轉頭，目光落在顏布布身上後便沒有了聲音。

57

**人類幼崽**
**廢土苟活攻略**

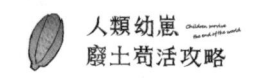

　　正在掰手腕的一群哨兵都看向顏布布，喧囂聲變小，一邊盯著他看一邊竊竊私語。

　　「他是來找誰的？」

　　「……是我喜歡的款，他好像在看我，是不是來找我的？」

　　「我怎麼從來沒見過他，你們見過嗎？」

　　「是新學員，在玉米地裡殺沙丘蟲的時候我見過一次。」

　　顏布布被一群哨兵直勾勾地盯著，心裡開始發毛。他懷疑是不是早上沒梳好頭，便用手去摸了摸頭頂。頭髮沒問題，他又用手背去擦自己的臉。

　　哨兵們發出幾聲抽氣聲。

　　「嘶──他懷疑臉上髒了。」

　　「我們全部去看他腳，他又會脫掉鞋檢查，你信不信？」

　　「哎哎哎，別看了，你看他走路在同手同腳了。」

　　有哨兵發出悶笑，「轉回去，都轉回去。」

　　哨兵們的議論聲越來越大，正在看書的封琛抬起頭，看見了剛走進他這條通道的顏布布。

　　封琛微微側頭往哨兵們的方向看了眼，便站起身，走到顏布布面前，牽著他往自己座位走。

　　他身形高大，將顏布布整個擋在了後面，目光看向那些哨兵，裡面含著明顯的警告。

　　「……是封琛的嚮導啊。」

　　「來來來，繼續掰腕子，剛才誰輸了。」

　　「哎，我說你別看了，人家有哨兵，看也是白看。」

　　封琛讓顏布布坐在自己座位上，他去拖過旁邊空座位的椅子坐在旁邊。顏布布端著椅子往旁邊挪，和他貼在一起。

　　顏布布剛被一整班的哨兵盯著看，現在還有些莫名心虛，便低聲問封琛：「你看看我臉上有髒東西沒，還有衣服，衣服穿好了沒？」

第二章 ◆
哥哥，我剛才覺得你好像和平常不一樣

「沒什麼問題。」封琛說。

顏布布有些惴惴：「那他們一直看著我……我剛才好緊張，生怕我有什麼不合適的地方，讓你被別人笑。」

封琛見他神情忐忑，又瞥了下自己的腿，將那句「當著別人的面就別擠在一個座位」的話嚥了下去。

「沒有不合適的。」

「唔，好……」顏布布點了點頭，琢磨著道：「那他們應該是覺得我很好看，所以一直看著我。」

「課間只有20分鐘，你應該留在教室裡看看書，做兩道題。」封琛道。

「我就知道你要我看書。」顏布布哼了聲，反手抽出一本別在腰後的書，啪地丟在課桌上，「看見沒？準備好了的。」

顏布布假模假樣地翻開書，突然就想起剛才站在教室門口看到的封琛，便用胳膊肘撞了撞他，低聲道：「哥哥，我剛才覺得你好像和平常不一樣。」

「喔？我應該是怎麼樣的？」

封琛兩手擱在桌上，一隻手裡轉著鉛筆。

顏布布慢慢回憶：「我覺得你應該躺在躺椅上，腳就搭在飄窗上，旁邊放上一壺熱水，過一會兒就要喊：『顏布布，給我把音樂放上。顏布布，作業做好了嗎？過來，在我旁邊做作業……』」

顏布布說到這裡便慢慢停下了聲音，封琛轉頭看向他，「繼續。」

「繼續啊……可是你剛才的樣子，和在家裡的時候完全不一樣，就很……很……很不一樣。當然也非常好看，不像是你，像是另一個人似的好看，看得我心裡都咯噔了一下……」

封琛眼眸沉沉地看著顏布布，目光認真且專注。

顏布布覺得心臟又開始不受控制地亂跳，聲音越來越小，也不敢和他對視，視線左右亂飄。

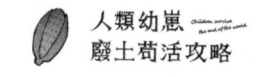

「你別這樣看著我了。」他背轉身去，臉朝著窗外。

「為什麼？」

「……反正你這樣很奇怪。」

封琛的目光落在顏布布的耳朵上，看著那片小小的耳垂泛起了紅，並逐漸向著周圍肌膚浸潤，連帶著脖子也染上了一層粉紅。

「我很奇怪？我哪裡奇怪了？」封琛低沉的聲音像是柔軟的絲綢，擦過顏布布的耳朵。

「你也別說話了。」

封琛眼睛裡露出一絲笑意，「不准我說話也不准我看你？」

顏布布繼續用後腦杓對著他，「對，反正你現在有些奇怪。」

封琛挑了下眉，果然轉頭看書，不說話也不看他了。

顏布布就這樣靜坐了幾分鐘，才突然想起自己是來做什麼的，輕輕地啊了一聲後轉回頭，「剛才那節課是和量子獸一起跑障礙賽，比努努和薩薩卡好厲害，跑到了第一和第二。」

封琛緩緩翻過一頁書，眼睛盯著書沒說話，只抬起左手對他豎起了大拇指。

顏布布頓了下：「你現在可以看我也可以說話了。」

封琛果然便合上書看向了他。

顏布布定了心神，開始眉飛色舞地講述剛才那堂課的情景，說到興奮處也配上了動作，時不時閃一下身體，「薩薩卡就這樣將牠擠到右邊……我喊衝！比努努就飛一樣的衝出去了……太厲害了，真的，你當時不在，要是你在的話，肯定會高興死的……」

他眉眼生動，語氣活潑，雖然聽不清說的什麼，但那些原本還在掰手腕的哨兵又停下喧鬧，轉頭看著他。

封琛不動聲色地側頭看向後方，哨兵們趕緊又圍攏，「來來來，繼續，該誰了？快點，剛才是你輸了。」

顏布布繪聲繪色地說完後，封琛看時間快上課了，便催促他回教

室,他這才戀戀不捨地站起身。

「中午我來你教室門口接你一起去吃飯。」

封琛說:「不用,你就在樓下等著。」

「不,我要來接你。」顏布布黏糊糊地靠在他肩上。

「行吧行吧,那快走。」封琛像是趕蒼蠅般揮手,他這才拿起自己的書出教室。

自從有了教官的默許,比努努和黑獅便每天和顏布布一起上課。特別是比努努,儼然也成了一名學員,每天上課很認真,小爪子握著筆在筆記本上塗黑團。

顏布布同王穗子和陳文朝親近些,三人總是在一起。而丁宏升和蔡陶也總是去找封琛,不知不覺中,幾人便形成了個小團體,只要沒上課就會在一起。

吃過晚飯後,封琛也會帶著顏布布出校門,像是散步般在附近閒逛。雖然這片區域防守嚴密,不允許其他無關人員進入,但學員們還是可以自由活動。

兩人會慢慢往學院左邊走,路過研究所那幾棟小樓。

路燈光照下,研究所外的圍牆光滑無比,頂端還另外裝著幾公尺高的電網。緊閉的大門外有著一隊士兵值崗,哪怕封琛兩人散步路過,他們也會警惕地看過來,直到兩人離開大門口才收回視線。

「去研究所背後看看。」封琛帶著顏布布繞到了研究所後方。

後面倒是沒有士兵駐守,圍牆上也沒瞧見有什麼攝影機,顏布布正想提議走近點,封琛便拉著他往離開的方向走。

「怎麼了?不多看一會兒嗎?還可以研究下地形。」顏布布問。

封琛攬住他的肩膀,「不用再看了,這種金屬圍牆上如果沒有外露

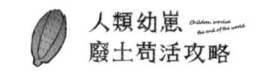

的攝影機，那麼必定在牆身裡裝了空氣震感器之類的監測器。要翻過圍牆的話，必須要找到監測器的位置，先把它拆掉才行。」

「這可太難進去了，要不我們試試打地洞？不行啊，我們腳下沒有土，磚塊下就是金屬板，這可怎麼辦呢……」顏布布煩惱地不停嘟囔。

「不著急，總會等到機會的。」封琛回頭看了眼研究所，話題又轉到了顏布布身上，「你今天學了什麼？」

封琛每天都會問顏布布的學習進度，他說到今天的課程就來了勁：「我們今天有槍械課，練習的是手槍，我都沒有脫靶過，有一次還打了個八環。」

「不錯。」封琛欣慰點頭，「理論課呢？」

「……理論課。」顏布布開始支支吾吾：「好像，好像是現代戰爭中、現代戰爭中資訊戰爭的重要性，還有嚮導如何在戰鬥中充分運用精神力的作用。」

「那你有總結教官講的主要內容嗎？說來我聽聽。」封琛不緊不慢地往前走。

顏布布卡了殼：「啊……這個啊。」

「教官講的時候你記筆記了嗎？」

顏布布精神一振，聲音也洪亮起來：「記了，我記筆記可認真了，教官讓記什麼我就記什麼。」

封琛知道顏布布學習時很聽教官話，讓記什麼就記什麼。他也看過顏布布的筆記本，一些教官不會讓人記的內容他也會記，應該是把整個板書都完整地抄了下來。

「那你理解了那些筆記的內容嗎？」封琛問。

顏布布點頭，「理解了。」

「好，我問你，當一位哨兵進入感官嚴重失衡的危險狀態，也就是神遊狀態時，嚮導不光要將他拉出神遊狀態，還要給另外的哨兵梳理，同時要控制變異種。那麼這名嚮導的精神力該如何分配才合適？」

## 第二章
### 哥哥，我剛才覺得你好像和平常不一樣

「如何分配啊，那肯定是要分給已經進入神遊狀態的哨兵多一些。」顏布布肯定地回答道。

封琛沒有做聲，顏布布偷瞥他臉色，覺得那神情不像是答對了，便又改口道：「等等，我覺得應該多分配精神力去控制變異種。」

封琛依舊面無表情，顏布布腦中飛速轉動，眼睛一直瞟著封琛，「不對，我再想想，應該是給另外一名哨兵……也不對，還是要給那名神遊狀態的哨兵多點，畢竟都神遊了嘛，對不對？於情於理也應該多一點。」

封琛慢慢轉頭看向顏布布，「遇到這種情況的話，嚮導應該立即放棄控制變異種，分出所有精神力的 3/5 去拉出神遊狀態的哨兵，1/5 給另外一名哨兵梳理，留下 1/5 精神力不要動用，用來應對緊急情況。」

「是這樣的，對，就是這樣。」顏布布滿臉折服，「哥哥你真是太厲害了，我都不大記得住，你是怎麼知道這些嚮導知識的啊？」

封琛停下腳步冷冷地道：「因為這就是你昨天筆記本上記下的題，我連題帶答案原封不動地給你背了一遍。」

「是嗎？是我記在筆記本上的嗎？」顏布布震驚道：「不可能吧，我怎麼不記得？」

封琛和煦地微笑起來，「你昨天記了兩頁，就在第一頁中間。」

「哈哈，原來這樣啊，我都沒有什麼印象了。」

顏布布也跟著笑，笑著笑著發現封琛已經沉下了臉，便也收起笑，緊張地屏住了呼吸。

「顏布布，你腦子裡裝的都是豆腐渣，10 年不變質的豆腐渣！」封琛陡然大喝，嚇得顏布布一個哆嗦。「馬上回去給我背，今晚把筆記本背下來三頁。」

「……三頁啊。」

封琛冷笑道：「三頁不夠是吧？那就背五頁，睡覺前我要檢查，不背好不准睡覺。」

人類幼崽
廢土苟活攻略

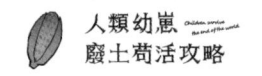

顏布布不再吭聲，只撐過頭恨恨地瞧著路旁的花壇。

「顏布布，你知不知道你就要考試了？我也不指望你能考出個怎麼樣，但你好歹把趙翠考過去行不行？」

顏布布終於忍不住了，不可思議地看向封琛，「可是翠姐是班上最後一名啊。」

「不然呢？」封琛垂眸看著他，「我對你的要求就是這麼低，只要把翠姐考過就行。」

黑獅剛才駄著比努努在空蕩蕩的人行道上瘋跑，現在剛好回到兩人身旁，比努努聽到兩人的對話後，神情就變得有些緊張。

回到家後，顏布布便沒有上樓，坐在沙發上背筆記本上的內容。比努努也掏出牠那個畫滿黑團的筆記本看。黑獅就趴在牠背後，給牠當做靠枕。

封琛從樓梯上往下看，見一人一量子獸都在認真學習，神情露出了稍許欣慰。

第二天大課間時，顏布布照例在聽到下課鈴的第一時間就站起身，準備去樓上找封琛。結果剛站起身，就看到趙翠拿著筆和尺在書本上劃線，動作便遲疑了下來。

他想起封琛的話，只要把翠姐考過就行，見到翠姐這麼努力，他又坐了下去，默默地拿出筆記本開始翻看。

「哎，怎麼這麼認真了？」王穗子在前面轉過身問。

顏布布有些苦惱地道：「我怕考差了我哥哥會生氣。」

「差又能差到哪兒去？反正有我墊底，別慌。」趙翠的聲音從旁邊傳來。

顏布布轉頭看她，「可是翠姐妳下課都在做題，我很慌啊。」

64

## 第二章
### 哥哥，我剛才覺得你好像和平常不一樣

「做題？做什麼題？」趙翠拿出一把剪刀，開始在那本書上喀喀地剪，「好不容易找了本別人不要的廢書，我來剪個鞋墊樣子納雙鞋墊，那作戰靴穿著汗腳，墊個腳墊就舒服了。」

「我又不需要理論知識進軍銜，教官講的那些我也聽不懂，只要知道作戰的時候怎麼給哨兵梳理精神域，怎麼幫助控場，安安心心地做個士兵就行了。」趙翠道。

顏布布考她道：「翠姐我問妳，當一位哨兵進入神遊狀態時，妳要將他拉出神遊狀態，還要給另外的哨兵梳理，同時要控制變異種，妳怎麼分配精神力？」

「都神遊了還管什麼變異種？先把他拉出來，再給另一名哨兵梳理，自己保留一點精神力不就行了？」趙翠咬掉線頭，輕鬆回道。

顏布布原本是想找回一點學習的信心，聽到趙翠的回答後如遭雷擊，怔怔了半晌後才喃喃道：「……我真的要倒數第一了。」

趙翠看了他一眼，安慰道：「不會的，還有我呢。」

「我要是考不好的話，哥哥肯定會罵我是個文盲。」顏布布想了下：「我是想好好學的，可腦子卻學不進去怎麼辦？我昨晚上背了書，現在又記不起來了……就又不想學了。」

趙翠說：「那你就多背幾遍，你現在學習的動力還不夠。」

「那要怎麼才能有很夠的學習動力呢？」顏布布虛心請教。

趙翠擱下剪刀，「你不是怕你哥罵你嗎？這就是動力。」

「也不算太怕吧……反正只要挺過他罵我的時候就行了，大不了再罰我做卷子。」

趙翠循循善誘：「那你想不想罵你哥呢？想不想嘲他是個文盲，把卷子拍在他面前讓他做呢？」

趙翠每說一句，顏布布眼睛就亮上一分，最後定定看著書出神，神情似歡喜、似憧憬。

趙翠重新拿起剪刀，意味深長地問：「動力夠了嗎？」

65

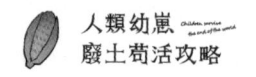

顏布布倏地轉頭，鄭重道：「謝謝翠姐，我今天還要背上五遍，就不信把它記不住。」

「好，那就快學。」趙翠笑著搖頭，開始拿起了針線。片刻後又輕輕嘆息了聲，「哎，這樣的日子不知道還能過多久⋯⋯」

時間過去了半個月，哨嚮學院開始了一月一度的考試。第一天考理論，理論考完後便進行戰鬥能力評測。

「我不指望你們能考過一班和二班，但你們能不能考過四班，不做嚮導班的倒數第一？」嚮導三班的教官將講桌拍得啪啪響，又大聲喝問：「現在回答我，你們對考出好成績有沒有信心？」

「有⋯⋯」

「有吧。」

「還是有一點的。」

稀稀拉拉的回答聲響起，還帶著不確定的遲疑。

「回答得都有氣無力的，這叫有信心？」教官喝道：「有信心考出好成績的舉手。」

全班安靜下來，只有比努努倏地站起身，將爪子舉得老高。

教官環視一周，緩緩開口：「全班只有量子獸有信心嗎？還沒開始考試，你們就是這副消極態度？」

第一名和第二名相繼舉手，其他同學也陸續把手舉了起來。

教官搖搖頭，長嘆一聲：「算了，你們就好好考，哪怕不會做題也要把時間坐滿。趙翠，特別是妳，考試期間態度要端正。妳可以趴著睡覺，但是不要在考場裡織毛衣，能不能做到？」

「能做到，教官。」趙翠應聲。

考試時是兩名教官監考，負責分發試卷的副教官將考卷發到每個人

## 第二章
### 哥哥，我剛才覺得你好像和平常不一樣

手裡。經過比努努身旁時，見牠坐得端端正正地盯著自己，桌面上也擺放好了文具，便也給牠發了一張。

叮一聲響，大家開始答題。

顏布布將考卷看了一遍，驚喜地發現有幾道題他背得很熟，知道正確答案。還有些雖然記得不大牢，但也看過，有些似是而非的印象，連猜帶蒙地也比一頭霧水要強。

至於那些實在是做不來的，他也認真對待，絕不放鬆。字是要填得滿滿的，包括卷子邊的空白處也不能放過。

整個學院都在考試，非常安靜，通道裡有教官走路都輕手輕腳。考場裡只聽見筆尖落在考卷上的沙沙聲，中間夾雜著趙翠的如雷鼾聲。

顏布布將卷子做了一半後才抬頭看其他學員，又轉頭去看比努努。

比努努也非常認真，微皺著眉頭，小爪子裡握著筆，在那些空格裡塗塗抹抹。也不知道是不是塗抹的黑團讓牠不滿意，牠又拿起修正液在擦拭。

「不要東張西望，時間不多了。」

教官在提醒，顏布布便不再看比努努，只專心答剩下的題。

等到考試結束的鈴聲響起時，顏布布快速交卷。比努努也站起身，但見有些學員還在抓緊最後的時間修改答案，便也抓起筆繼續塗抹。

「行了，時間到，所有學員都放下筆離開教室。」副教官直接將那些學員的卷子收了，在抽掉比努努卷子時，牠爭分奪秒地又畫了兩筆。

黑獅一直等在教室外，在顏布布和比努努出了教室後，便過去在顏布布身上蹭了蹭，再輕輕碰了下比努努腦袋。

「哥哥還在考嗎？」顏布布問。

黑獅點了下頭。

「走，我們去他教室外等著。」

哨兵班的考試時間比嚮導班多半個小時，顏布布想去樓上等封琛。但在樓梯口便被不認識的教官攔住不准上樓，他便只得帶著兩隻量子獸

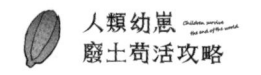

去操場上等。」

操場上已經站著很多嚮導，有些在對答案，有些在嬉鬧，也有人像顏布布一樣在等自己的哨兵。

叮！考試結束的鈴聲響起，顏布布下意識看向教學樓。

可那鈴聲才響了兩秒，另一道尖銳刺耳的聲響便突然灌入耳裡，炸響在整個學院上空。

操場上所有人都立即噤聲，接著便反應過來這是學院出任務的警報，便四處張望，又緊張地互相詢問。

「這是二級警報，在兩分鐘內就要集合的警報。」

「是不是種植園又被變異種攻擊了？」

「你們還傻站著幹什麼？快出校門，出去上車！」

警報聲還沒停下，操場上的嚮導們開始往大門方向奔跑。教學樓出口也湧出了很多哨兵，顯然是在聽到警報的同時便衝出了教室。

「1層各區都出現喪屍襲擊事件，所有學員立即出發前往1層。再通知一遍，1層各區都出現喪屍襲擊事件，所有學員立即出發前往1層⋯⋯」

隨著廣播聲起，教官吹響長哨，學院大門緩緩打開，數輛軍用卡車從車庫陸續開出，停在了大門外。

顏布布一眼就看見了正跑出教學樓的封琛，連忙對著他揮手，「哥哥！哥哥！」

封琛也在邊跑邊望，看見顏布布後，便抬手對他指了下大門。顏布布會意，也帶著兩隻量子獸衝了過去。

事情緊急，學員們就近上車，坐滿後就去往下一輛。

「顏布布，這邊、這邊。」

顏布布和封琛正要上車，就聽到後面那輛車上傳來王穗子的聲音：「快過來，我和陳文朝在等你。」

顏布布兩人爬上後面的車，還沒站穩，車輛便啟動，蔡陶和丁宏升

## 第二章
### 哥哥，我剛才覺得你好像和平常不一樣

卻大呼小叫地從後方追了上來：「等等，還有人，等等⋯⋯」

「快點快點快點。」顏布布和王穗子站在車尾大叫。

蔡陶兩人跟著卡車跑了幾步後，抓著車架跳上了車。

載滿學員的卡車直接駛向卡口，沒過幾分鐘，後面又響起了警笛聲。幾輛越野車越過學院車隊，風馳電掣地駛向前方。

丁宏升見封琛在看那幾輛越野車，便對他解釋：「那是研究所的車，遇到二級警報時，研究所的士兵也要去增援。」

封琛點了下頭沒作聲，卻一直看著那幾輛車，直到消失在路盡頭才轉開目光。

因為是突發事件，學員們都沒有準備好，每輛車上都有後勤人員在分發裝備。哨兵是作戰服、突擊步槍和急救包，嚮導也大致相同，只是突擊步槍換成了手槍。

「各車的學員儘速裝備，20分鐘後將到達關卡。」車內的擴音器傳出總指揮的聲音。

大家就在車裡開始換衣，顏布布脫掉制服穿上作戰服，揹上鼓鼓囊囊的背包，封琛又拿起一個對講機別在他肩頭，將耳麥夾在他耳廓上。

封琛給顏布布裝備好，轉頭看看比努努，把牠腰後的一把手槍給取了出來，「小孩子不要碰危險品。」

比努努沉下臉，喉嚨裡發出不滿的呼嚕聲，封琛便又把槍遞給了牠，「嚮導的手槍多用來自保，如果你怕的話，那就帶上吧。」

比努努停下了呼嚕，也不去接槍，將兩隻爪子背在了身後。

蔡陶一邊戴鋼盔一邊問：「哎，你們誰知道1層的情況？」

「別著急，總指揮肯定會講的。」丁宏升道。

他話音剛落，擴音器裡就響起了總指揮的聲音。

「今天有一處安置點突發喪屍事件，因為沒有即時控制住局面，讓很多租住點都被喪屍感染。軍隊正在清理各大安置點，哨嚮學院則負責租住點。以車輛為單位，最前面十輛車去往A區，中間十輛去往B

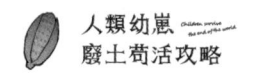

區，剩下的去往 C 區⋯⋯」

車隊很快駛到哨卡處，一輛輛開上傳送板魚貫下降。顏布布他們這輛車處於車隊中部，當下降到 1 層時，便和前面的車分路，帶著身後的九輛卡車駛往 B 區方向。

四面八方都有槍聲，很多地方騰起濃濃黑煙，以往空蕩蕩的大街上滿是驚慌奔走的行人，士兵拿著擴音器在維持秩序：「不要慌，不要亂跑，從這邊走，從這邊去往廣場⋯⋯」

每個區除了安置點還有好些租戶點，這些租住點都是沿街看到的那種平房，密密匝匝地修建在一起，形成一個個小區域。

顏布布他們這輛卡車停在了一個租住點前方，車廂後擋板噹啷一聲放下。

「全部下車，走！」封琛攬住顏布布的腰躍下車，其他哨兵嚮導也趕緊跟上。

雖然卡車並不高，但哨兵們在下車時，都會去扶一把身旁的嚮導。蔡陶見丁宏升扶著一名嚮導跳下了車，恰好自己身旁也站著陳文朝，便也伸手去扶他。

陳文朝冷不丁被拎起了一隻胳膊，皺著眉問道：「你幹麼？」

蔡陶說：「我扶你下車。」

「那你掏我胳肢窩幹麼？」

蔡陶愣了下，連忙要將手往下挪，但陳文朝已經揮胳膊甩掉他的手，乾淨利索地跳下了車。

眼前便是 B 區的一租住點，簡陋的平房挨擠在一起，深處還傳來陣陣驚叫。

他們這輛車上一共有二十名學員，分別是十五名哨兵和五名嚮導。因為沒有教官帶隊，封琛便端起突擊步槍走在最前，並從對講機裡分配任務：「來四名哨兵跟著我走前面，蔡陶帶三人守住左右，丁宏升和剩下的哨兵走在最後，嚮導們走中間。」

## 第二章
### 哥哥，我剛才覺得你好像和平常不一樣

「好。」蔡陶端著槍上前，其他哨兵也各自站位。

這是一條漆黑的小巷，一行人順著巷道往前小跑，顏布布和另外四名嚮導被哨兵圍在中間。

兩旁的平房大多敞開著門，離街道近的住戶應該已經逃了，只有裡面的住戶還沒來得及跑掉。有幾處房子燃著火，住戶正在提水澆火，哪怕是租住點深處時不時傳來幾聲慘嚎和哭叫，顯然還有喪屍，但誰也不甘心自己的家就這麼沒了。

逃離的人群從巷子往外跑，在看見顏布布他們這群學員後，立即湧上來尋求保護。

「都不要慌，這一段沒有喪屍，不要怕，也不要擁擠。」封琛轉頭命令：「去名哨兵把他們護送出去。」

「是。」一名站在右邊的哨兵出列，「走走走，快跟我走，都跟上不要掉隊。」

人群跟著那名哨兵往外逃，顏布布他們一行人繼續往裡衝。

蔡陶看著兩邊的房屋，「封哥，這些房子不搜查一下嗎？」

封琛回道：「不用，這裡到處都是人，如果有喪屍的話，它們早就衝出來了。」

這條巷道並不寬，他們既要前進，還要留半條道給反向通過的人。量子獸們無處落腳，乾脆躍上兩旁的房屋，在房頂上跟著主人往前。

「你怕不怕？」顏布布聽到身旁的王穗子在輕聲問。

他看了眼前方封琛的背影，只覺得非常安心，便回道：「不怕。」

「我還是有點慌⋯⋯」

顏布布便騰出隻手牽著她，安慰道：「別慌，我哥哥在這兒，妳絕對會安全的。」

「這狼犬是誰的啊，能不能讓牠上牆？」身後的陳文朝突然開口。

蔡陶回道：「牠在保護你。」

「有這麼保護的嗎？牠就擠在我兩條腿中間走，你確定牠不是在尋

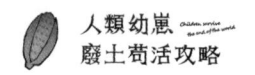

求我的保護？」

　　蔡陶噴了聲：「事兒怎麼這麼多？不是巷子窄走不開嗎？」

　　「那你說，我腿中間夾條狼犬該怎麼走路？」陳文朝壓抑著怒氣低吼：「你他媽的就不能讓牠上牆？」

　　陳文朝的那隻短吻鱷正在牆頭上行走，邊走邊用那雙凸起的眼睛冰冷地注視著狼犬，似乎隨時都準備撲下來撕咬。

　　「哎算了算了，不和你計較。」蔡陶無可奈何地讓狼犬上了牆頭。

　　「這叫計較？我讓我的量子獸坐在你頭頂行不行？」

　　「這不已經上牆了嗎⋯⋯」

　　其他人紛紛出聲：「噓，安靜點。」

　　兩人這才沒有了聲音。

## 【第三章】

## 什麼？
## 你們要去研究所偷東西？

◆━━━━━◆

封琛道：「孔院長若是不將密碼盒放在研究所庫房，而是隨便藏在其他什麼地方，我就永遠找不到。」
孔思胤意味深長地道：「所以我在用盒子試探你，而你也在用盒子試探我？」
封琛道：「當我在研究所庫房發現那個線索明顯的陶罐時，就知道孔院長在等著我了。」

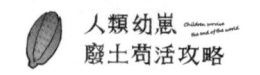

前方沒有了奔跑的人群，四處都靜悄悄的。路燈已經熄滅，只有某處斷掉的電線不時爆出一團火花。

「打開額頂燈。」封琛的聲音從每個人的耳麥裡傳出：「三名哨兵和一名嚮導組成小隊，各小隊分散開，隨時保持聯絡。」

「是。」

數道光束亮起，顏布布也打開了額頂燈，不用封琛喚他，便自動擠到了最前面，「哥哥。」

「跟在我身後。」封琛道。

大家迅速分散開，封琛帶著兩名哨兵和顏布布走向右方。

右邊房屋都門戶大開，滿地散落著碎木塊，顏布布緊跟在封琛身後，腳下不時踩著木塊，發出咯嚓一聲輕響。

封琛突然停步，一手持槍，一手將還在繼續往前走的顏布布拉住，「小心，走我左邊。」

顏布布去到他左邊，往前走出兩步後回頭，看見光束照亮的那團區域內，躺著幾具殘缺不全的屍體。有具屍體只剩半截身子，手裡還緊緊抓著一條木凳。

「別看！」封琛又道。

顏布布沉默幾秒後輕聲說：「沒事，我不怕死人的。」

封琛沒有再說什麼，只盯著左右兩邊的房屋。但遇到屍體時，照樣將顏布布拉到旁邊。

幾隻量子獸在那些牆頭上跳躍，兩名哨兵鑽進最近的房子裡檢查了遍，卻沒有看見有喪屍，用精神力在附近找了一圈，也沒有什麼發現。

「隊長，這邊的喪屍是不是跑走了？」一名哨兵問封琛。

封琛緩緩搖頭，「不會，應該在更前面的地方。」

「那我倆先去左邊的屋子裡找找。」

「好。」

兩名哨兵剛離開，旁邊就傳來一道虛弱的聲音：「是哨兵嚮導嗎？

## 第三章
什麼？你們要去研究所偷東西？

是軍隊裡的哨兵嚮導來救我了嗎？」

顏布布和封琛都轉頭看去，光束照亮了那堆碎木塊，這才發現下面還躺著個人。

顏布布立即跑過去，伸手去撥拉那些木塊，「對，我們是哨兵嚮導，別怕啊，我們來救你了。」

最上面的木塊被掀開，露出下方一名躺著的年輕女孩兒，看上去肢體都完整，暴露在外的皮膚也沒有什麼傷。

顏布布正要俯身去抱她，封琛卻將他的手拉住，「等等。」

顏布布這才注意到女孩肩膀和脖頸相連處，有半個咬痕露在領口外，破口的地方往外滲著淡藍色的液體。

「我被咬了，救救我，我不想死，我想活⋯⋯」女孩躺著沒動，身體卻在微微抽搐。她眼睛一直盯著顏布布，渴求中又帶著絕望和痛苦。

「我知道的，妳別怕啊，堅持一下，我會想辦法救妳。」顏布布連忙將背上的背包取下來，找消毒酒精和繃帶。

他手忙腳亂地打開酒精瓶，將裡面的酒精往女孩傷口上傾倒。可酒精剛將那層淡藍色液體沖走，新的液體又從傷口湧出，且顏色已經漸漸成為墨藍。

「你是嚮導吧？你會救我的對吧？你來了我就不會有事了，我不會死的，不會變成喪屍，對吧⋯⋯」眼淚從女孩眼睛裡湧出，她大口喘著氣，臉上也已浮起一層青黑色。

「對，我來救妳，我來了妳就不會有事的，妳不會死，妳不會變成喪屍。」顏布布收好酒精瓶，又去大力撕扯繃帶。

他將扯下來的一段繃帶往女孩脖子上纏，那隻手卻被封琛在空中給握住。

封琛什麼話也沒說，只朝他微微搖了下頭。

「⋯⋯媽媽，我想媽媽，媽媽⋯⋯媽媽⋯⋯媽媽⋯⋯」女孩身體抽搐著，嘴裡一遍遍念著媽媽。她眼底被濃如深墨的顏色覆蓋，頸子和臉

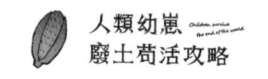

龐也爬上蜘蛛網似的紋路。

「堅持一下，再堅持一下，妳可以挺過去的⋯⋯」顏布布話音未落，就見她身體突然強直，胸膛往上挺起，雙眼直直盯著天空，喉嚨裡發出嗬嗬的聲響。

封琛倏地出手掐住她喉嚨，在她的掙扎中對顏布布厲聲喝道：「轉過身去。」

顏布布愣怔幾秒後，卻也轉過了身。

砰一聲槍響，他像是也被子彈擊中似的跟著一顫。

封琛收好槍，轉頭看向一動不動的顏布布，再默默地攬住他肩膀往旁邊走。

「她以為我救得了她，她想我救她⋯⋯」顏布布臉色蒼白，身體像是畏寒般不住地發抖。

「沒事的，乖，沒事的⋯⋯」封琛將他帶到一旁後才摟進懷裡，一遍遍摩挲他的背，又俯到他耳邊輕聲道：「我們會找到林少將，會找到真的密碼盒，那時候就可以救他們了。」

顏布布仰頭看向封琛，哽咽著問：「那就不會再有人死了嗎？」

「對，那就不會再有人死了。」

封琛見顏布布情緒平復了些，便將他放開，對著兩名站在屋外的哨兵道：「不用找了，直接把喪屍引來吧。」

他拉著顏布布走向左邊一堵牆，背靠牆壁站好。兩名哨兵立即明白了他的意思，也跟過來站著。

封琛抬槍朝著天空扣下扳機，槍聲在這片區域迴響。

「喪屍出來了！」一名哨兵突然喊道。

只見遠處那些房屋背後的陰影裡，水泥塊擋住的牆壁後，飛一般竄出來幾隻喪屍，嚎叫著朝著這方向撲來。沒有被光束照亮的地方，也出現一些搖晃的身影。

幾隻量子獸衝了出去，三名哨兵也朝著它們開火，同時都調出精神

## 第三章
什麼？你們要去研究所偷東西？

力，擊殺那些在黑暗中看不見的喪屍。

顏布布既是第一次為其他哨兵梳理精神域，也是第一次同時給三名哨兵梳理，心裡還有些緊張。

封琛的精神域他太熟悉了，不用他調動，精神力便自行開始梳理。只是在進入另外兩名哨兵的精神域時，他微微有些詫異。

他原本以為哨兵的精神域全都是一樣的，但這兩名哨兵的精神域和封琛不大相同。

他早就發現封琛的精神域在不斷擴張。小時候在裡面玩時，他經常會碰到一堵透明的牆，讓他的精神力不能再前進，那應該就是精神域邊界。隨著慢慢長大，封琛的精神域像是一個不斷在膨脹的宇宙，他便再沒遇到那種情況了。

但這兩名哨兵的精神域就和封琛13、14歲時的精神域差不多，雖然看似寬廣，但當他奔去遠方梳理那些紛亂的精神力時，竟然可以觸碰到邊界。

顏布布在詫異時，兩名哨兵的心裡也在暗自驚訝。這名小嚮導跟著他們小隊時，他們內心其實是不大願意的。雖然小嚮導長得很漂亮養眼，但戰鬥時他們更願意選擇那些有經驗的嚮導。

沒有戰鬥經驗的嚮導，會在哨兵精神域裡亂竄，忙碌半天也沒梳理好。而具有戰鬥經驗的嚮導就不同了，他們會在最短的時間內，最高效率地替哨兵梳理完畢。

這小嚮導看著也就16、17歲，一直緊抓著隊長的衣襬不放，看著就沒什麼戰鬥經驗。所以兩名哨兵在進入戰鬥時還是收了一把勁，精神力有所節制地釋放，怕小嚮導的梳理會跟不上。沒想到他在進行梳理時既熟練又迅速，並且沒有任何疏漏，連不被注意到的那些細小精神絲都會被他一一撫平。

這哪裡是什麼沒有戰鬥經驗的新手嚮導，分明比那些長年在軍隊出任務的士兵嚮導都要專業。

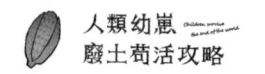

有了顏布布的梳理，兩名哨兵不再收著，放心大膽地釋放出精神力，刺向黑暗中的喪屍。

因為他們背靠牆壁，不用擔心後背受敵，只對著前方攻擊就行。所以持續了十來分鐘後，再也沒有新的喪屍出現。

最後一聲槍響停下，一名哨兵道：「隊長，沒有新喪屍出現了。」

「再用精神力檢查一遍，放遠一些，不要放過任何一個角落。」

「是。」

仔仔細細地搜查一遍，確定沒有了喪屍，三人便往回走。

封琛在通話器裡問道：「其他小隊怎麼樣？」

槍聲伴著回話聲，耳麥裡頓時一片嘈雜。

丁宏升：「西北方的喪屍清理得差不多了。」

蔡陶：「我們隊在東南方的小酒館處，這裡也快好了。」

陌生哨兵：「南面的豆漿房清理乾淨。」

封琛：「再用精神力檢查一遍，回到剛才的地方集合。」

「是。」

「是。」

又過去了5分鐘，所有小隊回到巷子裡集合。遠處還傳來激烈的槍聲，丁宏升問封琛：「封哥，我們現在去什麼地方？」

封琛道：「聽總指揮的調度。」

話音剛落，所有人耳麥裡便傳出一道女聲。

「這裡是B區二租住點，所有喪屍已被清理完畢，請求總指揮下一步指令。」

王穗子喃喃道：「計漪他們速度也這麼快嗎？」

顏布布問：「這是計漪的聲音？」

「嗯。」王穗子點頭。

一陣沙沙音後，總指揮回道：「安置點的人手已經足夠，暫時不需要增援，所有已經完成任務的學員原地待命。」

第三章 ━━━◆
什麼？你們要去研究所偷東西？

「是。」計漪回道。

蔡陶拍拍身上的灰土，「總指揮讓我們原地待命，也就表示我們的任務其實已經結束，就等著集合回去了。這裡太黑了，去大街上等車接我們吧。」

「行，外面等。」所有人都附和。

從巷子裡出去時，封琛放緩腳步，牽著顏布布走在最後面。在和前面的人保持了一定距離後，他低聲道：「我們剛才出發時，我看見研究所的兵也都下來1層了。」

顏布布轉頭看向封琛，額頂燈照得他瞇起了眼睛。

封琛抬手將他頭上的燈關掉，又繼續道：「他們是去支援安置點，不會像我們這樣快結束。」

顏布布精神一振，「你的意思是我們現在去？」

封琛在黑暗中捏了捏他的手，「對，現在是個難得的好機會。」

因為電線被燒了一段，這帶的路燈都跟著熄滅，周圍光線很暗。他倆出了巷子，看見先出來的學員都聚在街邊交談，便直接右轉，向著通往2層的關卡方向走去。兩人的身影迅速隱沒在黑暗裡，黑獅和比努努也悄無聲息地跟在身旁。

顏布布低聲說：「沒人發現我們。」

封琛沒回話，卻微微嘆了口氣。

「我發現你們了。」身後突然響起王穗子的聲音。

顏布布嚇了一跳，立即轉身，封琛則站在原地，依舊注視著前方。

「你們什麼時候跟上來的？」顏布布大驚失色。

「一直跟著的。」王穗子和陳文朝走前兩步，停在他面前，「封哥知道我們跟著的，他的黑獅子回頭看了一眼。」

陳文朝看向封琛，「封哥。」

封琛這才轉回身，平靜地問：「你們也要去？」

「對，蘇校長已經跟我和陳文朝講過了，只要你們行動，我們就

79

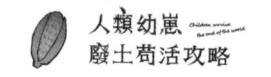

要全力配合。」王穗子既緊張又激動，語速很快地道：「陳文朝說你們可能今晚就會行動，所以我倆就一直注意著，我現在已經完全準備好了，隨時可以衝鋒。」

封琛頓了下，「我們並不是要去打仗。」

「我明白，去研究所偷東西，為了找到林奮將軍。」王穗子聲音都在發抖：「放心，我和陳文朝都準備好了，隨時可以去偷。」

陳文朝也道：「封哥，讓我倆也去吧。我們幾個都是從海雲城出來的。如果沒有林少將的話，我們肯定活不到現在。他和于上校失蹤了這麼久，我們也想找到他倆的下落。」

封琛沉默著沒說話，王穗子就拉了下顏布布的衣袖，「布布……」

顏布布便去搖晃封琛胳膊，輕聲央求：「哥哥……」

封琛看了他一眼，便道：「那就一起吧。」

「好。」王穗子興奮地和陳文朝對視一眼。

話音剛落，旁邊的漆黑屋子裡便傳出噹啷一聲，像是有人碰翻了什麼東西。

「誰？」陳文朝喝問。

屋子裡沒人回應，但也沒有再發出動靜，明顯不是喪屍。

顏布布仗著封琛在身旁，便語氣凶狠地威脅：「再不說話就殺了你。」比努努立即就往屋裡衝，被他手疾眼快地抱住，「噓——」

封琛很配合地放出精神力，從大敵的房門衝了進去，準備先將人給制住，結果一道熟悉的聲音從屋內響起：「別別別，別殺，是我。」

「蔡陶！」

「蔡陶，你怎麼在這兒？」顏布布和王穗子震驚。

封琛即時撤回精神力，蔡陶舉著手從屋內走了出來，身後竟然還跟著丁宏升。

「哎……我。」蔡陶咳嗽一聲後，硬著頭皮解釋：「我們倆準備將街道兩邊的房子也清一下，不是故意躲在這裡偷聽你們談話的。」

## 第三章
什麼？你們要去研究所偷東西？

丁宏升也滿臉尷尬，「主要是……主要是你們說話的速度太快了，我想阻止都來不及。當然，我們什麼都沒聽見。」

「對對對，什麼都沒聽見。」蔡陶急忙應聲。

封琛也沒說什麼，只轉身道：「我們走吧。」

「好，走吧。」顏布布三人趕緊跟上。

還沒走出幾步，蔡陶又追了上來，「封哥，我想解釋一下。」

「不用解釋了，我知道你們是無心的。」封琛腳下不停。

「不是，我倆已經將你們的對話都聽見了。」封琛看了蔡陶一眼，他又連忙改口：「其實聽了一點點，就一點點。」

丁宏升也追了上來，他也沒有迂迴，直截了當地道：「封哥，我不知道你們想去研究所做什麼，也不會刨根問柢，但我知道你們一定有充分的理由，也不會做對中心城有害的事。我想告訴你的是，研究所就算沒有了士兵守衛，裡面也是戒備森嚴，就憑你們幾個一定進不去。」

「是嗎？」陳文朝發出聲冷笑。

「是的。研究所圍牆上就安裝了四個空氣震動和精神力監測器，任何人從牆頭上翻過去，立刻就會被察覺，包括量子獸。研究所內部的話，院內有三個，每一層樓的通道和各個房間也都裝上了監測器，一共七十八個。整棟樓沒有一個死角，從各個方位識別闖入者和量子獸。」

封琛停下腳步，「七十八個？你怎麼知道？」

丁宏升低聲道：「研究所去年檢修監測器的時候，讓我去協助工作了一段時間。」

「哇……」顏布布肅然起敬，問道：「您是科學家？」

丁宏升有些不好意思地笑了下，「不是的，只是在協助檢修監測器。研究所人手不足，來哨嚮學院抽調了幾名對這方面比較擅長的學員幫忙。」

「那也很了不起啊，這種叫做工程師，很有文化的。」顏布布滿臉折服。

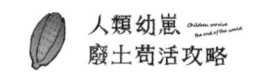

丁宏升：「也不算工程師，只是調整下監測器的線路，找出一些潛在的隱患進行改進。」

「那就是……」

「那就是電工。」陳文朝旁邊打斷了顏布布的猜測。

丁宏升：「……對，就是電工，不過也不完全算是電工，畢竟要檢修監測器的話，還需要很多的基礎知識……」

「你可以找到每一個監測器？」封琛打斷了丁宏升的話。

「可以。」

封琛頓了下：「那你能和我們一起去嗎？」

丁宏升果斷回道：「沒問題。」

封琛看向遠方安置點，聽著那邊的槍聲，「那留給我們的時間不多了，跑吧。」

一行人帶著群量子獸開始飛奔，蔡陶邊跑邊說：「放心，我和老丁只去偷東西，不會將這事告訴其他人。」

「我們不是偷東西，只是找樣物品看一下，過兩天就會還回去。」陳文朝道。

「對，偷出來還會還回去。」蔡陶道。

陳文朝低吼：「說了不是偷！」

「明白，偷出來借看，借看一下。」

從這裡到去往上層的卡口還很遠，大約要跑半個小時。就算幾名哨兵已經降低了速度，但嚮導們的體力稍遜一籌，也還是開始氣喘吁吁。

封琛慢下腳步，等顏布布上前後正要開口，顏布布就猜到他要說什麼：「不要揹，我要、我要自己跑。」封琛瞥了眼旁邊的黑獅，顏布布又道：「也不用、不用薩薩卡揹。」

## 第三章
什麼？你們要去研究所偷東西？

　　封琛明白他是見著王穗子和陳文朝都在跑，便不好意思要揹，也就沒有再說什麼，只牽著他，配合著他的速度邁步。

　　身後突然響起汽車聲，兩道燈光照了過來。一行人立即停下奔跑，不緊不慢地往前走。

　　一輛軍用卡車越過他們，卻又在前方不遠處停下，司機從車窗探出頭，響起一道低啞的女聲：「嗨，這是在遠足嗎？」

　　「計漪，怎麼是妳？」王穗子問道。

　　計漪反問：「為什麼不能是我？」

　　王穗子便道：「妳開的車？那快點，送我們去2層。」

　　「2層哪裡？」

　　「回學院。」

　　計漪翹起一邊嘴角，又拍了下車門，「那來一個小可愛嚮導坐在副駕駛才行。」

　　陳文朝垂著眼皮走到車頭副駕駛那邊，拉開車門跳上去，再砰一聲關上車門。

　　計漪：「……換一個行不行？」

　　陳文朝往椅背上一靠，耷拉著眼皮，「我不可愛？」

　　計漪：「……可愛。」

　　兩人還在對話，後車廂的擋板也沒有放下來，其他人就已經開始在往車上爬，量子獸們也都在往裡跳，只有封琛還站在原地沒動。

　　顏布布也抓著後車擋板往上翻，黑獅用腦袋將他頂上去，又叼著比努努躍進了車廂。

　　「封哥，快來，快上車。」丁宏升和蔡陶探出身，開始拉還在車下的王穗子。

　　封琛看了眼遠方，注意到槍聲沒有剛才密集，暗自嘆了口氣，無奈地走到車後，抓住車架躍了進去。

　　顏布布已經在長椅上坐好，左邊坐著比努努，面前蹲著黑獅。他連

**人類幼崽**
**廢土苟活攻略**

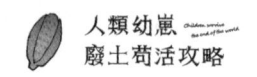

忙拍著自己右邊,「哥哥快來坐,挨著我坐。」

封琛也沒說什麼,走到他身旁坐好。

卡車轟一聲啟動,王穗子剛喘口氣,又突然起身急敲駕駛室的擋板:「等等等等,先別、先別開車。」

「寶貝兒,怎麼了?」計漪在前面問。

「我的量子獸還沒上車啊。」王穗子急道。

眾人從車後看出去,只見遠遠的人行道上慢悠悠地走著一團小黑影,顯然就是王穗子的那隻無尾熊。牠走了幾步後竟然又在原地坐下,爪子還扶著一根電線杆,像是走累了在歇息。

蔡陶忙道:「收回去,把牠收回妳精神域裡。」

王穗子說:「那等會兒放出來會很慢的。」

蔡陶:「還放什麼啊?我們去研究所偷東西,講的就是要速戰速決,把牠放出來不就等於留給別人一個活生生的罪證嗎?」

「……好吧,那我收起來。」

「什麼?你們要去研究所偷東西?」卡車不隔音,駕駛室方向傳來計漪驚訝的聲音。

幾人頓時收聲,互相面面相覷。封琛閉著眼,用手指捏著眉心。

丁宏升錘了車身一下,「快點,廢話什麼?我們要趕時間。」

「不說我就不開……啊!陳文朝,讓你的鱷魚不准咬我……行行行,我開車。」

卡車發出轟響,陡然加大速度往前衝出,後面還站著的蔡陶和丁宏升一個踉蹌,差點從車內被甩出去。

卡車行駛中,蔡陶掏出一個巴掌大的小筆記本,唰唰唰塗寫,「好了,在行動之前,先擬定計畫……」他又撕下那一張遞給丁宏升,「老丁,這是研究所的地形圖,你標記下那些監測器所在的位置。」

「你就畫個正方形,然後告訴我這是地形圖?」

蔡陶道:「我又沒進去過,這不是讓你標記嗎?」

## 第三章
### 什麼？你們要去研究所偷東西？

丁宏升將那紙揉成一團，扔到了車外，「不用搞那麼多計畫，那些監測器到處都有，畫完都要一個小時，到了所裡我自然會告訴你們。」

「可計畫肯定是要擬的，總不能就這樣衝進去，筆給你，你隨便畫兩筆。來，抓緊時間。」

「研究所裡的廚房有沒有監測器？聽說他們的伙食很不錯的。」駕駛室內的計漪也在插嘴。

幾人都在發表意見，卡車內熱鬧非凡。顏布布悶不吭聲地坐著，又瞧封琛垂眸入定似的，總覺得是車內這幾人想去偷密碼盒，他倆只是車上的乘客。

很快就到了關卡，一名哨兵將頭伸進駕駛室，另一人則轉到車後，用手電筒照了下裡面坐著的幾人。

「都是哨響學院的學員？」哨兵問。

「對，我們都是。」

「下面已經結束了嗎？情況怎麼樣？」

丁宏升回道：「快結束了，我們負責的區域已經清理乾淨，就先回去學院。」

「行，辛苦了。」

「沒有沒有，你們也辛苦。」

卡車向著學院方向快速駛去。哨響學院的人都去了1層，包括研究所的士兵，除了路過福利院時有些動靜，整片區域安靜無聲。

計漪將卡車停在學院車庫後，一行人便跑向了不遠處的研究所。

研究所周圍已經沒有了站崗的士兵，但大門緊閉，主樓依舊燈光大亮，某層樓的白牆上有人影在晃動，顯然裡面還有不少的研究人員。

快接近研究所時，封琛嘴裡念出一個數字：「都把對講機的總頻道關掉，調整到這個頻道。」

丁宏升一邊調對講機一邊道：「正門方向不好進入，那裡有三個監測器，可以檢測到圍牆上方的空氣異常震動以及翻越過去的精神體，另

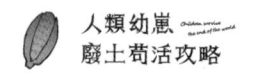

外還有兩個探頭。」

封琛問:「從哪裡進去好一點?」

「後門吧。」丁宏升思忖道。

「行,那就後門。」

一行人和一隊量子獸繞著研究所周邊往後走,封琛想了想:「量子獸不能帶進去,就留在外面報信吧。不知道他們的車隊要從哪個方向回來,孔雀和恐貓去正前方路口,比努努和黑獅去左邊路口,鱷魚留在研究所外面,狼犬去右邊大街轉角處等。」

量子獸們接受了命令,分別跑向各自區域,再蟄伏在灌木或是房屋背後。只有狼犬到了街口後,一頭扎進旁邊草坪,在裡面快樂地翻滾。

封琛立刻改變了主意:「……算了,研究所外面不用留守,鱷魚也去右邊路口,和狼犬一起盯好車隊。」

幾人繞到了研究所背後,這裡依舊是高高的金屬圍牆,上面還架著電網。大家站在不被路燈照亮的陰影裡,打量著周圍的地形。

丁宏升道:「我知道那片電網的線路,可以將它剪掉。」

封琛問他:「那這裡的監測器和探頭有幾個?」

丁宏升回道:「分別有三個。」

「分別有三個?那探頭不是比正門方向還要多出來一個?我們為什麼不走正門?」計漪問道。

丁宏升遲疑了下:「翻後門圍牆的話,在心理上會比翻正門要安全那麼一丟丟。」

所有人:「……」

丁宏升分別指著圍牆上方三個點,「探頭和監測器就隱藏在牆身裡。要關閉的話並不是沒有辦法,只要三個人將它們同時關掉,動作同步就行,不然其中一個就會報警。」

計漪開始挽衣袖,「那挺簡單啊。」

「不簡單,它們的線路和電網是連在一起的,必須先搞掉電網。」

蔡陶插嘴：「也很簡單，先把電網線路剪斷不就行了？」

丁宏升瞥了他一眼，補充道：「只要爬上牆頭剪電線，立刻就會被監測器發現。」

蔡陶：「……先搞掉監測器呢？」

「那你就會被電成死狗。」

「那這不是無解嗎？」王穗子傻了眼，「去剪電網線路就會觸發監測器，去關監測器的話又會觸電。」

丁宏升：「這個……」

蔡陶掏出幾張紙，在丁宏升面前抖得嘩嘩響，「我連計畫圖都畫了好幾張，可現在連圍牆都進不去，你說怎麼辦？」

丁宏升：「我只是陳述事實，不好進怎麼還賴我身上了？」

「可是你是工程師啊。」顏布布也道。

陳文朝：「是電工。」

「能進，有辦法的。」封琛打斷了幾人：「只要在關監測器前的0.1秒內剪掉電網，就不會觸發監測器，也不會觸電。」

丁宏升思忖了下：「那也只有這個辦法可以了。四個人同時進行，一人剪掉電網線，三人關閉監測器。」

計漪道：「那就我們四個哨兵去吧。」

封琛：「可以。」

「可是那些探頭怎麼對付？就算蒙了臉也不行，我們全都穿了作戰服，一看就是哨嚮學院的。」計漪問。

蔡陶想了下，認真地道：「我覺得我們可以把全身脫光，再蒙上臉，那樣就認不出來了。」

所有人齊刷刷地看向了他，蔡陶又連忙補充：「當然也不是脫得精光，還是要留條內褲的。」

陳文朝冷笑一聲：「學院的內褲也是統一的軍綠色。」

「那也脫掉，找個什麼東西……」蔡陶正想說找個什麼東西擋擋，

87

便發現顏布布和封琛正盯著他,封琛的目光還有些意味深長,猛地一個激靈後閉上了嘴。

丁宏升道:「沒事,反正盯著監控的士兵不在,我到時候去監控室把這段時間的影片刪掉就行。」

封琛從懷裡掏出一捲薄膠布,撕下一段後又丟給了丁宏升,「把十根指腹都貼上。」

丁宏升知道這是擔心留下指紋,扯下一段後,將膠布捲又丟給了其他人。

幾人都貼好膠布,封琛準備上牆,瞧見顏布布正巴巴地看著自己,便捏了捏他的肩,「你就在這裡等著,很快的,兩分鐘就好。」

「那你小心啊,那個有電的。」顏布布將臉在他手背上蹭了蹭。

「家裡的電器不都是我修的嗎?沒事,和修電器是一樣的。」

計漪在指腹上貼好膠布,轉著頭想將膠布捲交給誰。王穗子見了便道:「給我吧,我拿著。」

計漪將膠布捲丟給她後,又抬起兩手在胸前比了個心,「撲通、撲通……」

王穗子畏冷似的抖了下,計漪便無聲地笑,還對她擠了下眼。

王穗子摸著自己的手臂小聲嘟囔:「……油膩。」

計漪便笑得更開心了。

這圍牆很高,金屬表面也很光滑,只有接近頂端的地方有一圈凹槽。四人在接近圍牆時開始助跑,再同時高高躍起,單手掛在凹槽裡,接著便按下自己面前的牆壁。

牆面往旁滑開一部分,露出下面的四個正方形孔,裡面分別裝著四個主機殼。

「都準備好了嗎?」封琛的聲音從耳麥裡傳出。

三名哨兵將手指輕放在主機殼裡的停止鍵上,「準備好了。」

「1、2、3。」倒數結束,封琛在三名哨兵按下停止鍵時提前了零

## 第三章 ◆
### 什麼？你們要去研究所偷東西？

點幾秒，用匕首割斷了那根藍色的線纜。線纜從中斷開，發出一聲輕響，既沒有觸發監測器，也沒有人觸電。

所有人都長長地鬆了口氣，三名嚮導也朝著圍牆跑了過去。顏布布邊跑邊將手掌在衣服上蹭，將那一層汗濕給蹭掉。

電網沒了電，便只是一層普通金屬絲。封琛俐落地翻上牆頭，將那段電網扯掉，往下伸出手，「一個一個上來。」

丁宏升將顏布布舉高，封琛便將他拉上牆頭，這邊計漪也舉起了王穗子，他又將王穗子拉了上去。

蔡陶看看旁邊的陳文朝，伸出兩手去扶他腋下。

「幹麼？」陳文朝往旁閃了一步，「又想掏我胳肢窩？」

蔡陶道：「不是掏你胳肢窩，我來幫你上牆啊。」

「不用，我自己可以。」

陳文朝鎮定地往後走出一段，然後回頭，犀利目光注視著前方，再深深吸了口氣，像剛才幾名哨兵做的那樣，快步衝到圍牆下方後猛然大步躍起。啪！然後他就重重貼在了牆壁上，手指離上方的凹槽還有一小段距離。

蔡陶差點笑出聲，輕輕鼓掌，「哇，我們的酷哥真的好厲害。」

陳文朝滑下地，白皙的臉上有些脹紅，卻還是後退幾步，準備繼續助跑。

「上來吧，踩著我肩膀上去，免得說我掏你胳肢窩。」蔡陶在陳文朝面前蹲下，「時間不多了，以後再慢慢耍酷。」

「陳文朝快點，快點。」顏布布和王穗子蹲在牆頭上低聲催促。

陳文朝也知道不能耽擱時間，便也不再堅持，踩著蔡陶肩頭，讓他送自己上了圍牆。

跳下圍牆後，丁宏升指著後門處三個位置，「這裡也有三個監測器，只要進門就會自動檢測身分。」

這面牆看似光滑無比，如果沒有丁宏升指出來的話，沒人會發現那

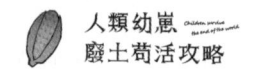

裡還隱藏著三個監測器。

封琛、蔡陶和丁宏升分別站好位置，按下面前的牆壁，露出裡面的主機殼。

「1、2、3。」報數結束，監測器被三人關掉。研究所的後門被打開，一行人無聲無息地進入了研究所內部。

迎面是一條通道，兩邊牆壁都是可視玻璃，可以看見屋內擺放著各種儀器，還有許多研究人員站在儀器前操作。

封琛對著丁宏升指了下旁邊樓梯，露出個詢問的表情。丁宏升立即指向樓梯旁牆壁上的兩處。封琛心領神會，和丁宏升分別站好位置，一起關閉了牆壁裡的監測器。

上到 2 樓，這裡依舊是實驗室，很多研究人員在裡面忙碌。在解決掉樓梯口的監測器後，眾人又悄悄上了 3 樓。

3 樓便沒有了實驗室，牆壁也不是可視玻璃，筆直的通道兩旁皆大門緊閉。

幾人都停在樓梯口，顏布布從半蹲的封琛身上探出頭，問道：「研究所保存物品的庫房在這層嗎？」

「是的，通道盡頭正對著的那間房就是。」丁宏升回頭對幾人道：「這層樓有十二個監測器，任何一間房門口只要有人通行，便會自動進入身分檢測。好在線路有兩條，A 線路連著七個監測器，B 線路連著五個。我們這裡恰好七個人，先把 A 線路解決掉。」

封琛道：「老丁，先把他們帶去各自的位置。」

「好。」幾人在丁宏升的帶領下，分別在通道裡七個位置前站住，並按下面前牆壁，露出了藏在裡面的監測器。

封琛在耳麥裡倒數：「1、2……」

顏布布正將手指搭在停止鍵上，就聽到王穗子緊張的聲音：「等等，是在數 3 的時候按，還是 3 字結束時按？」

「數 3 的時候按。」

## 第三章
什麼？你們要去研究所偷東西？

「3字結束的時候才按。」

幾道聲音同時響起。

封琛半蹲在自己的監測器前：「統一下，3字結束的時候按。」

「好，知道了，那開始吧。」

封琛確認：「你們沒有什麼問題了吧？有問題現在提出來。」

「沒有了。」

封琛開始倒數：「1、2、3。」

幾人同時按下停止鍵，再屏住呼吸等待了兩秒，沒有出現什麼異常情況。

「好了，配合得很好。」封琛站起身，「老丁，還有五個呢？」

「還有五個在庫房大門口。」

幾人迅速走到庫房大門前，將剩下五個監測器也關掉。

大門的門鎖是密碼鎖，封琛轉身問道：「剛才的膠布捲呢？」

「在我這裡。」王穗子連忙從口袋裡掏出了膠布捲。

封琛扯下一段膠布，貼上密碼鎖的數字鍵，再揭下來翻看黏在膠布上的指紋。

「3、5、7、8、4五個數字上才有指紋，密碼就是這幾個數字。來，你們用這數字隨意組合，每人說一種組合方式。」封琛用匕首撬動門鎖下方的鐵盒，嘴裡道。

「37854。」

「78543。」

「54387。」

王穗子、丁宏升和計漪立刻念出了一串。

封琛已經將門鎖下方的鐵盒撬開，手指在露出的一個黑色儀器上操作，嘴裡道：「繼續，再來幾組。」

陳文朝：「34578。」

蔡陶：「87563。」

91

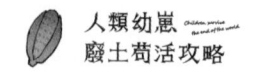

陳文朝道：「哪兒來的 6？沒有 6。」

蔡陶：「有的，封哥報的數字裡面有個 6 的。」

「胡說八道，耳朵瞎了嗎？根本就沒有 6。」

封琛沒管兩人的爭論，在耳麥裡道：「顏布布，你還沒說。」

「我還在想……要想一個很有意義的組合方式，看能不能把你的生日日期什麼的鑲嵌進去。」顏布布道。

「不用想那麼有意義的數字，直接說。」

顏布布道：「那好吧……就 57834。」

「行，那就先試下 57834，看看你的運氣怎麼樣。」

封琛的手指一直在黑色儀器上快速移動，說完這句後便收回手，在門鎖數字鍵上按下了 57834。

咯噠一聲響，門鎖彈開，厚重的庫房門啟開了一道縫。

「啊！我說中了！我就隨便說了一串數字，居然被我說中了！」顏布布難掩激動，壓低聲音欣喜地道。

「對，你說中了，運氣真是好，簡直就是個小福星。」封琛伸手推開了門，問丁宏升：「老丁，這裡面還有監測器嗎？」

「有，但是大廳沒有，放心進去，有監測器的地方我會提醒。」丁宏升道。

封琛側身讓其他人先進去，計漪是最後一個進去的。在路過封琛身旁時，她突然道：「封哥，其實你打開門鎖的方式，就是在原密碼的基礎上作出改動，直接採用了顏布布的數字吧？」

「怎麼了？」封琛不置可否，既沒說是也沒說不是。

計漪驚歎：「沒什麼，我就是覺得這樣哄小嚮導的方法好妙，又學到了一招。」

這庫房進門後便是一個空房間，旁邊櫃子裡放著數件無菌服。

「這是更衣室，先換上無菌服再進去，不要將裡面的樣本污染了。」丁宏升道。

## 第三章
什麼？你們要去研究所偷東西？

王穗子道：「對的，咱們是來偷樣本的，可不能做那種損壞樣本的壞事。」

蔡陶嘶了聲：「感覺也沒好到哪兒去。」

顏布布拿出兩套無菌服，遞給走過來的封琛一套，所有人都快速穿好，拉開房門進入下一間。

「這是殺菌消毒室，放心走，沒有監測器。」

在感應到屋內有人通行時，天花板上便噴出了消毒液，一行人穿過霧狀的消毒液，走到了儲存室門口。

這處房門頂上只有兩個監測器，封琛和丁宏升很熟練地處理好，打開了緊閉的庫房大門。

這間庫房很大，並隔成了三間。右邊第一間的玻璃門上有個溫度計，顯示裡面的溫度為 -80℃。裡面放著很多用特殊器材做成的桶裝器皿，應該是冰凍著一些需要低溫保存的標本。

封琛知道盒子不會在這裡，便走向了下一間。

第二間擺放著大大小小的玻璃罐，浸泡著各種人類或者動物的身體部位。封琛掃了一眼後直接走向第三間。

這些玻璃罐讓顏布布一方面覺得很驚悚，一方面卻又忍不住好奇，不斷轉頭打量。

「看啊，那個是胎兒喪屍嗎？只有我巴掌大。」王穗子貼在玻璃上，指著其中一個玻璃罐低聲叫道。

顏布布看著那個漂浮在玻璃罐裡的小喪屍，心裡說不出是什麼滋味，便拖著她離開那裡，「別看了，應該是它媽媽變成了喪屍，它還沒出生也就跟著變了。」

第三間房很大，一排排的置物架上放著研究所的標本，諸如某種不常見的礦石，或是某種奇怪的稀有樹根，還有很多的密封盒。

顏布布見封琛已經在置物架上尋找，便也去了另一排開始找。

「封哥，你要找的是什麼東西？我們也幫你找。」蔡陶問。

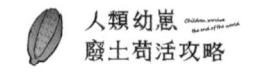

封琛也不隱瞞：「一個菸盒大小的銀白色密碼盒，質地是一種特殊金屬材料，光滑卻有顆粒感。」

「那你們找吧，我去2樓監控室，把我們剛剛的監控影片刪掉。」丁宏升道。

封琛點頭，「行，需要幫忙嗎？」

「不需要，只要沒人，操作起來就很簡單。」

丁宏升去監控室刪除影片，其他人都開始翻找起置物架，看到不同尋常的東西時，還會抬眼看向架上貼著的標本名。

「這是什麼動物的骨頭？嗦蟲獸變異種……我還是第一次聽說有這種獸類。」

「這個罐子裡的粉末是什麼？鹽嗎？原來是懸革石粉末，我還以為是鹽。」

10分鐘後，庫房裡被翻了個遍，卻沒人發現銀白色的密碼盒。

顏布布從置物架另一頭繞到封琛身旁，「哥哥，那盒子會不會沒放在這裡面？」

「在或不在這兒都很正常。」封琛打量著四周，「研究所的士兵也快回來了，大家趕在他們之前再找一遍吧。」

所有人又開始了一遍篩查，這次查找得更加仔細，凡是能容下一個密碼盒的標本，都會拿起來晃晃。

顏布布和封琛背對背，抱起一個大礦石翻看，他懷疑這礦石是空心的，又抱著左右搖晃，「哥哥，要是我們找不到那個盒子怎麼辦？」

「找不到也沒關係。」封琛淡淡地道：「找到盒子會驗證我的一種猜測，可是找不到的話，卻又驗證了我的另一種猜測。」

顏布布琢磨了下：「你的意思是，盒子在不在這裡都行？」

「對，在不在這兒都行。」

顏布布還想說什麼，封琛打斷他道：「快找，別把力氣用在嘴上。能找到的話當然更好，以後也就不用再大費周折了。」

「好。」

蔡陶一邊翻找一邊嘟囔:「到底是什麼好寶貝呢?當然,我不是非要搞清楚,就是特別好奇……」

「既然不是非要搞清楚,那就不用好奇。」和他隔著一道置物櫃的計漪咂了咂嘴,「其實我更想知道研究所的廚房到底有什麼好吃的。」

陳文朝道:「找東西就找東西,你們別那麼多廢話行不行?」

蔡陶道:「我可沒有停,說話找東西兩不誤……哎,這是什麼東西的顱骨?好像是個變異種,長得可真奇怪……」

陳文朝突然神情一凜,打斷了蔡陶:「士兵回來了。」

見所有人停下動作看向自己,他又補充道:「研究所的車隊剛經過了右邊路口,一共五輛越野車。」

「你的鱷魚看見了?我的狼犬怎麼沒告訴我?」蔡陶奇怪地問。

陳文朝沒理他,計漪道:「還用問嗎?你那狼犬肯定都不知道跑去哪裡撒瘋了。」

封琛放下手上的盒子,「走吧,從右邊路口到這裡只需要 8 分鐘左右,我們快點離開。」

「不找了嗎?可是都還沒有找到。」

顏布布正抱著一個樹根大力搖晃。

封琛將那樹根從他手中取出來放回原位,牽起他道:「不找了,我們馬上離開。」

一行人都往門口走,封琛視線掠過旁邊置物架上的一個深黑色大陶罐,突然頓了頓,道:「等等。」

顏布布也站住腳,看著封琛將那個大陶罐抱起來,底朝天地往地上倒。罐裡裝著的是泥土,連帶著陶罐蓋子一起倒在了地上。

封琛邊倒邊解釋:「每樣物品上方貼的標籤注釋都很詳細,是什麼標本也寫得清清楚楚,就這個罐子上的標籤只寫了個土字。」

「土?是某種珍稀的土吧?比如含有什麼重要的礦物質?」

95

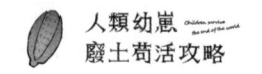

幾人圍攏上來，計漪拿起一撮泥土在指頭撚動，又湊到鼻下聞，「這不是什麼重要標本，就是我們2層到處可見的土。這土裝進來也不久，居然還有些濕潤，看，裡面還有新鮮的草根。」

陶罐很快就要倒空，一道銀白色從罐口掉出來，落在了深色泥土上。顏布布在看到它的第一眼，便認出了那正是他們在尋找的密碼盒。

「哥哥！」他驚喜地喚了聲，迅速拿起盒子擦掉泥土，對著燈光舉起查看。

「怎麼樣？是這個嗎？」

「終於找到了，居然就藏在這個陶罐裡。」

顏布布將盒子周身轉了一圈後，便沉默地看向封琛。

「是假的吧？」封琛毫不意外地問。

顏布布點頭，「是假的。」他指著其中一面道：「這裡本來是有道劃痕的，但是這個盒子沒有。」

「假的？」其他幾人也都盯著盒子，「我們翻進研究所就是找到個假盒子？」

「走吧，我們得快點離開這裡，士兵馬上就要回來了。」封琛也沒解釋，將盒子收好後朝著對講機問：「老丁，你那裡弄好了嗎？」

「已經好了，今晚的監控影像全部刪掉，我就在樓梯口等你們。」

話音剛落，一陣汽車聲響由遠及近，停在了研究所前方。

幾人不再停留，迅速離開庫房，關好門，再按照開始的路線下樓。

「一隊和二隊先去吃飯，三隊留下來布崗，四隊去將所裡檢查一遍⋯⋯」大門外傳來士兵們分配任務的聲音。

走在最前面的蔡陶在樓梯轉角處往外偷看，發現士兵們正在集合聽令，連忙招了下手。

通道深處的丁宏升彎著腰，躲在那些玻璃窗下面跑了過來，和一行人會合，再飛快地下到底樓，轉向樓梯背後的後門。

「⋯⋯解散，去各自崗位。」

第三章 ◆
什麼？你們要去研究所偷東西？

「是！」

士兵推開大門的瞬間，走在最後的計漪也鑽出了後門。

「快快快，他們很快就會發現監測器被動了手腳。」丁宏升催促。

跑過後院，丁宏升先爬上牆頭，封琛握著顏布布的腰，直接將他舉了上去。剩下兩名哨兵也沒耽擱，計漪用肩膀扛起王穗子，蔡陶蹲下身讓陳文朝踩著自己。等三名嚮導都上了圍牆，三名哨兵再乾淨俐落地翻上去。

幾人還在牆頭上，便聽見急促尖銳的警鈴聲在所內響起。

「被發現了，快跑。」

雖然外面就是磚石，顏布布也縱身跳了下去，還來不及站穩，便被封琛拉著飛一般往前跑。

幾隻量子獸已經等在了暗處，現在便也追了上去，跟著主人一起往前跑。

蔡陶邊跑邊看了眼旁邊的灌木叢，「我們可不可以……」

「不可以。」封琛打斷他：「那些哨兵可以用精神力找到我們。」

封琛一邊跑一邊放出了精神力，向著後方探去。

他看見研究所內人影攢動，有人在搜查內部，也有人打開了大門，分成幾組散開搜尋。

「別慌，我們現在都穿著無菌服，就算被看見了背影也沒事。」封琛安撫完後命令道：「所有人分散跑，把量子獸收回精神域，各自想辦法回學院。」

到了路口處，幾人立即分成了三個方向。

封琛牽著顏布布往前飛奔，黑獅已經收回了精神域，但比努努還跟著兩人一起跑。

封琛對著耳麥道：「哨兵都準備好，能跑就跑，跑不掉就將人打昏，只要別被看見臉。」

比努努聽到這話，腳下便有些遲疑。

97

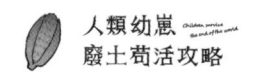

封琛轉頭看了牠一眼,「你是嚮導班的高材生,打人這種粗活是不用嚮導做的。」

比努努不再猶豫,直接越過兩人身旁衝向前方。

封琛將精神力潛伏在轉角處,緊盯著兩名追向他們這方向的士兵。在那兩人也要轉彎時,精神力就如掌刀般劈在了其中一名的後頸。

那士兵立時被擊昏了過去,剩下一名士兵剛要按下手中的報警器,封琛又調轉精神力,再次劈在他後頸,那名士兵也無聲無息地倒下。

這裡離學院已經很近,可以看到門口停著幾輛卡車,每輛車前有人在大喊:「武器收回來了,不要帶進學院。找到自己剛才坐的那輛車,去把衣服換回來,作戰服由學院統一清洗……」

「快脫掉無菌服。」封琛低聲道。

他迅速將身上的無菌服脫下,又幫顏布布剝掉他身上的,再不動聲色地塞進了旁邊一輛車的車廂。

周圍都是學員,他牽著顏布布,若無其事地混進了學員們之中。

耳麥中也響起其他幾人的聲音。

計漪:「我和王穗子、丁宏升爬上了一輛學院的卡車,應該已經把人甩掉了,正跟著車一起回來。」

蔡陶:「我把無菌服穿在狼犬身上,讓牠把人引走,我跑開後再把牠收回精神域,我和陳文朝也躲起來了,哈哈哈……」

顏布布和封琛找到他們剛才去1層時乘坐的那輛車,交出槍枝後,上車換回了自己的衣服。

「你們記得換衣服,我們那輛車就停在大門口的。」

顏布布叮囑完,封琛便伸手給他整理衣領,他站著不動,耳裡聽著周圍學員們的議論聲。

「還好去得及時,我們負責的那個租住點傷亡不大,但是情況看著也很慘。」

「我們那個點傷亡有點慘重,有人藏在櫃子裡都被喪屍給找到了,

第三章 ◆
什麼？你們要去研究所偷東西？

他媽的。」

「走吧，進去了。」封琛拉著顏布布往裡走，「先回家去洗個澡換衣服。」

回到兩人住的小樓，封琛先洗，洗完後顏布布進入浴室，封琛便出了門。

他沒有走向平常去教學樓的方向，而是往右轉，向著這片獨棟小樓區的深處走去。

學院的教官以及行政人員都住在這片區域，院長也不例外。只是院長的住宅比其他小樓面積要大，還附帶著兩個小巧的院落。

孔思胤坐在書房那張寬大的書桌後，正在和某個人通話。

「……是的，現在每一個哨兵嚮導都很珍貴，所以必須得保證他們的安全。因為學員的分化時間不同，有些剛進學院就跟著一起上戰場，這樣是很危險的。很多學員的實戰經驗欠缺，我是想慢慢將他們鍛煉出來，希望軍部儘量不要讓他們去參加太凶險的戰鬥……嗯，我聽著……嗯，我知道現在情況很難，軍部也缺人手……」

房門突然被推開，一名身著軍裝，高大英俊的年輕男人走了進來，身後還跟著一隻體型壯碩的黑獅。

孔思胤眼睛看著封琛，看著他轉身關門，並喀噠一聲落鎖，嘴裡卻依舊在講著話：「學員會繼續值守種植園和礦場，但是殺喪屍的話，能不用就不要讓他們去對付……好的，我知道……好。」

孔思胤通話結束後，雙手交叉擱在桌上，平靜地看向封琛，冷聲問道：「有事？」

他的語氣就像身處在校長室裡面對一名普通學員，而不是在自己家的書房裡，被人悄無聲息地潛入，還鎖上了房門。

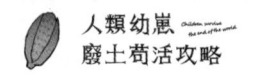

「有事。」封琛走到書房中央站住，語氣也很平靜。

「有事明天去院長辦公室說，這裡是我的家。」孔思胤不悅地斥道：「出去。」

封琛沒有回應，從懷裡掏出一個干擾監聽的裝置，放在旁邊的茶几上。而黑獅已經走到孔思胤身旁，喀嚓一口將書桌下暗藏的報警器咬成了兩半。

在這過程裡，孔思胤始終沒有看黑獅一眼，只有在報警器發出破碎聲時，視線才轉了過去。

封琛沒有忽略到這一點，不免有些詫異：「孔院長，你看不見我的量子獸？」

「我經歷過變異，痊癒成了普通人。」孔思胤雙目從金絲眼鏡的鏡片後盯著封琛，「怎麼？覺得一名普通人不能做哨嚮學院的院長？」

「沒有，我只是覺得孔院長身為普通人卻能成為哨嚮學院的院長，一定有過人的智慧和才能，也更加令我敬佩。」封琛站得挺直，態度不卑不亢。

孔思胤道：「那你知道東聯軍的執政官陳思澤，西聯軍的執政官冉平浩，都是度過變異後痊癒的普通人嗎？」

封琛略微一怔，「這我還不知道。」

「你這樣潛入我住宅是想幹什麼？」

孔思胤眼睛微微瞇起，目光帶著犀利，「不要以為破壞了這樣一個報警器，我就沒有其他方法對付你。」

封琛不緊不慢道：「我當然知道孔院長還有很多辦法，但我只是想讓你看一樣東西。」

孔思胤慢慢靠回椅背，「看什麼？」

封琛伸手進衣服口袋裡取出那個密碼盒，上前幾步後放在孔思胤面前的書桌上，又退回了原處。

孔思胤目光落在密碼盒上幾秒，神情卻沒有半分驚詫，相反地還收

第三章　　◆
什麼？你們要去研究所偷東西？

起了那份怒意。

他站起身，走到窗旁的飲水機前，「喝杯咖啡？種植園裡難得的一點收成。」

封琛搖頭，「謝謝，不用。」

「嗯，其實我也不喜歡喝咖啡。」孔思胤倒了兩杯水，一杯遞給封琛，自己端著另一杯回到書桌後坐下。

「好吧，現在來說正事。」孔思胤抬手指了下桌上的密碼盒，「你這是什麼意思？想用這個盒子來要脅我？那你也太天真了。」

封琛將水杯放到旁邊茶几上，「孔院長誤會了，我只是想來問一下，當年林奮少將交出密碼盒的時候，到底發生了什麼事。」

孔思胤嗤笑一聲，問道：「你覺得我憑什麼要告訴你？」

封琛道：「憑中心城每天都有那麼多人變成喪屍、憑這個密碼盒關係到所有人的命運，也憑孔院長的良知。」

孔思胤沉下了臉，語氣也變得森冷：「你認為我沒有良知？」

「不敢。」封琛道。

「我看沒有什麼是你不敢的。」孔思胤拍了下桌子，發出砰一聲響，桌面上的茶杯也跟著跳動。

封琛卻神情不變，走前兩步後對著孔思胤低頭行了個禮，「孔院長，原本我並不確定，但當看見假密碼盒就那樣被放在陶罐裡時，我就明白了。」

「明白了什麼？」孔思胤反問。

「你突然改變主意給我匹配，是發現了我和我嚮導之間的深刻羈絆，想將我逼得動用身後的關係。當你確認我並不是東西聯軍安插進來的人後，才將這盒子放進了研究所庫房，等著我去拿。而我確定了密碼盒的確是假的後，必定會來找你。」

封琛抬頭看向孔思胤，「孔院長，你這樣謹慎地調查我，再用盒子把我引來，不就是想將有關林奮的事告訴我嗎？」

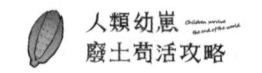

屋內沉默下來，良久後，孔思胤才道：「那天你向我提起了林奮，我的確就給你進行了匹配，想逼得你動用身後的關係。雖然確定了你不是東西聯軍安插進來的人，但我並不清楚你是隨便提及了一句林奮，還是有另外的想法，所以把盒子放進了庫房。因為只有想找到林奮、想弄清那件事真相的人，才會去研究所庫房找盒子。」

封琛道：「孔院長若是不將密碼盒放在研究所庫房，而是隨便藏在其他什麼地方，我就永遠找不到。」

孔思胤意味深長地道：「所以我在用盒子試探你，而你也在用盒子試探我？」

封琛道：「當我在研究所庫房發現那個線索明顯的陶罐時，就知道孔院長在等著我了。」

孔思胤用手指輕輕敲著桌面，想了想問道：「你和東聯軍的封在平是什麼關係？」

封琛沒有回話，孔思胤又道：「現在每個人的資料都殘缺不全，我沒法搞清楚你的身分背景，封在平的話……只是我的猜測。」

封琛回道：「孔院長猜得沒錯，我是東聯軍封在平的兒子。」

孔思胤打量著面前的年輕人，「你才20出頭，就有這樣的心智和謀略，果然是封在平的兒子。」

「孔院長認識我父親？」封琛剛問完，就覺得這是個多餘的問題。孔思胤以前是埃哈特研究所的所長，而東聯軍設在海雲城的研究所是父親在負責，他們之間怎麼可能不認識。

孔思胤卻不在意，只道：「封將軍為人穩重謹慎，做事深謀遠慮。他說的話、做的事，很多看著不明顯，但背後有另外的深意。」

封琛還在琢磨他說的這句話，孔思胤又道：「過來坐下吧，我們好好談談。」

「是。」封琛站直身，在旁邊一把椅子上坐下，雙手擱在膝蓋上，脊背挺直。

## 第三章
### 什麼？你們要去研究所偷東西？

屋內安靜下來，只聽見牆上掛鐘滴答滴答的聲響。孔思胤沉默著，封琛也不催他，只靜靜等待著。

時間過去了足足 5 分鐘，孔思胤終於開了口：「在林奮交出密碼盒時，當時在場的有三人。除了我，還有東聯軍的執政官陳思澤和西聯軍的執政官冉平浩。」

「林少將是親手交給您的？」封琛問。

「對，親手交給我的。」孔思胤點頭。

「那後面發生了什麼事情讓真盒子被調換走？」

封琛都沒有詢問林奮當時交給他的盒子是真是假，而是直接斷定盒子是被調換過，孔思胤不由深深看了他一眼。

「你很相信林奮？」

封琛毫不猶豫地回道：「相信。」

孔思胤也不再問什麼，緩緩開口：「那天是 2114 年 10 月 21 日，下午 4 點 10 分，我接到了軍部通知，說有緊急事情讓我趕緊去一趟。所以我就放下手頭上的事情趕了過去⋯⋯」

「孔所長好。」

「孔所長。」

總軍部和研究所不在同一所地下安置點，孔思胤走下升降機進入通道，邊走邊用手撥弄著頭髮上霜雪化成的水珠。

「孔所長這邊請。」一名士兵迎上來帶路，將他帶進了一間從未踏足過的辦公室。

辦公室裡坐著兩人，看見他後都站起了身，「孔所長。」

孔思胤在這裡突然看見兩名東西聯軍的最高長官，心頭吃了一驚，但他面上不顯，只恭敬地給兩人鞠躬，「陳政首，冉政首。」

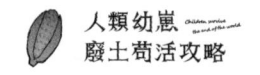

「不必拘束,孔所長肩負著拯救人類的重任,而我只是個耍槍桿子的軍人,應當給你行禮。」冉平浩微笑道。

陳思澤也很是贊同,對著孔思胤做了個請的動作,客氣道:「請孔所長就座。」

孔思胤也沒怎麼推辭,便坐在了旁邊的椅子上,剛剛坐好,士兵就通傳:「林奮少將和于苑上校已經到了。」

「請他們進來。」

房門推開,林奮大步進屋,後面跟著于苑。

兩人碰了下腳後跟,行了個軍禮,「陳政首,冉政首,西聯軍駐海雲城林奮,西聯軍駐海雲城于苑,將海雲城的倖存者帶回了中心城,一共 6352 人。」

「好!非常好!不辱軍令!這才是我們西聯軍的軍人!」冉平浩沒能控制自己的激動,騰地站起了身。

孔思胤在講述經過時,封琛神情始終未變,唯有聽到林奮和于苑的名字時,眼底起了一絲波動。

孔思胤對封琛道:「……他們將那個密碼盒交到我手裡後就離開了,我深知這個密碼盒的重要,迫切地想帶著它回去研究,便也和兩位執政官打過招呼,出了房門。」

## 【第四章】

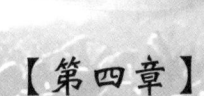

## 比努努
## 你是我們嚮導班的驕傲

◆――――◆

「做什麼?」封琛問。
顏布布嘟嚷著:「擋住,不想讓別人看見你的臉。」
封琛將帽簷推上去,把眉眼重新露了出來,
「你成天在瞎琢磨些什麼?」
「琢磨你。」顏布布哼了一聲:
「反正我就是不想他們看到你。」

## 人類幼崽廢土苟活攻略

「孔所長，為了密碼盒的安全，我們的士兵會沿途保護你，直到你回到研究所。」冉平浩道。

陳思澤笑了笑，「放心吧，東聯軍的士兵也會跟著保護你的。」

孔思胤知道兩軍互相不信任，肯定都會派出人跟著自己，應聲後便打開了房門。

誰知剛走出兩步，就被一名穿著勤雜工衣服的人迎面撞上來。他手裡盒子沒有拿穩，啪嗒一聲掉在地上。

不待他反應過來，那工人已經撿起了地上的密碼盒，還吹掉了上面沾著的灰塵，再遞給他。

孔思胤接過盒子，在迎上來的士兵簇擁下走向升降機。

走了幾步後他停下腳，轉身看向那名勤雜工，看見他的背影已經消失在走廊轉角處。

孔思胤來不及想太多，跟著士兵到了升降機。林奮和于苑也正站著等升降機，看見孔思胤後，朝他微微點頭打了個招呼。孔思胤也對著兩人微笑點頭。

升降機到了，三人和十幾名士兵都站進去，將這方空間擠得滿滿的。哐噹一聲重響，升降機上行。沒有誰說話，都只沉默地站著，注視著面前移動的黑色山壁。

孔思胤這才開始回想剛才的那名勤雜工，越想越心驚、越想越不放心。他瞧了瞧旁邊那些士兵，略微思忖幾秒後，直接將密碼盒掏出來，遞到林奮眼前，「林少將，這是我剛得的咖啡，您想要嚐嚐嗎？只不過剛被人撞掉了一下，盒子沾了灰土有點髒。」

升降機裡的士兵都沒見過那密碼盒，只有林奮和于苑認識。

林奮垂眸看著孔思胤手裡的密碼盒。

山壁上的燈光從鐵欄縫隙透入，隨著升降機上行不斷明暗交替，讓他的臉也被映照得明明滅滅。

孔思胤大氣也不敢出，垂在褲側的手指甲都陷入掌心，只死死盯著

## 第四章
### 比努努你是我們嚮導班的驕傲

林奮，觀察他的表情。

片刻後，在升降機單調的哐噹聲中，林奮終於開口：「謝謝孔所長，我不喜歡喝咖啡。」

孔思胤緩緩鬆了口氣，將密碼盒收好，這時才發現背心早已經被汗水濕透。

接下來沒有人再說話，升降機到了頂端。

一行人走出通道，走進了呼嘯的狂風暴雪中，孔思胤又和林奮打了聲招呼，才在士兵的保護下走向了履帶車。

封琛聽到這裡，忍不住問道：「您是在用這種方法確定密碼盒的真假嗎？」

孔思胤嘆了口氣：「因為被人撞了一下，所以我懷疑密碼盒會被做手腳。但升降機裡的士兵那麼多，我只能給林奮進行暗示，讓他檢查一下盒子。他保管了那麼久時間，肯定會發現盒子有沒有問題。如果當時他拿走了盒子，就表示那是假的，他沒有拿走的話，就是在告訴我盒子是真的。」

封琛聽到這裡，緩緩搖了搖頭，「您錯了，林少將非常敏銳，他應該在第一時間就發現了您手裡的是假盒子。但是您也說了，當時你們身旁全是東西聯軍的士兵，他不能就那樣拿走密碼盒，哪怕是個假的。」

「我也是後面才想通這個道理。」孔思胤摘下眼鏡，用眼鏡布擦拭著鏡片，手指有些輕微的顫抖，「在場的全是東西聯軍，只要他表示出這個盒子是假的，無異於在兩軍中扔下一顆炸彈。盒子還不知道是誰拿的，但雙方都會指認對方，一旦出現那樣的局面，後果會不敢想像。」

封琛側頭看向一旁的窗戶，「他不想讓人們賴以生存的避難所毀於一旦，不想讓東西聯軍之間脆弱的平和被打破，不想在需要所有人聯合

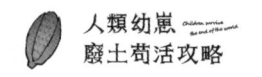

一致對抗天災的時候，還要互相爭鬥。」

孔思胤嘆了口氣：「林奮在那短短瞬間便能想到很多，所以我認為他在離開升降機後，會立即去往緊急通道的出口處等待換掉盒子的人。因為不管是東聯軍還是西聯軍或是其他什麼人，在拿到盒子後絕對不敢留在安置點，會選擇第一時間離開。拿走盒子的人不敢走大門，那只會選擇悄悄從緊急通道遁逃。」

封琛攔在膝蓋上的手暗暗握緊，「您的意思是，他和于上校就是在緊急通道口出的事？」

孔思胤將眼鏡重新戴上，「我當時沒反應過來，直到回到研究所進行實驗，發現裡面的病毒標本是假的，又聽說林少將和他的嚮導失蹤後，才把這事給想清楚。」

「所以您也不清楚到底是誰拿走了盒子，林少將他們又是遭遇了誰的暗算？」封琛問。

孔思胤道：「對。」

「那你沒把這事告訴東西聯軍嗎？」封琛的話脫口而出：「你怕密碼盒在你手裡被人換掉的事會被追責？」

「不，我不怕。」孔思胤語氣平靜：「密碼盒從我手裡被人調換，這是我的失職，我不怕接受任何懲罰。」

封琛的嘴角勾起一抹譏誚，「可是您不將事情的真相告訴東西聯軍，就是把一切推給了林少將，讓他背上拿著密碼盒潛逃的罪名。」

孔思胤：「我說了，我不怕接受任何懲罰，這是實話。我和林少將的想法是一樣的，真密碼盒沒找到，這個假密碼盒其實是被調換的事就不能捅出去。」

封琛沒有打斷，孔思胤繼續道：「我曾經私下調查了很久，卻找不出那個勤雜工的絲毫蹤跡，到現在都不知道他到底是誰的人。既然不知道，就不能輕舉妄動，不能打破東西聯軍之間的平衡。封琛，中心城的人再也經受不起任何風浪了。」

第四章 ◆
比努努你是我們嚮導班的驕傲

「那您沒有任何可以找到林少將的線索嗎？」封琛問。

孔思胤停頓了兩秒才道：「當我後知後覺地反應過來後，趕緊去了緊急通道的出口處，結果在那裡發現了一些不同尋常的東西，我覺得可能和他的失蹤有關。」

他起身往牆邊走，打開那裡的一個小冰櫃，從裡面取出了一個不起眼的鐵盒。

「就這樣隨意地放在冰櫃裡，反而比鎖在保險櫃裡更安全。」孔思胤看出封琛心裡的疑慮，便意味深長地道。

他將盒子放在封琛身旁的茶几上，打開，封琛便看見裡面裝著兩條細絲似的冰塊，除此外沒有其他任何東西。

孔思胤道：「我是在林少將兩人失蹤後第二天去的。雖然下著大雪，緊急通道出口處就算有什麼痕跡也都被抹去了，但我在那裡慢慢找，終於在一塊石頭中間的空隙裡，發現了這兩條冰絲。」

「這是⋯⋯」

「我認出這是某種動物的口涎，被凍結成了冰絲，拿回去化驗以後，發現它很像梭紅蛛的口涎，卻和梭紅蛛又不全然相同，因為它裡面含有微量的精神力。」孔思胤道。

封琛盯著那兩條冰絲，「您的意思⋯⋯這是某隻類似於梭紅蛛的量子獸留下的？」

「是的。量子獸雖然是精神體，普通人也看不見牠，但牠若是出現特別近似於實體動物的特徵，比如也會分泌口涎，那分泌出的口涎是可以被發現的。」

封琛問：「您沒能找到那隻量子獸的主人？」

「我在已註冊的哨兵嚮導名單上，沒看見有誰的量子獸是梭紅蛛。」孔思胤搖頭，又看向了封琛，「如果你要找到林奮，首先便要找到這隻梭紅蛛和牠的主人。」

封琛想了想，「孔院長，您最懷疑誰？陳思澤？冉平浩？安儗加或

109

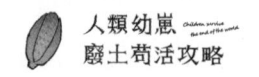

者是其他什麼另外的組織？」

孔思胤收起盒子走向冰櫃，「對於東西聯軍，我只是不敢相信他們，要說最懷疑的話，其實是安攸加教。」

封琛問道：「安攸加研究的那種可以阻擋精神力攻擊的喪屍，和那個密碼盒有沒有關係？」

孔思胤問：「你說的就是上次從１層安置點下面，鑽到中心城的那隻喪屍嗎？」

「是的。」

孔思胤微微皺起眉，「那具喪屍是在研究所裡進行解剖的，當時研究所也請我去參與了解剖過程。包裹住它頭顱的是一種新型材料，再在裡面裝上了可以干擾精神力的晶片，做出來的話也不是太難。」

「可是那種喪屍具有一定的智商。」封琛道：「它們比其他喪屍更熟練地躲避攻擊，能使用招式，知道怎麼弄開螺帽。」

孔思胤搖頭，「只能說安攸加一直在研究喪屍，確實也提高了喪屍不少能力，但那能力不會和密碼盒有關係。」

「為什麼？」

孔思胤道：「如果安攸加能拿到裝著病毒母本的密碼盒，那他們研究出來的喪屍，並不會僅限於提高一點能力、撐開一個螺帽。」

「那你為什麼會最懷疑安攸加？」

孔思胤將盒子放進冰櫃，轉過身攤攤手，「因為如果盒子是在東西聯軍手裡，那這麼多年過去了，也沒見到他們有什麼可怕或者可敬的研究成果。」

封琛道：「所以現在三方都值得懷疑，但三方又不像是有誰拿到了盒子？」

「對，沒有誰會拿到盒子卻什麼也不做的。」孔思胤道：「現在唯一的突破口就是找到那隻梭紅蛛的主人，從他身上才能找到林奮，也就知道到底發生了什麼事，那密碼盒又去了哪裡。」

## 第四章
### 比努努你是我們嚮導班的驕傲

封琛怔怔坐著，右手不自覺摸向腰後，按上無虞的刀柄，用指腹摸索著柄上熟悉的紋路。

「您覺得……林少將他們兩人會是安全的嗎？」他聲音平靜，身體卻微微繃緊。

孔思胤謹慎地道：「如果初代喪屍病毒標本一直沒有現世，那我認為他們應該還活著。」

◆

顏布布洗了澡後就發現封琛不在家，黑獅也跟著不見了，比努努自己躺在沙發上，無所事事地盯著天花板發呆。

「比努努，哥哥出去了嗎？」顏布布用毛巾擦著頭髮問。

比努努點了下頭，從沙發上翻起身，將身上的小軍裝扒掉，再從背包裡翻出地的毛巾，還有一條換洗的碎花裙上樓，應該是要去洗澡。

顏布布一直坐在沙發上等，可直到比努努洗完澡，封琛都沒回來。他便去門外站著，眼睛一直盯著操場方向。

比努努也出了屋，在草坪上隨意地走來走去，像是在散步，只時不時往操場那邊瞥一眼。

兩個在門外又站了十來分鐘，顏布布便問比努努：「哥哥可能是去教學樓了，要去找他和薩薩卡嗎？」

比努努立即往操場方向走去。

「你倆這是準備去哪兒？」身後卻突然傳來封琛的聲音。

顏布布驚喜地回頭，看見封琛和黑獅正從小路的另一端走來。

「哥哥！」他剛要迎上前，卻又收起笑容停住腳，「你們剛才去哪兒了？也不說一聲，我等了好久！」

封琛道：「剛有點事。」

「有事也要說一聲啊。」

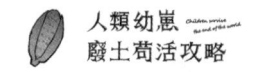

「你當時在洗澡。」

顏布布立刻氣沖沖地質問:「我在洗澡就不能說了?洗澡水還能把你嘴封上啦?」

封琛有些無奈:「我去的時間不長,而且不能帶著你,所以就沒和你說。」

「半個小時還不夠長?那要多久才夠長?這是在中心城,又不是在海雲城,半個小時已經夠你失蹤了,半個小時也夠⋯⋯」顏布布左右看了下,又壓低聲音道:「夠研究所的士兵把你抓走了。」

封琛走上前,攬住他肩膀往屋裡帶,他掙了掙站在原地沒動。

「是不是最近沒收拾你,脾氣見長啊?」封琛道。

顏布布斜著眼睛看了他一眼,「你可是封家少爺,我是要伺候你的,我怎麼敢有脾氣呢?」

「知道就好,本少爺命令你快進屋。」

封琛指著旁邊一直站著的比努努,低聲道:「看牠多好,站在旁邊不吵不鬧,這才像伺候少爺的。」

比努努一直面無表情地站在原地,黑獅上前碰了碰牠腦袋,牠突然就怒氣騰騰地轉身,對著黑獅的背搗出一拳。

「不吵不鬧⋯⋯」顏布布笑出了聲。

封琛也輕笑了聲,轉口道:「想聽我剛才做什麼去了嗎?走,回屋裡我跟你說。」

顏布布聽到這話後,才提步跟著他回屋。

回到屋內,封琛撿起地上比努努脫掉的小軍裝,又上到2樓浴室,將剛才自己和顏布布洗澡後換下的髒衣服都裝進盆裡,再泡上水和洗衣粉開始搓洗,顏布布就端了把小凳子坐在浴室門口。

封琛一邊洗衣服,一邊將剛才和孔思胤交談的事,簡單地跟顏布布說了一遍。

顏布布聽完後呆呆出了會兒神,又走過來靠在封琛背上,伸手摟住

## 第四章
### 比努努你是我們嚮導班的驕傲

了他的腰。

「那于上校和林少將是被什麼人給抓走了嗎？」

封琛道：「如果孔思胤說的都是真的，那他們倆應該就是去緊急通道口逮人時出了意外。」

他感覺到顏布布身體繃緊，又安慰道：「但他們兩人肯定是沒有生命危險的，也一定使用了什麼拖延阻撓的方法，不然也不會到了現在，密碼盒內的東西都沒有被研究出來。」

顏布布沒有再說什麼，只繞到他身旁，神情看上去有些怔忪。

「別擔心，我一定會想辦法找到他們的。」封琛一邊擰洗乾淨的衣服一邊道。

顏布布認真地道：「不，是我們，我們一定會找到他們兩個。」

「先別想那麼多，暫時也沒有其他線索，我們也不要輕舉妄動，只留意著那個量子獸是梭紅蛛的人。」封琛端著裝了乾淨衣服的盆往陽臺方向走，「你先下樓，等我把衣服晾好後就去食堂吃飯。」

顏布布意興闌珊地下樓，見黑獅和比努努在沙發上看電視。比努努的怒火已經消退，和黑獅靠在一起，爪子裡還拿著梳子，一邊看電視一邊給黑獅梳理著鬃毛。

顏布布撲在沙發另一邊，趴在那裡不動了。

封琛晾好衣服後下樓，便去拖著他起身，「先去吃飯，吃完了再回來休息。」

「唔……我好累……今天殺喪屍，又去偷密碼盒，我累得都走不動了。」顏布布被他拖著走了兩步，屁股往地上墜。

封琛拎著他兩隻手，將他拽在空中，「你以為還是海雲城嗎？你自己看看學院裡有多少人？難道還要我揹著你去食堂？」

「那你就揹著我去食堂嘛……」

「你的臉皮不能這麼厚。」

「只要你揹我，臉皮不要了。」

113

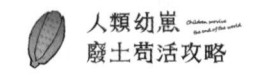

顏布布不光人往下墜，頭也往後仰著。

封琛看他這副樣子，只得道：「那我去食堂把飯菜打回來。」

「不……我要你揹我去。」

「你是不是皮癢了？」

「我就是皮癢了，那你給我撓撓。」

封琛一把將他打橫抱起來，放到沙發上，「那你就老實躺著，等我把飯菜打回來。」

顏布布看著封琛出了門，卻從沙發上翻起身追了出去，又對黑獅和比努努說：「我們去吃飯，你們不用來，自己就在家玩。」

封琛聽見身後的腳步聲，只不緊不慢地往前走，頭也不回地問道：「不是累得走不動了嗎？」

顏布布衝過去摟住他的胳膊，「再走不動也要跟著你一起。」

封琛側頭看了他一眼，「我打飯就是十來分鐘。」

「那也不行。」顏布布將頭擱在他肩上，賴皮道：「十來分鐘很長了，你剛才去找孔院長去了那麼久，現在又要去打飯十來分鐘，加起來就是半年了。」

封琛道：「才半年？怎麼著也得一年以上了。」

「所以我還是跟著你一起吧。」

封琛突然停住腳，摟住顏布布的雙腿，又將他打橫抱了起來。

顏布布慌忙去抱封琛的肩膀，又哈哈笑道：「好好好，這樣好。」

「就抱你這一段，到了有人的地方就自己走。」封琛道。

到了操場邊上，前面已經出現了人影，封琛便將他放下了地。顏布布也沒有再要賴，只抱著他胳膊一起向食堂走去。

封琛瞥了他一眼，「沒個正經，好好走路。」

「好，我好好走路。」顏布布嘴裡應聲，卻摟住他胳膊不放，人就歪著掛在他身上，這樣一路到了食堂門口。

封琛正要進入食堂，顏布布突然拉住他，「等等。」

## 第四章
### 比努努你是我們嚮導班的驕傲

封琛站住，顏布布便將他已經壓得很低的帽檐繼續往下拉，將眼睛給徹底蓋住。

「做什麼？」封琛問。

顏布布嘟囔著：「擋住，不想讓別人看見你的臉。」

封琛就這樣一動不動地站著，沉默幾秒後才問道：「那我怎麼看得見路？」

「你不用看路，我牽著你走就行了。」

封琛將帽檐推上去，把眉眼重新露了出來，問道：「你成天在瞎琢磨些什麼？」

「琢磨你。」顏布布哼了一聲：「反正我就是不想他們看到你。」

當兩人跨進食堂門時，一些若有若無的視線又飄了過來。有些落在顏布布臉上，有些則是落在封琛身上。

顏布布將封琛的胳膊抱得更緊了些，就這樣跟著他去了打飯的窗口，那些視線便又帶著遺憾或失落移開。

第二天，顏布布剛進教室坐下，便聽到了旁邊的人在唉聲嘆氣。

「等會兒上課就要公布考試成績了，教官又要大發雷霆。」

「我考得應該還可以，感覺比上次狀態要好。」

顏布布聽到要公布考試成績，立即就緊張起來，心裡開始撲通亂跳。他轉頭去看比努努，發現牠像是已經化成了一具石雕，一動不動地坐在課桌前，目光直直地盯著桌面。

上課鈴響，教官抱著一堆考卷進來了。他滿臉烏雲，全身散發著怒氣，第一名和第二名的兩隻量子獸卻不懂看眼色，依舊在講臺上打架，被他直接拎起來扔到了教室外，「王晨笛，劉思遠，不准將牠們收回精神域，讓牠們就在外面站一節課，下課後你倆也跟著站出去。」

115

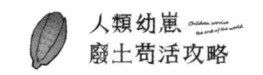

教室裡的學員都噤若寒蟬，教官將一摞卷子重重丟在講臺上，這才開始講話。

　　「可能有件事你們還不知道，在帶你們班之前，我每個月都是月度優秀教官。我那些班的理論考試都是全嚮導班第一，體測也是第一。」教官豎起兩根手指，「雙料第一。」

　　「當然，帶你們班後我還是第一，而且是雙料第一，不過是倒數。我那點好勝心早就被磨沒了，唯一的心願就是……哪怕來次不是雙料的呢？」教官的聲音低沉中帶著失意。

　　全班很安靜，沒有一個人敢吱聲。

　　教官轉頭看向窗外，深呼吸兩次後調整好了情緒：「現在來念一下這次軍事理論考試的成績。」

　　顏布布頓時坐直了身體。

　　「第 1 名，劉思遠 92 分、第 2 名，王晨笛 90 分……第 10 名，陳文朝，84 分。」

　　第 10 名！顏布布在心裡驚歎。他記得上次陳文朝是第 13 名，這次居然進步了 3 名。

　　「……第 17 名，王穗子，80 分。」

　　隨著教官一個一個地往後念名字，顏布布緊張得手心冒汗。

　　雖然考試時有幾道題他在筆記本裡背過，但不知道其他學員會不會比他背得更多。

　　他還記得封琛叮囑過他要考過翠姐，他也不想當那最後一名。

　　「……第 30 名，顏布布，63 分。」

　　「哇！30 名！」顏布布滿心激動和意外，捂住嘴低低叫出了聲，接著便從座位上彈起來，小跑步走向講臺。

　　他從教官手裡接過考卷，看著上面鮮紅的 63 分，笑得嘴都合不攏。但他卻沒有立即下去，想悄悄問教官有沒有比努努的成績。如果沒有的話，比努努一定會很難過。

## 第四章
### 比努努你是我們嚮導班的驕傲

「怎麼了?覺得這分數有問題?」教官問道。

顏布布遲疑著搖頭,「沒有問題,可是……」

「那就下去吧,站這兒做什麼呢?」教官雖然沉著臉,卻又道:「凡是考試過的都有分數。」

顏布布得了這句話,總算放了心,便拿起考卷回自己座位。

「比努努,63 分,和顏布布並列 30 名。」教官拿起下一張卷子清晰地念道。

教室後方傳來砰一聲重響,比努努倏地起身,昂首挺胸地順著通道往前走,椅子都被推得後移了半公尺。

「比努努你好厲害啊。」

「63 分,比努努你是我們嚮導班的驕傲。」

學員們都在笑,當比努努經過身旁時,還伸手去摸牠腦袋。比努努難得沒有發怒,也沒有避開他們的手,只矜持地、目不斜視地往前走。

教官在比努努走到講臺旁時,將那張塗滿小黑團的考卷遞給了牠。

比努努接過考卷,用小爪在那鮮紅的分數上摸了下,再緩緩吐出口氣,滿臉倨傲地回到自己座位上。

顏布布好不容易等到了下課,將考卷小心地疊起來,放進軍裝上衣口袋,迫不及待地去樓上找封琛。

比努努也拿著自己的考卷,和黑獅一起跟了上去。

顏布布這段時間經常往他教室跑,哨兵們已經很熟了,不會再對他的出現感到驚訝,只繼續掰手腕或是在後面空地上過招。而封琛也依舊坐在他座位上看書,一個人顯得安安靜靜的。

顏布布走到封琛身旁,封琛並沒有抬頭看他,只從旁邊空桌下拖出那張顏布布專用的椅子,接著將手裡的書又翻了一頁。

下一秒,他面前的書上就多了一張考卷,右上角的 63 分非常醒目。

他盯著考卷看了兩秒,又抬眼看向顏布布。

顏布布眼睛閃亮,臉蛋兒也脹得發紅。他將手背在身後,腳尖踮了

117

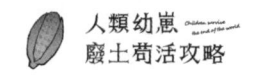

踮,明明滿臉興奮,卻竭力用無所謂的口氣道:「30名。」

見封琛沒回應,他又補充:「不是倒數第一也不是倒數第二,是倒數好幾名了。」

封琛打量著那張試卷,點點頭道:「不錯,考得很好,已經大大超出我的預期。」

顏布布終於沒繃住,一下笑出了聲:「其實我也沒想到啊,哈哈哈,我怎麼就能考得這麼好啊,不是倒數第一也不是第二⋯⋯」

封琛又拿起考卷仔細看,顏布布就在旁邊解釋:「這裡是我看錯題了⋯⋯這道我本來記得的,突然忘記了⋯⋯看我這道題做得好不好?這個紅勾不亮,要不要找枝紅筆再塗一塗?」

「錯了就是錯了,不要給自己找藉口。雖然這次考得不錯,也要總結原因,吸取教訓。」封琛道。

顏布布心情很好地點頭,「喔,知道了。」

封琛剛放下顏布布的考卷,桌面上便又多出一張考卷出來。那張卷子上整齊地塗抹著一個個黑團,左上角也有個鮮紅的63分。

比努努就站在桌邊,黑漆漆的眼睛盯著他。

封琛便也拿起那張考卷認真看,看過後剛想放下,卻見比努努還看著他沒動,便又指著其中幾個墨團道:「這些塗得不怎麼整齊,大小不均勻,下次要注意,總結原因,吸取教訓。」

比努努探頭去看那幾個墨團,臉上露出懊惱。

封琛又道:「打了63分,也是30名,很不錯的成績。」

比努努又輕鬆下來。

「考卷我替你們倆收起來了,以後回到海雲城後,把你們的所有考卷裝訂好。」封琛將兩張考卷都放進桌裡,抬手看了下錶,「還有兩分鐘就上課了,你們快回教室去。」

「嗯,好吧,我回教室去了⋯⋯」顏布布嘴裡答應著,卻不捨得就這樣走,磨磨蹭蹭地不動。

## 第四章
### 比努努你是我們嚮導班的驕傲

封琛催促道：「快去吧，回去好好上課，中午我去你教室門口接你吃飯。」

「那我就在教室裡等你喔！」顏布布這才帶著比努努和黑獅離開了哨兵班。

第二天下午上課時，操場上不斷傳來陣陣歡呼，擴音器裡的女聲也時不時響起，聽上去非常熱鬧。

嚮導學員們個個心猿意馬，在教官背過身去後便開始小聲議論。

「哨兵班今天又在進行體測了，上次體測我有事沒去看，這次好想去看啊。」

「上次體測是對戰，據說這次不是了。」

「還有多久下課？誰戴了錶？」

「還有 30 分鐘，好難熬。」

顏布布聽到他們的議論，也開始坐立難安。既然哨兵班體測，那封琛肯定也在，他好想去看看。

「下面把書打開，翻到 16 頁，我們繼續上一堂課沒有講完的內容，軍事戰爭裡的資訊戰爭⋯⋯」

教官開始講課，除了比努努還端坐著，其他學員都在走神，聽著操場上傳來的歡呼聲，一個個心癢難耐。

「請第三組學員準備上場，靳巧濡、吳遠寬、王權章⋯⋯」

當操場上的廣播音傳進教室後，學員們也不顧還在上課，紛紛轉頭朝向右邊坐著的一名女生。

「李蕊思，妳的哨兵馬上要比賽了。」

「李蕊思，我聽到靳巧濡準備上場了。」

「李蕊思⋯⋯」

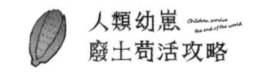

顏布布看見那名女生臉蛋兒紅紅地看著教官，目光裡全是央求。

教官停下講課，將手上的書丟到課桌上，揮了揮手道：「算了，都去看比賽吧，今天下午放你們假。」

「喔！」全班發出歡呼聲，都收拾書本衝出教室。

顏布布將書本往桌膛裡一塞，立即喊王穗子和陳文朝：「走哇，去操場上看哨兵比賽啊。」

王穗子道：「我就不去了，今天下午放假，我正好回家一趟。」

王穗子的父母都沒了，只剩下個還沒度過變異期的姑姑，住在底層的租住點。王穗子住在學院裡，吃住不花錢，每個月的信用點也用不光，便三不五時去她姑姑那裡一趟，轉一部分信用點接濟她。

「好，那妳去吧，陳文朝呢？」顏布布問陳文朝。

陳文朝一邊放書本一邊道：「我這週週末沒回去，我爸還以為我出了什麼事，天天守在外面的檢查口向人打聽消息。下午不上課，我也得回去一趟。」

陳文朝的母親沒了，父親還在，而且度過變異期成為了普通人，就住在2層居民區。他父親把他看做命根子一樣，只要有點風吹草動就會往學院跑。這片區域不讓進入，他就守在檢查口外，和那裡的值崗士兵都混熟了。

既然王穗子和陳文朝都不去看比賽，顏布布便帶著黑獅和比努努出了教室。他們班放假的動靜太大，其他嚮導班也就只能跟著放了，嚮導們都齊齊湧向了操場。

樓下操場上不知道什麼時候搭起了一圈階梯看臺，中間圍出了一塊很大的場地，被燈光照得雪亮。

場地中間用隔板隔出很多彎彎曲曲的甬道，就像是一座大型迷宮，頭頂上掛著一個巨大的時鐘，鮮紅的數字在倒數計時地跳動，顯示還剩下9分15秒。

周圍的看臺上則站滿了人，不光有哨兵嚮導，還有很多量子獸。顏

## 第四章
### 比努努你是我們嚮導班的驕傲

布布在那些人群裡尋找,沒有找著封琛,便爬上看臺往場地裡張望。比努努和黑獅便也跟了過來,一起站在看臺上。

顏布布看見迷宮裡走著十幾名哨兵,在那些甬道裡小心前進,每個人左臂上都綁著一條感應束帶。

他視線在那些哨兵身上逐一掠過,看到最遠的那條甬道時,竟然在裡面發現了一道熟悉的身影。

他看見封琛穿著一身野戰服站在那裡,左臂上還綁著一條感應束帶,顯然正在進行體測。

顏布布沒想到剛下樓就撞上封琛考試,便探出頭緊緊盯著他。

看臺上很多嚮導都是剛到,互相詢問著規則。

「他們怎麼都沒帶著量子獸?」

「這是體測,不是精神力測試,所以不准攜帶量子獸,也不准使用精神力和槍枝,只允許使用匕首。」

「是要在倒數計時結束前走出迷宮就算成功了嗎?」

「剛才已經比賽過兩組了,是要在這迷宮裡待夠10分鐘不淘汰才算成功。別問了,你接著看就知道了。」

迷宮裡的哨兵都在小心翼翼地四處轉,不時飛快轉身朝向後方。只有封琛站在原地不動,手握著那把無虞匕首,神情鎮定冷靜,看上去和平常無異。

顏布布還在猜測他們的體測內容是什麼,就聽看臺上突然爆出一聲驚呼,而場地中間的某條甬道裡也出現了一隻野狼變異種,朝著背對他的一名哨兵撲去。

那哨兵後背上貼著個數字7,眼看就要被野狼抓住,他猛地轉身,一刀刺向野狼胸膛。但他的刀拔出後卻沒有灑出半點鮮血,那隻被刺中的野狼也沒有倒下,狼屍就那麼消失在空氣中。

顏布布明白了,他之前上能力提升課時,教官會放出光效形成的對手和學員們進行格鬥。現在這野狼變異種應該也是光效,只不過做得更

121

**人類幼崽
廢土苟活攻略**

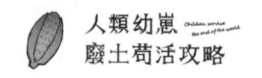

加栩栩如生而已。

看臺上掌聲響起，7號哨兵臉上也露出了笑容。他抬起雙臂原地轉了圈，向看臺上的人點頭致意。

可掌聲還沒消失，那些將場地隔成一條條甬道的隔板突然快速移動。7號哨兵背後原本是隔板，現在那隔板移開，猛然竄出來一條粗大的蟒蛇，昂起上半身，對著他張開了猩紅巨口。

「啊！後面！後面！」看臺上的人在大喊提示。

但這一切發生得太快，7號哨兵還沒反應過來，臉上的笑容都還未斂起，頭顱就被那條巨蟒含入口中。

雖然知道這是3D影像，但場景太過於真實，依舊有人在驚叫。比努努站在顏布布身旁，身體緊繃，喉嚨裡發出呼嚕嚕的威脅聲。就連顏布布也打了個哆嗦，下意識摟住黑獅的脖子。

「7號考生考試結束，請立即離開場地。」

伴著女聲提示，那條巨蟒消失，哨兵還站在原地。面前的隔板都往兩邊移開，露出一條通往場地邊緣的甬道。7號哨兵滿臉懊惱，一邊搖頭，一邊解掉手臂上的感應束帶往外走。

「啊！小心啊。」看臺上又是一陣驚呼。

只見另一條甬道的隔板飛速移動，從空隙裡竄出來一隻喪屍，撲向面前的3號哨兵。

3號哨兵匕首剛刺進它顱腦，光影都還沒有消失，身後再次出現兩隻喪屍，朝著他後腦咬去。

3號哨兵從看臺上人的反應察覺出不對勁，也沒轉身，下意識就使出了精神力進行攻擊。身後兩隻喪屍還沒撲到，就消失在了空氣中。

「3號考生犯規，考試結束，請立即離開場地。」

3號哨兵滿臉不服，「我正在對付剛剛刷出來的喪屍，誰知道後面又來兩隻？我是哨兵，使用精神力攻擊又怎麼了？」

「噓——」看臺上的人開始噓他，「明明是體測，你要用精神力，

## 第四章
### 比努努你是我們嚮導班的驕傲

那就是犯規啊。」

「快點下去，被咬死了就下去。」

3號哨兵道：「我哪裡被咬死了？我明明好好站著的。」

「你已經死了，不要詐屍，快捂住嘴弄下去。」

看臺上的人都在嬉笑，3號哨兵也跟著笑起來，搖頭嘆氣地從面前出現的甬道走了出去。

顏布布看見時鐘上跳動的數字，顯示還有8分鐘倒數計時結束。其他哨兵都在甬道裡穿行，只有封琛還站在場地的另一頭沒有動。

封琛那裡離這兒很遠，顏布布乾脆跳下看臺，邊跑邊招呼兩隻量子獸：「走啊，我們去那邊看哥哥。」

黑獅立即叼起身旁的比努努跟上。

「11號考生考試結束，請立即離開場地。」

看臺上歡呼聲和驚叫聲不斷，顏布布也不知道封琛是幾號，一邊聽著廣播音，一邊飛快地往場地另一頭跑。

封琛處在最左側，這邊看臺上人要少一些，沒那麼擠，顏布布直接跳上看臺，還沒來得及看清人便開始高喊：「哥哥加油、哥哥加油！」

封琛原本站在甬道裡沒動，這時飛快地往看臺的方向瞥了眼，接著又轉回視線。

黑獅也叼著比努努跳上看臺。比努努個子矮，黑獅將牠放在自己頭頂坐著，顏布布便牽起牠的爪子一起揮舞，嘴裡還嘶聲高喊，為封琛加油鼓勵。

看臺上掌聲雷動，驚呼和加油聲此起彼伏，但顏布布的聲音竟然能蓋住他們，讓走在迷宮裡的好幾名哨兵都看向了這方向。顏布布見到封琛也看向他時，連聲發出尖叫：「我在這兒，哥哥加油！」

封琛朝著顏布布做了個雙手下壓的動作，再指了下自己耳朵，示意顏布布聲音可以小點，他聽得見。

「哥哥加油……」顏布布剛放低音量輕喊了聲，接著就爆出一聲驚

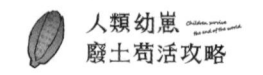

天動地的大叫：「後面！」

只見封琛身後突然閃現出一隻喪屍，對著他後頸張開了大嘴。而他還在看著顏布布，絲毫沒有感覺到身後的危險。

「啊啊啊！」在顏布布一連串的驚叫聲中，比努努倏地跳下黑獅頭，朝著場地衝去，被黑獅一口叼住。

封琛雖然沒回頭，但他握著匕首反手刺向左肩上方，匕首尖深深扎入喪屍眼眶，它便瞬間消失在空中。

「太棒了！」顏布布在原地跳了起來。

隨著比賽進行，甬道壁移動得更加頻繁，憑空出現的喪屍和變異種也越來越多。

封琛開始專心對付那些突然刷出來的目標，沒有再看顏布布。

「1號考生考試結束，請立即離開場地。」

「9號考生考試結束，請立即離開場地。」

廣播女聲不斷響起，迷宮裡的哨兵越來越少，最後只剩下了七、八名。其中便包括了封琛。

封琛一直站在場地邊緣處，一開始並沒有引起眾人的注意，現在只剩下幾名哨兵後，就有不少人發現了他，並轉移到這邊看臺來。

顏布布身旁逐漸多了好些人，還有些不認識的嚮導在輕聲議論。儘管他們壓低了聲音，但顏布布還是耳尖地捕捉到了一些句子。

「他是誰啊？之前怎麼沒有見過？」

「好像是新來不久的，就在我們樓下1樓的哨兵二班。」

「……他好像在看我們？往這邊看了好幾眼了。」

「真的，他又在看我們。啊，我今天太匆忙，頭髮好像都沒有梳好，怎麼辦？」

顏布布聽著這些對封琛的誇讚，剛開始還很高興，可聽著聽著，心裡漸漸就不是滋味兒了起來。

封琛正在同時對付四隻喪屍。他已經解決掉三隻，最後一隻衝來

## 第四章
### 比努努你是我們嚮導班的驕傲

時，被他一個肘擊撞在牆上，接著便一刀刺入頭顱。整個動作乾淨利索，引起了看臺上的陣陣驚歎。

燈光將整個迷宮照得雪亮，在這樣的光照下，那些哨兵的五官都分外明晰，臉上的缺陷也被放大凸顯。

但封琛看上去依舊那麼俊美，眼角眉梢又透出凌厲冷意，整個人構成柔與剛的衝撞，有一種非常特別的氣質。

顏布布看著這樣的封琛，慢慢停下了加油聲，突然就想找塊黑布將看臺一圈圈圍住，將他遮擋在裡面，誰也不讓看。

「他有沒有嚮導了？你們誰知道？」

「不清楚，但是我在哨兵二班有個熟人，等會兒跟我朋友去打聽下就行了。」

「還沒匹配過吧，畢竟剛來學院，肯定沒有嚮導的。」

幾名嚮導正在興奮議論，便聽旁邊突然有人道：「你們說的那個哨兵是我的哨兵。」

嚮導們轉過頭，這才發現旁邊還站著一名長相漂亮的捲髮小嚮導，一臉不高興地瞪著他們。

「你的哨兵？」嚮導們先是有點尷尬，畢竟口裡正在議論的人，結果他的嚮導就在旁邊。但他們在看清顏布布的臉後，個個又面露狐疑，不住地上下打量著他。

「是的，他有嚮導的，我就是他的嚮導。」顏布布道。

「你多大了？」一名嚮導問。

顏布布猜到他們的想法，便微微昂起下巴，「不算太大，可也快結合熱了，只要我一出現結合熱，我們就要結合。」

他說完這句話後，旁邊的黑獅轉頭看了他一眼。而正在迷宮中往左邊移動的封琛也停下了腳，停滯兩秒後才繼續往左走。

雖然大家都知道結合熱，但這個話題卻是隱祕的，嚮導們就算會談起，也是私下裡悄悄交流。

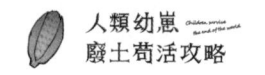

他們從沒遇到過顏布布這樣的人，竟然就這樣滿臉坦然地說出來，一時都被哽住，互相面面相覷。

10分鐘很快就過去了，場上掛著的時鐘顯示倒數計時為0，這場比賽已經結束，場內只剩下三名哨兵還沒有被淘汰，其中就有封琛。

掌聲雷動中，其他兩名哨兵舉起手轉圈，向著看臺上的人微笑致意。只有封琛就這麼離開了場地，徑直朝著顏布布方向走來。

「我的哨兵可喜歡我了，天天都盼著和我結合熱。我也有些犯愁，為什麼還沒結合熱呢？我就安慰他，你別著急啊，快了，真的快了，可能後天、可能明天、可能就是現在……」

為了撲滅這些嚮導對封琛的想法，顏布布越說越順溜，但那些嚮導卻不理會他的滔滔不絕，突然都轉身離開了。

顏布布看著他們的背影，滿意地鬆了口氣，接著就聽到身後傳來封琛的聲音：「走吧，人家都走了，你也可以回去了。」

顏布布身體一抖，慢慢轉回頭，尷尬道：「哥哥，你、你什麼時候在這兒的？」

封琛道：「比賽結束後我就在這兒了。」

「啊，結束了嗎？我都不知道，這是結束了嗎？」

「對。」封琛摟住他的肩頭往回家的方向走。

顏布布結結巴巴地問：「我們現在回去啊，不看別人比賽了嗎？」

「不看了，你現在就要結合熱，我已經等不及了。」封琛注視著前方，語氣平靜地道。

接下來的日子，顏布布平常在學院上課，到了週末時，便跟著封琛去2層居民區。

雖然量子獸只有哨兵及嚮導才能見到，但兩人也抱著那麼一絲希望

## 第四章
### 比努努你是我們嚮導班的驕傲

去四處打聽。

2層居民區在中心城西邊,都是不超過5層的樓房。雖然目前人口不算多,很多樓房都空著,卻也密密匝匝修建在一起,方便日後底層度過變異期的人上來居住。

兩人在那些日用品小商店或是棋牌室裡閒逛,同老人和常住戶閒話家常,有意無意地打聽梭紅蛛的事。

顏布布還去過福利院,站在鐵柵欄外對那些小孩子比劃,「臉盆這麼大的蜘蛛,紅色的,看到過嗎?」

「沒有見過。」

「那個好吃嗎?我沒吃過哎。」

「我有臉盆這麼大的皮球,哥哥你看是這個球嗎?」

在2層沒有打聽到梭紅蛛的線索後,他們便去了1層,而顏布布也自此見到了封琛的另一面。

他不光能和安置點的老人閒扯,能聽管理員抱怨現狀,恰到好處地附和幾句,還能和酒館裡的醉漢談笑風生,請他們喝一杯酒館裡特有的劣質果酒。

如今糧食稀缺,果腹都不容易,更別說釀酒了。但人總是會想辦法,就去中心城外的山上採摘一種漿果。那種果子又酸又澀,難以下口,釀成酒的話還是可以的。

顏布布也嚐過這種酒,他覺得是比咖啡還要難喝的一種液體,入口既辣又澀,還帶著一股酸味。他只喝下去一口,便皺眉苦臉地打了幾個哆嗦,引得酒館裡的人哈哈大笑。

封琛也微笑著將他的酒杯端走,擱在了桌上。

時間一晃就過去了大半個月,他們依舊沒有打聽到有關梭紅蛛的任何消息。

這天上午,顏布布剛進教室坐好,教官便走了進來,臉上難得地掛著和藹笑容。

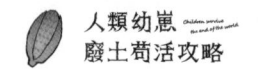

「教官今天心情很好喔。」有學員道:「看樣子不會罵我們了。」

「這是又要出任務了。」趙翠一邊織毛衣一邊道:「只要教官態度好,那就是要我們去出任務。笑得越和氣,任務越繁重。」

教官清了清嗓子:「大家也知道,城外就有我們的種植園和兩個礦場。溧石礦場和鉅金屬礦場的重要性你們都清楚,種植園就更不用說了。今天軍隊有其他任務,所以人手不足,需要我們哨嚮學院的協助。當然,我們的任務不重,就是去守兩天礦場和種植園,清理那些來突襲的變異種⋯⋯」

「這兩天是全天值守,所以大家要輪流換崗。全學院的哨兵分成小隊,每個小隊配備四名嚮導和十二名哨兵。考慮到熟悉的哨兵嚮導之間配合更為默契,所以你們可以先自行組隊,人數不夠的情況下,學院會分配人進隊。」

教室裡頓時響起呼朋喚友的聲音:「王成東,我們倆先組上。」

「陳韻涵,我有很熟的哨兵,跟我一起啊⋯⋯」

顏布布自然和王穗子以及陳文朝組在一起,等教官登記時,又舉手問道:「我可以把我們隊的哨兵名字先登記上嗎?」

「可以。」

「那把我哨兵的名字登記上,他叫封琛。」顏布布道。

教官便在哨兵一欄裡寫上了封琛。

王穗子也舉起手補充:「還有丁宏升、蔡陶和計漪。」

教官將幾名哨兵的名字寫好,又開始登記其他隊的名單,幾次轉眼時都看見教室最後一排高高舉著隻小爪。

「比努努,你和顏布布的名額在一塊兒,你們同一隊,不需要登記。」教官只得道。

比努努卻指了下自己左邊。教官看見那隻大黑獅子就站在牠身旁,兩隻量子獸都認真地看著他。

教官有些茫然:「你是說要把牠也一起登記上嗎?」

## 第四章
### 比努努你是我們嚮導班的驕傲

顏布布明白比努努的意思,忙解釋道:「教官,比努努是讓你在哨兵欄添上黑獅的名字,牠和我們也是一隊的。」

教官頓了下:「那獅子叫什麼名字來著?」

「薩薩卡。」

教官也沒說什麼,就在他們那隊名單裡添上了比努努和薩薩卡。

將所有自行組隊的名單登記後好,教官去了趟事務室,20分鐘後回來,開始念各小隊成員的名單。

「⋯⋯每隊十六人,分別是四名嚮導和十二名哨兵,只是一號小隊多出了一名哨兵和嚮導。我現在念一下名單,一號小隊隊長:封琛。嚮導隊員:顏布布、王穗子、陳文朝、趙翠、比努努。哨兵隊員:丁宏升、蔡陶、計漪、薩薩卡、王德財⋯⋯」

「教官,為什麼王德財會分在我們小隊?」趙翠的大嗓門不滿地響起:「我不想和那個老頭子在一隊。」

教官無奈勸說道:「人家哪裡老了?50出頭算老嗎?我專門去看過他,覺得他也只是髮量少了點。如果能戴頂假髮的話,看上去會很顯年輕的。」

趙翠站起身,棒針將桌子敲得砰砰響,「我知道你們就是想把我和那個糟老頭子湊作對,我不答應。」

「翠姐⋯⋯」教官嘆了口氣,「妳也是要結合熱的,根據匹配結果,妳和他是最相配的。你不答應的話,結合熱了怎麼辦?」

「可是我匹配上的哨兵不是有兩個嗎?還有一個小鮮肉,我去哨兵班門口偷偷瞧過。他坐在那兒聽課,臉兒白白的,小嘴紅紅的,我看他就合適。」

學員都開始哈哈笑,拍著桌子喊:「翠姐去拿下那個小白臉,我們翠姐絕對不匹配糟老頭子哨兵。」

但也有人持反對意見:「其實那不是糟老頭子哨兵,長得還有些老帥老帥的,人看著也老實。我覺得翠姐妳不要盯著小白臉,那小白臉不

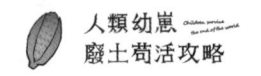

可靠的。」

「安靜、安靜。」

教官好不容易讓人都安靜下來,對著趙翠道:「翠姐,妳匹配上了兩個是沒錯,可是除了王德財,那一個小白……哨兵已經有嚮導了。他和另一個嚮導匹配上,在一起出過好幾次任務了。」

學員們嘰嘰喳喳,繼續拍桌子,「翠姐別信,教官在騙妳,他們就想把那個塞不出去的老頭子哨兵塞給妳。」

「翠姐,那個老哨兵其實不錯的,我就喜歡這種成熟型哨兵。」

「可那也熟得太過了。」

教官又好笑又好氣:「你們不信是吧?以為我在撒謊?那我馬上去讓那名小哨兵自己來跟你們說。」

「好啊好啊,教官快去叫他。」

「正想看看那臉兒白白,小嘴紅紅的哨兵長什麼樣。」

「翠姐,我們給妳把把關,看他是不是比那個老哨兵要強。」

教官剛提步往教室外走,又站住,「還是別去打擾人家了,不過他真的有了嚮導。」

學員們倒知道教官說的是事實,也不再胡亂起哄,只對趙翠道:「翠姐啊,這怎麼辦呢?要不……還是節哀順變?」

「沒事的翠姐,沒準過幾天又有新哨兵入學,可以和妳匹配上,是個臉白嘴紅的小鮮肉。」

顏布布也在哈哈笑,跟著學員們一起拍桌子。比努努皺著臉坐在最後一排,大家拍桌子的時候,牠也會伸出兩隻爪子跟著拍。

教官接著念名單,沒有自行組隊的,就會分配到其他人員沒滿的隊伍裡。

長長的名單念完後,他便道:「等會兒就要出發了,今天白天是第一批,也就是小組序號為單數的去值崗。我現在將名單送去哨兵班,分到單數序號小隊的學員馬上去更衣室換作戰服。」

## 第四章
比努努你是我們嚮導班的驕傲

顏布布換好作戰服，揹上行軍背包，帶上薩薩卡和比努努，跟著幾名嚮導一起下樓。

學院大門外已經停放了數輛軍用卡車，顏布布上了車，就轉身盯著教學樓方向。幾分鐘後，哨兵們也出了教學樓，他很快就在人群裡看見了那道熟悉的身影。

「哥哥！哥哥！我在這兒。」顏布布立即朝著車外揮動手臂。

封琛穿著一身野戰服，褲腿掖進短靴筒，襯得兩條腿修長筆直。他走在一群哨兵中間，同旁邊的丁宏升和蔡陶說著什麼。

聽到顏布布的叫聲，丁宏升立即撞撞封琛的肩，「封哥，看布布，在那兒一直喊你。」

封琛看向大門方向，眼底帶上一層淺淡的溫暖笑意。

這群哨兵便是和封琛他們一隊的，加上封琛一共十二名，聞言也都笑起來，「封哥，那是你的嚮導嗎？」

「是啊，所以你們可不要對他有其他的想法。」蔡陶半真半假地叮囑道。

「那肯定不可能啊……」哨兵們都笑了起來。

如果是其他哨兵的嚮導，他們肯定會打趣一番，但對象換做了封琛，他們便將那些玩笑話給嚥了下去。

雖然封琛進入學院也沒多長時間，但他素來沉穩，能力又強，其他哨兵很自然地就對他產生了敬畏心理。哪怕年紀比他大的也會叫他一聲封哥，更不會隨意開些無邊際的玩笑。

「哥哥，快點，快點，走快點啊。」顏布布對著封琛拚命揮手。

燈光從操場對面照下，微微有些刺眼，封琛半眯著眼不緊不慢地走著，還帶著幾分閒散。

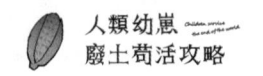

顏布布便將兩手攏在嘴邊喊：「你還懶洋洋的，跑起來，快跑起來，沒吃早飯嗎？啊？是不是沒吃早飯？」

越過他們這隊的其他哨兵看看顏布布，又扭頭看看封琛，臉上都帶著揶揄的笑。

「是不是走不動？是不是要我來拎著你走？走不動就說，我來拎著你走。」

顏布布正在大叫，就見前一秒還懶洋洋的封琛突然對他衝了過來。他呆了一瞬，立即便回過神。但封琛已經在這短短幾秒的時間內，衝到了學院大門口。

「糟糕！」顏布布發出一聲驚叫，慌不擇路地往車裡面鑽。但他還沒鑽出兩步，就聽到身後車廂發出咚地一聲，有人已經跳上了車。

他的腰和腿被一雙大手握住，接著便感覺到天旋地轉，面前的景象跟著上下顛倒。

「啊──」封琛在顏布布的慘叫中，握住他兩條小腿，將他舉高倒拎在空中。

「你的意思是不是要這樣拎我？是不是？」封琛問。

「我錯啦，哈哈哈哈，我錯啦，哈哈哈哈哈，我不是要這樣拎你的……」顏布布倒掛著開始求饒，身子一下下撲騰著，伸出兩隻手去撈眼前封琛的腿。

封琛便將手伸長了些，讓他撈不著自己。

「我錯啦，我不該亂說的，哈哈哈哈……」

「好好，幹得漂亮！」從這輛車後方經過的哨兵都在笑著鼓掌，趙翠和王穗子也跟著哈哈大笑。

王穗子笑著笑著就趴到身旁陳文朝的肩上，「嘤嘤，人家也想要個哨兵了……你想不想要？」

陳文朝將目光從顏布布身上移開，「不想。」

封琛將顏布布放下後，他們隊的其他哨兵們也都到了車旁，抓住車

## 第四章
比努努你是我們襁導班的驕傲

架往上跳。

顏布布看見最後上車的是名年紀挺大的哨兵,約莫50歲左右,中等身材,面相溫和,一副笑咪咪的模樣。

他正懷疑這個人就是王德財,便聽到其他哨兵在喊:「王叔、王叔,來這兒坐。」

王德財笑著擺手,「先不忙,等會兒。」

他視線在車內轉了一圈,落在顏布布右邊的趙翠身上,眼睛陡然一亮。但他沒有忙著過來,而是從衣服口袋裡摸出把小梳子,背轉過身朝著車壁,將有些稀疏的頭髮梳了遍。接著才走到趙翠身前,抓著車廂上的鐵杆站著。

趙翠原本還在和車內的其他哨兵說笑,頓時沉下了臉,別過頭看向顏布布這邊。

所有哨兵襁導現在都已經上車,車輛便開始啟動,整個車隊向著中心城外的方向駛去。

王德財這才笑咪咪地同趙翠打招呼:「翠姐,好久不見。」

趙翠翻了個白眼,「昨天才在食堂裡看到你,那叫好久不見?」

「一日不見如隔三秋,半刻分離猶如百世。」王德財悠悠地道。

車內一片安靜,站在王穗子身前的計漪俯下身,低聲在她耳邊問:「現在還覺得我油膩嗎?是不是覺得我是個小清新?」

王穗子伸出根手指將她推遠了些,「站好了,油都灑我身上了。」

趙翠哼了一聲:「王德財,大家叫我翠姐,叫你王叔。你不要喊我姐,我和你不是一個輩分的。」

「那是、那是,小翠年輕著呢。」雖然趙翠沒給好臉色,王德財卻依舊好脾氣地微笑。

趙翠見旁邊的顏布布一會兒看她,一會兒又去看王德財,便將手攏到他耳邊悄聲說:「教官還說他頭髮多,你覺得他頭髮多嗎?」

顏布布猶豫了下:「我覺得他耳朵上面那一圈還是有些多的。」

133

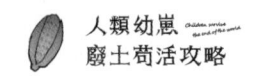

「那也是個半禿！」趙翠繼續耳語：「我以前有個老公，和他的頭髮差不多，不過在地震前我們就離了婚。我現在看到王德財的腦袋就想起我那前夫，心裡就火大得不行。」

「頭髮其實不重要，重要的是妳喜不喜歡他。」顏布布瞟了眼身旁的封琛，跟翠姐耳語：「妳看我哥哥，哪怕他頭髮掉得比王叔還要少，我也會喜歡他的。」

封琛原本閉著眼靠在車壁上，突然睫毛微顫，抬眸看了眼顏布布，接著再重新閉上。

車隊路過福利院時，那些小朋友照例在聽到車聲後撲到柵欄邊，一隻隻腦袋就探在柵欄縫隙處。

「哥哥、姐姐，你們是要去1層嗎？」

「可以帶我去看看媽媽嗎？」

「嗚嗚……我要媽媽……」

每當學院的車隊經過福利院時，那些小孩都會撲過來大叫，而車內也安靜下來，沒有誰說話，直到那些孩子的聲音逐漸消失在車後。

一陣沉默後，車內突然響起了總指揮的聲音：「喂喂、喂喂，能聽到嗎？沒打開對講機的馬上打開對講機。我說點兒事啊，今天大家的任務是守好正在擴建的礦場，任務並不艱難，但重要的是要細心……」

在總指揮的絮絮叨叨中，車隊離開了中心城，經過廣袤的種植園，到達了正在擴建中的礦場。

學員們要守護的溧石礦場和鉅金屬礦場就在種植園左邊，兩個礦場加起來的面積也不小。

礦場被燈光照得雪亮，場地上停著數輛大型機械，遠遠便能聽到那些機械的轟鳴聲。小火車似的礦車在鐵軌上滑動，工作人員在空地上來

第四章 ◆
比努努你是我們嚮導班的驕傲

回穿梭,一片繁忙景象。

車隊在礦場邊停下,封琛率先跳下車,又將顏布布抱下來,對其他人道:「下車後自由行動,分頭熟悉下我們需要負責的這一段,15分鐘後集合。」

「是,隊長。」

大家都三三兩兩散開,帶著各自的量子獸去熟悉地形。地面全是碎石,很不好走,封琛看顏布布走得有些不穩,便將他身上的行軍背包摘下來,自己提在手中。

礦場左邊是無盡黃沙,右邊則是巍峨聳立的大山。

因為地處曠野,正在建造的機房也是採用的鉅金屬,吊車正將一塊塊鉅金屬板往那處搬運。

顏布布舉目眺望,「這兩個礦場好大啊,不過它們為什麼會建在一塊兒?溧石礦旁邊就有鉅金屬礦嗎?」

「每處溧石礦脈必定會被一層堅硬的黑鋼石包圍。我們以前在海雲城的地下安置點雖然建在溧石礦上,但周圍也全是黑鋼石,所以緊急通道就繞了五里路才通到海雲塔。而黑鋼石經過提煉,便可以煉出極堅硬的鉅金屬,所以這兩座礦場便建在一塊兒了。」

封琛邊走邊給顏布布解釋。

顏布布邊走邊看,腳下突然被塊石頭絆了下,被封琛一把抓住才沒有摔倒。

「這裡全是碎石,別東張西望的,注意看著腳下。」封琛道。

顏布布嗯了聲,低頭看地面,視線裡卻有什麼綠色的東西在閃光,像是一小塊綠色的碎玻璃。他伸手想去拿,不想那小綠點竟然飛快地往前竄出,鑽進石縫裡不見了。

「你看見了嗎?我還以為是塊綠寶石,結果牠在動,那是蟲子。」顏布布驚訝地道。

「是嗎?我沒注意。」

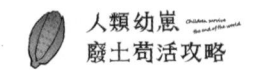

「那像是個綠色的甲蟲,很漂亮的,我找給你看。」顏布布一連搬了幾塊石頭都沒有找著,還想繼續搬,封琛牽起他道:「別找了,等會兒要回去集合了。」

「唔,好吧。」

顏布布遺憾地拍拍手上的灰土。

他們小隊負責的是鉅金屬礦場的一段,約莫幾百平方的面積,正在修建的員工宿舍就處在這個區域。封琛帶著顏布布又去到員工宿舍看了遍,最後才回到了集合的地方。

等所有人回來後,封琛便撿了塊石頭,去旁邊沙地上畫出地形圖,並將人分成了一名嚮導配三名哨兵的四個組,分別看守著其中的四個點,開始分配任務。

「王穗子、計漪、孔祥振、劉力一組,負責員工宿舍的安全;趙翠、陳志儀、王德財、程詞一組,就留在原地⋯⋯」

趙翠原本不想和王德財一組,但也知道封琛是在照顧他倆,於是也沒有吭聲,只從行軍背包裡取出了棒針和毛線。王德財則背過身去,摸出小梳子開始梳頭髮。

顏布布這組是封琛和兩個其他班的哨兵,負責盯著礦場邊緣的沙地。他們正要離開時,趙翠突然喚封琛:「封隊長,我想向你請教個問題啊。」

「你說。」封琛道。

趙翠將那織了一半的毛衣舉起來,「我這裡是三針平,兩針反,再加了一個梨花針,可怎麼覺得不大對勁,你幫我看看?」

丁宏升驚訝道:「翠姐,妳找錯人了吧,封哥怎麼會織毛衣呢?」

「是啊,妳要請教封哥怎麼殺變異種還行,請教這個也太高難度了吧。」其他哨兵也笑道。

趙翠說:「封隊長會織的,布布說他織毛衣非常厲害,他從小到大穿的毛衣都是封隊長織的。」

## 第四章
### 比努努你是我們嚮導班的驕傲

「對啊,我哥哥可厲害了,我和比努努的衣服都是他做的。」顏布布語氣驕傲,目帶自豪,「他不光織毛衣,還有毛褲、毛襪、毛帽、圍巾什麼的,我有條圍巾上還繡了花,可好看了。」

在所有哨兵的注視中,封琛淡定地走到趙翠身旁,指著她毛衣的一處地方,「這裡多添兩個平針再加絞花,就不會顯得那麼擠。」

趙翠恍然:「對喔,這裡再添兩個平針就行了,我怎麼剛才都沒想到呢?」

封琛道:「因為已經有兩個平針了,想不到也很正常。」

「封隊長真是能文能武,心靈手巧,蕙質蘭心⋯⋯」趙翠喜笑顏開地迸出一大堆溢美之詞。

封琛點了下頭,接受了她的讚譽,拉著顏布布轉身道:「都各自去巡邏吧,打開通訊器,互相隨時保持聯絡。」

## 【第五章】

## 文字美
## 就美在含蓄

◆━━━━━◆

攤主問顏布布：「你要刻什麼字？」
攤主：「⋯⋯最多只能三個字。」
王穗子在旁邊出主意：「刻上你哥哥的名字？」
「那才兩個字，不划算。」顏布布道。
「那你的名字？顏布布，三個字，很划算了。」
顏布布還在猶豫，陳文朝不耐煩地道：「我愛你。」

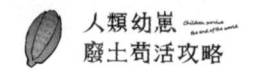

顏布布四人就沿著沙地邊緣巡邏。量子獸們很喜歡沙地，黑獅馱著比努努在沙地上小跑著，比努努矜持地坐在黑獅背上四處打量，像個巡視自己領地的帝王。

那兩名哨兵的量子獸在撒歡兒奔跑，一隻犀牛量子獸嗷嗷著橫衝直撞，有次差點撞到黑獅身上，竟然被比努努一爪就拍飛了出去，重重摔在沙地裡。

礦場雖然被燈光照亮，但遠處依舊處於黑暗中，那些諸如沙丘蟲、沙蠍之類的變異種，便蟄伏在那片濃重的黑暗裡。

犀牛哨兵見顏布布一直在看遠方，便道：「不用擔心會有大量變異種衝來，這裡不是種植園，變異種們對礦場不感興趣。只是牠們會有趨光性，也會被聲音吸引，過來後殺掉就行了。」

果然時不時就會有變異種往這邊衝，但數量都不多，最多的一次也就只有十來隻沙狼，不需要他們出手，量子獸們就能解決。

「其他地方怎麼樣？」封琛在通訊器裡問。

「我是孔祥振，員工房這邊沒什麼問題，從後面山上衝下來過幾隻變異種，都被殺掉了。」

丁宏升：「孔祥振，你那邊的背景音是王穗子在唱歌嗎？好聽，能不能再來兩句。」

「……是計漪。」

丁宏升：「真他媽難聽。」

「……是什麼偷走我的心……是你會說話的眼睛……」

「誰能把計漪的對講機關掉？」

「我是陳文朝，能不能將我調到其他隊去？我想換組。」

蔡陶：「是你自己走路不小心摔倒的，怎麼還在怪我？」

「要不是你這隻蠢狗隨時都貼著我，我怎麼會摔倒？」

「我是趙翠啊，我們這兒沒什麼問題……對了，我有個問題，你們能不能都幫翠姐想一下答案。小明的生日在3月30日，請問是哪年的

## 第五章
### 文字美就美在含蓄

3月30日？」

蔡陶：「小明是誰？哪個班的？」

王德財：「錯。」

丁宏升：「小明今天幾歲了？」

王德財：「錯。」

計漪：「是不是嚮導班那個明思琪？長得挺可愛的那個妹子？」

王德財：「錯。」

顏布布在一旁聽著，立即低聲問封琛：「哥哥，你知道小明的生日是哪年的3月30日嗎？」

封琛便也低聲回他：「是每年的3月30日。」

顏布布反應了半秒後頓悟，立即就要出聲，卻被對講機裡的陳文朝搶了先：「每年的3月30日都是小明生日。」

王德財：「正確。」

「啊！」顏布布發出一聲慘叫，捶胸頓足道：「再來再來，我沒搶到啊！」

大家就在對講機裡說說笑笑，再殺一下變異種，不覺就到了中午。吃過由學院送來的午飯後，又繼續巡邏。

下午衝來的變異種數量便增多了，量子獸們殺不光時哨兵也會出手。封琛這隊解決掉三十幾隻沙蠍後，再也沒有變異種來了，他便對站在旁邊的顏布布道：「走，帶你去沙漠裡練練手。」

剛才的戰鬥並不激烈，顏布布都不需要去控制，只偶爾給哨兵們梳理下精神域。他正覺得有些無聊，聽到封琛這樣講便精神一振：「好啊，去練手。」

封琛和另外兩名哨兵打過招呼後，便帶著顏布布和兩隻量子獸往沙漠裡走去。

沙地難行，每一腳都會陷至小腿，封琛便將顏布布放到黑獅背上，自己也翻身騎了上去。

141

人類幼崽
廢土苟活攻略

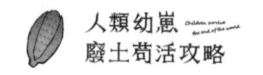

　　黑獅馱著兩人和比努努向著明暗交界的地方奔去，直到看到遠處一些變異種的模糊身形後才停下了腳。
　　封琛翻下地，將顏布布也抱了下來，對兩隻量子獸道：「你們自己去玩吧，別跑太遠。」
　　黑獅馱著比努努往更深處跑去，封琛則帶著顏布布停留在了原地。
　　「這裡有些單獨行動的變異種，但是數量也不會太多，適合你練手。」封琛道。
　　還在海雲城時，顏布布便經常去海雲山殺變異種，肉作為食物，毛皮好的話便剝下來交給封琛去鞣製。
　　封琛也從來不會阻攔他，只是每次都讓他必須帶上兩隻量子獸，偶爾還會去查看帶回來的變異種屍體。他僅憑屍體上的刀口便知道顏布布的出刀角度和速度，並作出精準分析，指出需要改正的地方，就像是親歷過現場一般，讓顏布布佩服得五體投地。
　　沙漠上颳起了風，捲起的沙塵擋住光線，讓這一帶的能見度更低。
　　「哥哥……」顏布布被風沙吹得睜不開眼，想去牽封琛衣角，卻牽了個空，頓時有些心慌，「你在哪兒？」
　　「不要出聲，就靜靜地聽，從自然的聲音裡去分辨那些不同尋常的聲音，找到向你攻擊的變異種。」
　　封琛就站在不遠處，聲音鎮定平靜，讓顏布布也安下心來，不再那麼驚慌。
　　他乾脆閉上眼睛，像封琛說的那樣只去聽，努力在呼嘯風聲中分辨其他動靜。
　　在聽到左邊傳出一陣沙沙聲後，他還在揣測那是風聲還是其他什麼聲音，就聽到了封琛的沉聲提點：「你的左邊。」
　　顏布布聽到封琛的命令，立即提起匕首，但卻沒有馬上攻擊，而是在原地僵硬了小半秒才刺向左邊，頓時刺了個空。
　　顏布布還來不及將匕首收回，一陣冷風已經襲向面門，帶著股濃重

第五章
文字美就美在含蓄

的腥臭味。

他手忙腳亂地調轉匕首，手臂卻一緊，被拖進旁邊一個熟悉的懷抱，接著便聽到變異種被刺中的慘叫。

「不是跟你說了左邊嗎？」封琛將匕首從這隻沙狼變異種身體裡拔出，聲音裡帶著嚴厲。

「……你不要說左邊右邊啊，我還要想一下，你說那邊這邊啊。」顏布布大聲為自己辯解。

封琛：「這麼多年了，區分左右都還要想一下，你還有理了？」

顏布布聲音頓時小了下去：「沒有，只是那邊和這邊更方便些。」

封琛將他從懷裡推出去，「繼續。」

「喔！」因為知道封琛就在身旁，顏布布心頭並不慌張，隻手握匕首，沉聲靜氣地繼續傾聽著。

他很快便聽到前方響起由遠而近的沙沙聲，這次也不用封琛提醒，在那沙沙聲衝至身前幾公尺遠時，便提起匕首刺去。

隨著一聲狼嚎，刀尖撲一聲沒入變異種身體。

顏布布拔出匕首，狼屍倒在沙地上，他半瞇眼看向封琛方向，無不得意地問：「這次怎麼樣？」

封琛給出了肯定：「不錯。」

顏布布抬手去揉眼睛，邊揉邊嘿嘿笑，「就是眼睛進了沙子，蟄得難受，不然來十個我也能殺。」

「稍微誇一下就不知道自己幾斤幾兩。」封琛走過來，將他揉眼睛的手拿開，撐起眼皮吹裡面的沙子。

顏布布便靠在他懷裡，抬手摟住他的腰。

封琛吹乾淨顏布布的眼睛，又從背包裡取出一條繃帶，「反正只需要聽，乾脆把眼睛蒙上，免得再進去沙子。」

將眼睛纏上後，封琛便將賴在自己懷裡的顏布布推開，無情地命令道：「站好了，繼續。」

## 人類幼崽廢土苟活攻略

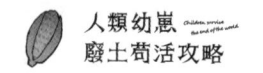

整個下午,顏布布都在聽聲辨位地殺變異種,封琛只站在一旁看著,偶爾出聲提點。若是變異種數量增多,顏布布應對不過來時他才會出手。

「繼續。」

「刺中一刀後不要馬上轉身,也不要放鬆警惕。如果變異種沒有死,你鬆懈下來的瞬間就是牠對你發動攻擊的最佳時機,所以一定要隨時提防。」

「不錯,繼續。」

換崗的學員是晚上9點來的,一輛輛卡車將他們拉來,再將顏布布他們這一批拉回去。

當顏布布坐到卡車上時,只覺得全身都累得要散架。他將頭擱在封琛肩上,隨著卡車的行進微微搖晃。雖然閉著眼,但當中心城的探照燈照進車內時,隔著眼皮也能感受到那強烈的白芒。

卡車行駛過卡口,上了鐵橋,封琛突然將他的頭挪開,「坐好。」接著便起身去敲駕駛室的車壁,「停一下,車停一停。」

司機停下了車,封琛跳到橋上,趴著欄杆往中心城下方望。比努努一臉好奇地跳下車,黑獅便也起身跟上。

「封哥,你在看什麼?」幾名昏昏欲睡的學員睜開了眼,蔡陶和丁宏升也走到他身旁去。

顏布布累得實在是不想動,就趴在車欄上聽著。

封琛手指中心城的左下方,「你們覺得那裡有沒有什麼不對?」

車上更多的人包括司機都下了車,看向封琛的手指方向,卻都一臉茫然。

封琛道:「中心城下方每十公尺就會有一根鉅金屬柱,我手指的那

裡因為處於東西兩邊的交界處,為了更好地支撐,鉅金屬柱會比其他地方多出一根。但你們看那裡,多出的那根鉅金屬柱不見了。」

其他人這才發現了不對,紛紛道:「是的,凡是交界的地方都會多一根出來,這裡多出的那根怎麼不見了?」

一名眼尖的哨兵指著那處地面,「你們看喪屍群裡,是不是倒了一根在地上?注意看,看它們的腳下。」

顏布布聽到這兒,也探出車身看去。一團移動的探照燈光束正好落在那兒,這下所有人都看清了,地面上的確躺著一根鉅金屬柱,柱身上站滿了喪屍。

「怎麼回事?這是喪屍搞斷的嗎?為什麼鉅金屬柱會倒了一根?」有人驚訝地問。

「可是那麼堅固的鉅金屬柱,喪屍怎麼弄得斷呢?」

眾人議論紛紛,後面跟來的卡車也全都停在橋上,學員們都下車趴在橋邊看。封琛轉身往車後走,邊走邊說:「我們先進城吧,把這事向軍部反應,讓他們來處理。」

卡車繼續行駛,車內的人各持所見,激烈地爭論著鉅金屬柱為什麼會倒下。只有封琛一言不發,沉默地緊皺著眉。

「哥哥,你覺得那是怎麼回事?」顏布布輕聲問他。

封琛道:「那鉅金屬柱整體很完整,並不是從中間斷開,而是和地下城相連的地方脫離了。」

丁宏升遲疑地問:「會不會是那根柱子的焊接點本來就不牢固?」

封琛思索了片刻:「有可能,但也不排除其他原因。不過只要彙報給軍部,他們在修復的時候總會搞清楚是怎麼回事的。」

「嗯,應該沒有什麼大問題。」

卡車進了城,直接就駛向最近的軍部駐點。顏布布看著封琛跳下車,跟駐點的負責人講述這件事。

那名負責人面露震驚,又再向封琛詢問。兩人交談了一陣後,封琛

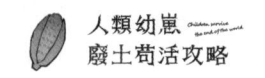

才回到車上。

「走吧,他們也很重視這個情況,馬上就會去查看。」

卡車再次啟動,載著學員們駛向學院。

第二天上課時,顏布布算了算日子,8月10日,離封琛的生日只剩下了7天,便琢磨著給他準備件生日禮物。

「王穗子,妳知道哪兒有交易場嗎?」他問王穗子。

他吃住免費,準備用攢下來的兩百信用點給封琛買生日禮物。

王穗子正在寫作業,頭也不抬地道:「你要買什麼?2層居民點有商鋪,都是賣些日用品,如果要買其他東西,就要去1層交易場。」

顏布布坐到她身旁,「我哥哥生日快到了,我要給他買個禮物。」

「生日禮物啊……那要去1層的交易場才能選到,總不能在商鋪裡買些肥皂牙膏送給他。」王穗子思索道。

「1層交易場嗎?行,那我去1層。」

王穗子道:「要不就今天下午去吧?我也正好想去交易場買點東西。下午是理論課,上不上的也沒什麼關係。」

「好啊,可是要向教官請假嗎?」

王穗子將嘴湊到他耳邊:「教室裡缺了這麼多人,再少我們兩個,教官不知道的。」

兩人一拍即合,趕緊收拾各自的東西。

封琛下午有哨兵能力訓練課,所以黑獅跟著他,比努努自己一個坐在教室後面。顏布布悄悄問牠要不要跟自己去1層時,牠立刻就跳下座位跟了上去。

「你倆去哪兒?」

他們在教室門口遇到了陳文朝,他端著一杯熱水疑惑地問。

## 第五章
文字美就美在含蓄

王穗子噓了聲,悄聲道:「我們想去1層交易場,你去嗎?跟我們一起吧。」

陳文朝皺起眉,「去交易場做什麼?」

顏布布立即湊近了低聲道:「我哥哥要過生日了,我想去交易場給他買件生日禮物。走吧,一起去。」

陳文朝便將水杯放回教室,跟著兩人一起走。

出了學院,離1層關卡還有很長一段路,這段路又沒有公車,三人足足走了20分鐘,也才走到福利院門口。

草坪上有很多孩子在玩耍,顏布布生怕他們又哭喊著哥哥姐姐帶我去1層。好在這些小孩見顏布布他們只有三人,也沒有開車,只看了一眼就扭過了頭。

三人放下心,反倒停下腳步,站在柵欄外看他們玩。

「他們好可愛啊。」王穗子瞧著一個捲髮小男童,撞了撞顏布布,「看,那個小孩像你小時候。」

比努努聞言便一直盯著那個小男孩,又不斷抬頭去看顏布布的臉。

顏布布見那個小男童看著自己,便笑著對他揮了揮手。

「噗!」小男孩卻對他撅起屁股,嘴裡還配上了音。

原本沒出聲的陳文朝見到他這個動作,立即肯定地點頭,「這煩人樣一看就很像!」

三人繼續往前走,顏布布見那小男孩又看了過來,也抓住機會撅起屁股,「噗!」

小男孩不高興地翻了個白眼,顏布布便哈哈大笑。

離開福利院後又走了40多分鐘,三人一量子獸才終於下到1層,坐上了去往交易場的公車。

公車依舊是空空蕩蕩的,街上也沒有什麼行人,王穗子對顏布布道:「每個區都有交易場,A區的離我們最近,我們就去那兒。」

公車到了站,顏布布跟著兩人進入了一條小街。往前走出一段後,

人類幼崽
廢土苟活攻略

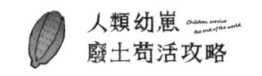

便看見了交易場。

　　交易場是一座面積頗大的庫房，顏布布以為裡面必定熱鬧非凡，可以逛一整個下午。沒想到進去後，才發現裡面都沒什麼人，只稀疏地分布著一些攤位，還不如海雲城地下安置點的交易大廳熱鬧。大廳裡的燈也壞了不少，光線很是昏暗。

　　「這就是中心城的交易場嗎？」顏布布有些意外。

　　王穗子知道他的想法：「還趕不上我們海雲城地下安置點的交易大廳吧？」

　　「是啊，好冷清。」顏布布道。

　　陳文朝在旁邊淡淡地開口：「地震後到現在過了多少年了？也沒什麼好東西能賣了。」

　　三人在交易場裡逛了一圈，看見那些攤位上都是些諸如搪瓷杯、布匹、絨毯之類的東西。

　　顏布布沒有選到生日禮物，心裡很是失望。王穗子便道：「要不我們去C區的交易場逛逛，聽說那裡要熱鬧得多。」

　　顏布布正要應聲，便聽見旁邊有人問：「要溧石嗎？1克只要30信用點。」

　　三人轉頭，看見問話的是旁邊那張空攤位的攤主。

　　那攤主壓低了音量：「好東西怎麼可能擺在攤位上呢？但是你們想要什麼我都能搞到。」

　　陳文朝問道：「都能搞到？」

　　攤主肯定地道：「如果你們要奶油蛋糕我沒辦法，但只要中心城有的，我就能搞到。」

　　顏布布眼睛一亮，趕緊道：「那你有什麼好東西，給我看看。」

　　「要看東西可以，你有信用點嗎？」攤主問。

　　顏布布給他展示了自己的信用點餘額，攤主放心了，蹲身去攤位下拖一個大行李袋。這大廳裡光線昏暗，他剛才沒有看清，蹲下後才發現

148

## 第五章
### 文字美就美在含蓄

三人穿的都是軍裝，嚇得趕緊直起身，「你們、你們……」

「怕什麼？我們是來買東西的，又不是來抓倒賣黑貨的。」陳文朝不耐煩地道。

攤主看清了他們軍裝和正式軍人的細微差別，知道這是學員，神情也鎮定了許多，「原來三位是哨兵嚮導啊，那眼光肯定好，我這裡的東西真的可以說是應有盡有。你們想要什麼？」

王穗子拉著顏布布往攤位裡走，「我們自己來看。」

攤主退到一旁，顏布布兩人便蹲在了行李袋前挑選，比努努也過去，擠在了他們身邊。

行李袋裡的確也算得上各種東西都有，除了現在已經很難找的鉗子扳手之類的成套工具，還有髮夾、項鍊之類的首飾。

「這個髮夾好漂亮。」王穗子拿起一個水晶髮夾問攤主：「這個多少錢？」

「妳是哨兵嚮導，我也不騙妳，這個價格很貴的。現在中心城已經買不到這種水晶髮夾了，一個要100信用點或者100埃幣。」

「100啊……」王穗子遲疑起來。

攤主又拿起旁邊一個紅色的髮夾，「這個只要10信用點，要不妳看這個？小姑娘戴著很好看的。」

那是個紅色的塑膠髮夾，末端還有朵黃色的花。王穗子搖頭，「這不是我這種大姑娘戴的，這是10歲以下的小姑娘戴的。」

顏布布在行李袋裡扒拉，將那堆繁雜小零碎翻來翻去，最後扯出來一根黑色的皮繩，上面還有塊菱形的烏黑色金屬吊墜。

「這是什麼項鍊？」他覺得那個小吊墜的材質有些眼熟，便舉起項鍊問攤主。

攤主看了一眼，搖頭道：「這個你買不起的，要400信用點。」

「什麼東西要400信用點？」這下別說王穗子，就連陳文朝也走了過來，俯下身皺起眉看。

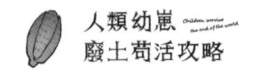

攤主左右瞧瞧，壓低聲音道：「這是鉅金屬吊墜。」

王穗子看看腳下，驚訝出聲：「我們腳下就踩著鉅金屬，你這個玩意兒居然要 400 信用點？」

攤主嘿嘿一笑，「那你們能把鉅金屬搞成項鍊墜子嗎？」

「這……」鉅金屬非常堅硬，只有在專門的極溫爐裡融成鉅水後才能澆鑄成各種形狀，比如鉅金屬板或是鉅金屬網。而在它冷凝成形後，也只有軍部的專用器械才能切割開。

但軍部是絕對不會將鉅金屬切割成這樣的項鍊墜子。

攤主面露得意，「告訴你們，這條鏈子不僅僅是貴在鉅金屬做成的吊墜，還因為我能給它刻上你想要的字。」

「刻上想要的字？」顏布布問道。

「對，你想刻什麼字都可以，只是圖案不行。倒不是因為刻不上去，而是我連畫兒都畫不好，圖案也就搞不成。」

陳文朝嗤笑一聲：「你還能在鉅金屬上面刻字？」

攤主見他不信，語氣就不大好：「我說能刻就能刻，不然為什麼這條鏈子這麼貴？你沒見過不代表就沒有。」

「如果你刻不出來怎麼說？」陳文朝也較上了勁。

攤主說：「如果我刻不出來，那就把這條鏈子送給你們。可要是我刻出來了，你們就得將它買下，400 信用點一分也不能少。」

王穗子正想去拉拉陳文朝，他卻拍板道：「好，如果你能刻出來字，我們就買下，400 信用點一分也不會少你的。」

「成交。」攤主取回顏布布手裡的項鍊，又從攤位下方拖出一個木箱，開始在裡面翻找。

顏布布有些心慌地問陳文朝：「我沒有 400 信用點。」

陳文朝篤定道：「你放心，他刻不出來的。」

「……萬一呢？」

「沒有萬一。」

## 第五章
### 文字美就美在含蓄

顏布布神情忐忑:「萬一出現萬一呢?」

陳文朝便道:「那我就給你添上200。」

「真的嗎?」

「你還真信他能做出來?」陳文朝不屑地搖頭,「只要他能做出來,我就給你補上剩下的200。」

顏布布眼睛一亮,「成交。」

攤主問顏布布:「你要刻什麼字?」

顏布布開始思索,片刻後道:「刻上我最愛的哥哥生日快樂,我們會永遠在一起,永遠不分離,還有比努努和薩薩卡。」

攤主:「……最多只能三個字。」

「三個字啊……生日快,連個樂都放不進去。」顏布布有些茫然,「可是三個字怎麼能講完呢?」

王穗子便在旁邊出主意:「刻上你哥哥的名字?」

「那才兩個字,不划算。」顏布布道。

「那你的名字?顏布布,三個字,很划算了。」

顏布布搖頭,「可是顏布布三個字不能完整表達出我的想法啊。」

「你把顏布布送給他,不就表達出你完整的想法了嗎?」

顏布布還在猶豫,陳文朝不耐煩地道:「我愛你。」

王穗子哈哈笑:「太土了吧……還不如直接來個情哥哥。」

顏布布沒有回答,攤主便問道:「怎麼樣啊?是不是定了我愛你或者情哥哥?」

「的確有些太土了。」顏布布臉蛋兒泛紅,眼睛卻閃著濛濛碎光,「算了,反正也想不出來更好的字,就勉強用這三個字吧。」

「情哥哥?」王穗子震驚地問。

「不是,那個,我愛你那個。」

「……嘶。」

定下字體後,攤主卻沒有現場刻字,只讓三人去其他地方轉轉,半

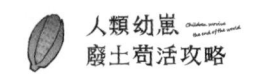

個小時後回來取貨,並要求顏布布先支付 30 信用點的訂金。

陳文朝也不擔心他到時候會抵賴,便讓顏布布給他支付訂金,並冷笑道:「行,我們去轉轉,半個小時後再回來。」

三人離開之前,王穗子終於還是將那個水晶髮夾買下來,別在了耳後。顏布布讚美一番後,卻發現比努努沒有跟著走,站在那個大袋子前不動。

「怎麼了?」顏布布走過去低聲問牠:「是看上了什麼東西嗎?」

比努努伸出手,小爪子上躺著兩個塑膠髮夾,一個是紅底黃花,一個是黃底綠花。

顏布布從牠爪子裡拿起兩枚髮夾,心裡有些犯難。

原本他就只有兩百信用點,等會兒要是攤主把那個項鍊做出來,剩下兩百還需要陳文朝補,已經無法再買髮夾。但比努努既然看上了這兩個髮夾,如果不給牠買到手,他們今天是別想輕鬆離開交易場了。

好在攤主道:「喜歡那髮夾?喜歡就送給你了。」反正他今天狠狠地大賺了一筆,這兩個髮夾就當贈送品。

「謝謝。」

比努努拿著髮夾,心滿意足地跟著三人出了交易場,陳文朝卻在門口停下了腳步,「我想知道那攤主到底怎麼弄的。」

王穗子笑道:「剛才你還說他肯定弄不出來,現在心慌了?」

陳文朝道:「我倒不是心慌,是想看他到底在玩什麼花招。」

王穗子想了想,出主意道:「行,反正他是普通人,我們就讓量子獸去偷看。」

一隻短尾鱷出現在陳文朝腳邊,飛快地進了交易場。

「我們就在這兒等吧。」陳文朝在交易場外的長椅上坐了下來。

顏布布也帶著比努努坐下,接過比努努遞給他的那個紅底黃花的髮夾,別在牠頭頂的一片葉子上。

「好看。」顏布布滿意地端詳著,「另一個呢?也別上吧。」

## 第五章
### 文字美就美在含蓄

比努努搖頭，顏布布問道：「那個是送給薩薩卡的？」

比努努沒回應，這是默認的意思。

過了會兒，一直沉默的陳文朝突然咦了一聲坐直身體，神情也變得有些古怪。

顏布布兩人都看向他，王穗子問道：「怎麼了？難道他還真的能在鉅金屬上刻字？」

「等等，我再看看。」又過去了幾分鐘，陳文朝才喃喃道：「居然真的刻上字了……」

「怎麼弄的？你快說啊，別自己一個人看啊。」王穗子著急地搖晃他胳膊。

陳文朝道：「他在吊墜上放了一隻很小的甲蟲，綠色的。那甲蟲在吊墜上爬，也不知道怎麼回事，牠爬過的地方就像軟化的蠟燭似的，那攤主就可以在吊墜上刻字了。」

王穗子驚訝道：「這麼神奇？你看清了真的是鉅金屬嗎？」

陳文朝點頭，「看清了，真的是鉅金屬。」

「可那是什麼甲蟲呢？連鉅金屬都可以軟化掉。」

陳文朝說：「我也不知道，從來沒見過，是一種綠油油的小甲蟲，身上還有黑色的小點。」

顏布布啊了一聲：「對了，我昨天在礦場見過一個綠色的小甲蟲，不知道是不是你說的那種，像是顆小指甲蓋大小的綠玻璃。」

「對，看上去晶瑩剔透的，應該就是這蟲子。」

那攤主很快就將吊墜上的字刻好。剛收拾好工具，顏布布三人就進來了。

「好巧，我這裡剛做完。」攤主並不知道剛才做吊墜時一直被量子獸旁觀，只以為時間趕巧趕上。

他將那個吊墜遞給顏布布，「看看怎麼樣。」

顏布布提起細繩，辨認著上面的字，「我……愛……你。」

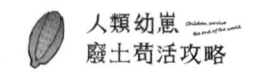

「真的好土啊,哈哈哈……」他笑得嘴都合不攏,將項鍊看了又看,再小心放回盒子,飛快地裝進口袋,「都有些不好意思送了。」

給攤主付清信用點後,三人又坐上公車回卡口,還沒到檢查口,便聽到了持續的槍聲。

「出什麼事了?」公車沒停,他們便站在車頭看,比努努也跟過來立在顏布布身旁。

街上沒有奔跑混亂的行人,也沒有呼喊哭鬧聲,陳文朝便道:「別慌,應該沒出什麼大事。」

幾分鐘後公車到站,三人跳下車便往槍聲處跑去,看見檢查口左邊圍了群士兵在朝著下方開槍。而他們面前的鉅金屬網揭起了一塊,中間立著一臺機器,正發出隆隆聲響。

比努努從槍聲裡聽到了喪屍嚎叫,立即就要往前撲,被顏布布一把抱住,「別管它們,你看你戴了這麼漂亮的髮夾,犯不著和它們這些醜八怪計較。」

三人站在那兒看了會兒,確定並不是發生了什麼喪屍咬人事件,也就放心地去了檢查口。

顏布布一邊掃描過自己的身分晶片一邊回頭張望,旁邊的士兵便高聲道:「沒事的,你們上去吧,這裡有根柱子倒了,軍部正在將那柱子重新焊上。」

陳文朝也大聲喊道:「怎麼倒的?」

「不知道,這兩天已經倒了七、八根了,就那麼齊根斷掉的,暫時找不出原因,應該是被喪屍弄斷的吧。」

到了2層,通往學院和福利院方向沒有公車路線,三人一量子獸就只能慢慢往回走。

比努努戴上了新髮夾,每次經過可以照出人影的地方,比如光滑的石板或瓷磚,都會駐足欣賞一番。

雖然牠照出來後看不見身體,只能看見一個浮空的髮夾,也絲毫無

## 第五章
### 文字美就美在含蓄

損牠的興致。

顏布布則不時從褲兜裡掏出項鍊盒子，打開盒蓋看一下，再喜滋滋地合上。

這樣還不夠，他會跑到前方十幾公尺處，將盒子放在地上，再回頭拉著王穗子散步似的往前走，像是突然發現盒子般驚訝地問：「哎呀，看那邊，那是什麼？」

「不知道，難道會是個寶貝？」王穗子也很配合。

顏布布去將盒子撿回來，打開，兩人就齊齊誇張地捂嘴，「好漂亮啊，天啊，哇，撿到好東西了，果然是個寶貝啊……」

陳文朝對於兩人的幼稚行為難得沒有不耐煩，只心事重重地走著，在顏布布再一次打開盒子，和王穗子一起驚歎時，他盯著那條項鍊道：「我總覺得不對勁。」

「怎麼不對勁？」顏布布立即將盒子往衣兜裡揣，警惕地道：「是你自己說的，只要他能刻字，你就添上200信用點，現在你就算反悔了我也不認。」

「我沒說不認信用點。」陳文朝道。

聽他這麼說，顏布布也就放心了，重新拿出項鍊仔細打量，「那你怎麼覺得不對勁？是字刻錯了嗎？」

「字沒錯，只是那種可以軟化掉鉅金屬的甲蟲太讓人不可思議了。」陳文朝站住腳步，「我在想剛才那士兵的話，說這幾天那些鉅金屬柱莫名其妙斷掉了幾根，怎麼都找不出來原因。」

顏布布愣了下：「你的意思……如果有很多隻那種甲蟲的話，就可以把鉅金屬柱的接頭處軟化了，然後喪屍就可以把柱子弄斷。」

王穗子也反應過來，猛地一個激靈：「不是找不到原因嗎？沒準真的就是那種甲蟲搞斷的。」

「不管是不是，我們都要把這事彙報給學院。」陳文朝說到這兒遲疑了下：「只是我們蹺課的事就瞞不住了。」

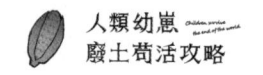

「蹺課會有什麼懲罰？」顏布布問。

王穗子說：「教官會罰我們負重跑 10 公里。」

「跑就跑吧，但是一定不能讓我哥哥知道了。」顏布布道。

王穗子：「怕你哥揍你嗎？我覺得不會的。畢竟你是去給他買禮物，他怎麼好意思下手？」

顏布布搖頭，「不是的，是他知道了這條項鍊，那生日時送出去還能製造驚喜嗎？」

王穗子：「那倒也是，不能讓他知道這條項鍊。」

最後一節課的下課鈴聲響起，封琛收好書本便往外走，卻沒在教室門口看到等著的顏布布。

他下了樓梯，看見嚮導班的學員正在出教室，便站在樓梯一側靜靜等著。可是直到嚮導三班所有人都走光了也沒見著人，就連王穗子和陳文朝也沒看見。

最後走出教室的是三班教官，他認得封琛，便問道：「找顏布布嗎？他不在，應該去了院長室。」

「去了院長室？」封琛神情略微繃緊，「他出什麼事了？」

教官：「沒有沒有，別緊張。是他和另外兩名學員在 1 層發現了些問題，便來找我彙報。但這事很重大，院長知道後便讓他們去了。」

教官說得比較含糊，但封琛知道顏布布沒有出事，便也鎮定了下來。「謝謝教官，我去院長那裡看看。」封琛想了想又問：「那您知道他為什麼去 1 層嗎？」

不料聽完這話，教官神情便變得奇怪起來，他端起手上的水杯喝了口，啞啞嘴道：「那個……哎呀……嘖嘖，你去了就知道了。」

封琛也沒有繼續追問，飛快下樓，橫穿過操場，往院長室所在的那

## 第五章
### 文字美就美在含蓄

棟樓跑去。

他上了3樓，急急走向院長室，和迎面的哨兵學員撞了個正著。

這哨兵學員應該剛從院長室出來，看著有些眼熟，應該是他隔壁班上的學員。封琛匆匆道了歉，正要往前走，那學員便道：「封琛，你就是封琛吧？提前祝你生日快樂。」

封琛一怔，遲疑了幾秒後道：「謝謝。」

那學員朝他笑了下，轉身下樓。

院長室門口有幾名值崗的哨兵，卻是身著軍隊的正式軍裝。封琛雖然不知道顏布布到底發現了什麼，但這事驚動了軍隊，想必有些重大。

那幾名哨兵伸手拉住了封琛，「這位學員，軍部正在處理要事，現在不能進去。」

封琛道：「我是裡面被問話人的哥哥。」

「你就是哥哥啊……」幾名哨兵神情放鬆下來，沒有剛才那麼嚴肅，「他快出來了，你就在這兒等等吧。」

封琛知道軍隊制度，便也不再堅持，只站在陽臺上等著。他面朝陽臺外的操場，餘光能察覺到那幾名哨兵都在打量他，還在互相遞著眼神。雖然那態度並沒有惡意，卻和教官一般透著幾分古怪，讓他心裡更加疑惑起來。

四周很安靜，院長室裡的交談聲也就斷斷續續傳了出來，封琛不動聲色地聽著。

「給我看看這條項鍊。」陌生人的聲音響起：「剛才看的人太多，我沒仔細看。」

「我也看看。」另外有人道。

一陣沉默，顯然屋內的人正在輪流看項鍊，片刻後才有人道：「感謝你們向軍部彙報了這麼重要的資訊，我們會立即去檢查。至於這條項鍊的話，因為使用的是鉅金屬，我們也要帶回去。」

「那可不行，這是我送給哥哥的生日禮物，不能讓你們帶走的。」

157

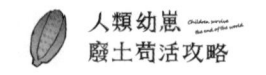

顏布布的聲音陡然響起，封琛腳尖微微動了動。

「這是軍部的規章制度，不允許鉅金屬被私下買賣流通。」那個陌生的聲音道。

顏布布卻道：「我這不是跟你們說了嗎？你們都知道了，這就不叫私下買賣了。」

「公開買賣也不行。」

屋內安靜幾秒後，封琛聽見顏布布乾脆地吐出兩個字：「不給。」

孔思胤的聲音響起：「小孩子嘛，覺得什麼東西好看，就想送給喜歡的人，也不會去在意那是什麼材料做成的。不過他們的警惕性很高，哪怕是個飾品也能發現蹊蹺，並很即時地上報給軍部。我倒覺得，有些事情可以通融一下⋯⋯」

「⋯⋯既然孔院長這麼說，那項鍊⋯⋯就算了吧，算是軍部給你的獎勵，只是記得以後不要再私藏鉅金屬物品。」

顏布布歡喜地回道：「是。」

屋內腳步聲響起，大門打開，魚貫走出來十餘名軍官，有東聯軍也有西聯軍。

封琛側身站在一旁留出路來，等軍官經過後，孔思胤停在他身側，一臉的欲言又止。

封琛不知道他要說什麼，內心暗自警惕。只是在等了片刻後，孔思胤只淡淡地道：「文字美就美在含蓄，太直白了就會破壞那種美感，反而適得其反。」說完點了下頭，便跟著那群軍官一起下樓。

封琛：「⋯⋯」

封琛不知道他這句話是什麼意思，但直覺和項鍊有關，不過還來不及去琢磨，便看見陳文朝和王穗子也出了屋子，最後面是顏布布。

「哥哥。」顏布布高興地跑過來，習慣性地伸手要去攬他的腰。

封琛把他兩隻手掰開，「站直了。」接著便問：「到底是怎麼回事？項鍊又是什麼？」

## 第五章
### 文字美就美在含蓄

其他兩人沒做聲，顏布布也不敢看他，支支吾吾地回道：「沒什麼事，項鍊嘛……項鍊是陳文朝的。」

陳文朝盯著自己腳尖輕咳了聲。

幾人一起往樓下走，顏布布便給封琛講述了事情經過，只隱瞞了那項鍊是要送給他的生日禮物，說是陳文朝買的。

「你們看到的是一種綠色的甲蟲？」封琛問。

「我沒看到，陳文朝看見了，而且和我上次在礦場見到的那種一樣。」顏布布道。

封琛聽完後，微微皺眉對三人道：「1層經常會發生不可控的事件，以後你們如果想去1層做什麼，可以叫上我一起去。」

「好。」

「知道了，謝謝哥哥。」

陳文朝和王穗子應道。

現在已經是晚飯時間，四人便向食堂走去，還沒走到食堂門口，便見迎面過來的趙翠對著他們擠眉弄眼，不斷遞眼神。

顏布布三人都愣著，只有封琛不動聲色地瞥了眼身後，看見正從後面走來的教官，立即低聲道：「快跑。」

「快跑？」王穗子和陳文朝不清楚這個快跑是什麼意思，愣了一瞬。只有顏布布絕對服從命令，不假思索地衝向左邊，像隻兔子般一頭扎入灌木叢，不見了蹤影。

「顏布布、王穗子、陳文朝。」教官威嚴的聲音在後面響起。

陳文朝和王穗子身體一僵，慢慢轉過了身。

「你們下午沒請假就擅自離校，作曉課處理。現在去換作戰服，10公里負重跑，5分鐘後開始。」教官又左右打量，「顏布布呢？剛才不是還在這兒嗎？」

陳文朝和王穗子齊齊搖頭，趙翠也在一旁說：「教官，你看錯了，我就沒見著顏布布。」

159

人類幼崽
廢土苟活攻略

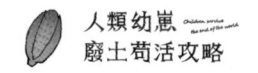

教官看了眼他們旁邊的封琛，道：「行吧，那你們兩個現在去，沒跑完不准吃飯。」

晚上 10 點。

陳文朝和王穗子癱坐在顏布布家的沙發上，聽著小廚房傳來滋滋的聲響。

「還好你給我們兩個打了飯，不然今晚就要餓肚子了。」王穗子有氣無力地道。

顏布布端了個小凳坐在沙發前，左右開弓給兩人捶著腿，「我哥哥不是讓你們跑了嗎？結果就我一個人跑，你們在那兒一動都不動的。」

陳文朝靠在沙發背上閉著眼，「我們都是正常人，聽到快跑兩個字後總要反應一下吧？」

「你意思說我不是正常人了？」顏布布在他膝蓋上捶了下，陳文朝的腳就跟著一跳，「輕點……我是誇你呢，誇你聽你哥的話。」

封琛端著熱好的兩碗飯菜出來，擱在茶几上，「吃吧。」

陳文朝和王穗子受寵若驚地坐直身體，見封琛盯著顏布布給他倆捶腿的手，又趕緊將他的手撥開，「謝謝哥哥。」

「那你們吃，我先上樓了。」封琛很自然地道。

「好。」

王穗子和陳文朝吃完飯便離開了，顏布布回到樓上臥室，重重地撲在床上。

封琛洗完澡從浴室裡走出來，一邊擦著濕髮一邊道：「快去洗澡，別等會兒睡著了。」

顏布布閉著眼喔了一聲。

封琛抬腳輕輕踢了下他懸在床外的小腿，「聽見沒有？今天在外面

## 第五章
### 文字美就美在含蓄

跑了一天,衣服沒換就往床上撲,快去洗澡。」

「喔。」顏布布這才起身往浴室走。經過封琛身旁時,看見他睡衣沒有扣好,一片緊實的胸肌露在外面,便伸手摸了把,繼續搖搖晃晃地進了浴室。

「髒衣服丟出來,我拿到樓下去洗了。」封琛剛說完又補充:「別又把門全拉開啊,從門縫裡丟出來就行了。」

「好喔。」

封琛擦完頭髮,拉開旁邊衣櫃的門,正要將兩人明天要穿的衣褲取出來,就聽到身後浴室的門被打開,顏布布在喊:「哥哥,我把衣服丟出來了。」

「嗯。」封琛轉過身,一眼就看到浴室門大敞,而顏布布光溜溜的上半身探在門板後,對著他大笑:「哈哈,我其實把門拉開了的。」

接著砰一聲關上,「我關了。」

然後又拉開,「我又全部拉開了。」

「無聊不?」封琛一臉平靜地問。

顏布布下半身藏在門背後,只樂不可支地道:「不無聊,哈哈哈……臊死你。」

「臊的是我嗎?你自己不覺得臊?」封琛問。

「不覺得。」

封琛板著臉撿起地上的髒衣服往樓下走,到了樓梯轉角處時,聽見顏布布還在意猶未盡地嘻笑,便頓住腳步,有些無奈地搖搖頭。

樓下並沒有浴室,他用盆子裝好髒衣服端到廚房去洗,坐在沙發上看電視的比努努瞧見了,便將自己搭在沙發扶手上的碎花裙拿過來,丟在了他端著的盆裡。

「也穿髒了?」封琛問牠:「你今天也去1層了?」

比努努點了下頭,並將腦袋湊到他眼底下讓他看。

「新髮夾啊,不錯,配你膚色,一眼就能看見。」封琛伸手碰了下

161

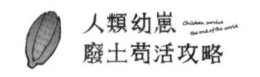

牠腦袋上的髮夾。

比努努又對黑獅招招手，趴在沙發上的黑獅便起身慢慢走了過來。

封琛看見黑獅左耳側別著的那個髮夾時，只稍稍凝滯了一瞬，接著便頷首，「也不錯，襯你毛色，看著黑得發亮。」

將兩隻滿意的量子獸打發走，封琛端起盆去了廚房，在翻揀顏布布軍裝的口袋時，突然摸到個正方形小盒子。

他掏出盒子在手裡掂了掂，順手便打開了盒蓋。

映入眼簾的是一塊墨藍色絲絨布，上面躺著一條黑色的細皮繩，末端綴著一個菱形的深黑色金屬塊。

竟然是條項鍊。

他將項鍊拎高，吊墜便在眼前微微晃動，顯出上面刻著的字。

封琛面無表情地注視那吊墜片刻，又重新放回盒子蓋好，擱在旁邊的臺上，開始給盆裡放水，加洗衣粉。

他提起一件衣服開始搓洗，洗到一半時突然停住，接著很輕地笑了一聲。

封琛衣服快洗完時，樓梯上傳來咚咚腳步聲。

顏布布衝到廚房門口，緊張地問：「哥哥，你看到我的項鍊……陳文朝的項鍊盒子了嗎？」

封琛頭也不抬地道：「那是項鍊盒子嗎？我還以為是什麼不要的空盒子，就順手丟在案臺上了。」

顏布布蹭到封琛的旁邊拿起盒子，又偷瞄他，忐忑地問：「你有沒有打開看過？」

「都說了我以為是空盒子，還打開幹什麼？」

「真的？」

「這麼神祕？那我倒有些好奇了，你拿給我看看。」封琛伸出濕淋淋的手。

顏布布觀察他的神情，見他滿臉坦蕩不似撒謊，這才暗暗鬆了口

第五章
文字美就美在含蓄

氣,轉身便跑。

接下來幾天,顏布布隨時將那項鍊盒子揣在兜裡,下課要看看,上課時邊聽課邊用大拇指摩挲盒面,直到發現那絲絨盒面的棱角處被摸得有些泛白才作罷。

全班學員也都知道那是他送給封琛的生日禮物,還幫他數著日子。

學員A:「顏布布,還有3天了,你有沒有想過怎麼送出去?」

「什麼怎麼送出去?」顏布布問。

學員A嘖嘖道:「你這人真的是一點浪漫細胞都沒有,既然要給自己的哨兵送禮物,總不能是在食堂裡吃飯的時候交給他吧?你得搞一個很浪漫的場景送給他啊。」

「怎麼才算是很浪漫的場景呢?」顏布布虛心請教。

學員B:「這種時候必須得花前月下才好。」

學員C:「你去哪兒找月亮?花兒倒是有,總軍部指揮所前面有人工栽培的花兒,你讓顏布布帶著他哥去那兒?」

第一名劉思遠也放下書轉身,「其實我覺得出了校門一直往左走,到了中心城邊緣,坐在那平臺上看遠方也不錯。」

第二名王晨笛嗤笑:「中心城邊緣全是圍的鉅金屬網不說,坐在那裡能看的也只有喪屍。」

劉思遠:「心裡想的什麼,眼睛裡看到的就是什麼。」

王晨笛:「只有眼睛瞎了的坐在那裡才看不到喪屍。」

明明是在商量什麼樣的場景下送出禮物合適,但劉思遠和王晨笛逐漸跑題,話裡開始夾槍帶棒,隱隱透出火藥味,兩隻量子獸已經在講臺上打了起來。

王穗子隔著半個教室對著顏布布喊:「其實燭光晚餐嘛,燭光晚餐

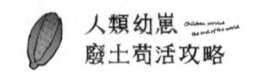

也還是不錯的。」

學員C反駁:「可是去哪裡找蠟燭呢?現在中心城早就沒有那玩意兒了。」

學員D:「牆上掛一盞汽燈吧,或者掛兩盞額頂燈。」

學員C:「牆壁上掛汽燈,讓我想起還沒有通電時的中心城安置點⋯⋯」

學員A:「其實用布條撚成一束泡在油裡做成油燈也是可以的,去食堂找師傅要一點油。」

顏布布原本只因為要送封琛生日禮物而激動,現在冷靜下來後,也開始為了選合適的地點發愁。

很快就到了封琛生日的前一晚上,顏布布還沒拿出個合適的方案,便躺在床上翻來翻去。

封琛斜靠在床頭看書,問道:「怎麼還沒睡著?」

「因為我在想⋯⋯」顏布布側頭看向封琛,心裡一動,立即爬起身坐著,「哥哥,我想問你個問題。」

「嗯。」

顏布布在心裡琢磨了下措辭,謹慎地道:「如果陳文朝要給他的哨兵送禮物,你覺得在什麼樣的地方送出去最合適?」

「陳文朝有哨兵了?」

「沒有吧,我說的是如果。」

封琛往下翻了一頁,眼睛看著書頁,隨口道:「什麼樣的地方都差不多吧。」

顏布布覺得他態度敷衍,不高興地將手擋在他書上,「那要是在食堂送呢?去軍部總指揮樓前送呢?或者去中心城邊緣的鉅金屬網旁看著

喪屍送呢？難道這些地方也都差不多？」

封琛將他手從書上拿開，「這要看他的哨兵怎麼想，反正換成是我的話，覺得在哪兒都挺合適的。」

「真的？你覺得在哪兒都合適？」顏布布狐疑地問。

封琛轉頭看向他，「對，哪兒都挺好。」

「行吧，那我給陳文朝說說。」既然封琛覺得哪兒都挺好，顏布布也就放心地躺了下去，眼睛盯著床帳，語氣老成地感嘆：「不是我說你，你這人真的一點浪漫細胞都沒有⋯⋯」

封琛沒有回應，只突然道：「明天我們哨兵班的學員都要去礦場，將礦場的圍欄安好。等到周圍一圈都安上圍欄，以後都不用再去礦場支援了。」

「啊！我們明天要去礦場？我怎麼沒聽說？」顏布布驚訝地問。

封琛：「你們嚮導班的不用去，只是哨兵班的學員去，大概中午就可以回來。」

原來中午就能回來，顏布布放心了。他打了個呵欠，又翻了兩次身後，將腿架到封琛腿上，含混不清地道：「⋯⋯明天你過生日，結果不留在學院裡，還要去礦場，太沒有浪漫細胞了⋯⋯懲罰你捏我耳朵。」

封琛將書換到左手上，右手伸出去捏顏布布耳垂，沒過幾分鐘，便聽到了大貓一樣的鼾聲。

他便關掉燈，也躺下去開始睡覺。

第二天一大早，哨嚮學院的哨兵們便出發去礦場。封琛上了卡車，經過卡口到了1層。

今天1層多了很多士兵，也有很多地方的鉅金屬網被揭開一條口子，士兵們拿著噴槍對著下方噴灑著什麼。

卡車又經過一群士兵時，封琛看見了站在邊上的軍官是蘇中校，連忙找司機停車，跳了下去。

蘇中校見到封琛，便和他一起走到旁邊沒人的地方。

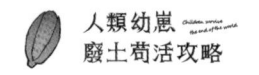

「這段時間怎麼樣了？有得到什麼消息嗎？」蘇中校問。

封琛道：「我正想找你，有點事需要你幫忙去打聽。」

「什麼事？」

「有沒有什麼哨兵嚮導的量子獸是梭紅蛛？」封琛問道。

「梭⋯⋯梭什麼豬？」

「梭紅蛛，蜘蛛的蛛。」

蘇中校神情一凜，「這個蜘紅蛛量子獸和林少將兩人有關嗎？」

「對，要將這個人找到才行。」

封琛說完後又補充道：「梭紅蛛。」

「梭紅蛛、梭紅蛛。」蘇中校反覆念了兩遍：「應該是一種蜘蛛吧？我目前連蜘蛛量子獸都沒見過，更別說什麼梭紅蛛，但是我會去打聽，到處去找找。」

封琛點了下頭，看向旁邊的那群士兵，蘇中校不待他詢問便主動解釋道：「軍部發現了一種甲蟲，分泌的黏液可以腐蝕掉鉅金屬。之前不是斷掉幾根鉅金屬柱嗎？將斷口上面的黏著物拿去化驗，就是那種甲蟲的黏液。我們昨晚都沒睡覺，連夜檢查其他柱子，還要給柱身上噴上保護膜。」

「那能防住那些甲蟲嗎？」封琛問。

蘇中校遲疑了下：「現在是能防住的。」

「現在能防住？」封琛捕捉到他的用詞。

「現在蟲子少，將那些已經被腐蝕的鉅金屬柱修復完整，再噴上一層保護膜就沒有問題。可就怕那種蟲子多起來了就麻煩了，噴再多的保護膜也沒用。」

封琛皺起了眉頭，「那軍部有什麼有效的應對方案嗎？」

蘇中校道：「今天軍部就要開緊急會議，我估算著就是要商量這件事。」他拍拍封琛的肩，「沒事，凡事還有兩軍撐著呢，你別擔心，只需要注意自己的安全。」

## 第五章 ◆
### 文字美就美在含蓄

顏布布醒來時，發現封琛已經不在房裡，他揉著眼睛喊了兩聲哥哥也沒人回應，這才想起今天學院的全體哨兵都去了礦場，而嚮導們要留在學院裡上課。

他換好軍裝制服下了樓，看見只有比努努沒精打采地躺在沙發上，薩薩卡應該是跟著封琛去了礦場，桌上還有一張字條。

字條上龍飛鳳舞地寫著一行字：早飯在廚房，吃完快點去上課。

顏布布一邊吃早飯，一邊又摸出項鍊盒子看，邊看邊設想封琛接到這禮物時的樣子，忍不住嘿嘿地笑。

此時中心城1層，到處都是士兵，分成數隊在修復那些鉅金屬柱，周圍也有很多民眾在駐足圍觀。

地面的喪屍嘶吼不休，想方設法地往上爬，士兵們便將鐵棍伸下去捅，驅趕他們。如果太多了捅不過來時便會開槍，將那爬上柱子的一串喪屍都擊斃。

「怎麼樣了？」

一名四處視察的中尉軍官跳下軍車，走向其中一隊。

趴在地上的隊長直起身，「剛才還有甲蟲爬上柱子。我觀察了一下，牠爬過的地方沒有受損，但是噴灑的保護劑會被融掉。」

中尉忍不住罵了句：「他媽的，那就只能繼續噴，軍部還在研究方案，估計是準備全城暫時撤離，把這些蟲子清乾淨了再回來。」

「也不至於吧，我看蟲子都是從地縫裡爬出來的，數量也沒有多少，全城撤離那得花多大工夫。」隊長道。

中尉道：「那也沒辦法啊，做決定的又不是我們，上頭就是太小題大作了一些。」

兩人交談時，旁邊幾名士兵揹著藥箱趴在地上。他們面前的鉅金屬板已經被啟開了一道手掌寬的縫，便直接將藥箱噴頭伸進縫裡噴灑。只

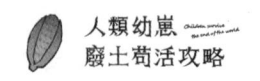

是過不了幾分鐘，那些縫隙裡便會貼上喪屍的半張臉，張著墨黑色的嘴胡亂撕咬。

「再來再來，清一波，全是喪屍的臉，看著就瘆人，連金屬柱在哪裡都看不見了。」

「你們看我這兒這個喪屍，還鑲了一顆金牙。」

「別看了，先噴上保護劑，免得蟲子又爬上來了。」

揹著藥箱的士兵退後，握著槍枝的士兵上前，對著下方射擊1分鐘後，再換上去噴灑保護劑的士兵，抓緊時間進行噴灑。

一名趴在網上的士兵突然停下動作，滿臉疑惑地盯著地面看了會兒，又去碰身旁的人，「哎，地上為什麼多出來了好幾道裂縫？」

「下面全是喪屍，你還看得見地面？」旁邊的人回道。

那士兵道：「喪屍在跑來跑去的，偶爾看得見地面。明明剛來噴保護劑的時候，正下方沒有裂縫，可現在居然有了三條。」

因為到處都在噴灑保護劑，各個點間隙傳來槍聲，下面的喪屍被那些槍聲吸引著跑動，偶爾也會顯出空地來。

其他人目光也移動到地面，在那些推推揉揉的喪屍之間，果然看見了好幾道裂縫。

士兵們小聲議論：「這是怎麼回事？地震嗎？我沒有感覺到啊。」

「不是地震，你們看，裂縫還在繼續增加，那裡又多出來兩條。」

「那裂縫裡是不是有水？我看到好像有綠色的東西在流動。」

「不可能有水，那裡面怎麼可能有水。」

一名士兵發現了不對勁：「那不是水，是甲蟲！在動的是甲蟲！」

他話音剛落，就見那些甲蟲從裂縫裡爬了出來，在喪屍們的腳邊穿行。牠們翻滾著，簇擁著，像是綠色的水流飛快地湧向了鉅金屬柱。

士兵們一時忘記了反應，都愣愣看著。已經有甲蟲爬上了鉅金屬柱，飛快地向上移動，讓柱子看上去像是迅速生長出了一層斑駁青苔。

正在和隊長交談的中尉察覺到了不對勁，立即跑過來往下看，幾秒

## 第五章
### 文字美就美在含蓄

後,發出一聲嘶啞的高喊:「快把缺口封起來,拉警報!全城戒備!快拉警報!」

此時礦場裡,停著十幾輛滿載著鉅金屬網的卡車,哨兵學員們要將這些鉅金屬網安在礦場四周,防止變異種衝進礦場。

封琛扛起一捆鉅金屬網往前走,丁宏升和蔡陶也分別扛著一捆跟在身後。

蔡陶看向右方的黃沙,感嘆道:「要是種植園也安上這東西就好了,就不用三天兩頭的去打沙丘蟲。」

丁宏升道:「種植園面積是礦場的好幾倍,現在哪兒有那麼多的鉅金屬?等到礦場產量增加後就好了。」

蔡陶道:「要是沒有沙丘蟲三天兩頭搞破壞,我們的糧食蔬菜會更多。只是這天老是黑的,光靠高壓鈉燈沒有陽光,種植園的產量也不高,得天亮起來才行⋯⋯」

封琛沒有做聲,腳下踩著那些高低不平的小石子,忽然就聽丁宏升在問:「怎麼了?」

「我好像踩到了什麼,撲的一聲⋯⋯我他媽,我踩碎了一塊綠寶石!」蔡陶發出驚叫。

「綠寶石個屁啊,是蟲子,綠色的蟲子。」

「⋯⋯果然是蟲子,這也太可惜了,像寶石一樣。」

封琛聽到他們提到綠色的蟲子,心裡陡然一動,將鉅金屬網放在地上,轉身去蔡陶旁看他腳邊的蟲屍。

「這會不會不是什麼蟲子,而是寶石變異種啊?是從哪兒來的?」蔡陶和大多數學員一樣,並沒見過這種甲蟲,語氣充滿惋惜。

封琛站起身四處打量,丁宏升見他神情嚴肅,頓時也察覺到了不

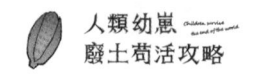

妙：「封哥，怎麼了？」

「你知道軍部正在給鉅金屬柱塗抹保護劑吧？」封琛問。

丁宏升立即反應過來，驚訝道：「那種可以腐蝕鉅金屬柱的甲蟲就是這個？」

「應該是。」封琛回道。

蔡陶也警惕起來，站起身左右打量，「這種蟲子是哪兒來的？為什麼會在這兒發現蟲子？」

話音剛落，就聽遠處有人喊了起來：「快讓讓，讓一下，這地上突然開裂了，機器在往左邊歪，快躲開，萬一它砸下來了。」

「這是什麼？有幾隻蟲子從地下爬出來了，綠蟲子嘿。」

「綠蟲子？軍部把1層到處都撬開在噴灑那啥藥，不就是說在殺一種可以腐蝕鉅金屬柱的綠蟲子嗎？會不會是這種？」

「別管蟲子了，先讓開，沒看到地不平，這挖礦機都歪著，當心砸下來砸死你。」

雖然只發現了數量不多的蟲子，但封琛心裡卻生起不好的預感。

礦場的甲蟲不知道是從哪兒來的，但既然這裡都出現了好幾隻，不知道中心城下方究竟有多少。

封琛越想越覺得不對勁，轉身便往後跑去。

丁宏升忙問道：「封哥，你去哪兒？」

「回城。」封琛簡短地道。

「現在回城？但我們活兒還沒幹完啊。」

封琛也不解釋，爬上最近的一輛卡車，對著司機道：「現在回城，我有急事要回學院⋯⋯」

嗚——一聲長長的警報聲突然響起，淒厲地劃破漆黑天空。

整個礦場的人都停下了動作，封琛也轉過頭，和其他人一起看向了中心城方向。

## 第五章
文字美就美在含蓄

此時哨嚮學院。

顏布布正坐在教室裡上課，當聽到尖銳的警報聲後，他心臟條件反射地開始緊縮，握著鉛筆的手也一抖，在紙上拉出一道黑痕。

這種警報聲代表著全體警戒，他已經很多年沒有聽到過。小時候每次聽見這種警報聲，都代表著重大災難的來臨。

逃離地下城、青噬鯊來襲、海嘯、喪屍……那原本已經離顏布布很遙遠的回憶，再次重新勾起了他的深切恐懼。

教室裡每個人都沒做聲，同樣地臉色蒼白神情惶惶，直到教室廣播器裡響起了院長孔思胤的聲音。

「所有嚮導學員注意了，我們中心城正面臨著建城以來最嚴重的一次危機，整座城面臨著隨時坍塌的風險。你們既是哨嚮學院的學生，也是埃哈特合眾國的軍人，保護民眾是你們的最高責任。學院的哨兵全在礦場，只有嚮導還在學院。現在所有嚮導學員聽從指揮，去往2層的居民點和福利院，接上那些民眾一起撤離……」

孔思胤的講話還沒結束，教官便一聲大喝：「還傻著幹什麼？去樓下集合！快點！所有人去樓下集合！」

## 【第六章】

## 走,
## 跟著我一起跑

◆─────────◆

顏布布看了眼站在自己面前的比努努,伸手輕輕將牠拉到懷裡。
比努努難得地沒有抗拒,
任由顏布布抱著自己,將臉埋在牠的頭頂。
「你是不是也在想念薩薩卡?」顏布布輕聲問。
比努努站著沒動,
顏布布又道:「你別擔心,牠和哥哥都很安全的。」

人類幼崽
廢土苟活攻略

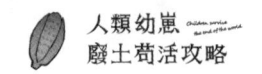

　　教官話音落下，所有人都衝向大門，顏布布正想轉頭喊比努努，發現牠已經等在了身旁。通道裡、樓梯上，一隻隻量子獸憑空出現，緊跟著嚮導學員們一起衝。

　　「陳文朝、顏布布，你們兩個準備去哪個撤離點？」王穗子一邊往樓下跑一邊高聲問。

　　「我爸住在2層居民點，我準備去那裡，妳呢？」陳文朝道。

　　王穗子說：「我也去居民點，那裡離卡口近一些，我還想去1層找我姑姑。」

　　顏布布想了下，「那我去福利院吧。」

　　現在沒有時間進行人員分配，大家都是自願選擇地點。

　　畢竟好多學員還有親屬，他們很自然地就想去居民點，願意去福利院的人就會少很多。

　　「好，那你小心點。」

　　「嗯，你們也是。」

　　沒有人顧得上詢問到底發生了什麼事，只急忙奔下了樓。操場上四處都是奔跑的嚮導，學院大門外停著數輛卡車，當人員裝得差不多後，卡車就立即出發。

　　三輛去往居民點的卡車已經滿載出發，路邊還剩下了三輛，其中一輛卡車的司機探出頭對著學員們喊：「快，去福利院的快上車！」

　　顏布布立即衝到車後，跟著比努努一起翻進了車廂。

　　「還有沒有人去福利院？還有沒有人？」時間不允許耽擱，某個陌生教官問了幾聲後便跳上車，「快，開車。」

　　司機啟動車輛，卡車向著福利院的方向駛去。

　　車內沒有人說話，刺耳的警報聲還在持續，每一聲都像隻無形的手，將所有人的心臟揪緊。車上的後勤人員開始給嚮導們分發裝備、手槍彈藥和急救包等等物品。

　　顏布布剛將頭盔戴上，便聽到擴音器裡響起一道陌生的聲音：「中

## 第六章
### 走,跟著我一起跑

心城下方出現一種可以腐蝕鉅金屬的甲蟲變異種,正在大面積腐蝕支撐中心城的鉅金屬柱,情況非常危急,所有人必須在最短時間內撤離中心城。請大家不要慌亂,在軍隊的組織下有序撤離,如果看到你身旁有老人和小孩時,也請大家能伸手拉一把⋯⋯」

顏布布聽到身旁有人在問:「說話的人是誰?我從來沒聽過這人的聲音。」

有人回道:「應該是最高執政官吧,不是冉平浩就是陳思澤。」

「這聲音我聽過,是東聯軍的執政官陳思澤。」

顏布布身體跟隨著車輛微微搖晃,他看似已經鎮定下來,但心裡還是很緊張,也非常想念封琛。要是封琛現在坐在身旁,他就什麼也不怕了。可正因為封琛不在身旁,而是在中心城外的礦場,那裡很安全,絕對不會出現危險,他又覺得很是慶幸。

顏布布看了眼站在自己面前的比努努,伸手輕輕將牠拉到懷裡。比努努難得地沒有抗拒,任由顏布布抱著自己,將臉埋在牠的頭頂。

「你是不是也在想念薩薩卡?」顏布布輕聲問。

比努努站著沒動,沒給回應。顏布布又道:「你別擔心,牠和哥哥都很安全的。」

卡車疾行了10多分鐘後,一個急剎在福利院門口停下,拉出長長的輪胎痕跡。學員們不待車停穩便往下跳,顏布布也跟著跳下去,衝進了福利院大門。

院裡一片哭聲,保姆和阿姨們正將孩子往院外的卡車上送。她們左右手都抱著孩子,衣角也被小孩緊緊抓著,可還是有很多孩子顧不過來,站在草坪上哇哇大哭。

一名阿姨像是八爪魚般,不光全身掛著小孩,身後還牽了一串,排成隊往外走。她邊走邊對這些嚮導學員們喊:「裡面,裡面還有很多,有些還在睡覺沒有醒。」

遇到這種狀況,大一點的孩子自動擔起了責任,牽著小一些的孩

175

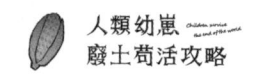

子往外走。但後面的樓裡也還有很多小孩,有些站在窗邊茫然地往外看,有些則張大嘴在嚎哭。

「快去把那些孩子都抱下來。」院長腋下夾著兩個孩子,滿頭大汗地往卡車上送,「樓上那些房間裡還有好多,要一個不落地都帶出來,一個都不能落下!」

嚮導們帶著各自的量子獸衝進樓房,顏布布和比努努也跟在其中。

這棟樓有4層樓,1、2樓是教室和活動室,3、4樓則是寢室。為了避免重複搜索,訓練有素的嚮導學員們不用誰命令,直接全部衝上了最頂層,再迅速分散,從上往下逐層搜索。

因為現在並不是睡覺時間,3樓和4樓只發現了七、八名小孩,被兩名嚮導帶走後,其他人便下到了2樓。

2樓是活動室,小孩還剩下很多。

「快來,跟著我們走。」在嚮導們的呼喚下,大的孩子哭著跟上,小的只站在原地不動。體型大的量子獸直接叼上一個就往樓下跑,體型小的便竄到孩子身後,將他們推動著往前走。

這些孩子基本都是痊癒的普通人,看不見量子獸,在感覺到自己居然騰空後也不哭了,都驚訝地瞪大了眼睛互相張望。

顏布布也抱起了兩個孩子,對比努努道:「你去旁邊活動室裡找一下,我把他們送上車就上來。」

旁邊活動室裡還沒有人搜尋過,比努努立即進去找人,顏布布則抱著孩子衝下了樓。

卡車滿載後便開往關卡處,已經離開了三輛,顏布布將兩個小孩丟到等著的車上,立即又轉身跑回福利院。

他剛跑上2樓,便聽到對講機裡傳來教官的聲音:「1、2樓也全部搜查完畢,中心城2層的緊急通道已經打開,現在所有人從福利院撤走,護送車輛去往緊急通道。」

聽到命令後,還在搜尋的嚮導們紛紛下樓,顏布布趕緊去活動室叫

第六章 ◆
走，跟著我一起跑

比努努。

活動室進門第一間是個大廳，擺放著各種玩具，但比努努不在這裡，應該是在旁邊那個相鄰的屋子裡。

「比努努！快走了！」顏布布衝進隔壁屋子，迎面便看見一個大池子，裡面裝著滿滿的彩色小球。而比努努就踩在快沒過牠頭頂的彩球裡，艱難地往外走，小爪子裡還拖著名小女孩。

那小女孩顯然剛才就在彩球堆裡玩，所以沒有被嚮導們發現。她看不見比努努，不知道自己為什麼會被拖著走，既不哭也不鬧，滿臉都是驚奇。

顏布布跨進彩球池子裡，將那名小女孩抱起來，對比努努道：「走，我們快出去了。」

池子裡全是彩球，個子矮了的話就很不好走。比努努兩腳踩不到底，飄飄忽忽地走了兩步後，一頭栽進了彩球堆裡，煩躁得抓起幾個球一通亂砸。

顏布布便又騰出隻手去牽牠，可還沒走到球池邊，就聽到遠處傳來一聲震耳欲聾的劇烈聲響，連帶著窗戶玻璃都發出了嗡嗡聲。

接著又是一連串的巨響，像是有什麼東西在持續爆炸，卻又比爆炸聲更加令人心驚。

「快跑──」從窗戶外傳來不知是誰的喊聲，顏布布心頭不由閃過了一個可怕的猜想。但這個念頭才剛成型，就覺得腳下一沉，整個人跟著一堆彩球往下陷落。

顏布布耳邊是嘩啦啦的彩球聲，還有房屋傾軋的吱嘎聲，這瞬間的感受和小時候遇到地震時的感受重疊在了一起，讓他整個人被恐懼籠罩，大腦中一片空茫。

但這過程非常短暫，他立即就反應過來，在跟著彩球下墜的過程中，緊緊抓著比努努和小女孩不放，同時腦內彈出了意識圖像。

如果現在直直掉下去，會被頭上墜下的一塊水泥板正好砸住。螢幕

人類幼崽
廢土苟活攻略

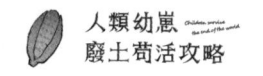

變黑。

　　往右邊躍出半步的話，剛好躲開下墜的水泥板，但旁邊的牆體斷成兩截，一段掙獰的鋼筋會戳進他的腰側。螢幕變黑。

　　顏布布耳朵裡是樓體垮塌的聲響，眼前變得一片黑暗。他右腳下踏，踩中一根橫生的木梁，再往右邊撲出，墜地的同時往後翻滾了半圈，接著便蜷縮成一團，將小女孩和比努努都護在懷裡。

　　連聲巨響後，頭頂嘩嘩的碎石泥塊掉落，顏布布保持著這個蜷縮的姿勢一動不動。

　　垮塌聲持續了足足有半分鐘才逐漸平息，顏布布立即撐亮了額頂燈。他揮開瀰漫的煙塵，看見四周都是水泥板，頭頂兩塊水泥板互相撐著，形成了一個三角形的夾角，他現在就剛好處在夾角裡。

　　左下方有個剛好能容一人爬出的洞，他讓比努努先出去，再將小女孩送到洞口。等比努努把小女孩拖出去後，他便撲在地上，小心地鑽出了洞口。

　　外面到處都是呼喊聲和奔跑腳步聲，因為全城都停了電，視野裡一片黑暗，只有一束束白色的額頂燈光芒在亂晃。

　　「還有沒有人在樓裡？還有沒有人？」有人在大聲喊叫。

　　「天啊，是不是中心城垮了？喪屍要進來了吧？喪屍會不會進入中心城？」

　　「好像只是下沉，而且沒有沉到底，就沉了一部分，應該是其他某個地方沉到底了。」

　　「那喪屍不會衝進城吧……」

　　「只要城沒破應該就行，畢竟城邊緣還有鉅金屬網。」

　　混亂中，顏布布聽到耳麥裡傳來教官的聲音：「所有嚮導學員們報姓名，我們兩輛車一共來了三十六名嚮導，快報姓名！」

　　「王成菲。」

　　「劉明池。」

第六章 ━━━━◆
走，跟著我一起跑

「李欣。」

顏布布被煙塵刺激得大聲嗆咳，他爬出那堆碎瓦礫，抱起比努努牽著的小女孩，沙啞著嗓音報出名字：「顏布布。」

等到所有姓名都報出來後，三十六名嚮導一人都沒少，教官便吼道：「快帶著孩子上車，馬上離開中心城。」

「比努努，走。」顏布布抱著小女孩，跑向原本停車的地方，卻聽到司機的聲音：「不行了，沒法開車，鉅金屬板好多連接處都斷裂了，那些板塊都翹起來了。」

顏布布正好跑到一塊鉅金屬板的連接斷口處。那兩塊金屬板上下交錯，露出一道半人寬的縫隙，從縫隙裡可以看見1層。額頂燈照亮1層的一小片區域，他看見有人在驚慌地朝著一個方向奔跑，但目前還沒有看見喪屍。

教官在繼續下達指令：「現在中心城下沉，我們趕緊出發，從2層的緊急通道去山上。」

福利院已經撤走了一部分孩子，但剩下的人也不少，嚮導們一人抱上一個小的，10歲左右的就牽著，一起往緊急通道的方向跑去。

「哥哥揹妳走。」顏布布蹲在小女孩身前揹上她，看見不遠處有個7、8歲的男孩兒像是嚇傻了般一動不動，便過去牽上他，「走，跟著我一起跑。」

空氣中充斥著嗆人的粉塵味道，遠處一片漆黑，偶爾可以看到有額頂燈的光束在晃動。沒有人說話，連小孩子都不哭不鬧，只有在經過那些斷裂的鉅金屬板時，才可以聽到從1層傳上來的驚恐哭嚎。

只不過短短幾分鐘，1層就已經出現了求救聲，大家都心知肚明那裡可能發生了什麼。

但現在身邊還有這麼多孩子，只能咬著牙往前奔跑。

比努努一直在探路，牠跑在顏布布前面，當遇到碎磚瓦礫時便會停住。顏布布也就知道這裡有障礙，轉個彎後繼續往前。

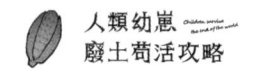

「都看著點路啊,小心摔倒,特別是那些斷裂的鉅金屬板,不要從縫隙裡掉下去。」教官不斷提醒著大家:「天太黑看不清楚,寧願慢一點也要小心。以我們的速度,從這裡到緊急通道要跑上半個小時,堅持住不要掉隊。」

「救命啊……救命……」

「老公,老公快來,老公……」

「救救我,誰來救救我……」

顏布布跑過那些縫隙時,總會聽到底層傳上來的求救聲。每道聲音都飽含著驚恐和絕望,讓他想起上次出任務時,在租住點遇到的那名被喪屍咬了的女孩,也是這樣一遍遍向他求救著。

他揹著孩子一刻不停地往前跑,想封住耳朵不去聽,也不去想,但卻有什麼溫熱的液體從眼角流出,淌滿了臉龐。

礦場。

當警報聲響起時,礦場所有人都往停在路邊的卡車上跑。司機啟動車輛,大家便跟著車追,再抓著車架爬上車。

「出什麼事了?是不是喪屍事件?」

「這是全城警戒的警報,不光是1層,也包括2層,從中心城重建後,這些年就只響過這一次!」

「……那會是什麼?我老婆還在城裡啊!到底發生什麼事了!」

「我怎麼知道?我爸也在城裡……司機快點吧,再開快一點。」

封琛站在車尾,手扶著車架一言不發。只是垂在褲側的右手緊緊握著,緊得指節都根根泛白,指甲陷入了掌心。

黑獅就站在他身旁,焦躁地來回轉圈,並不時看向中心城方向,對著車外的曠野發出長聲吼叫。

## 第六章
### 走，跟著我一起跑

卡車在蜿蜒山道上曲折上行，司機將油門踩到底，在轉彎時好幾次都差點將車裡的人甩出去。要是平常早就有人開罵了，此時也都悶聲不吭，只想著車速能快一點，再快一點。

「你們覺得會不會是那種甲蟲……」站在他旁邊的丁宏升問道。

蔡陶小聲嘟囔：「應該不是吧，哪有那麼快的？我估計就是很多租住點或是安置點爆發了喪屍事件。」

卡車在行駛到一半時，路上就有了從山頂奔下來的人。他們應該是在警報聲響起時便最先撤出了中心城，跑到這兒後便慢下了腳步，對著車上的人喊：「別回去了，拉警報了，全部人都要撤離。」

車上人也問道：「到底發生了什麼事？」

「中心城下面好多甲蟲，那些鉅金屬柱接二連三地倒掉，現在每條緊急通道都打開了，到處都是軍隊的人叫所有人最快速度撤離出城。」

路上的人越來越多，紛紛跑向山腳。

卡車已經無法前行，乾脆停了下來。

「要不就跟著這些人再下山吧，反正都是要撤離，別上去了。」司機跳下了車。

有工程人員著急地催促道：「快開車啊，我家裡人還在城裡，我要回去看看。」

「車開不了，何況你回去幹什麼呢？沒準等你回去後，你家裡人都已經跑出城了。」

他們還在對話時，封琛和黑獅就已經跳下車，撥開那些往下奔跑的人，直接衝上了山坡，再抓著那些橫生的藤蔓和灌木往上攀爬。

丁宏升和蔡陶也到了山坡下，毫不猶豫地跟在他身後。

路上全是洶湧人流，其他卡車也都被迫停下。工程人員可以留在原地不動，但哨兵學員們都深知責任在身，現在必須要回到中心城。

「怎麼辦？怎麼上得去？」一名被人流衝得歪歪倒倒的哨兵滿頭大汗地問。

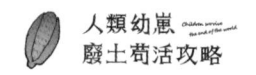

旁邊的哨兵四處張望，眼尖地看見了山坡上的封琛三人，便指著那處道：「走！我們也從山上爬！」

越來越多的哨兵學員都選擇了這條路，避開那些向下的人流，想在最短時間內回去中心城。

封琛只用了 10 分鐘不到的時間就爬上了山頂。他正前方就是中心城，這座龐大的鋼鐵城市依舊燈火輝煌，也依舊穩穩地佇立在曠野上。但三個方向的通行鐵橋都已經伸出，和對面山壁上的卡口連接。連從未開啟過通道的 2 層也伸出了鐵橋，浩蕩人群像是螞蟻似的從鐵橋奔去對面山上的卡口。

「快一點，速度再快一點，都跑起來，全都跑！」這裡是東城門口，上下兩層的通道橋兩端都站著士兵，手拿擴音器在聲嘶力竭地喊。

雖然不知道城裡究竟發生了什麼，但看見城市還在，丁宏升和蔡陶緩緩鬆了口氣。

「封哥，看上去好像沒有什麼大事啊。」蔡陶有些茫然，「是爆發喪屍嗎？但是也沒聽到槍聲。」

封琛沒有回話，眼睛一直盯著中心城下方，神情緊繃得近乎冷硬，絲毫不見放鬆。黑獅也緊抿著耳朵，喉嚨裡不斷發出低吼。

丁宏升的臉色也不好，「正因為看上去沒有什麼異常，全城緊急撤離才嚴重，可能那種最糟糕的事情已經發生了。」

「最糟糕的事情……」蔡陶突然想到了什麼，驚駭地問：「是不是那種甲蟲突然爆發了？」

他順著封琛的目光看向中心城下方的鉅金屬柱，那柱子上如同平常般爬滿了喪屍，瞧著和以往沒什麼不同，但隱隱卻又有地方不大一樣。

是了，鉅金屬柱之間的間隙大了許多，數量似乎也少了，還立著的柱子在喪屍的搖撼下也在不停晃動。

「是甲蟲爆發了嗎？牠們和喪屍一起把柱子都弄斷了。」蔡陶急聲問道。

## 第六章
走，跟著我一起跑

　　封琛撥開幾名差點撞到他身上的人，向著山腰處的卡口跑去，「不管是不是甲蟲爆發，我們現在都要先進城。」

　　卡口處被擠得水洩不通，和中心城相連接的鐵橋上也全是人。他們提著大大小小的行李，一邊大聲呼喊自己親人的名字，互相叮囑不要跑丟了，一邊跟著人潮往前擠。

　　雖然橋上很堵，士兵也一直在喊將行李從橋上扔下去，但到了現在這種物資非常匱乏的時候，不管是灰撲撲的鋪蓋捲兒，還是缺了一條腿的凳子，都沒人會捨得扔掉。

　　封琛逆著人流朝橋上擠，幾分鐘過去了，也才挪動了十來公尺。越來越多的哨兵學員也都攀上山頂，再下到山腰的卡口，跟在他身後一起往前擠。

　　「快讓開，我們要進城搶險，快讓開！」哨兵們對著前方高喊。

　　橋上的人也無奈：「我們走不動啊，我們也想趕快離開，可是前方堵死了。」

　　橋頭處有幾輛人力推車，上面裝著小山似的行李，加上旁邊還有其他人的行李包，竟然將可容兩輛車並行的橋面堵得嚴嚴實實。

　　黑獅突然竄了出去，直接從人群裡撞開一條路，咬住其中一輛推車便拖出橋頭。一直拖到卡口旁放下，接著再回去拖下一輛。

　　這裡的普通人都看不見黑獅，只知道被無形的東西給頂得東倒西歪。好在幾輛滿載著行李的推車被拖走後，橋頭也被疏通。

　　封琛順著黑獅開出的道路迅速上了橋，其他哨兵緊跟在他身後。但他還沒走出兩步，突然就聽到從中心城方向傳來一聲沉悶的巨響。

　　這聲響伴著大地的震動，連堅固的鐵橋都在吱嘎吱嘎地搖晃。湧動的人群頓時停下腳步，驚叫著摀著耳朵蹲下，拿著擴音器正在嘶喊的士兵也停下了聲音。

　　只見遠處一排鉅金屬柱正在連接倒下，而在它們上方被支撐著的城市，就像是搭建好的積木被抽走了最底下一塊，轟然坍塌下了一角。

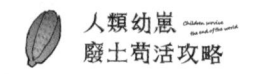

所有人集體失聲，齊齊化成了凝固的雕塑。幾秒後才轟然炸開，尖叫和哭嚎同時響起，不管是鐵橋上的人，還是排隊在城門處等著上橋的人，都拚命衝向了卡口。

「不要擠、不要擠！只是垮了一個角，這邊沒事的，不要擠。」

士兵的命令被淹沒在浪潮裡，慌亂的人群不管不顧地往前衝，不斷有行李袋從鐵橋兩邊掉落，下方喪屍也被激得衝著頭頂不斷嘶吼。

封琛剛上橋頭，又被人流推動著往後。他抓住身旁橋欄，奮力撥開面前的人，卻聽到中心城又傳來接連數聲巨響。

震天巨響伴著地動山搖，一根根鉅金屬柱不勝重負地折斷，原本中心城還剩下半座勉強支撐著，也在逐片垮塌下沉。

中心城最頂上的那盞探照燈也跟著倒下，雪亮光束劃過下方的喪屍群，接著便無聲無息地熄滅。

封琛站在橋頭，一把扯過旁邊士兵手裡的擴音器，對著前方高喊：「橋上很危險，在橋上的儘速通過，還沒上橋的就不要上了。」

只有一小部分人聽到他命令後遲疑地停下了腳步，更多的人則繼續尖叫著往橋上衝。

隨著鉅金屬柱連接折斷，中心城像是被推翻的多米諾骨牌般成片下陷。地面的喪屍直接被壓扁，邊緣處的喪屍則瘋狂地往裡撲。雖然它們被中心城四周封閉的鉅金屬網給暫時擋住，但有些地方的網已經出現了裂口，一些喪屍便鑽了進去。

也不過短短數秒時間，中心城連接陷落，塌陷部位已經逼近到東城門口，封琛繼續喊道：「不要上橋，就停在城門口，不要上橋！」

雖然有部分人已經遲疑地停下腳步，但橋上的人依舊很多。隨著城門口的鉅金屬柱轟然倒下，鐵橋和中心城的連接處也被硬生生拉斷，橋上的人驚叫著往下墜去。

封琛感覺到腳下一沉，便扔掉手上的擴音器，隨手將身旁一名下落的人拉住，再一個縱步躍回了山上。

## 第六章
### 走，跟著我一起跑

橋下的喪屍本就被激得躁狂不安，在橋上的人慘叫著墜落時，已經有喪屍高高跳起，在空中就將人一口咬住。

於此同時，最後一抹燈光也跟著熄滅，全城歸於一片黑暗。

雖然什麼都看不見，但四處都是驚恐的哭喊和痛苦的慘叫，中間夾雜著喪屍的嘶嚎以及咀嚼聲，世界彷彿成了無邊地獄。

封琛打開了額頂燈，黑暗中接著又亮起了數盞。

他將光束照向下方，看見鐵橋雖然和中心城的連接處斷了，和山壁卡口上的這端還連著。

只是橋身傾斜向下，險險地斜掛在空中。橋面光滑，原本站在橋上的人已經滑落下去，橋邊的人則死死抓著橋欄，在拚命往上爬。

斷橋下方的喪屍群如同煮開的沸水，拚命伸手往上跳，想去抓住掛在橋上的那些人。

「救命，救救我，救命⋯⋯」

慘白的光束晃來晃去，也照亮了橋上那一張張滿是絕望的臉。封琛抓著左邊橋欄往下滑，黑獅趕緊跟上，爪子在橋面上摩擦出吱嘎聲響，拉出一道道白痕。

封琛滑到橋身一半時，單手拉住一名離得最近的人的胳膊，命令道：「鬆手。」

那人緊抓著橋欄，如同抓住救命稻草般不敢放，封琛又是一聲厲喝：「鬆手！」

他這聲命令充滿懾人的氣勢，那人被嚇得一個激靈，雙手真的放開了橋欄。封琛立即將他往旁扯出，在他的驚叫聲中，將人猛地甩上旁邊黑獅的背。

黑獅爪子牢牢摳著橋面，揹著那人一個縱身便躍上了卡口。

蔡陶和丁宏升見狀，也跟著如法炮製，抓著右邊橋欄往下滑，再把那些還沒掉下橋的人拖上狼犬和恐貓的背，由牠們將人揹上去。

因為橋欄上容不下太多人，一大群哨兵學員便只能在卡口處看著，

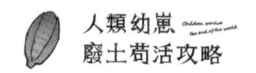

但他們都放出了量子獸,讓牠們排在橋上三名哨兵的身旁。封琛和丁宏升三人則不斷將人丟到量子獸背上,用這種方法把人救走。

斷橋上的人剛被救起來,對面也響起了激烈的槍聲。

中心城1層已經不是懸空狀態,而是跌到了地面。因為通道口還敞開著,喪屍便開始往城裡衝。

「退後!所有人退後,馬上關通道門,退後!」

在激烈的槍聲中,對面1層的通道口緩緩關閉,合攏。

中心城2層。

總指揮部的6層大樓沒有倒塌,但牆壁上也起了道道裂痕。走廊裡都是急急奔行的士兵,懷裡抱著裝有重要檔案和資料的紙箱,手電筒和額頂燈的光束亂晃。

所有房間都敞著門,檔案散落滿地,只有2樓深處的某間房門還緊閉著。

屋內很安靜,將那些腳步人聲都隔阻在厚厚的門板外。東聯軍執政官陳思澤在辦公桌前收拾資料,副官則將那些資料放進紙箱。屋中央點著個火盆,兩名士兵將那些沒法帶走的重要文件丟進火盆裡燃燒。

「先生,您快撤吧,車輛沒法行駛只能步行,這些後續事情就交給我們來做。」副官低聲道。

陳思澤停下手嘆了口氣:「都走吧,也別留人了,大家都走。」

幾人都往門口走去,陳思澤邊走邊問:「那些甲蟲還在嗎?」

副官緊跟在他身後,迅速回道:「剛剛收到士兵的彙報,牠們似乎是依傍著喪屍所生,但是在把鉅金屬柱腐蝕掉後,又有不少甲蟲被喪屍吃了。」

「依傍著喪屍所生嗎⋯⋯」陳思澤沉吟著,對這個結論不置可否。

「那我們接下來怎麼辦？」副官忐忑地問。

陳思澤道：「我和冉平浩一直都認為中心城並非固若金湯，哪怕是鉅金屬也肯定有它的破綻。既是謹慎起見，也是未雨綢繆，我們兩軍聯手將山那邊的曠野清理出來，一部分開闢出了礦場和種植園，剩下的大片地就是為了應付今天這種場面。只是我設想的那種情況是在多年以後，沒想到現在會突然出現這種甲蟲，城市被毀壞會來得這樣快……」

「那以後就一直住在山後的曠野了嗎？」副官問。

「必須回來，把甲蟲清除掉後就必須回來。曠野四周都是變異種，那種地方只能暫時落腳。」陳思澤飛快地下樓，皮鞋在地板上敲擊出聲響，「最關鍵的還不是變異種，是只要喪屍化的問題不解決，那不管住在哪裡，喪屍都只會越來越多，最後還是要建立空中城和喪屍隔開才行。相比重新打造新城市，修復中心城會簡單得多。」

軍官小心地回道：「可是只要有喪屍就會有甲蟲，這個很難根除，要回中心城的話也不容易。」

「不，不會是這個原因。」陳思澤擺了擺手，「其他地方也有很多喪屍，可是為什麼沒有甲蟲？我倒是覺得牠們和鉅金屬有關，有大量鉅金屬的地方才能生出這種甲蟲。」

「可是中心城已經建成了這麼多年，也是最近才出現甲蟲的。」

陳思澤停住腳，目光變得犀利起來，分析道：「最早發現這種甲蟲的人，就是那名用鉅金屬做項鍊的人。他交代是在三個月前的某一天無意中發現的，那麼你想想，三個月前的中心城，有沒有遇到什麼不同尋常的事？」

「三個月前……不同尋常的事……」副官神情一凜，「這場天黑就是三個月前開始的。」

陳思澤用手指點了點他，「對，甲蟲、鉅金屬、天氣突然變黑，以及遮擋天空的暗物質。把這幾種因素關聯起來，讓研究所從這方面著手調查。」

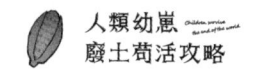

「是。」

陳思澤繼續往外走，副官和一隊士兵跟上，「先生，總指揮部東邊就有緊急通道，我們可以從那裡離開。」

陳思澤卻搖頭，「不，現在去1層。」

「1層？可是1層現在太危險。」副官道。

「你覺得冉平浩會在哪裡？」陳思澤問。

副官沉默了。

「這種危急時刻，西聯軍的執政官一定會在1層指揮，我作為東聯軍的執政官，難道可以甩下民眾自己先撤退？你有沒有想過後果？」陳思澤聲音變得嚴厲起來。

副官神情肅然，「屬下知錯了。」

中心城下陷，底層通往山體卡口的的鐵橋折斷，通道也已經封死。城裡所有人便又掉頭，朝著通往2層的關卡跑去。

「不要擠去城門，原地等待，就在原地等待！」

士兵一手提著汽燈，一手拿著擴音器嘶喊。人群原本都朝著出城的方向，現在又跟著其他人齊齊掉頭，就像被截流的洪水又開始倒灌。

「不要去2層，從這裡到上行關卡的話要接近一個小時，來回就要兩個小時，來不及的。就在原地等待！我們會修好1層的橋。」

人群終於慢慢停下，只惶惶地站在原地。

底層邊緣處，將人和喪屍隔開的僅僅只有一層鉅金屬網。喪屍對著人群嘶吼嚎叫，用力搖晃著金屬網，發出令人心驚膽戰的哐哐重響。有些喪屍順著網孔往上爬，想爬上2層，士兵便對著它們開槍，或是用精神力進行擊殺。

喪屍最開始的注意力被奔跑的人群吸引，也只知道搖晃金屬網。可

## 第六章
### 走，跟著我一起跑

一旦發現能從金屬網上去後，越來越多的喪屍便開始爬網。不斷有被擊斃的喪屍從網上跌落，也不斷有新的喪屍往上爬。

「呼叫指揮部、呼叫指揮部，太多喪屍在爬外緣金屬網，我們都殺不過來了……」

一名身著西聯軍制服，身形高大的中年人，帶著一隊士兵站在高點。他嘴唇乾裂起皮，用沙啞的嗓音朝著對講機問道：「有派人去修城門口的緊急通道了嗎？三個城門的緊急通道都要修好，讓城裡的人可以出去。」

「因為還要堵住北邊的裂口，這裡的喪屍特別多，而且都在爬網，所以……」

「我問你修緊急通道了嗎？到底有沒有去人？難道非要讓東聯軍看你們的笑話？」中年人厲聲大喝打斷了他。

「報告冉政首，我們馬上就抽調一部分士兵去！」

冉平浩對著對講機大吼：「所有西聯軍士兵都聽好了！不管你們使用什麼樣的方法，一定要給我將喪屍堵住，拖住時間讓城裡的人撤離，拖得越久越好！」

他收好對講機，對著旁邊伸出手，「槍！」

旁邊的士兵立即遞上了槍。冉平浩接過槍，熟練地給膛裡上子彈，朝著金屬網上的喪屍扣動扳機。

此時，陳思澤也趕到了1層。

他戴上了作戰鋼盔，筆挺的軍裝制服上沾滿灰土，一手持突擊步槍，一手拿著對講機命令：「西聯軍守住了外防線，那我們東聯軍就要把這道防線上的漏洞補上。他們人手不夠，所有哨兵嚮導去協助他們守外防線，普通士兵和工程兵以小隊分散，大缺口想法修復，修復不了的就守在那裡堵住。我們不能比西聯軍做得差，更不能放喪屍進城。」

「是！」

「收到！」

人類幼崽
廢土苟活攻略

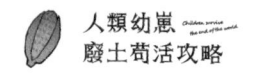

　　1層進入激烈戰鬥時，顏布布和一群嚮導學員正帶著福利院的小孩往前跑。

　　小孩們平常愛哭鬧，但意識到這是真正的危機時，便變得很懂事了。年紀小的忍住了眼淚，大一點的也在盡力跟著，但他們到底人小體力差，很快就有些跑不動，嚮導們也只能緩下腳步，半跑半走地前進。

　　四周一片黑暗，只有嚮導們的額頂燈照亮面前的一小團。不時會有小孩被參差交錯的鉅金屬板絆倒，整個隊伍的推進便越來越慢。

　　「叔叔，還有多久才到啊。」一道稚嫩的聲音響起，帶著強行忍住的哭腔。

　　教官回道：「快了，馬上就到了。」

　　「可是您一直在說馬上就到了。」

　　「這次是真的馬上就到了，再堅持一下，乖啊……」教官滿頭大汗地繼續哄著。

　　顏布布除了揹著個小女孩兒，手裡還牽著名7、8歲的男孩兒。這男孩兒穿著一身運動服，但身體卻不怎麼好，基本上是吊在他胳膊上前進，還不斷發出呼呼的劇烈喘氣聲。

　　「你還好嗎？」顏布布低頭問他。

　　運動服男孩兒的臉色在燈光下一片蒼白，「我，不敢跑，我、我有哮喘，我可能、可能哮喘要發作了……」

　　「那有藥嗎？」顏布布停下了腳步。

　　「有。」男孩兒從褲兜裡摸出個噴劑，對著嘴裡噴了幾下，喘息著道：「對、對不起……」

　　顏布布摸了下他的頭，「沒事的，不用和我道歉。那我們不跑了，我們就慢慢走，也能走到通道口的。」

　　「嗯。」

## 第六章
走,跟著我一起跑

「妳呢?妳怕不怕?」他又轉頭問背上的小女孩。

小女孩摟住他的脖子,小聲道:「我不怕。」

兩人放慢了腳步,和前面的隊伍逐漸拉開距離,很快就瞧不見其他人。底層四處都是槍聲,腳下的那些裂縫裡不時閃動著火光,將裂縫周圍的地面照亮,剎那又恢復黑暗。

男孩呼哧呼哧的喘息聲逐漸平息下來,但顏布布不敢再走快了,依舊保持著不緊不慢的速度。

走出一段後,前方出現了一道半公尺寬的裂縫,亮光從下方透上來,照出旁邊兩道小小的身影。

居然又是兩個小孩兒。其中一名是個3、4歲的小男孩,伸著頭看著下方,另一名穿著黃T恤,半個身體都探進了裂縫裡。

顏布布大驚,正要跑過去拉,比努努已經搶先衝了出去,一爪揪住趴在地上那人的後背,將他拎坐在地上。

這也是名男孩兒,和顏布布手上牽著的男孩兒差不多大,都是7、8歲年紀。他雖然被顏布布的額頂燈照得瞇起了眼,卻也迭聲喊道:「快救救,救救,有人落下去了。」

聽到有人掉下了裂縫,顏布布趕緊將背上的人放下,跑到裂縫處趴著往下看。

下面便是1層,藉著忽明忽暗的槍炮火光,可以看到很多人在匆忙奔跑。但半空的一根鐵杆上,竟然掛著一名穿著學員軍裝的女孩兒,應該也是名從福利院離開的嚮導。

鐵杆是用來連接鉅金屬板的,一頭已經斷掉,嚮導學員就抓著末端懸在空中,離地面足足還有兩、三層樓的高度。

她腳下地面上有一隻羚羊量子獸正急得團團轉,不時調整自己的方位,企圖在她掉下來時將人接住。

鐵杆光滑,嚮導學員必須用全力才能保持自己不滑下去,她看見顏布布後,費力地張嘴擠出一個字:「……救。」

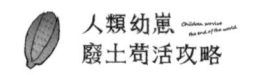

顏布布左右張望，想找繩索之類的東西，但周圍什麼都沒有，只有一片瓦礫碎磚。他看到不遠處有一排沒有倒塌的房屋，額頂燈光照下，可以看清門牌上寫著什麼辦事處。

「妳再堅持兩分鐘，我去找點東西來救妳！一定要撐住！」顏布布向那房屋跑去，邊跑邊大聲喊：「你們幾個離裂縫遠一點，站著等我，比努努看著他們⋯⋯」

這棟房子雖然掛著辦事處的牌匾，但實際上從來沒有使用過。大門緊閉，臺階上還倒著一個灰桶，用來刷牆的白灰撒落一地。

顏布布推了下門沒有推開，退後兩步再衝前，狠狠一腳將門踹開。

屋內空空，只在牆邊放著兩個灰桶，地上散落著幾根用來捆綁紙箱的塑膠繩。

這種塑膠繩雖然不算太脆，也無法支撐一個成年人的重量，但屋內除了這幾條繩子也沒有其他東西。

顏布布抓起那幾根繩子匆匆往回跑，邊跑邊將兩頭連在一起。

四名小孩兒聽從了他的吩咐，沒有靠近裂縫，只伸長脖子往下看，比努努則擋在他們身前。

顏布布加快速度衝到裂縫旁，看見那嚮導還吊在空中，終於放心了些。但她抓住鐵杆的時間太長，兩條手臂都在不住顫抖，眼看已經撐不了多久。

他連忙將繩子一端放下去，急忙道：「這繩子會斷掉的，沒辦法將妳拉上來，但是妳可以抓著往下滑一段，就算繩子斷了也不會摔傷，明白嗎？」

嚮導艱難地點了下頭，「⋯⋯明白。」

這條繩索連起來後很長，可以一直垂到底層地面。裂縫周圍沒有什麼可以用來固定繩索的東西，顏布布便將繩子在自己腰上纏了幾圈，再坐下，雙腳抵在裂縫的另一邊。

「可以了！」他對著下方大吼一聲，並深深吸了口氣，兩隻腳抵住

## 第六章 ◆
### 走，跟著我一起跑

裂縫對面。

嚮導一把抓住身旁的塑膠繩，整個身體掛了上去。

顏布布雖然已經做好了準備，依舊被腰上的力突然拖得往前，幸好兩隻腳都蹬在對面，才沒有被拽下裂縫。

身旁的四名小孩看見他在往裂縫處滑時，都嚇得齊齊大叫，兩個大男孩兒趕緊拽住他胳膊往後拖。

嚮導飛快地向下滑，在離地面還有一層高距離時，繩索砰一聲斷裂。顏布布和兩名小孩兒都往後仰倒在地上，他爬起身就去裂縫處看，看見那嚮導的羚羊量子獸已經接著了她，將她穩穩地托在背上。

「沒事吧？」顏布布大聲問。

嚮導可能是怕吸引到鑽進城裡來的喪屍，沒有敢大聲回應，只對他點點頭，示意自己沒事。

顏布布便道：「妳快去找軍隊，我會帶著這幾個小孩一起走。」

女孩兒做了個謝謝的口型，也不敢多停留，跳下羚羊背，朝著有槍聲的方向跑去。

顏布布擦掉額頭上的汗，轉身面對四名小孩兒，見他們都眼巴巴地看著自己，便道：「我們要繼續趕路了，現在我揹兩個小朋友，大朋友自己走好不好？」

「好。」黃T恤男孩兒和運動服男孩兒都齊聲應道。

顏布布蹲下身，揹起從福利院帶出來的那名小女孩兒，只用左手托著她腿彎，右手則抱起另一名3、4歲的小男孩兒。

「走吧。」兩名大男孩兒走在顏布布身旁，他們顯然受到了驚嚇，生怕也和那名嚮導一樣掉進裂縫，雖然腳在動，步子卻邁得很小。運動服男孩兒的哮喘好了些，精神還有些不濟，黃T恤男孩兒應該摔過跤，走起來有些一瘸一拐。

「哥哥，我沉不沉啊？」摟住顏布布脖子的小女兒忐忑地問。

「有點沉。」顏布布將她往上托，又掂了下懷裡的小男孩，「你們

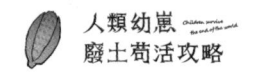

兩個都一樣沉。」

小男孩緊張地抬頭看他,他又道:「但是我抱著你們走路一點也不費勁。」

「真的嗎?」小男孩怯生生地問。

「當然是真的,因為我會魔法⋯⋯」顏布布像是失口說漏了嘴,臉上露出懊惱的神情,「哎呀,我怎麼說出來了,這是我的祕密啊。」

「什麼祕密?什麼魔法?」小女孩問道。

顏布布閉緊嘴搖頭。這下兩名大一點的男孩兒也有些好奇,雖然沒有開口問,卻頻頻轉頭去看他。在前方探路的比努努也慢下腳步,豎起兩隻耳朵在聽。

小女孩又問:「哥哥,到底是什麼呀?」

顏布布臉色變幻,像是正在內心掙扎,最後終於道:「好吧,既然我已經說出來了,乾脆就全部告訴你們。但這個祕密我從來沒對人講過,你們也不要告訴別人。」

「不會的,我們不會告訴其他人。」幾名小孩兒齊齊應聲。

顏布布壓低了聲音:「我會魔法咒語。」

「魔法咒語?」

「對,本來我抱著你們是很吃力的,但是我剛才念了魔法咒語,所以現在覺得還挺輕鬆的。」

兩名大男孩兒滿臉狐疑,懷裡的小男孩兒卻發出驚歎:「哇喔!」

「想學嗎?」顏布布問。

小男孩立即脆生生應道:「想學!」

小女孩和兩名大男孩兒沒有做聲。

「好吧,只有你想學的話,我就教你。」顏布布清了清嗓子,對小男孩念道:「啊嗚嘣嘎啊達烏西亞。」

「啊嗚⋯⋯亞。」

顏布布放慢了語速:「啊嗚——嘣嘎——啊達烏西亞。」

第六章 ━━━━◆
走，跟著我一起跑

「啊嗚……西亞。」

顏布布反覆教了好幾遍，小男孩便跟著一遍遍念。他往旁邊瞥了眼，見兩名大男孩也在翕動嘴唇，顯然在跟著悄悄念，便道：「比努努，去牽著他們。」

比努努轉回身，面無表情地看著他，他便擠眉弄眼地遞眼神，又無聲地央求：「……行行好。」

比努努沉著臉走到兩名男孩兒中間，分別牽起兩人的手，拉著他們繞過了一小堆散落的磚石。

黃T恤男孩兒怔怔地看著自己的手，發出了長長的抽氣聲，運動服男孩兒卻盯著身旁空中飄浮的一只髮夾，驚訝地瞪大了眼睛。

「現在可以放心走，比努努魔法會保護你們，不會讓你們掉進裂縫。」顏布布道。

比努努臉色緩和了些。牠走在兩名男孩中間，個子沒有他們高，卻牽得很是認真，隨時提防著面前的磚塊，帶著他們繞開。

顏布布懷裡抱著的小男孩開始不停地念：「啊嗚嘣嘎啊達烏西亞，啊嗚嘣嘎啊達烏西亞……」

顏布布又抖了抖背後的小女孩，「妳不想學咒語嗎？」

「我想學，但是我也有魔力，是跟著小仙女蘇菲學的。」背上的小女孩兒小聲道：「只是發出魔力時我要站著轉圈，手上還有動作，現在沒法給你看。」

顏布布側過頭對她說：「有句話叫做技多不壓身，妳雖然有學過魔法，但那畢竟不好施展，現在暫時用一下我這個新魔法？只要口中念一念就行。」

小女孩兒動心了：「好吧，那我和你學新魔法。」

兩名大男孩兒被看不見的比努努牽著，既緊張又興奮，走路也不再畏手畏腳，大步大步地向前。

走出一段後，前方是一片倒塌的建築，道路也被封死，顏布布便帶

195

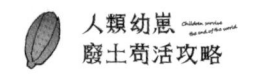

著他們從左邊繞行。

邊緣處剛好留出了一條小道，地上的磚塊四處散落，露出下方深黑的鉅金屬板。只是這裡本就是中心城的邊緣地帶，緊貼著鉅金屬網，外面就是喪屍群了。

2層的鉅金屬網只起著一個預防性作用，和1層的全封閉不同，雖然也有幾公尺高，但喪屍只要爬到頂端，就能翻進2層。

現在中心城往下陷落了數公尺，這裡離喪屍群也不過只有三、四層樓高的距離。喪屍在不斷往鉅金屬網上爬，整張網都在劇烈搖晃，發出哐哐重響，還夾雜著子彈擊打在網絲上的清脆撞擊聲。

顏布布背上的小女孩將他脖子摟得很緊，懷裡的小男孩也渾身僵硬。兩個大一點的孩子雖然被比努努牽著，卻滿臉緊張地不停轉頭看著網子外面。

顏布布安慰道：「你們聽到下面的槍聲了嗎？那是士兵在殺喪屍，它們爬不上⋯⋯啊啊啊啊！」

「啊啊啊啊啊啊──」

在顏布布和幾名小孩子的驚恐尖叫中，一隻喪屍竟然爬上了2層。它的臉緊緊貼在金屬網上，被網格壓出了一格一格的壓痕，看著更加猙獰。它繼續往上爬，像是一隻靈活的壁虎，看樣子是想翻過網進來。

顏布布並不怕喪屍，只是被它這樣突然冒出來嚇了一跳。在見到那喪屍想翻過網時，立即便要放下懷裡的小男孩去摸匕首。只是比努努比他速度更快，一小團黑影嗖嗖竄上金屬網，那隻喪屍還沒爬到頂，爪子就刺入了它的太陽穴。

「啊啊啊啊啊──」在小孩子的尖叫聲中，那喪屍從網上墜落。

「別怕別怕，看它掉下去了，沒事的，我有魔力，你們別怕。」顏布布連忙安慰。

小女孩抽噎著道：「我不想害怕的，可是太嚇人了⋯⋯」

「啊嗚嘣嘎啊達烏西亞、啊嗚嘣嘎啊達烏西亞⋯⋯」小男孩將顏布

## 第六章
### 走，跟著我一起跑

布胸前的布料抓得緊緊的，驚恐地念著咒語。

比努努跳下地，牽起兩名大男孩繼續往前走。

因為知道會有喪屍突破士兵的防線爬上來，所以幾人這段路走得膽戰心驚。身邊的鉅金屬網一直被下方的喪屍搖晃著，黃T恤男孩雖然被比努努牽著，卻不斷轉頭去瞧，突然一腳踩空，從一道寬大的縫隙掉了下去。

「啊！」他尖叫一聲，整個身體墜在縫隙裡，好在右手被比努努牢牢扯住，將他又拖了上來。

「你沒事吧？」顏布布問。

黃T恤男孩蒼白著臉搖頭，牙齒都在格格打顫，「我沒事。」

「你會飛，你飛起來了……」原本在抽抽搭搭的小女孩不哭了，「我看見你從縫隙裡飛起來了。」

黃T恤男孩回過神，瞧著自己看似空空，卻又明顯被牽著的右手，驚魂未定地道：「原來是我的比努努魔法，我真的有魔力了……」

「啊嗚嘣嘎啊達烏西亞、啊嗚嘣嘎啊達烏西亞……」幾個小孩兒都開始念咒語。

他們已經堅定地相信了比努努魔力，也相信這魔力可以殺掉喪屍、可以讓掉進裂縫的人飛上來。所以都不再那麼害怕，也不去看旁邊的金屬網，只念著咒語大步往前走。

雖然士兵在1層防守，但也會有那麼一、兩隻喪屍衝破槍林彈雨的防線，出現在2層的鉅金屬網外。不過它們只要一冒頭，便會被比努努殺掉。有喪屍翻過遠處的鉅金屬網落地，被這裡的動靜吸引，還沒跑上一半路，比努努就迎了上去。

幾名小孩也就越來越鎮定，身旁再出現喪屍後，都爭先恐後地念咒語，希望它是被自己搶先一步用魔力殺掉的。

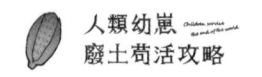

此時 1 層東城門口。

一名士兵站在緊閉的大門旁，手就搭在旁邊主機殼裡的開門鍵上。門前立著十幾名士兵，都端著槍對準門板。在他們身後還有幾人，用推車推著一臺沉重的機器。

再往後幾十公尺的地方，則是一片黑壓壓的人群。最前一排站著青壯年，手裡拿著自製的劣質匕首或是一條鐵製凳子腿，什麼也找不著的就隨手拿著一塊磚頭。他們都屏息凝神地看著士兵，沒有一個人發出聲音，安靜中只能聽見城市深處的尖叫和那些遙遠而密集的槍聲。

站在門旁的士兵道：「等會兒我開門的時候你們就開槍，清出一條路來，把修橋的機器推出去。」

「好。」

「準備好了我就要開門了。」

「準備好了。」

開門的士兵口裡數著：「1、2、3！」

大門才啟開一條縫，喪屍的嘶吼聲便傳了進來，人群也瞬間開始騷動。士兵們集體扣動扳機，向著緩緩張開的門外掃射。

喪屍不斷往裡衝，又在強力火力的攻勢下不斷倒下。

「現在把機器推出去，快點！」士兵們讓出了一條通道，讓推著機器的士兵上前。

可是堵在門口的喪屍實在太多，就算火力再猛，也還是有那麼些胸脯都被射成馬蜂窩，但腦袋完好的喪屍衝了進來。它們直直撲向面前的士兵，還有幾隻衝向了後方人群。

人群又開始驚慌尖叫，就要四處奔逃，卻有人爆出一聲大喝：「都別跑！跑也是死！和它們拚了才能活！」

「對，現在沒什麼好跑的。都殺掉！誰要是被咬了也一起殺掉！如果我被咬了，你們直接朝著我脖子來一刀，讓老子死得輕鬆一點。」

「還跑個屁？橋不修好，所有人困在城裡，下場還是個死。」

第六章 ━━━━◆
走，跟著我一起跑

　　有人抱著能躲就躲的心理依舊在逃，但也有人橫下一條心，拿著鐵棍磚頭衝了上去，對準喪屍的腦袋狠狠地砸。

　　各種自製武器落下，喪屍腦袋被砸碎了也不停手，直到那頭顱成為一堆稀碎才作罷。

　　門口的喪屍繼續往裡鑽，士兵們不得不調轉槍口對付那些已經衝進門的，火力便有些分散。更多的喪屍有了機會往裡湧，修橋的機器沒法推出去。

　　「這樣不行，根本推不出去，喪屍反而進來得更多了。」

　　「關門！快關門！把門關上！」

　　「那橋怎麼辦？」

　　「另外再想辦法。」

　　封琛和哨兵學員們剛將斷橋上的人都拉上了卡口，便聽到中心城底層門口響起了激烈的槍聲，喪屍都在朝著那方向湧。

　　他抬眼望去，看見那大門已經被打開了半扇，略一思索便明白過來，立即大喊道：「快幫忙！他們現在開門肯定是想修橋，快拖住那些喪屍！」

　　雖然哨兵學員們立即放出精神力，但那門裡已經鑽進去不少的喪屍，剛打開的大門又重新閉緊。

　　一名哨兵學員焦急道：「不行啊，他們根本沒辦法出來的，只要中心城的門一開，喪屍就要衝進去，裡面的人怎麼辦？」

　　封琛看向斷橋，那原本還斜斜支在半空的半截橋身已經完全垂落，要掉不掉地掛在山壁邊緣，想了想便問旁邊的士兵：「這邊卡口有備用橋嗎？」

　　「沒有。」士兵剛回答完又想起了什麼：「不過有個運貨通道可以

199

### 人類幼崽廢土苟活攻略

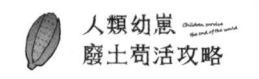

當做備用橋。」

「運貨通道？」

士兵道：「那是修建中心城時使用的運貨通道，修成大橋後就沒有再使用過。它是用鉅金屬薄板做成的，還可以全封閉，對面中心城的通道門上也有對接口。唯一的問題就是它是用溧石電力啟動的，現在去哪兒找電？」

封琛問：「有沒有手動操作裝置？」

士兵搖頭，「沒有。」

「那通道是什麼樣的？你帶我去看看。」封琛道。

士兵正六神無主，滿頭汗往下淌，聽封琛這麼說，連忙就帶著他去了卡口崗哨旁的機房，指著裡面一捲占了半個機房的圓形金屬網道：「看吧，就是這個。」

用鉅金屬薄板做成的通道本身並不重，只有兩公尺來寬，質地雖然堅硬，卻也帶著一定的柔軟性，平常就壓成長扁的一條，像是捲尺般捲了起來。

「有了電力啟動，它就會反方向轉動，從那牆壁上專門留出的口子延伸出去。」

封琛圍著那「捲尺」看了一圈，「你看這最前端有四個孔，可以套上四條夠結實的鏈子。沒有電力的情況下，硬拖也是能拖動的吧。」

「硬拖？硬拖的話，十來個人是可以拖出來的。」士兵明白他的意思，卻還是有些遲疑：「現在地面上全是喪屍，就算能拖出去，也沒法落腳啊⋯⋯」

卡口處突然傳來隆隆聲響，封琛和士兵都走出屋子，他們便看見中心城2層的緊急通道門已經打開，一條通道穿破黑暗，朝著這邊緩緩延伸而來。

丁宏升和蔡陶在人群中朝著封琛招手，「封哥，快過來，快。」

封琛跑過去，看見計漪也和他們站在一起。計漪指著對面的通道，

## 第六章
### 走，跟著我一起跑

「2層的橋是好的，哪怕位置高低不對，和卡口連不上，但只要能接近這裡就行。我們馬上就去對面找人，把他們幾個嚮導找到。」

「對，封哥，我們要趕緊去找人，還不知道他們三個現在怎麼樣了，這中心城已經撐不了多久，得趕快找到他們帶出來。」蔡陶道。

丁宏升：「不用你催，封哥肯定是第一個上橋的。」

封琛卻沒有回話，一直沉默地看著那條逐漸靠近的通道，眼眸沉如濃墨。幾秒後他倏地掉轉頭，大步流星地走向哨卡旁的機房。

「丁宏升、蔡陶、計漪，和我一起去把1層的橋架起來。」

計漪三人沒想到會聽到這句話，怔愣兩秒後才問道：「什麼？去架橋？我們可以架橋？」

「卡口有用鉅金屬薄板做成的運貨通道，只需要我們將它拖到對面通道口去對接。」

三人互相看了眼，立即應聲：「好。」

「動作快點，我們必須要在10分鐘內將這座橋架好。」封琛頭也不回地一聲大喝，幾人便跟著他一起跑向了機房。

「快去幫我們找繩子，越結實越好。」封琛一邊吩咐跟進來的士兵，一邊去拉扯「捲尺」的頂端。他的神情看不出任何異常，依舊那麼冷靜，只是扯出「捲尺」的動作用力得接近粗暴，將上面捆縛著的幾條繩索直接拉斷，螺絲在地上叮叮噹噹地滾動。

「好！」士兵掉頭就衝了出去。

封琛用盡全力在拖薄板，黑獅也咬著薄板倒退，四隻爪子在地面上摩擦出一道道深痕。

丁宏升三人和量子獸趕緊去幫忙。這大「捲尺」原本是電力控制滾軸進行轉動，薄板便自動延伸。現在幾人和量子獸都用上了全力，才讓它緩緩開始轉動，薄板也一點點探了出來。

「封哥，那布布、布布他們怎麼辦？我們還、還要弄這個……」蔡陶一邊用勁一邊問道。

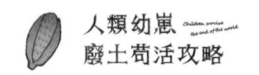

封琛沒有回話，只拚命拉動薄板，屋內響起「捲尺」轉動的轟隆聲。就在三人以為他不會回答時，他才突然道：「所以我們要快點。」

「啊？好，知道！」

他們將薄板頂端從機房牆壁上預留的長條狀孔洞塞出去，幾名士兵也衝了回來，兩人一組地抬著四大團鉅金屬鏈。

「快點快點，將鏈條都繫上！」

1分鐘後，封琛和丁宏升三人都站在了懸崖邊，每人手裡拖著條鉅金屬鏈，一頭繫在薄板最前端的孔洞裡，一頭在腳邊盤成了大團。

他們身旁站著各自的量子獸。黑獅和恐貓蓄勢以待，孔雀也展開了翅羽，狼犬已經迫不及待地想往下撲，又硬生生忍住，前爪就搭在懸崖最邊上。

卡口處還有很多的哨兵學員，看見他們後，立即就明白了這是要幹什麼，紛紛大聲道：「我們也可以修橋，我們也能上。」

「多去找幾條繩子，可以多下去幾個人。」

封琛簡短地道：「架橋不需要太多人，但是我們需要協助，你們要負責擊殺那些喪屍。」

「行，殺喪屍交給我們。」

「沒問題，交給你們放心。」

封琛沉聲問身旁三人：「準備好了沒有？」

計漪吸了口氣：「準備好了。」

丁宏升：「準備好了。」

蔡陶：「可以，準備好了。」

封琛目光投向中心城2層，那張一直繃緊得看不出情緒的臉上，飛快地閃過了擔憂和焦灼。中心城2層一片漆黑，什麼也瞧不清，但他視線似乎穿透了濃濃黑夜，一直看向了極深處。

他很快又收回視線，重新看回底層的通道口。只是眼神已經恢復了冷靜和堅定，剛才那一瞬的情緒被很好地掩藏起來。

## 第六章
### 走，跟著我一起跑

「上！」隨著封琛一聲令下，懸崖上的四名哨兵縱身一躍，再抓著鉅金屬鏈飛快下滑。幾隻量子獸越過他們身旁，率先撲向地面的喪屍，其他哨兵學員們的量子獸也紛紛往下撲，在空中劃出一道道弧線。

地面的喪屍一直在昂著頭嘶吼，在看見四名哨兵的身影後，那嘶吼聲陡然變大，喪屍群也朝著他們的方向開始湧動。

三百多隻量子獸嗖嗖下落，還在喪屍頭頂時便開始撕咬。哨兵們的精神力也紛紛放出，結成兩張無形的巨大屏障，立在東城門左右兩側，另一端通達山壁，將從遠處趕來的喪屍擋在外面。

封琛四人在空中便各自放出精神力，將自己落腳點處的喪屍絞殺。

也就短短數秒時間，四人便已落地，封琛大喝一聲：「拉橋！」

四人拽動手上的鏈條，四根鉅金屬鏈瞬間繃緊。雖然卡口士兵說這通道要十幾個人才能拖動，但他們都是B級哨兵，也被情勢催出了無窮潛力。這樣一起用勁後，那條懸在空中的鉅金屬薄板終於被他們緩緩拖出了一段。

三百多隻量子獸非常凶悍，這片空間裡全是牠們的撕咬和怒吼聲。地面上迅速堆起了一層喪屍屍體，四人每移動一步，都是踩在了喪屍屍體上。

量子獸們在最短時間內將內圈的喪屍清理掉後，便匯聚到四人身旁，將他們層層疊疊圍在中間，再對付外圈往裡撲的喪屍。

「繼續！」封琛背過身，將鉅金屬鏈扯在肩膀上，用力往前拖拽。

「嗨呀！」蔡陶的臉脹得通紅，脖子上也鼓起了道道青筋。

計漪乾脆將鏈條在自己身上纏了幾圈，一邊用力拖動一邊咬著牙道：「為什麼……為什麼這裡就沒有……沒有一個小嚮導……」

「為什麼、為什麼要小嚮導？」蔡陶問。

計漪整個上半身都往前傾，雙腳在地上輪流蹬動，「我這麼帥……不來幾個小嚮導看見……太可惜了……」

丁宏升喘著粗氣：「好有道理，蔡陶你不想被嚮導、被嚮導看見你

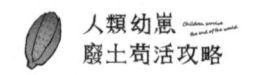

拯救世界嗎？」

蔡陶道：「不想。」

「為什麼？」

蔡陶沉默了幾秒後道：「我褲子⋯⋯褲子在下滑的時候⋯⋯被山石勾住了腰帶，我就⋯⋯我他媽一時著急，就把腰帶解開了。」

丁宏升正弓著背往前，聞言側頭看了眼蔡陶，看見他果然只穿著內褲，作戰褲就掛在小腿處。

「操，我真的⋯⋯真的佩服你，居然⋯⋯居然沒被絆倒。」

封琛聲音也不穩：「別說其他的，哨兵們給我們布下的精神屏障⋯⋯只能撐幾分鐘。」

沒有人再說話，只埋頭往前拉動鐵鍊。隨著他們一步步向前，頭頂上方的鉅金屬薄板越來越長，並逐漸向下傾斜。

最難拉動的就是開始部分，薄板在被拉出來過半時就輕鬆一些，四人一鼓作氣，腳下不停地拉動著鏈條往前。

山上的哨兵開始喊：「你們要快點，精神屏障快撐不住了。」

左邊那面巨大的精神屏障上出現了一處崩塌，被擋在外面的喪屍蜂擁而入，和量子獸們纏鬥在了一起。

「啊──」四人埋著頭拉動鏈條，嘴裡都發出了用力的嘶吼。

在喪屍的瘋狂撞擊下，右邊的精神屏障也出現了裂痕，有些地方還被撞出了破洞，喪屍們鑽過那些破洞，有些和量子獸廝打，有些則朝著封琛四人衝來。

量子獸們雖然擋住了一部分喪屍，山上的哨兵學員也在用精神力進行擊殺，但喪屍數量太多且源源不絕，還是有一部分越過量子獸的防線衝了過來。

封琛現在不敢鬆勁，只放出精神力擊殺掉最近的喪屍。他拚命拉動鏈條，細窄的鉅金屬鏈條在他肩上勒出深深的痕，像是要陷入肉裡。

好在黑獅、狼犬、恐貓和孔雀始終守在自己主人身旁，撕咬那些衝

## 第六章
### 走，跟著我一起跑

到近處的喪屍，儘量不讓他們分神分心。

四人一步步艱難前進，終於將整條鉅金屬薄板從山上拉了下來。

「快！對接，我們再向前走兩步，讓橋身和門對接！」封琛顧不上喘口氣，立即命令。

每隻量子獸都頂著數隻喪屍，身上也都冒著黑煙。特別是周邊一圈的量子獸受傷最重，有些已經維持不住形體，青煙一般消弭在空中，回到主人的精神域裡進行修復。

封住通道的鉅金屬門上有著暗扣，可以和備用橋進行對接。四人再用了把力，終於將鉅金屬薄板拖到了門前。可就在他們準備對接時，右邊的精神屏障終於沒有撐住，徹底崩塌，像是被擊碎的玻璃般化成了千萬碎片。

喪屍們嚎叫著一擁而上，如同潮水般湧過那些量子獸，經過之處，量子獸們都砰砰化作黑煙，消失在空中。

封琛看到右邊鋪天蓋地的喪屍群，大吼一聲：「快！最後一把！推出去對接！」

「1、2、3，啊——」四人都發出用力的嘶吼，將鉅金屬板往前推出，重重撞擊在門上。東城門上發出喀嚓數響，一排搭扣彈出，牢牢地扣住了鉅金屬板前端。

封琛再去按動薄板前端的按鍵，兩排鉅金屬網從薄板側面升起，在頂上匯合，連接成了一條長長的封閉式拱頂，將喪屍都擋在外面。

一條從底層到卡口之間的生命通道，自此終於架好。

喪屍群已經衝到了他們身旁，尖銳的指甲就要刺入他們身體。卡口山壁上的人還來不及高興便又發出驚呼，有人已經不忍目睹地調開了頭。

「屏障！」

封琛在大喝的同時便放出精神力，將四人和量子獸都包在其中。計漪三人也緊跟著放出精神力，給他的精神屏障再重疊上三層。

這個精神屏障僅僅維持了不到半秒，便被蜂擁而至的喪屍擊碎，但

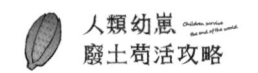

四人和量子獸已經抓住這半秒機會，躍上了這條剛剛建成的緊急通道的拱頂。那些爪子和牙齒便落在鉅金屬網上，發出難聽的吱嘎聲。

幾人在拱頂上奔跑向前。但通道兩端不在一個水平線，而是斜斜向上，橋頂也光滑難行，蔡陶一個踉蹌差點滑下去，被封琛眼疾手快地拉住。有喪屍也爬上橋頂想追上來，但還沒追上兩步便又摔了下去。

封琛幾人快走到通道端時，士兵和學員們便伸出手拉他們。封琛一個縱身躍到實地，回頭看向城門口，可以透過拱頂的鉅金屬網的孔洞，看到通道裡已經有人在往這邊奔跑。

旁邊的民眾發出陣陣歡呼，有些已經泣不成聲。就連崗哨士兵也控制不住情緒，不斷哽咽著道：「辛苦了，辛苦你們了⋯⋯」

蔡陶抹了把額頭上的汗，「橋頂上的喪屍就要你們對付了。」

雖然拱頂光滑難行，但那些喪屍不斷往上爬，難免會有那麼一兩隻衝上來。

士兵忙道：「這點喪屍不成問題，我們肯定會把這橋守好的。」

2層伸出來的緊急通道比卡口還要高出三、四公尺，雖然這個高度必須要搭梯子，但現在時間不容許，撤離的人只能一個個從上往下跳。好在地面上鋪了厚厚一層棉絮，跳下來的人也摔不傷。

周圍的人還在不斷感謝，封琛卻已經跑到2層緊急通道的下方，躍起身抓著通道邊緣，俐落地翻了上去。

通道裡人很多，黑獅衝在最前面開出了一條路，封琛緊跟在牠身後往前跑。

蔡陶三人也連忙翻上了通道，和他一起逆著人流去往中心城。

## 【第七章】

## 別怕，我在，
## 我一直都在

◆━━━━━◆

顏布布一直往前走著，用胳膊肘抵住那些撞來的喪屍，
淚水不斷往外湧出。
他不知道自己現在身為一隻喪屍該不該流淚，
但他現在滿臉都是水痕。
「比努努。」他在腦海裡喊了聲，但比努努沒有搭理他。
「比努努、比努努、比努努……」
顏布布堅持不懈地在精神域裡呼喚比努努，
終於清晰地感受到了牠不耐煩的回應。
顏布布笑了笑，又在精神域裡說了聲：「我好喜歡你啊，比努努，
非常非常喜歡你，我願意為你做任何事情。」

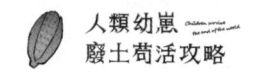

從中心城陷落到現在，封琛雖然沒有在三人面前提起過顏布布，但他們都清楚他內心一定焦急如焚。

「封哥，你不要著急，布布在2層，又是嚮導，他肯定沒事的。」丁宏升邊跑邊道。

封琛沒有做聲，丁宏升三人只能從身後看見他好似微微點了下頭。

迎面來了一群小孩子，被阿姨和保姆引領著經過通道。封琛看著那些小孩，突然抓住了一名保姆的胳膊，「請問你們有見到過哨嚮學院的學員嗎？」

保姆懷裡抱著個啼哭不休的小孩，停住腳回道：「有，哨嚮學院有學員去過福利院，大概有三十多個人。」

「那他們人呢？」封琛不自覺握緊了手指，直到那保姆嘶了一聲後才放開，「不好意思。」

保姆也沒在意，便回道：「他們來的時候城還沒有塌，我們是先走的一批，現在也不知道後面到底是怎麼樣了。」

封琛也不再問，轉頭往前奔去，蔡陶幾人也匆匆跟上。

2層通道盡頭的人並不多，沒有底層擁擠，顯然很多撤離的人還在路上。

計漪邊跑邊問：「封哥，你準備去哪裡找人？」

封琛回道：「這種緊急突發情況，學院肯定來不及分配，只會讓學員自己選擇去處。研究所和軍部不需要他們，所以他們只會去福利院和居民點。大部分學員都會選擇去居民點，比如陳文朝和王穗子，顏布布的話……」

封琛停頓了下，繼續道：「他肯定會去福利院。」

一行人跑到了通道盡頭，前面便是一片黑暗，四名哨兵不約而同地停下了腳步。

計漪道：「王穗子姑姑的租住點在2層通往1層的卡口附近，我估計她會去那裡，我去找她。」

第七章 ◆
別怕，我在，我一直都在

蔡陶道：「行，那我和老丁就去居民點找陳文朝。」

封琛點了點頭，「那你們保重。」

「你也是，保重。」

四人從這裡分路，奔向了各自要去的方向。

顏布布帶著幾名小孩走在中心城 2 層的邊緣。

這一段再沒有看見過其他人，耳裡槍聲和喪屍嘶吼聲不斷，身旁鉅金屬網也被搖晃得哐哐重響，不時有強光從底層透出，將地面近處的喪屍照得異常清晰。

他們現在經過的路段是下陷最嚴重的區域，房屋盡數垮塌，成了一座座廢墟，很多鉅金屬板翻起來露出裂縫，稍不注意便會掉下去。

顏布布經過一道裂縫時探頭往下看，看見下方戰鬥得非常激烈。應該是某處地方存在缺口，一直有喪屍在往裡衝。

「小心點，我們走慢點，當心不要掉下去。」顏布布不斷叮囑，兩名大男孩也就走得更加小心翼翼。

似乎只要通過了這一段，前面的情況便沒有這麼糟糕，顏布布便安慰他們道：「你們看前面，剩下的路平坦得多，很快就好了。」

「嗯。」兩名男孩兒都明顯鬆了口氣。

顏布布揹著的小女孩兒輕聲問他：「那到了前面的話，我們兩個也下來走好不好？」

「沒事的，我不是說了我有魔法嗎？你們兩個一點也不沉。」顏布布道。

「唔，好吧。」小女孩安心了些。

終於走到了下一段路，卻發現這裡的情況比之前好不了多少。因為這段的鉅金屬網算是比較完整，相對的也就少了不少士兵。不時有喪屍

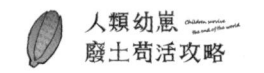

爬上2層，比努努每隔一會兒就要衝上鉅金屬網將它們全殺掉，再回來繼續牽著兩名男孩兒。

身後突然傳來奔跑的腳步聲，顏布布回頭看見有兩人正朝著他們快速跑來。雖然他看不清那兩人的面容，但比努努已經擦過身側衝了出去，明顯那是兩隻喪屍。

比努努衝到那兩隻喪屍跟前，一個飛撲便躍上了其中一隻的頭頂。顏布布知道那喪屍不會是它對手，便轉頭去看兩名原地站著的男孩兒。

「你們過來一點，你們身旁有條縫隙，當心摔……」

顏布布一句話沒說完便斷在嘴裡。只見那道裂縫裡突然冒出來兩個喪屍腦袋，手抓著裂縫邊緣，顯然是順著什麼東西從底層爬上來的。

顏布布趕緊將懷裡抱著的小男孩兒放下，沒時間再去放背上的女孩兒，就任由她死死摟住自己脖子，只拔出匕首，對著那兩喪屍衝去。

兩隻喪屍張開猙獰的大嘴，朝著最靠近的黃T恤男孩兒小腿上咬去。顏布布撲到的同時匕首落下，刺入其中一隻喪屍的腦袋，再伸手將那黃T恤男孩兒扯到一旁。

另一名喪屍伸手去扯哮喘男孩兒的腳。

顏布布將匕首從喪屍腦袋裡拔出來，飛速扎向那隻枯瘦烏青的手，刀尖穿透手掌，將它的手釘在地面。

「走開點！」

顏布布見哮喘男孩兒被嚇得呆呆地站在原地，連忙命令。

男孩兒這才回過神，趕緊去和黃T恤男孩兒站在一起。可就在這時，那名被放在地上的小男孩兒突然發出了一聲尖叫。

顏布布猛地轉過頭，這才發現他們身旁的鉅金屬網上竟然有個缺口，一隻爬上2層的喪屍正從缺口往裡鑽。

他將刺穿喪屍手掌的匕首拔出來，又一刀扎入它太陽穴，在它墜落向下時也起身衝向了鉅金屬網。

小男孩驚慌地往顏布布的方向跑，但網外的那隻喪屍已經鑽進缺

第七章 ◆
別怕，我在，我一直都在

口，尖銳的指甲就要刺入孩子柔嫩的脖頸皮膚。

顏布布衝到近處便一腳踹了過去，正踢中喪屍胸脯。雖然他這一腳對喪屍無法造成什麼傷害，卻也將它踹得後退了幾步。

喪屍後背撞在搖搖欲墜的鉅金屬網上，又藉著彈力往回衝。顏布布怕它傷到小孩子，迎上去後再次踹出一腳，將它踹到鉅金屬網上，同時揚起手臂，將匕首扎入它太陽穴。

匕首刺入喪屍腦袋，發出撲一聲悶響，顏布布餘光卻瞥到旁邊的鉅金屬網後出現了一道黑影。

那黑影的一隻手也探進缺口，正抓向他背上的小女孩。

顏布布根本沒有察覺到這裡什麼時候多了隻喪屍，而且因為那喪屍的目標是小女孩，所以他腦中的意識圖像沒有被觸發，竟然就讓它這樣悄悄爬到了身旁。

小女孩一直抱著顏布布的脖子，像隻無尾熊般掛在他身上。眼看那隻手就要抓住她的小腿，顏布布猛地轉過方向，換成自己面朝著那隻喪屍，同時揮動匕首刺下去。

匕首刺落的同時，他小腿也被那隻喪屍緊抓住，並在匕首扎入太陽穴的瞬間，拖住他往外狠狠一拽。

顏布布被拽得撞在鉅金屬網上，那搖搖欲墜的鉅金屬網發出刺耳的吱嘎聲，2層以上往外折翻了90度。

他跟著往下倒，半趴在網絲上，隨著這段網的震顫上下起伏。而他身旁則仰躺著另一隻剛被殺掉的喪屍屍體，被刺出一個窟窿的頭顱歪斜著，就搭在他肩膀上。

「哥哥！你別掉下去！」

幾名小孩尖叫著往這邊跑，想去拉他，後方殺掉喪屍的比努努也飛快地往回衝。

顏布布想要爬起身，但拉住他小腿的那隻喪屍雖然已經死亡，卻依舊拽著他小腿不放，屍體就那麼懸掛在空中。他想甩掉那隻喪屍的

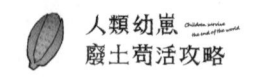

手，才抬了下腳，鉅金屬網彎折處便又發出令人心驚肉跳的吱嘎聲，並再次往下沉。

「啊──」小孩們跑到網旁，儘量伸長手，驚恐地大喊：「哥哥快回來，快回來！」

小女孩此時還趴在顏布布的背上，臉蛋兒已經嚇得青白，哭都哭不出來。顏布布轉頭看比努努，見牠已經快要衝到，便想說讓幾名小孩站遠些，自己好施展比努努魔法。

可他還沒來得及張口，便覺得身下一沉，眼前飛過幾顆迸出的螺絲釘。而鉅金屬網也嘩啦一聲，2層以上的彎折部分從連接處斷裂，帶著他和兩隻喪屍屍體一起往下墜落。

比努努在顏布布下墜的瞬間撲了過去，可牠爪子卻撈了個空，只有一小片布料從牠爪子間的縫隙滑脫。

顏布布在下墜的瞬間只來得及做出一個反應，便是反手將背上的孩子抓下來，照著斜上方拋了出去，同時大喝道：「接著。」

他的力氣不算大，小女孩被拋得也不高，但比努努用腳勾住邊緣，還是垂下身體將她後背抓住了。

顏布布跟著鉅金屬網和兩隻喪屍急速下落。

因為中心城下陷，2層離地面也就平常4、5層樓的高度，不過他在這短短的下墜過程中，精神域裡已經亮起了大螢幕。

他的精神觸鬚在飛快撥動那些螢幕，並做出了相應動作，向著旁邊伸出了左手。

他左手腕立即被什麼東西纏住，下墜的衝勢陡然止住，人也被掛在了半空。抓住他腳的喪屍終於脫手，隨著那張斷裂的鉅金屬網和另一隻喪屍掉了下去。

顏布布抬頭看向上方，看見比努努正將那小女孩兒放在地上，再從鉅金屬網往下爬。而纏住他自己左手臂的則是根布條，那布條掛在一根伸出鉅金屬網的鐵杆上，應該是那些喪屍爬網時勾破的衣服碎片。

## 第七章 ◆
### 別怕，我在，我一直都在

吼！下方很近的地方傳來喪屍嚎叫。

「快點上來，哥哥你快點上來。」那三名小孩都趴在地上，探出上半身拚命叫，小女孩對他伸出手，不停嚎啕大哭。

這鐵杆有些長，顏布布伸手去摳鉅金屬網卻沒有摳著，他對著頭上努力擠出一個笑，正想說句安撫的話，就聽到纏在手腕上的布料發出撕裂的聲響。

接著便手腕一鬆，整個人不受控制地繼續往下墜。

在三名小孩聲嘶力竭的喊聲中，顏布布往後仰倒。他視野裡比努努正爬在網上的身形消失，取而代之的是一片漆黑的天空。

顏布布的精神域裡再次亮起大螢幕，但每一張小螢幕都顯示他掉入了喪屍群中，接著又一張張熄滅。不停地熄滅。

最終他的精神域裡也歸於一片死寂的黑暗。

短短瞬間，顏布布來不及恐慌，更來不及去想更多。他腦海裡只浮現出封琛的臉，只聽見自己輕輕喚了聲哥哥。

顏布布墜入喪屍群中的一小片空地。在後背感受到撞擊的疼痛時，也感覺到了那些冰冷手指觸碰到了他的身體，足踝和手臂也都被扯住。

被撕咬拉扯的疼痛還沒到來，但他的心臟已經開始劇痛。疼得痙攣成了一團，疼得像是已經先喪屍一步被撕裂成了碎片。

他在心疼封琛，心疼他知道自己死亡後會經歷怎樣的痛苦。

因為他們已經是血肉相連，所以他能感同身受，他知道封琛將承受的疼痛會超越他即將承受的疼痛千萬倍。

他不想死，他想活，可他手腳肩膀都被喪屍掐住，並抬了起來。這短短時間內他像是想了很多，又像是什麼也沒想。但就在下一秒，他就感覺到腦中嗡地一聲，像是被什麼東西強行闖入。

眼前的世界在飛速旋轉、扭曲，拉出一道道光怪陸離的線條。耳朵裡傳來絮絮嘈嘈的聲響，像是很多人在竊竊私語，又像是一些無意義的聲音，諸如水壺燒開後冒起的一個個泡。

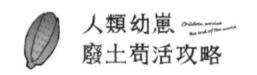

額頂燈雖然照著前方，但在那淡淡的光影下，顏布布盯著天空的雙眼失去了光澤，變成一種極致的黑，且飛快擴散至整個眼球。那瓷白的肌膚也透出了青色，蛛網狀的毛細血管在皮膚下迅速凸起。

將顏布布拉住抬起的喪屍遲遲沒有張開口咬他，神情也忽然變得茫然起來。它們盯著顏布布瞧了片刻，又視線空茫地看向遠方，最終不感興趣地鬆開手。

顏布布手腳失去禁錮，啪一聲摔在了地上。但他絲毫感覺不到疼痛，只覺得腦中像是有一股股電流湧入，刺激著他的全身，讓他手腳痙攣，身體也在一下下抽搐。

但他腦中依舊保留有清晰的意識，能聽到自己喉嚨裡發出啁啁的聲響，像是那種瀕死之人發出的動靜。他也能察覺到自己正躺在喪屍群裡，而且身上還被擁擠的喪屍踩了好幾腳。

他就那樣躺在地上一下下抽搐，雙眼一直盯著天空。他顧不上去想喪屍為什麼不咬自己，只知道必須得站起來，現在就要站起來，不能躺著不動。

當抽搐漸漸停下，他便掙扎著起身，但身體僵硬得好似不是自己的，只能先從仰躺的姿勢翻過身，再用手撐著地。

顏布布目光落到自己手背上，突然就那麼弓著背僵住了動作。

額頂燈的光束下，他看見自己手背皮膚呈現出一種不自然的烏青，同色血管凸起在皮膚表面，像是樹幹上的一道道筋絡，而他的手指甲也從淡淡的粉變成了墨黑色。

顏布布艱難地站了起來，舉起兩隻手在眼前慢慢轉動。從小到大，這種手他見過無數次，安置點、海雲塔、蜂巢船⋯⋯包括現在，那些正在他身旁擁擠著的喪屍。

他怔怔地站著，一直看著自己的手，哪怕被喪屍撞得左右歪斜也沒有動。腦中只反覆迴蕩著一句話——我變成喪屍了，我要找哥哥，我現在就要去找哥哥⋯⋯

## 第七章 ◆
別怕，我在，我一直都在

而就在這時，他突然感覺到了精神域裡存在著另一股意識。

說是另一股意識也不準確，因為他清楚地感覺到那股意識是如此熟悉、如此自然。他根本不需要詢問，便清楚這就是他精神域的一部分，和他緊緊關聯，密不可分。

「比努努……」顏布布在心裡喚了聲。

身後的喪屍群在瘋狂嘶吼，他轉頭看過去，看見了比努努。

比努努在那些喪屍頭頂跳躍，爪子時不時對著下方的腦袋刺入。光束照射下，牠的身體不再是青色，眼睛也不是純粹的墨黑。牠就和顏布布記憶裡卡通片的形象差不多，皮膚是白中帶著層淡粉，但那雙眼睛卻比卡通片裡更生動、更靈活，還帶著一股牠獨有的凶狠。

不需要詢問，顏布布就從和比努努的精神連接裡獲知了一切，也知道了他現在在喪屍眼裡不是活人，而是也成了它們其中的一員。

顏布布看著比努努，正在消化這個資訊，就聽到中心城方向傳來發動機的聲響。

只見一輛裝甲車飛快地開了過來，停在網後，從車上迅速跳下來十多名荷槍實彈的士兵。

看到軍隊到來，顏布布心頭一鬆，下意識就想跑過去求助。

可他還沒來得及提步，就見那些士兵架起了機關槍，開始朝爬在網上的喪屍射擊。

數條槍管冒著火光，喪屍從鉅金屬網上掉落，而密集的子彈也有不少穿過網孔，將顏布布身邊的地面打出一串彈坑。

他身旁的喪屍都似發了狂，嘶吼著往前衝，再嘶吼著中彈倒下。

又一串子彈擊來，顏布布連忙往後躲，藏在幾隻喪屍背後。可剛剛站定，便聽到面前喪屍的腦袋發出撲一聲悶響，接著慢慢向後仰倒。

他往旁邊閃開，那隻喪屍便砸在地上，額頭正中多了一個深黑色的彈孔。

顏布布開始慢慢往後退。

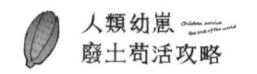

他終於認識到了一個近乎荒謬的事實——他現在也是喪屍,也會被士兵清殺。

激烈的槍聲中,顏布布只能往前走,他必須要找個機會進城,不管是爬鉅金屬網還是從城底部的空隙中鑽進去。

城市雖然陷落,但底部還是被一些倒下的鉅金屬柱墊著,只要蹲下身體就能鑽進去。有的地方甚至不用蹲身,和地面還有著近一層樓高的空隙。

這一段的鉅金屬網後全是士兵,喪屍們受到猛烈槍聲的刺激,都瘋狂地往城邊衝。顏布布知道那裡危險,就盡力穩住身體不過去,但喪屍群還是將他捲帶著往城邊移動。

顏布布眼看著面前一隻喪屍腦袋中了數彈,如同西瓜般綻開,露出裡面半乾的黑瓤,還飛濺起一些在他臉上。

他將身前的喪屍推開,拚命往反方向擠,比努努也一直跟著他,看到有喪屍對著他撞來時,便撲過去先將它解決掉。

「啊嗚嘣嘎啊達烏西亞!啊嗚嘣嘎啊達烏西亞⋯⋯」槍聲中遙遙傳來幾名小孩子的聲音,都在高喊著咒語。

2層的幾個小孩一直盯著顏布布。顏布布頭頂的那束燈光非常醒目,就算身處龐大的喪屍浪潮,小孩們也依舊能看到他,便也在2層跟著那束燈光往前走。

「那些喪屍沒咬他,快,我們快念咒語,那是我們的魔力!我們的魔力有用的!」黃T恤男孩兒對著另外的小孩大聲喊道。

四名小孩一刻不停地念著咒語,兩個小的邊哭邊念,被兩個稍大的男孩兒牽著往前走。

顏布布在喪屍群裡艱難地前行著,身邊是不斷揮舞著爪子的比努努。在那些槍聲和喪屍的嘶吼中,他很奇妙地感知到比努努的情緒,那裡面有著擔心、忐忑還有憤怒。

因為比努努的激烈情緒,顏布布反倒冷靜下來,他一邊順著城市往

## 第七章 ◆
別怕，我在，我一直都在

前擠，一邊去感受比努努，意識裡也就多出了一些沒有的記憶。

他看見自己小時候被喪屍咬過後，比努努從深眠中強行醒來，一點一點地將他體內的喪屍病毒盡數吸取到牠自己身上⋯⋯

他看見吃了毒蘑菇的自己躺在草地裡，比努努滿臉的驚慌無措，接著便和他建立了短暫的精神聯繫⋯⋯

他甚至能以比努努的視覺去感受這個世界，也能完全進入比努努的記憶裡。

他彷彿蜷縮在一個溫暖的、黑暗的、卻讓他倍感安全的地方，耳邊是咕嚕嚕的細微聲響。接著頭頂上方像是被揭開了一塊，有光線透了進來，他抬頭看去，對上了一張驚喜的臉。

那是個5、6歲的小男孩，有著一頭毛茸茸的捲髮。顏布布在看見他的第一眼，就認出了那是小時候的自己。

顏布布和男孩兒四目相對時，能感受到心裡翻騰的喜悅，他清楚這喜悅不是自己的情緒，而是比努努的。

那股喜悅在心裡膨脹、蔓延，像是要溢出胸腔。

顏布布覺得這種喜悅要是能表達的話，那就是——我好喜歡他，我願意為他做任何事情⋯⋯

畫面一轉，他看到了從昏迷中醒來的小男孩，看見小男孩那些冷漠的、帶著厭惡和憎恨的眼神，也看到了自己站在研究所5樓的樓梯上，偷偷聽著男孩從6樓傳下來的歡聲笑語⋯⋯

顏布布一直往前走著，用胳膊肘抵住那些撞來的喪屍，淚水不斷往外湧出。他不知道自己現在身為一隻喪屍該不該流淚，但他現在滿臉都是水痕。

「比努努。」他在腦海裡喊了聲，但比努努沒有搭理他。

「比努努、比努努、比努努⋯⋯」顏布布堅持不懈地在精神域裡呼喚比努努，終於清晰地感受到了牠不耐煩的回應。

顏布布笑了笑，又在精神域裡說了聲：「我好喜歡你啊，比努努，

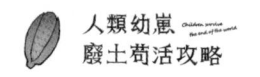

非常非常喜歡你，我願意為你做任何事情。」

比努努沒有回應，還衝上前去，留給他一個冷漠的背影。但顏布布很清楚地感受到了牠的情緒，有些開心，還有些得意。

「啊嗚嘣嘎啊達烏西亞⋯⋯」2層的小孩們一直在跟著顏布布往前走，也一直在不停地念著咒語。他們生怕停下來後魔法會不靈了，顏布布就會被喪屍咬。

顏布布：「反正喪屍不咬我，你去看著那些小孩吧，我怕有喪屍會爬上去。」

比努努表示牠一直盯著的，只要有喪屍爬過1層，牠就會在幾秒時間內趕回去。

顏布布瞧這一段的火力很猛，沒有喪屍能爬上2層，城市受損也不嚴重，房屋沒有倒塌，再加上比努努這樣保證，他也就放心了。

他不斷轉頭去看鉅金屬網，突然發現這裡的網上爬了很多喪屍，而且沒有槍聲，不由心頭一動，便也想過去跟著一起爬。

結果才往那方向走出幾步，爬上鉅金屬網的喪屍便像是觸電般齊刷刷往下掉，摔在地上後一動不動。他意識到那裡埋伏著哨兵，嚇得不敢過去了，還趕緊往深處走了幾步。

顏布布心裡開始焦灼，他不知道要走到哪兒才能找到機會爬上網。這一帶的網後面都是士兵，而他這隻喪屍只要爬上網，很可能還沒爬到一半就會被士兵殺死。

雖然火力密集，但喪屍們前仆後繼地往前衝。它們沒有思想、沒有恐懼，只有一種嗜血的本能，那本能催促著它們無畏無懼地衝向中心城。顏布布看見一部分喪屍往網上爬，但更多的喪屍則衝向了城底下的空隙，找到缺口便往城裡鑽。

他遲疑著要不要也混在喪屍群裡去鑽城底，但最終還是打消了這個想法。雖然不少喪屍能鑽進城，但也有很多被擊殺在了半路上。

顏布布不知道語言溝通行不行。他見比努努離得較遠，便試著張嘴

第七章 ◆
別怕，我在，我一直都在

喚牠。結果聲音一出口，他便清晰地聽到自己吼出一聲：「嗷──」

要是哥哥在就好了。只要哥哥在，他什麼都不用想、什麼都不用操心，哥哥自然會拿主意，會將他帶進城的。哪怕不進城，也會帶他去找個地方先暫時躲起來，不管在哪兒都好，只要能離開喪屍群。

想到封琛，顏布布覺得眼睛又有些發澀，他摸了下衣兜，摸到那個鼓鼓的盒子。項鍊還在，只是不知道今天有沒有機會將它交給封琛。

顏布布開始思量自己到底是不是一隻喪屍。

喪屍顯然是不具備思考能力的，像是瘋狂的野獸。不，它們連野獸都比不上。

雖然他看不見自己的樣貌，但他清楚自己現在和喪屍沒有區別，應該也具有喪屍的其他特徵。那特徵也許是氣味，也許是人味兒沒了，不然身邊的喪屍不可能僅憑長相就不攻擊他。若是喪屍靠長相辨別同類的話，普通人化化妝不就能躲過喪屍攻擊了？

顏布布胡思亂想著，深一腳淺一腳地往前走，不時被從右邊衝向中心城的喪屍撞個趔趄。

那些小孩子的咒語聲一直混雜在槍聲裡，他聽著那咒語，也在心裡跟著默念，並猜測著封琛現在在做什麼。

封琛正帶著黑獅朝著福利院的方向奔跑。

這片區域只有福利院、哨嚮學院和研究所，所以一路上他都沒有再遇到人。在跑了約莫 10 分鐘後，才看見前面出現一些晃動的亮光。

封琛加緊腳步，前方漸漸出現了一群人的身影。他跑得更近時，發現那竟然是群孩子，被二、三十名嚮導學員揹著、抱著或牽著，急急忙忙地往緊急通道方向走來。

封琛精神一振，立即大聲喊：「顏布布！」

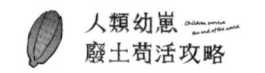

没有人回應，他又連接喊了幾聲顏布布的名字。

「你在找顏布布？是我們學院的嚮導嗎？」陌生教官懷裡抱著兩個孩子，背上還揹著一個，聽到封琛的呼喊後沙啞著嗓音問道。

「他是嚮導，全城警報時他應該去了福利院。」封琛道。

後邊一名嚮導道：「是的，顏布布在。」說完後他便轉身朝著後方喊：「顏布布、顏布布，你的哨兵來找你了。」

沒有聽到回應，嚮導疑惑地道：「咦？剛才顏布布不是還在嗎？現在怎麼沒人了？」

封琛連忙問道：「你確定顏布布剛才和你們在一起嗎？」

嚮導道：「對，顏布布和我一個班，我在車上看見過他，後面從福利院裡出來時還說過話。他帶了兩名小孩兒跟著我們一起走，應該是掉隊了，你去後面接他吧。」

封琛匆匆道了聲謝，又朝著後方跑去。

他心裡實在是擔心。顏布布從小就被他訓練，身體素質雖然比不上哨兵，但和普通嚮導相比還是很占優勢的。就在剛才遇到的這群嚮導學員裡，明顯有幾名體質比顏布布差，但人家都能跟上隊伍，為什麼顏布布會掉隊？難道他是遇到了什麼突發狀況？僅僅想到這裡，他的心就開始狂跳，喉嚨乾得上下壁都黏在一起，手腳也一陣陣發涼。他不敢再往深處想，趕緊加快腳步，迅速地往前衝去。

這一帶的鉅金屬網後都有士兵，顏布布只能不停往前走，琢磨著只要走到中心城的出口附近，隨便爬上卡口下方的山壁就行。

他已經和比努努交流過了，等爬上不被人發現的山壁，他們兩個便脫離精神聯繫，他也就恢復成了正常人模樣。那時候就可以向其他人呼喊求救，說是從山上掉下來的，讓人把他再拉上去。

## 第七章

別怕，我在，我一直都在

只要在這過程裡不要被士兵打死，那就沒有什麼問題。

一切想得很順利，但他漸漸覺得腦袋有些昏沉，像是被注入了一股水泥漿，在緩慢地乾涸凝結，連思維都變得很遲鈍。同時也感覺到了饑餓感，像是餓了很多天似的，空空的腸胃在瘋狂蠕動，在不停叫囂著要飽餐一頓。

——要是有活人讓我咬一口就好了……

當顏布布察覺到自己在想什麼時，陡然一驚，昏沉的大腦也隨之清醒，嚇出了一身冷汗。

他覺得自己剛才那一刻像是變成了一隻真的喪屍，渴望著撕咬活人的血肉，讓鮮美的血液淌過喉嚨，滑入空空的胃囊……

他知道情況不妙，自己和比努努恢復精神連結後，雖然不會立即就變成喪屍，但也在慢慢地喪屍化。如果不儘快脫離精神連結，他就要變成一隻真的喪屍了。

顏布布嚇得手腳冰涼，或者他本來體溫就在開始降低，只將身旁那些擋住路的喪屍大力推開，橫衝直撞地往前衝。

他的手推過那些穿透皮膚的肋骨，或是那些暴露在空氣中的爛肉，卻毫不在意，只想著要快點去城邊的山壁處。

可沒過一會兒，他腦袋又開始昏沉，腳步也慢了下來。直到聽到那些小孩子的呼喚，一個激靈後清醒了些，又繼續往前衝。

他全身都在發抖，牙齒也格格打著顫。他害怕自己再次昏沉過去後就永遠不會清醒，會徹底變成一隻喪屍，更害怕從此就在這曠野裡跟著群喪屍晃蕩，再也見不著封琛。

他伸手摸到衣兜裡的項鍊盒子，便取出來打開了盒蓋，將那條項鍊緊緊地攥在手心。

「哥哥……啊嗚嘣嘎啊達烏西亞……」

中心城方向依舊傳來小孩子們的呼喚。

顏布布的意識時而混沌時而清醒，他的手越攥越緊，菱形項鍊墜子

# 人類幼崽廢土苟活攻略

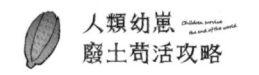

的尖端都刺入了掌心。他跌跌撞撞地擠開身旁喪屍，不斷擠壓項鍊墜子，想用掌心的刺痛來喚回理智，保持頭腦中的一絲清明。

中途他有些遲鈍地抬手看了眼，見到掌心裡多了幾道傷痕，流出了深藍色的液體。

「哥哥……哥哥……啊嗚嘣嘎啊達烏西亞……」他嘴裡喃喃念著，機械地一直往前走。

封琛跑了一段後，看見前方的建築差不多都倒塌了，和海雲城地震時沒有什麼區別。唯一不同的是地面的鉅金屬板也塊塊翹起，從下方傳來激烈的槍聲。

他用很短的時間思索了下。這種遍地廢墟和大片縫隙的情況下，顏布布會帶著小孩子選另外的路，便繞過廢墟，走到了鉅金屬網的邊緣處。封琛順著這條小道繼續往前跑，邊跑邊提著額頂燈照向其他地方。約莫10分鐘後，他突然在隆隆槍聲裡捕捉到了其他聲音。

「哥哥……」像是幾名小孩子的喊聲，而且就在前方。

隨著越跑越近，他們的聲音也越來越清晰，當封琛聽到那句「啊嗚嘣嘎啊達烏西亞」後，已經確定就是顏布布他們了。

但當他跑近後，卻沒看到顏布布，只有四名小孩在往前走。

「小朋友，帶著你們的人呢？帶著你們的哥哥呢？」封琛急聲問。

四名小孩都不做聲，只用手虛虛擋住他額頂燈的光亮，封琛連忙將燈移開，又追問道：「為什麼就你們四個人？那個帶著你們走的哥哥呢？在哪裡？」

他看見兩個大一點的男孩面露警惕，互相對視了一眼後，便牽起那兩個小的，從他身旁沉默地走過。

封琛察覺到了不同尋常，可不管他怎麼追問，兩名小男孩都一聲不

## 第七章 ◆
### 別怕，我在，我一直都在

吭，只低著頭往前走。

「小妹妹，告訴我，那個哥哥去哪兒了？」封琛從他們嘴裡問不出什麼，便壓著內心的焦躁，儘量心平氣和地去問小女孩。

小女孩一張臉花得看不出模樣，卻也只盯著他，閉緊嘴一言不發。

三名小孩不清楚封琛和顏布布的關係，也不清楚顏布布現在究竟是什麼情況。但他們小小年紀也經歷過很多，直覺就知道不能將他掉進喪屍群，卻還能跟著他們一起往前走的事讓別人知道，所以在封琛追問他們時，都一致保持了沉默。

封琛的心直往下墜，沙啞著嗓音問道：「他是不是出什麼事了？」

三名小孩依舊沒回答，卻下意識轉頭看向了鉅金屬網外的曠野。

封琛明白了什麼，卻又覺得這絕對不可能，一邊在心裡否定，一邊卻又慢慢轉頭往外看。

他的關節似乎都鏽住了，連轉頭這個動作都很艱難，轉動時能聽到脖頸發出骨節交錯的卡卡聲。

在槍炮子彈的光芒映照下，曠野裡影影綽綽，有數不清的人影在攢動。封琛的目光一寸寸移動，雖然沒有看見顏布布，卻看見了比努努的身影。比努努在一群喪屍頭上蹦跳，並飛快地向著鉅金屬網衝來。

封琛見到比努努，心頭一鬆，正要高聲喊牠，便看見牠附近的喪屍群裡有道圓形光束。從光束的形狀和高度來看，那應該是額頂燈發出的光芒。

封琛看著那道移動的光芒，覺得一定是誰將額頂燈扔出去，結果被喪屍撿著了。

他張嘴想喊比努努，問牠顏布布在哪裡，是不是已經跑到前面去了，卻怎麼也發不出半分聲音。

他往前走了一步，想抓住鉅金屬網往上爬，但抬起的手卻失去方向感似的抓不住網絲。

小孩們一直看著他，看他像是盲人般去摸索鉅金屬網，又一個踉蹌

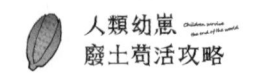

撲在網上。接著便捂住胸口，慢慢跪倒在地上。

兩名大些的男孩看見封琛跪倒在地上，連忙抓著他肩膀往裡拖，「大哥哥你要小心別摔下去啊，哥哥就是這樣摔下去的。」

——哥哥就是這樣摔下去的⋯⋯哥哥就是這樣摔下去的⋯⋯顏布布⋯⋯顏布布摔下去了⋯⋯

封琛再也聽不見其他聲音，腦中就反覆回想著這一句。他左手按住心臟位置，那裡像是被戳進了把刀子，正在一點點攪動，疼得他無法忍受地大口喘氣。右手指深深插入身旁碎石，手背用力得青筋暴突，像是虯結的樹莖。

他的痛苦太強烈，黑獅受到影響，那雙金色眼瞳裡全是狂亂，一邊發出悲慟的吼叫，一邊衝向鉅金屬網，想要躍進喪屍群。

比努努已經爬上鉅金屬網，身上還有兩處在冒黑煙，也不知道是被子彈擊中還是被喪屍抓傷的。牠從網的頂端一躍而下，落在黑獅背上，抱住牠的腦袋搖晃。

黑獅甩動著腦袋繼續衝，比努努又咬住牠的耳朵往後拉，強迫牠扭轉頭後，將自己腦門貼上去，小爪也一下下撫著牠後頸。

黑獅喉嚨裡溢出低低的吼聲，比努努保持著這個額頭相抵的姿勢，既是安撫，也是量子獸之間不需要語言的交流。

漸漸地，黑獅安靜了下來，那雙滿是暴戾的獅瞳也逐漸清明，還明顯透出了驚喜和不可置信。

比努努俯下身和牠對視著，又對牠肯定地點了下頭。

封琛這時也慢慢站起了身，顫抖著聲音問道：「是真的嗎？只是你和他精神連接，讓他暫時可以喪屍化而已？」

比努努沒有回應，只走到封琛面前仰頭看著他。

封琛額頂燈有些移位，照在左邊地面上，牠又往左移動半步，讓自己置身在雪亮光束裡。牠被燈光刺得睜不開眼，便半瞇著眼睛轉動身體，方便封琛能更好地看牠。

## 第七章
### 別怕，我在，我一直都在

　　封琛就這樣注視比努努片刻後，突然仰頭看天，深深地呼吸幾次後，又抬手摀住了臉。他肩背聳動，從指縫裡溢出幾聲不知道是哭是笑的短促氣音。

　　黑獅走到比努努身旁，目光專注地打量著牠，又湊上去在牠身上輕輕嗅聞，溫柔地舔舐牠的臉蛋。

　　封琛沒有留給自己太多平靜的時間，他將額頂燈摘下來提在手裡，啞著嗓子問道：「比努努，他是想去到城邊的山壁上躲著，你們倆再斷開精神連結嗎？」

　　他已經恢復了鎮定和冷靜，看上去依舊強大沉穩，彷彿剛才的痛苦脆弱和瀕臨崩潰只是別人的一場錯覺。

　　比努努將黑獅腦袋推開，對他點了下頭。

　　封琛轉頭打量著曠野，看見那束燈光已經走到前面去了，便道：「薩薩卡，你留在後面帶小孩子，比努努跟我走。」

　　黑獅留了下來，比努努和封琛則朝著顏布布的方向奔跑。

　　封琛邊跑邊問：「你以前和他精神聯繫過嗎？」

　　比努努嗖地跳上鉅金屬網，一巴掌拍飛一隻正在翻越網頂的喪屍，又朝著封琛嗷了一聲，表示肯定。

　　「我怎麼不知道？也沒聽顏布布說起過。」封琛眼睛一直看著那束燈光，「你只和他有過很短暫的精神聯繫，發現他出現了喪屍症狀後，就單方面切斷了聯繫，所以他雖然恢復了正常，其實自己並不知道？」

　　比努努躍到他身邊一起跑，又應了一聲。

　　「那你有沒有和他較長時間處於精神連接狀態過？」封琛問。

　　比努努搖頭。

　　「那就是說，他雖然出現喪屍化的症狀，卻還能保持正常人的思維和神志，短暫的精神聯繫後切斷後，也能夠恢復正常。但是如果連接的時間過長，你並不知道他能不能恢復？」

　　比努努這次沒有肯定地答覆，只遲疑著點了下頭。封琛本已舒展的

人類幼崽
廢土苟活攻略

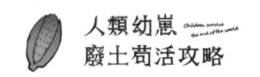

眉頭再次皺起,輕鬆了許多的神情又變得凝重起來。

顏布布正踉蹌地走在喪屍群裡。

他努力使自己保持清醒,可總會絕望地發現,腦子裡越來越混沌,意識也越來越模糊。他感覺到血液在血管裡瘋狂湧動,脹得全身都陣陣疼痛,但心跳卻越來越弱、越來越慢。

——我要快點走到那裡去……我要快點走到那裡去……

他機械地重複念著,一遍遍提醒自己,卻又時不時茫然地張望,不明白這是在哪兒,目的地又是哪兒,而他自己究竟要走到什麼地方去。

「顏布布……顏布布……」

在他再次站在原地張望四周時,有遙遠的聲音飄來,絲絲縷縷地傳入耳中。

——顏布布是誰?

——對了,好像我就是顏布布。

——是誰在叫我,這聲音好熟……

顏布布怔怔地望向聲音來源處,注視著2層鉅金屬網後那道奔跑的身影。

封琛在他遲緩地轉頭看過來時,扶住金屬網嘶聲大喊:「顏布布!顏布布!」

士兵正在底層開火,炮火將前方曠野映亮,也讓顏布布的臉呈現在封琛眼底。那是張分明已經變成喪屍的臉,皮膚成為烏青色,血管成了猙獰的蛛網,眼珠也一片漆黑,像是能吸走所有光線一般暗沉。

「顏布布!」雖然已經有了心理準備,封琛在看清他的那瞬間,心臟還是一陣絞痛,眼淚也順著臉龐滾滾而下。

顏布布也看著封琛,看著金屬網後那張布滿淚痕的臉,看著他在朝

## 第七章
### 別怕，我在，我一直都在

著自己不斷大吼。他逐漸混濁的漆黑眼裡閃過一絲疑惑，一些破碎的畫面也斷續閃現在腦海裡。

那張臉曾經在風雪裡轉頭朝他微笑，睫毛上沾著白色的雪片。曾經閉眼躺在窗邊躺椅上，被燈光鍍上一層柔和的淡金⋯⋯

顏布布的頭像是被什麼重重敲了下，發出嗡嗡迴響。心臟也像是被一隻手狠狠捏住再鬆開，一次次的抓握中，那原本平緩得已經快消失的心跳又再次響起。

耳邊是密集的槍聲和嘶嚎，身遭是湧動的喪屍，兩人就那麼隔著重重喪屍遙遙對視著。

顏布布一動不動地看著封琛，被周圍的喪屍撞得趔趔趄趄也沒有移開視線。片刻終於翕動嘴唇，無聲地喚了聲哥哥。

他再次恢復神智，也想起了一切，心中的委屈和恐慌化成淚水湧出眼眶，並對著封琛伸出雙手，向著他的方向奔跑。

「別過來！別過來！快退回去，繼續往前走！」封琛立即大聲喝住了他。

顏布布前方的喪屍中彈倒下，他這才反應過來，立即停下腳步，只惶惶地看著封琛。

封琛用手指著前方，「快走！我陪著你走，我們去前面會合！」

顏布布轉身繼續往前走，邊走邊頻頻轉頭去看封琛，如果被喪屍擋住了視線，還會伸手將它們推開。

封琛和他保持相同的速度，在他每次看來時都會喊道：「別怕，我在，我一直都在。」

封琛已經迅速鎮定下來，聲音非常冷靜，帶著平穩人心的魔力，還會時不時對顏布布露出一個安撫的微笑。

顏布布只要能看見封琛，就彷彿有了主心骨和依靠，心裡也不再恐慌，甚至還大喊了一聲哥哥。只不過出口便是怪聲怪調的嗷。

他看到封琛笑了起來，還用手擋在耳朵邊，像是在示意他再叫兩

人類幼崽
廢土苟活攻略

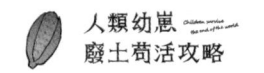

聲。顏布布也咧開嘴笑，想對封琛揮揮手，剛抬手便看到掌心還握著東西，垂著條黑色的皮繩。

是了，今天是封琛生日，可他的生日禮物還沒有送出去。

顏布布將手中的項鍊高高舉起，並用額頂燈光束照亮給他看。

——嗷嗷嗷……看見了嗎？這條項鍊不是陳文朝的，是我要送給你的生日禮物。上面還刻了字，你喜歡嗎？

他知道封琛看到了這條項鍊，因為他在他自己脖子上做了個環繞的動作。

顏布布又對著他叫了兩聲：「嗷嗷！」

——哥哥，生日快樂！

兩人就這樣隔著鉅金屬網和喪屍並肩向前。封琛不斷喊著話，雖然那聲音經常被淹沒在槍聲裡。顏布布也不停地回應，雖然全是一些無意義的嗷嗷。

黑獅帶著四個小孩子不遠不近地綴在後面，還將兩個年紀小的叼到自己背上坐著，讓他們以為自己是飄浮在空中，緊張得動也不敢動。

兩個大一些的雖然自己走，但快摔倒時會突然被擋住，要踩進縫隙時，也會被看不見的東西托住。

他們對顏布布教的咒語已經深信不疑，也確信正是因為他們的咒語，才讓掉進喪屍群裡的哥哥依舊能好好地往前走，所以一刻也沒停下過念咒語。

顏布布清醒了一陣，但沒有堅持多久，又開始時不時出現短暫的昏沉。但封琛一刻不停地喊他名字，那聲音總會將他從混沌中驚醒，再跟著封琛一起往前走。

中心城邊緣已經快到了，那座山壁也出現在視野裡。但他清醒的時間越來越短，不斷陷入意識模糊中，就連封琛的呼喊也變得時遠時近，像是隔著深水一樣朦朧不清。

比努努又翻過鉅金屬網跳入喪屍群中，再從喪屍頭頂跳到他身邊。

## 第七章
別怕，我在，我一直都在

牠一邊躲著喪屍的攻擊，一邊在顏布布眼神發愣站住不動時，朝著他的臉重重拍上一記。

「我好餓……好想吃新鮮的肉……」顏布布意識不清地對著精神域裡的比努努道。

啪一聲響。他臉上挨了比努努狠狠一記，被打得頭昏眼花，整個人也清醒了一些。

「顏布布！你要堅持，我們馬上就到了，你看見前面的山了嗎？到了那兒就好了。顏布布，你不管是為了我，還是為了比努努，一定要堅持住。你不准停下來，你要是停下來的話，我就要收拾你……」

封琛已經沙啞的聲音從槍聲裡斷斷續續傳來，顏布布時而能理解，時而卻像是在聽一些無意義的音符，不能激起他的任何反應。

「小狗汪汪汪，小鴨嘎嘎嘎，小羊咩咩咩，小雨嘩啦啦……」

「山坡上盛開著花朵，雲兒下流淌著小河，啦啦啦，啦啦啦，啦啦啦啦啦啦……」

顏布布陷入昏沉中時，突然被一陣嘶啞難聽的歌聲驚醒。不過與其說這是唱歌，不如說是嚎叫，那音調和身邊的喪屍吼也沒有多大區別。

但他還是聽出來這是他小時候在蜂巢船學的歌，也聽出來這是封琛的聲音。

雖然從小到大他都沒聽封琛唱過歌，但封琛在他心裡是那樣完美和無所不能，要是唱歌的話，肯定也是毫無懸念的好聽。

顏布布搖搖晃晃地走著，突然覺得有些好笑。

他沒想到這樣五音不全的沙啞嚎叫居然是哥哥發出來的，也沒想到哥哥唱歌居然比他還要難聽。

「啦啦啦，啦啦啦，啦啦啦啦啦……」

在封琛的啦啦聲中，顏布布沒有機會再昏沉過去，一鼓作氣走到了中心城盡頭。

這裡是整片金屬牆，只有大門處連接著一條緊急通道。因為沒有了

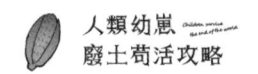

鉅金屬網，沒有往上爬的喪屍，在人手缺少的情況下，士兵們便去了其他地方，這裡只有快速往外撤離的人。

封琛見顏布布一直在往前走，已經走過鉅金屬網，走到他看不見的金屬牆後，連忙往通道裡衝。

他在通道裡飛快地往前跑，一連撞了好些人也顧不上回頭看，只一口氣衝出通道，再跑向右邊顏布布所在的方位，摳著山壁上的石頭凸起往下爬。

黑獅將四名小孩送進通道後，確認他們已經安全，便也跟了上來。

封琛爬著山壁往下，站在一塊細小的凸起上。他可以勉強踩住一隻腳，背部還要緊貼著山壁。

喪屍朝著他湧動嘶吼，密密麻麻地看不到盡頭。他站定後首先便去尋找額頂燈光束，但卻沒有看見。好在比努努在某個地方蹦跳，他目光在鎖定比努努時，便也發現了顏布布。

顏布布垂著頭站在喪屍群裡，額頂燈就照著地面，所以他沒有看見。他朝著顏布布大聲喊叫，可這次不管是喊名字還是唱歌，顏布布都保持著一動不動的姿勢。

封琛心頭一沉。他知道這段路沒有他的呼喚，顏布布再次陷入了意識模糊，必須要讓他儘早脫離精神連結，不然真不知道會出現什麼樣的後果。

比努努也察覺到了這一點，照著顏布布的臉揮起了爪子。但顏布布這次沒有像之前那樣清醒一點點，而是倏地抬起頭，黑沉沉的眼睛不帶感情地看著牠，張嘴發出一聲像是野獸般的怒吼，並伸出手向牠抓去。

比努努怔怔地立在一隻喪屍的頭頂不動，直到聽見封琛的一聲大喊：「比努努躲開！」牠這才往旁跳躍，躲開了顏布布抓來的手。

「薩薩卡，我們上！」封琛猛地往下躍出，在空中時便發動了精神力，將落腳處一圈的喪屍都擊殺。黑獅也跟著撲出，鋒利尖爪將擋在面前的喪屍頭顱抓得破碎。

## 第七章
### 別怕，我在，我一直都在

一人一量子獸都撲進了浩蕩的喪屍群，向著顏布布和比努努的方向靠近。封琛的精神力毫無保留地往外釋放，化作無數利刃刺入周圍喪屍的頭顱，為自己開出一條前進的路。

他這裡離顏布布差不多百公尺距離，平常幾秒就可以跑到的地方，如今卻像是隔著遙遠的天塹。喪屍嚎叫著衝上來，又被精神力擊殺倒下，他每前進一步都要耗費大量精神力，艱難且驚險地往前推進。

比努努也瞧見了封琛和黑獅，牠一邊躲避著顏布布的攻擊，一邊將他往封琛方向帶。

封琛和黑獅終於靠近了他倆。在顏布布再次撲向比努努時，封琛閃身至他身後，一手將他兩隻手臂往後反折箍緊，一手捏著他的下巴，讓他沒法轉頭撕咬。

「嗷——」顏布布掙扎著，力氣大得封琛差點沒能制住。

他箍緊掙扎不休的顏布布，和量子獸轉頭往山壁處走。

兩隻量子獸在前面開道，封琛不斷發出精神力對付湧上來的喪屍，一時分神差點沒箍住顏布布，讓他給反頭咬上一口。

「比努努，脫離精神連結。」他大喝一聲。

他剛喊完，比努努便切斷了和顏布布的精神連結。前一秒還在張大嘴怒吼的顏布布，立即就止住掙扎，雙眼直愣愣地盯著前方。

封琛鬆開捏著他下巴的手，他便軟軟倒在了封琛懷裡，緊閉著雙眼昏了過去，但臉上的烏青和蛛網卻在快速消退。

封琛一手摟著昏迷的顏布布往前走，一手用匕首刺殺那些被精神力攻擊漏掉而撲上來的喪屍。

喪屍也開始攻擊顏布布，封琛便用精神力豎起一個護盾，將他罩在其中。護盾被喪屍砰砰敲擊，很快在空中化為碎片。他立即再豎一個護盾，幾秒後再次被擊碎。

他不停地豎護盾，不停地被擊碎。好在最後一波精神力用盡時，他已經衝到了接近山壁處的地方，但這裡山壁光滑，他沒法在抱著一個人

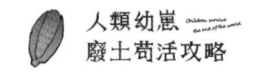

的情況下爬上去。

　　他看見左邊便是那座他和幾名哨兵拉出來的備用橋，便往那邊衝了幾步，抱著顏布布躍上橋頂。

　　封琛快速跑向山上的卡口，橋頂光滑，又是長長的斜坡，跟著爬上來的喪屍都掉了下去，有幾隻跟在身後的，也被比努努和黑獅給解決掉了。眼看就要跑完整座通道，他卻眼睛一花，感覺腳下的橋頂在扭曲，差點一腳踏空摔了下去。

　　他腳步稍微一滯，抬眼看向前方，看見山壁像是絲綢般晃起波浪的紋路，瞬間便意識到剛才在極短時間內大量使用精神力，也沒有嚮導梳理，這是進入了神遊狀態。

　　他心頭一凜，知道這時候一定不能出問題，但視線越來越模糊，整個世界都在變化扭曲，快速旋轉。

　　他往前走了幾步，看見腳下踩著的橋頂像是奶油般快速融化，陷過了他的腳背，接著又變成了滾燙的岩漿，翻滾著一個又一個紅色的泡。

　　封琛清楚地知道這是神遊時出現的幻象，但那疼痛卻是如此真實，真實到能聽到皮肉被灼燙得發出滋滋聲響，看到小腿以下的部位都已成了白骨。

　　他忍著那種極致的疼痛，將顏布布緊抱在懷中，踩著「岩漿」一步步往前走。因為怕自己摔倒，他每一步都走得很慢，盡力穩住身形。

　　黑獅衝上去擋在他身旁，但沒走上兩步，牠的身形便出現水波紋，並開始虛幻，就要消失在空氣中。

　　走在最後的比努努察覺到前方一人一量子獸情況不對，連忙衝上前擋在封琛腿邊，並伸出爪子緊張地扶住他的腿。

　　卡口的人很多，1層撤退的人正從緊急通道裡往外湧出。

　　「別擠、別擠，擠的話堵在這裡都出不去。已經到了這兒就安全了，不要慌……」

　　崗哨士兵正沙啞著嗓音維持秩序，一眼就看見橋頂上的封琛，看到

## 第七章
別怕，我在，我一直都在

他懷裡還抱著個人，歪歪倒倒走得很是驚險，像是隨時都要摔下去。

他連忙跳上橋頂小跑過去，在封琛快要往左邊栽倒時，一把將人拽住，再扶著往卡口方向移動。

「這是怎麼了？怎麼回事？」士兵迭聲追問卻沒得到回答。

好在這裡也只剩短短幾公尺，他將人成功地帶上了卡口。

「你沒事吧？你先坐下等著，我去叫軍醫過來給你看看。」

剛才封琛帶著人將底層的緊急通道架好，士兵很是感激，現在見他這副模樣，趕緊就要去找軍醫。

封琛臉色蒼白如紙，滿臉淌著冷汗，全身都在畏冷似的發抖。

士兵想扶著他坐下，但他哪怕是搖搖晃晃地站不穩，也一直抱著顏布布撐住不坐。

「行，那你就先站著吧，我把這昏迷的人先抱走啊，等會兒你倆都讓軍醫看看。」

士兵去抱他懷裡的顏布布，可他兩條手臂將人箍得死緊，怎麼掰都掰不開。

士兵雖然是普通人，但也知道不少關於哨兵嚮導的資料，他見封琛一副神志不清的模樣，懷疑他其實是進入了神遊狀態。

「有嚮導嗎？這裡有嚮導嗎？有名哨兵應該是進入神遊狀態了，快來幫他梳理一下。」士兵朝著人群吼道。

有名嚮導聽見後立即跑了過來，見到封琛的狀況後也不多問，直接就調出精神力。

但嚮導很快就發現，這名哨兵將自己的精神域閉合得緊緊的，哪怕是進入了神遊狀態，也找不到半分可以進入的縫隙。

「不行，我沒辦法進入他的精神域。」嚮導急聲道：「他的防備心很高，現在又失去了意識，精神域不向我打開。」

士兵還沒聽說過這種情況，便問道：「那怎麼辦？這個哨兵一定得治好，底層的橋被搞斷以後，就是他把現在的通道架起來的。」

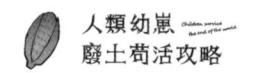

嚮導神情變得肅然,「那邊還有嚮導,我們去那邊叫一下,讓他們都來試試。」

「好。」

兩人便一起跑向了右方。

封琛看見「岩漿」已經漫過了他腹部,胸膛皮膚在那灼人的氣浪下已經一塊塊焦黑脫落,露出下方鮮紅的血肉,冒著滋滋白氣。

他遭受著烈焰焚身的劇痛,終於再也堅持不住。但他僅存的一絲意識讓他知道自己還抱著顏布布,於是用盡最後的力氣,以一個仰倒的姿勢往後,砸入滾燙的「岩漿」裡。

他清楚地感覺到整個後背和面部都在融化,卻將顏布布護在胸前,兩條手臂盡力將他往上托起……

比努努一直盯著封琛,在他往後仰倒時連忙衝上前,用身體抵在他大腿處,再一點點往前挪,撐住他的背。直到將他平穩地放在了地上,還靠著一塊大石。

封琛仰靠在大石上,一下下痛苦地抽搐,牙關咬得咯咯作響。

比努努不知道他這是怎麼了,只湊過去惶惶地盯著他看,又伸出爪子去推他身體,嘴裡發出驚慌的嗚嗚聲。

推了封琛幾下後沒有反應,牠又去推靠在封琛胸前的顏布布,用小爪扒開他眼皮,抱著他的肩膀使勁搖晃。晃得顏布布的腦袋也跟著左右甩,整個人都似要被晃散架了般。

「……幹麼呀?」顏布布從昏迷中被晃醒,忍住那股頭暈,伸手去推旁邊的比努努。

比努努先是一怔,接著就放開他,竄到他面前驚喜瞪大了眼睛。

「比努努……」顏布布又哼了一聲。

比努努連忙指著他身下,又抱起他擱在封琛胸膛上的腦袋,抬高下巴,示意他看面前的人。

顏布布看見封琛的臉後,才發現自己躺在他懷裡,還被兩條鋼鐵般

第七章
別怕，我在，我一直都在

的手臂箍得不能動彈。

「哥哥。」他喊了一聲，便立即察覺到封琛不對勁，度過幾秒的怔忪後，想起了剛才發生的一切。

但他那些記憶斷斷續續，只記得清醒時的情景，所以不清楚封琛為什麼會是現在這種狀況。

「比努努，他怎麼了？」

比努努對著他搖頭，神情既焦急又茫然。

顏布布掙動著想起身，但身上的手臂反而將他箍得更緊。他抬頭看著封琛的臉，腦中突然閃現出一個念頭。

封琛這樣的狀況他見過一次，就是小時候在海雲山下躲避海嘯時，封琛也是這樣躺在石臺上抽搐。後來他才知道，那是封琛短時間內透支了精神力，又沒有嚮導的梳理，便進入了神遊狀態。

顏布布立即放出精神力，直直闖入封琛的精神域。他的精神力每經過一處，那些斷裂處都重新連接起來，乾枯的精神絲也重新煥發生機。

隨著梳理的進行，封琛逐漸平靜下來，急促的心跳也在恢復平緩。只是那雙手依舊將顏布布摟得很緊。

比努努見他始終不睜眼，又急了，去抱著他腦袋搖晃，還揚起爪子想搧他的臉。

顏布布忙道：「別晃他，沒事的，他已經沒事了。」

顏布布就這樣靠在封琛胸前，仰頭看著他的臉。片刻後，封琛睫毛顫了顫，眼皮微微抬起，露出了那雙深如星辰的眼。

「哥哥……」顏布布輕輕喚了聲。

封琛盯著他看了幾秒，抬手輕輕碰觸了下他的臉，輕而長地舒了口氣。察覺到顏布布在他懷裡動了動，這才鬆開手臂。

顏布布直起身在封琛旁邊坐下，將自己右手在他面前攤開，露出那條一直被攥在手心的項鍊。

封琛目光在項鍊上停駐了兩秒，接著就被托著項鍊的那隻手吸引了

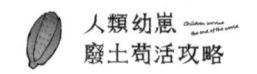

視線。只見那原本白皙細嫩的手掌上多出了幾道傷口，雖然血已經止住，看著卻依舊猙獰刺眼。

封琛將顏布布的手輕輕握住，滿是疼惜地問道：「疼不疼？」

「不疼的，這個是看著嚇人，其實不疼的，也沒有流血了。」顏布布用一隻手摸自己的臉，「但是我的臉不知道怎麼回事，有些麻麻的，還有些疼。」

封琛瞥了眼旁邊的比努努。比努努已經恢復成以前的模樣，黑漆漆的眼珠也盯著封琛，一臉坦然地和他對視著。

「沒事，應該是一點後遺症，馬上就會好。」封琛道。

顏布布拿起項鍊，將上面的黑繩展開，環上了封琛的脖頸。封琛則微微低頭，方便他的動作。

顏布布將後面的搭扣繫上後，用手撥了撥那項鍊墜子，展顏露出了一個笑，「哥哥，生日快樂。」

「謝謝。」

「你喜歡嗎？」顏布布剛問出口又自己回答：「你肯定喜歡。」

封琛卻沒有看項鍊，而是一直看著顏布布。聽到這話後他喉結動了動，抬手將人擁入懷中，輕聲道：「是的，很喜歡。」

兩人就這樣背靠大石靜靜地擁抱著，不去理會身邊的喧嘩和吵鬧。比努努總算是放了心，卻又在旁邊來回踱步。牠不耐煩地轉頭看一眼，接著繼續踱步，再轉頭看一眼。

最後牠實在是忍不住了，走過來伸爪子推了下封琛。

「怎麼了？」封琛轉頭問比努努，卻又立即反應過來，「沒事，薩薩卡沒事的，現在就可以把牠放出來。」

話音剛落，黑獅就出現在比努努身旁。比努努連忙伸爪揪住牠的一縷鬃毛，黑獅也俯下頭，鼻頭在牠腦袋上溫柔地碰了碰。

## 【第八章】

## 放心，
## 我不會讓我們倆出事的

◆━━━━━━◆

顏布布緊摟住封琛脖子，
腳底是不斷閃現的房頂和房與房之間的空隙，
餘光兩側也是仰著頭嘶吼的喪屍。
但他伏在封琛寬闊的肩背上，
心裡沒有半分害怕，只覺得無比安心。

### 人類幼崽廢土苟活攻略

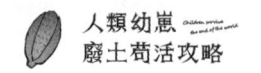

等士兵帶著兩名嚮導跑過來時，看見封琛已經站起了身，旁邊還站著個小嚮導，應該就是剛才他懷裡抱著的人。

「你們……沒事吧？」士兵遲疑地停住了腳步。

封琛回道：「我沒事。」

緊急通道口的人還在往外跑，有早先出來的人問道：「城裡現在是什麼情況？城裡還好吧？」

「不好，到處都是缺口，那些喪屍從缺口往裡面鑽，見一個咬一個，越來越多。」

中心城方向的槍聲響徹不停，封琛抬眼看去，雖然三個方向都架起了緊急通道，但要將整座城的人撤離，還需要好長一段時間。

封琛轉頭看向顏布布，「你現在身體怎麼樣？」

顏布布明白他的想法，連忙點頭，大聲道：「已經沒事了，我已經恢復了。」說完還在原地蹦了兩蹦。

「嗯，那走吧，我們去城裡看看情況。」封琛很自然地拉起顏布布的手，走向了通往底層的備用橋。

那名士兵連忙追問：「你們才剛醒過來，現在去哪兒？」

封琛頭也不回地道：「去城裡。」

「那要槍嗎？」士兵問。

封琛轉頭，「要！」

士兵直接將手裡的突擊步槍丟給他，「還要不要？」

封琛瞧了眼旁邊的顏布布，「再來一把手槍。」

「手槍……」士兵跑到一旁的崗哨，從裡面取出一把手槍，還有幾個備用彈匣一股腦兒都扔給了他。

緊急通道裡的人都在驚慌奔跑，封琛將突擊步槍揹在身後，再把顏布布護在懷裡，逆著人流往裡面走去，黑獅和比努努也緊跟在兩人身後。一路上不斷有人撞在封琛身上，他們這段路走得不比在橋頂上行走更輕鬆。好不容易擠出通道，顏布布已是出了一身汗，但城門口推擠著

## 第八章
放心，我不會讓我們倆出事的

的人更多，都在等著上橋。

「別擠了，空氣太悶，有人已經昏過去了。」

「誰的行李能不能放下，那個扛著被子的，不要擋在前面。」

「小微，小微來媽媽這裡，小微……」

一名隊長模樣的士兵站在高點，拿著擴音器嘶聲大喊：「誰他媽在擠？士兵都給我注意盯著，誰在推搡往前擠，就給我抓出來放到最後才准走。」

他喊出這話後，場面安靜了一些。顏布布被封琛護在懷裡，艱難地往前移動，眼看就要擠出人最多的地方，突然聽到身後人群裡發出一聲尖叫：「喪屍啊——」

「吼——」

「讓開，我帶著匕首，讓我捅死它。」

「磚頭呢？我的磚頭掉地上了。」

「快跑，後面的快跑，別堵著不動！」

「媽媽……妳在哪兒？」

哭喊和尖叫聲響起，中間還混雜著不似人類的嘶吼，人群這下又炸開了鍋。

原本在有準備的情況下，他們是能解決掉喪屍的，而且也解決了好幾波。但備用橋的寬度遠遠不夠，這裡的人越積越多，都堵在這裡，前進不得後退不能。拿著武器的人也不能靠前，場面一下就混亂起來。

士兵隊長站在高處，但到處都是攢動的人頭，他的槍口左右搖晃，怎麼也瞄不準喪屍。

「讓所有人退後！」封琛對著他大聲命令，將面前擋住的人一把抓住直接拖到身後，對著正前方擠了進去。

那裡有隻喪屍正嘶吼著咬人，身旁也有好幾人身上都鮮血淋漓。他們目光發直地盯著前方，臉色逐漸青灰，眼看也要變成喪屍。而他們周圍的其他人卻擠不出去，一邊絕望驚恐地求救，一邊拿著手上隨便什麼

239

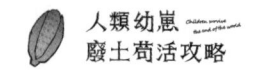

行李往他們頭上敲。

封琛連撞帶拖地開出一條路，直接撲向正在咬人的喪屍，匕首深深刺入它的太陽穴，同時放出精神力，毫不猶豫地將那幾名正在變異的人擊殺。黑獅和比努努則站在顏布布身前，一邊替他擋著湧動的人潮，一邊警惕地張望，提防著還有其他被咬的人開始變異。

士兵隊長提起擴音器，對著後方的人喊：「快退後，這裡有喪屍！快退後，這裡有喪屍！」

當聽到前方有喪屍，後面的人不知道這裡究竟是什麼情況，只得紛紛掉頭往回奔跑。

封琛周圍很快便空了出來，地上也多了幾具屍體。好在他剛才行動迅速，除了這幾具屍體外，並沒有其他人被咬。

城門口鬆動了些，士兵便指揮這裡的人排成四列，不准全部湧到最前面來。

封琛回到顏布布身旁，拉起他往城裡跑去。

城邊緣鉅金屬網處不光有西聯軍，還有兩軍的哨兵嚮導在共同防守，東聯軍普通士兵則分散在城內各地堵缺口，並指揮民眾撤退。

儘管鉅金屬非常堅硬，但中心城面積太大，很多地方的板塊連接處都已經斷裂，出現了大大小小的缺口。

東聯軍的士兵在四處清殺，人手卻不夠，城內又一片黑暗，很多喪屍便從那些無人覺察的缺口處爬了上來。

所有人都在驚慌地奔跑，但光線太暗，誰也不知道跑近自己身旁的究竟是喪屍還是人。

而那些幽暗的角落，總會冷不丁地撲出一隻喪屍，或者腳腕突然被下方一隻冰冷的手抓住，從那些缺口處被拖了下去。

## 第八章
放心，我不會讓我們倆出事的

封琛兩人順著大街一路往城裡走，將沿途那些遇見的喪屍都殺掉。但到處都有人在慘叫、在求救，放眼看去卻只能看到一片黑暗。

前方傳來一陣腳步聲，有幾人迎來奔來。

封琛舉起額頂燈照過去，發現最前方跑著的是人，而綴在後面離他們幾公尺遠的居然是一隻喪屍。

前面的人還不知道在被喪屍追趕，在被封琛的燈光照亮後，還瞇著眼睛在喊：「是東聯軍嗎？前面有喪屍沒有？我們幾個想要出城。」

比努努和黑獅不待他話音落下，一個縱身撲向跟在他們後面的喪屍。聽到身後傳來廝打聲和喪屍吼叫，前方幾人才知道一直被喪屍追著，嚇得魂都快飛了。

「你們別怕，我們剛將城門口到這兒的路清理過，你們可以從這兒走，但是要快一點。」顏布布急忙回道。

「謝謝，謝謝了。」那幾人驚魂未定地繼續往前跑去。

還是因為人手的問題，東聯軍只能顧得上那些大的安置點和租住點，這一帶只有沿街兩排租住屋，居住人口並不多，所以也就沒有士兵。這條路是通往東城門口的必經之道，奔跑的腳步聲不斷。喪屍會受聲音吸引，雖然城邊緣槍聲不斷，可距離這裡較遠，所以這一帶的喪屍也很多，在那些黑暗的路上便不時響起陣陣慘叫。

「……快點撤退，動作快一點，已經撐不了多久了，速度再快一點。」從遠處隱約傳來擴音器的命令聲，被淹沒在近處的慘叫聲裡。

黑獅和比努努衝了出去，顏布布正想跟上，就聽到身旁垮塌了一半的屋子裡發出不同尋常的動靜。

封琛放出精神力探入了屋子，卻發現屋裡並沒有喪屍，而是一名年輕的女人緊緊抱著她的孩子，縮在一張櫃子後面。

封琛進了屋，調整額頂燈的角度，讓燈光落在女人身旁空地上，顏布布也跟在他身後。

女人開始聽動靜以為是喪屍，嚇得蜷縮成一團，但在看見燈光後便

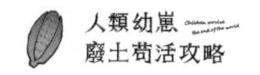

猛地抬起頭。

顏布布忙道:「姐姐,妳快帶著小孩走,我們剛把前方的喪屍清掉,很多人在往城門口跑,妳也快跟上。」

女人之前應該被嚇得不輕,臉色蒼白,聲音都在發抖:「跑不到城門口又會、又會有的,外面到處都是,太黑了,我不敢、不敢出去,我和寶寶就在這兒。」

「這裡不行的,軍隊快守不住了,他們也會撤的,妳得趕緊走。」顏布布勸道。

女人拚命搖頭,更深地往櫃子後縮,淚流滿面道:「我們一群人,幾十個人從安置點出來,那路上一會兒鑽出來一隻喪屍。你們沒見到當時的場景……跑到這兒就只剩我一個了。我不出去,我就在這兒。」

顏布布還要勸她,封琛卻牽住他往外走。

顏布布跟著他出了屋門,小聲問:「那不管她了嗎?就讓她在這兒嗎?其實她只是嚇壞了,過一會兒就會好的。」

封琛轉頭四處打量,「這樣不是辦法,城市很多地方都沒有光亮,那些喪屍就在黑暗裡四處咬人。必須把那些分散的喪屍集中起來,其他人才能出城。」

「集中起來?」

封琛:「對,喪屍除了聽辨聲音,還有趨光性,只要弄點聲音和光源就可以將它們都引到一起。」

顏布布立即明白了封琛的意思。他是要將附近那些分散的喪屍匯聚在一起殺掉,將這段逃出中心城的必經之路清理乾淨。

黑獅和比努努還在前方撕咬喪屍,顏布布和封琛則開始尋找有沒有什麼可以點火的東西。

這裡的房屋差不多都垮塌了,街道上除了一些磚塊也沒有其他東西。封琛乾脆返回到屋子裡,從窗臺上拿走擱著的打火機和一本舊書,再搬起那張木櫃就往外走。

## 第八章
放心,我不會讓我們倆出事的

女人抱著小孩原本藏在木櫃後,見封琛面無表情地搬走木櫃也不敢出聲阻攔,只無所適從地蹲在原地。

封琛將櫃子搬到屋旁的廢墟上,一拳將櫃面擊得四分五裂,再架好木頭,用書頁點火。

黑暗裡騰起了一團火焰,將周圍這片區域都照亮。那些原本隱匿在暗處的喪屍被火光吸引,都從斷牆和廢墟後面露出了頭。

封琛又從屋內搬出了方桌,抬腳踩垮,將木頭架上了火堆,再拉著顏布布往後退,一直退到背靠牆壁才沉聲道:「等會兒就靠著牆壁不要亂動。」

顏布布緊貼著封琛手臂,左右張望著道:「我知道的,讓後背安全,你放心殺就好了。」

封琛給自己的突擊步槍上膛,又丟給他一把手槍,「開槍,動靜弄得越大越好。」

喪屍已經衝了過來,顏布布朝著最前方一隻開槍,更多的喪屍被火光和槍聲吸引,嘶吼著往這邊跑。黑獅和比努努就在喪屍群中奔跑跳躍,不斷揮舞著利爪,沿途就有很多喪屍倒下。

封琛一邊開槍一邊放出了精神力,顏布布同時也進入了他的精神域,開始進行梳理。

這一帶的喪屍都湧向了火堆處,再被封琛精神力化作的利箭擊殺。火光不光吸引了喪屍,也照亮了這一片的路,讓那些原本在黑暗中跌跌撞撞奔跑的人看清了方向。

他們在看見有人拉走喪屍的注意後,便三五成群地集中在一起,再向著城門的方向衝去。

顏布布不停地替封琛梳理精神域,保持他的精神力不會枯竭。在看到有奔跑的人被喪屍追擊時,還能分出精神力對那些喪屍進行控制,再開槍擊殺。

這一段路算是清理了出來,但城市很遠的地方還不斷響起尖聲慘

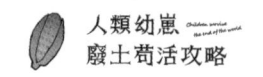

叫。封琛大喝道:「薩薩卡,你和比努努讓這火堆的火再燒大一些,越大越好。」

兩隻量子獸接收到命令,立即衝向兩邊那些搖搖欲墜的房屋,拖出裡面各種可以燃燒的家具及物品,全部架在火堆上。

顏布布聽到身旁的房門傳來動靜,側頭看見是那名藏在裡面的年輕女人,便道:「妳看我們把這段路的喪屍都清出來了,前面也被火光照得很亮,妳快帶著小孩走吧,大家都在跑,快跟上去。」

「好,謝謝你們,謝謝……」年輕女人終於再次鼓足勇氣,跟著其他人跑向了城門方向。

黑獅和比努努不斷將桌子、椅子之類的東西丟上火堆,比努努還竄到遠處的一間屋裡,拖出來一張比牠身體大出數倍的床。牠扛著那張床往這邊走時,整個身體都被擋住,那床看上去就像自己在地上飄。

火堆熊熊燃燒,火勢順著風將下方的幾間房都一起點燃,火光照亮了半邊天空,騰起的烈焰整座中心城都能看見。

越來越多的喪屍從遠處嘶吼著奔來,封琛的精神力像是鋪天蓋地的巨網,將跑近的喪屍罩住,再進行擊殺。

因為喪屍數量太多,他每放出一次精神力,都差不多是清空了整個精神域。但顏布布的梳理既迅速又專業,還非常有默契,讓他的精神域像是擁有了一股噴湧的泉眼,泉水始終不會枯竭,剛將精神力傾囊放出,新的精神力又迅速補上。

不過就算如此,他應對得也有些吃力,因為在精神力放出的間隙也有無數喪屍往前撲,一點一點地推進著距離,在往兩人靠近。

眼看著喪屍圈越來越靠近,封琛喊了聲顏布布:「再等幾分鐘後我們就要跑。」

顏布布抬槍瞄準最前方的一隻喪屍,「不殺牠們了嗎?」

「不殺。缺口太多,喪屍是殺不完的,我們的目的只是牽制牠們,讓那些撤退的人有機會逃走。這個地點正好在撤離的路上,喪屍引太多

第八章 ◆
放心，我不會讓我們倆出事的

了也不大方便。我們換個沒人的地方生火，再把喪屍引去。」

「好。」

過了幾分鐘，封琛看見那些喪屍逼近到距離兩人只有十幾公尺遠時，大喝一聲：「薩薩卡！」

正在撲咬喪屍的黑獅立即停下，從旁邊一隻喪屍的頭頂上將比努努叼在嘴裡，轉身就往回跑。

比努努在空中盡力探出身，一爪刺進旁邊一隻喪屍的太陽穴，這才任由黑獅叼著牠走。

封琛衝到火堆旁，撿起一根一端燃著火的椅子腿，在黑獅旋風般捲到兩人身旁時，他抓起顏布布丟到牠背上，自己也跟著翻身上去。

「走！」一聲令下，黑獅便朝著左邊飛奔而去。

左邊是房屋和廢墟，喪屍不多，黑獅在那些殘垣斷壁之間穿行，很快便將喪屍群甩在了身後。

封琛一手舉起燃著火的椅子腿，像是舉著黑暗中的一束火炬，另一手不停放槍。槍聲和火光吸引著喪屍的注意力，讓它們繼續追了上來。

中心區域都是各種廠房，不會有人經過。黑獅停在一座廠房前，封琛抱著顏布布跳下地，背靠著牆壁站好。

這座廠房前有塊空地，要進入的話只有左邊一條不寬的通道。喪屍追來的速度不一，被拉成了長長的戰線，讓兩人終於有了喘息的機會。

封琛不慌不忙地將領頭衝來的喪屍殺死，再吩咐黑獅和比努努：「去，繼續找東西點火。」

身後的工廠生產某種建築板材，類似於塑膠製品，很容易燃燒。

黑獅和比努努很快就弄出來一大堆板材，在廠房前的空地上堆放成了小山。封琛將手頭快要燃盡的椅子腿扔向那座板材小山，不過短短半分鐘，火苗便開始騰升，像剛才在路旁那般燃起了一堆衝天大火。

「讓火再大一些，繼續加板材，把越多的喪屍吸引來越好！」

在封琛的命令下，兩隻量子獸不斷往火堆裡添補板材，讓那些遙遠

245

人類幼崽
廢土苟活攻略

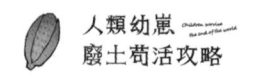

角落的喪屍也朝著這邊衝來。

顏布布一刻也沒停下給封琛梳理精神域，看著那些喪屍從左邊通道裡衝出來，問道：「如果這邊的喪屍太多，我們殺不過來怎麼辦？」

「那就繼續換地方。」封琛沉聲應道：「不過這裡只有一條通道，不像開始那地方沒有遮擋，喪屍就算多也不能一起湧進來，我們堅持的時間會長一些。」他說完後又轉頭看向顏布布，「怕嗎？」

顏布布迎向他的視線，毫不猶豫地回道：「我不怕。」

火光在他眼底跳躍，那雙眼裡滿滿都是信賴。封琛注視他幾秒後，飛快地將他摟在懷裡拍了拍，又飛快地放開。

「放心，我不會讓我們倆出事的。」他轉回頭沉著道。

「我知道。」

C區安置點內槍聲激烈，因為很多鉅金屬板連接處都已經斷裂，有些喪屍便從缺口鑽進了安置點。東聯軍士兵只能守著那些大缺口不斷開槍，等裡面的人撤走後才能離開。

東聯軍執政官陳思澤站在C區安置點大門口，正通過對講機指揮著其他地方的戰鬥。

「A區1租住點的民眾離西城門方向近，已經大部分都撤出了城，你們也可以抽派一半人去支援3租住點。B區2租住點的士兵不用去A區支援，距離太遠，一來一去全耽擱在路上了，你們儘速去往B區安置點協助撤離……」

陳思澤放下對講機，視線落到右方，看見隔著幾條街的中心區域也燃起了大火。

「那兒怎麼也起火了？那兒不是廠房嗎？」

他驚愕地問身旁的副官：「整個中心城都沒有了電，按說不會有火

第八章 ◆
放心，我不會讓我們倆出事的

災的，怎麼到處都在起火？」

副官回道：「剛才有士兵來彙報，說他們趕到東城門附近查看時，發現那裡是有人故意縱火。」

「故意縱火？」陳思澤臉色沉了下來。

「不過有點奇怪……」副官接著道：「士兵還說，那裡原本是民眾撤退時的必經路線，很多人都在路上被喪屍攻擊。但當他們趕去時，那條路上沒有了喪屍，他們把缺口補上後才發現，在那火堆旁有很多喪屍屍體。」

「沒有了喪屍，不可能沒有喪屍的……」陳思澤略一思忖，立即看向中心區域又燃起的大火，「那應該就是這放火人幹的，他們先在東城門附近殺喪屍，後面又把喪屍全部帶走，帶去了廠房區。」

副官恍然大悟，接著便道：「那是我們的士兵嗎？西聯軍都在堵鉅金屬網，他們分不出來人手。」

「沒收到消息，應該不是。」陳思澤搖搖頭，「能殺掉這麼多喪屍，又不是東西聯軍的話……只能是哨嚮學院的學員。」

「那這樣就說得通了，學員們在這種關鍵時刻表現得還真不錯，居然想出這種辦法，讓民眾可以更快速度地撤離。」副官道。

陳思澤贊許地點頭，「的確不錯，他們已經成長為我們軍隊的新生力量了。」

在比努努和黑獅不斷的添加板材下，空地上的火越燃越旺，火光和濃煙直衝上天。

封琛毫無保留地放出精神力，在他強悍而持續不斷的精神力攻擊下，大片喪屍被擊殺。但中心城的缺口太多，喪屍不斷補上，從左邊通道裡衝入廣場，且有越來越多的趨勢。

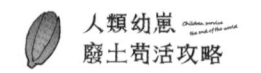

「哥哥，我們又要換地方了嗎？」顏布布瞧著廣場一圈全是喪屍，便問道。

封琛道：「還可以堅持一小會兒，等這邊的喪屍再往前十幾公尺後我們再走。」

「好。」

「布布！」房頂上突然傳來熟悉的聲音，顏布布仰頭一看，發現王穗子居然趴在上面，正探著頭看他。

「王穗子！」顏布布又驚又喜地喊了聲：「妳怎麼在這兒？」

王穗子也大叫道：「果然是你！哈哈！我和計漪從附近路過時，看到喪屍都在往這兒跑，估計是被人引到這兒的，就想來看看。剛才遠遠地在屋頂上看了眼，就覺得這裡的人像是你和封哥。」

「計漪呢？」顏布布立即道：「快快快，叫她快來幫我哥哥！」

「別著急啊寶貝兒，我已經在殺了。」計漪也出現在房頂上，站在王穗子身旁道：「往這邊跑的時候我就開始殺了。」

因為多了個計漪，封琛頓時覺得壓力減輕了不少，而且在他放出兩次精神力的間隙時，喪屍群沒有辦法再往前逼近。

顏布布和王穗子各自替兩人梳理著精神域，還不時控制著喪屍，但就算這樣，兩人的嘴也沒有停下來，一上一下地對著話。

王穗子：「這麼多喪屍我們要殺到什麼時候？」

顏布布：「我哥哥說我們的目的不是殺喪屍，只是把那些在城裡分散的喪屍引到這兒來，我們只要保證自己的安全就行了。」

王穗子：「對喔，這城裡的喪屍殺不乾淨的，只要引來就行了。」

「我哥哥是不是很聰明？」顏布布立即問。

王穗子：「很聰明。」

顏布布滿意點頭。

顏布布又問：「妳把妳姑姑找著了嗎？」

王穗子回道：「找著了。」

## 第八章 ◆
放心,我不會讓我們倆出事的

「那怎麼沒有帶上她一起?還是她也在房頂上?」顏布布問。

王穗子:「我們在路上遇到護送撤離的東聯軍,就讓她跟著東聯軍一起走了,我和計漪就留在城裡殺喪屍。」

「陳文朝呢?妳知道他的消息嗎?」

王穗子道:「不知道,但是在我們分開之前他說過,只要將他爸爸送出城,就會來找我們。」

「那他會不會有危險啊……」顏布布有些擔心。

封琛在一旁回道:「沒事的,蔡陶和丁宏升找他去了。」

四人殺著喪屍,四隻量子獸也沒有閒著。不過牠們現在的主要任務是來往於火堆和身後廠房,將裡面的板材抱出來添火。

顏布布瞧著那隻走兩步歇一下的無尾熊,「妳的無尾熊今天表現挺好的,這麼快就能放出精神域。」

王穗子嘆了口氣,無奈道:「比努努都來回跑了四趟了,牠一趟都沒有運過去。」

「總比放不出來好吧,還是有很大進步的。」顏布布安慰道。

遠處傳來急促的哨聲,同時有擴音器的喊聲:「所有人抓緊時間撤離,軍隊會在20分鐘後撤出中心城。所有人抓緊時間撤離,軍隊會在20分鐘後撤出中心城……」

「哥哥,軍隊要撤了。」顏布布立即看向封琛。

封琛給手上的突擊步槍換上最後一個滿彈匣,「軍隊也撐不住了,我們也再堅持20分鐘。」

「好!」

「快點快點,都跟上,迅速一點。」士兵們帶著最後一批撤退的人向著最近的城門拚命奔跑。

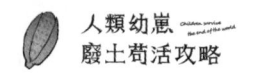

有了廠房區火光的吸引，撤退進行得還算順利。大街上已經沒有了多少喪屍，大的缺口被東聯軍補上，實在沒法補的就堵住。小缺口雖然還在往城裡爬進喪屍，但他們自己就能解決。

陳思澤的對講機信號燈亮起，冉平浩的聲音傳了出來：「思澤，人撤離得怎麼樣了？我們快頂不住了。」

陳思澤回道：「我現在在 B 區安置點，這裡還剩最後一批人。你們撤退時他們差不多就能跑到 C 區，正好可以帶著他們一起出城。」

「行。」

跟冉平浩的通話一結束，身旁的副官便急聲道：「陳政首，我們也得快走，不能再耽擱了。」

陳思澤拿起對講機，「各區立即彙報撤離情況。」

「A 區幾個租住點的人大致都已經撤離。」

「我們 B 區租住點最後一批人員也正在撤離。」

「C 區幾個租住點都已撤離。」

陳思澤道：「只剩下 10 幾分鐘撤離時間，你們必須在剩下 10 分鐘時離開，去和西聯軍匯合一起出城。」

所有人都明白這是不管城內還有沒有剩下人，軍隊在最後 10 分鐘時都必須撤，便回道：「是。」

「陳政首……」副官又催道。

陳思澤將對講機遞給旁邊的士兵，「你們跟著最後這批民眾一起撤離，四連跟我去廠區一趟，看下那兒的情況。」

副官心頭焦急，但也不敢違抗陳思澤的命令，立即叫上四連士兵，跟著他一起跑向廠區。

廠區。

## 第八章
### 放心，我不會讓我們倆出事的

　　雖然大量喪屍都被四人搞出的動靜吸引來，但通道狹窄，廠房牆壁既高且光滑，它們便密密匝匝地擠在通道外。

　　陳思澤帶著人來時，遠遠看到的就是這副「人山人海」的景象。他還要繼續往前走，被副官一把拉住了。

　　「陳政首，不能再往前了。」

　　陳思澤抬臂看了下時間，「告訴廠區裡的人，現在馬上撤離。」

　　「是。」

　　「那我們走吧，直接從離B區最近的西城門走。」

　　「是。」副官終於鬆了口氣。

　　封琛也在抬臂看時間，「軍隊現在正在撤離，計漪、王穗子，妳們馬上走，跟著軍隊一起離開。」

　　王穗子聽他這話的意思，像是他和顏布布還會留下來，便問道：「你和布布不走？」

　　「如果我們都走了，這些喪屍便會散開，那時候大家都危險。」封琛道。

　　話音剛落，遠處就傳來擴音器的聲音：「廠房的士兵注意了，現在命令你們馬上撤離。廠房的士兵注意了，現在命令你們馬上撤離⋯⋯」

　　「廠房的士兵？說的是我們嗎？」顏布布問。

　　「對，就是我們。」計漪站在房頂上，向著遠方看去，「現在城內的士兵都在出城，城邊的槍聲也少了，西聯軍應該也在撤退。」

　　封琛舉槍對著衝來的一隻喪屍扣下扳機，「妳們倆快點走，我和顏布布會在6分鐘後離開這兒。」

　　「可是⋯⋯」

　　「我的量子獸可以載著我和顏布布離開，你倆的孔雀和無尾熊嗎？」封琛淡淡打斷計漪的話。

　　計漪：「⋯⋯靠。」

　　雖然不服，但計漪也知道現在喪屍的注意力被吸引走，越快離開越

251

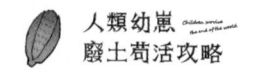

好，便沒有耽擱，一把扯起旁邊的王穗子，順著房頂往前方跑去。

「你們也要快點走啊……」王穗子邊跑邊回頭。

顏布布信心滿滿地回道：「放心，我哥哥在呢。」

她們跑過幾排相連的房屋後，計漪見下方喪屍變少，便將王穗子揹上跳下房，一腳踢飛迎面撲來的喪屍，飛快地向前衝去。

顏布布正朝著左邊開槍，突然覺得腳上沉甸甸的，低頭一看，看見王穗子的無尾熊坐在他腳背上，還背靠著他小腿呼呼喘氣，一副累得不行的樣子。

顏布布大驚失色，大叫：「無尾熊怎麼還在這兒？王穗子她們都已經離開了。」

無尾熊丟掉爪子裡的板材，耷拉著眼皮，滿臉寫著——愛走不走，反正我是不想動的。

「沒事，王穗子會將牠收回精神域。」封琛話音剛落，無尾熊的形體就在變淡模糊。牠像是已經很習慣了，就在消失的前一秒，乾脆愜意地仰面躺了下去。

城內所有人都在向著城門口飛奔，城邊緣的槍聲也漸漸消失，整座城只剩下了喪屍還在嚎叫。

沒有了計漪和王穗子，空地裡的喪屍多了起來，並逐漸向著兩人靠近。黑獅和比努努已經沒再添火了，在殺那些衝在最前面的喪屍。

封琛不斷釋放著精神力，也不斷瞥著抬槍的手腕，看著腕錶上的時間，「還要4分鐘，怕嗎？」

顏布布腳邊已經是一堆空彈殼，如同之前封琛問他時那般回道：「不怕。」

封琛看向他，「如果我沒有把握的話，不會讓你留下來的。」

「我知道。」顏布布大聲回道：「不過就算你沒有把握，我也肯定要留下來的，我絕對不會讓你一個人在這兒。」

他邊說話邊開槍，一槍命中了前方一隻喪屍的頭顱。看著那喪屍倒

## 第八章
放心，我不會讓我們倆出事的

下，他像是對自己的槍法很滿意，對著槍管吹了口氣，再微微昂起下巴斜睨向封琛。

前方就是湧動的喪屍群，但封琛卻將槍換到左手上，騰出右手把他一把摟進懷裡。

這個擁抱太突然，也沒有絲毫預兆，顏布布猝不及防地撞上去，鼻尖撞上封琛堅實的胸膛。

他第一反應便是身旁來了喪屍，封琛像是以前每次遇到危險時那樣將他拖開。但眼角餘光瞥向四周，卻沒發現什麼情況。

他正要發問，額頭上便被什麼輕輕碰了下。那是一種柔軟溫熱的觸感，輕且淺，像是蝴蝶輕觸花瓣，燕翼掠過水面，輕輕一觸隨即分開。

封琛抬起頭，不待顏布布做出任何反應，鬆開箍住他肩膀的手，將人也推出了懷抱。

「還有3分鐘。」他淡淡地道，接著便對著前方開槍，冷靜得像是什麼都沒有發生過似的。

顏布布卻傻傻站在原地，心裡既驚喜又不可置信。他呆了幾秒後抬手摸了摸自己額頭，「哥哥，你剛才是不是……」

「別傻著，快給我梳理精神域。」

「你是不是剛親……」

「還有兩分半。」

「……喔，好。」

顏布布繼續給封琛梳理精神域。

空地上的喪屍越圍越近，四處都是它們猙獰的臉和凶狠的嘶嚎，但他卻一直在傻笑，還頻頻轉頭去看封琛，「哥哥，你好像臉紅……」

「看著左邊，別看我。」封琛嚴肅地皺著眉。

顏布布卻神情夢幻地開始絮叨：「你一定是親了我，我能感覺到那是你的嘴。可是你為什麼會在這時候突然親我呢……哈哈……剛才到底發生什麼了？我只不過打死了一隻喪屍啊……」

253

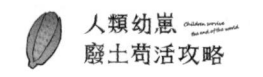

「廢話怎麼那麼多？」

顏布布轉動臉龐調整角度，「剛才我是這樣站著的，你只能看到我的側臉，我當時一定很好看……你是不是那一刻也覺得我特別好看，所以忍不住了……」

空地上的喪屍越圍越緊，情勢非常嚴峻，顏布布雖然一刻不鬆地給封琛梳理著精神域，但神情不但不緊張，還滿臉歡喜。

封琛再次看了眼腕錶，在喪屍群離他們只剩幾公尺遠時大喝一聲：「薩薩卡！」

黑獅不用他命令，立即叼走還在和喪屍廝打的比努努衝過來。比努努正殺得興起，不想離開，在黑獅嘴裡彈動了兩下沒能掙脫，便撈起地上一塊碎鐵板，照著最近的一隻喪屍砸去。砰一聲重響，那喪屍顱骨被砸得凹陷了一半，像只放了氣的乾癟籃球。

封琛打開額頂燈，反手將顏布布揹在背上，一腳蹬上旁邊的一張木桌，猛力向上躍起。黑獅此刻也躍在空中，他再次踩上黑獅背，藉著黑獅向上的衝力騰空而起，落在了高高的庫房頂上。

喪屍們一湧便到了牆下，封琛已經揹著顏布布在房頂上飛奔，在那些挨得密密擠擠的房頂上縱躍。

顏布布緊摟住他脖子，腳底是不斷閃現的房頂和房與房之間的空隙，餘光兩側也是仰著頭嘶吼的喪屍。但他伏在封琛寬闊的肩背上，心裡沒有半分害怕，只覺得無比安心。

有了封琛在他額頭上的那一下親吻，他膽子也大了起來，在封琛飛躍過兩座相隔較遠的房頂時，還側頭在他脖頸上親了下。

封琛一個趔趄，落到房頂上後道：「幹什麼？別動來動去的，給我放老實點。」

顏布布偷親得逞，心旌搖盪地道：「你剛才就不老實，憑什麼現在要我老實……」

前面的廠房逐漸稀疏，房屋之間的距離相隔較遠，但地面的喪屍跟

## 第八章
### 放心，我不會讓我們倆出事的

著他們跑，還是沒法下去。眼看前方兩間屋頂之間相隔了十數公尺，黑獅就猛衝向前，先行躍到對面房頂，然後轉身等著。

封琛邊跑邊將背上的顏布布反手摟到懷裡。顏布布已經知道他要做什麼，立即斂起蕩漾的心神，還沒被扔出去就開始閉著眼慘叫，想要去摟他的脖子。

「怕什麼？我不會像以前那樣把你扔過去，只是抱著的姿勢能跳得更遠。」封琛道。

顏布布心頭頓時放鬆，結果去勾封琛脖子的手才伸至一半，就覺得身體一空，整個人已經飛了起來。

「騙子啊──」在顏布布的高聲慘叫中，黑獅熟練地躍起身，讓他落到自己背上。封琛跟著縱身騰空躍過來，跟著黑獅一起往前飛奔。

前方喪屍數越來越少，大部隊已經被甩在了身後。封琛也跨上了黑獅的背，抱緊了身前的顏布布。

黑獅嘴裡叼著比努努，馱著兩人往右前方撲出。牠矯健的身形在空中劃出一道弧線，落下地時便撞翻了幾隻喪屍，頭也不回地飛奔向最近的西城門。

此刻西城門口，士兵正通過緊急通道往對面的山上撤離，一名軍官站在卡口不斷催促：「快，再快一點，快。」

因為是訓練有素的軍人，普通士兵先行，哨兵和嚮導在後面堵著喪屍，一切井然有序，很快就撤離得差不多了。

陳思澤站在橋旁的卡口上，詢問一名剛鑽出通道的低階軍官：「怎麼樣了？後面還剩多少人？」

那軍官回道：「不多了，大概還有幾十名哨兵嚮導。」

陳思澤站起身看向中心城，副官在旁邊低聲問：「陳政首，等他們過來後就可以炸橋了嗎？」

陳思澤半瞇著眼輕輕搖頭，「不行，還不能炸橋。」

看副官面露不解，他便問道：「城裡的起火點離哪個城門最近？」

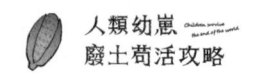

副官神情一凜，立即明白了：「您的意思是，在廠房那裡放火的人會從西城門撤離？」

「對，他們肯定會從西城門走，等到他們出來後再炸橋吧。」陳思澤道。

「是。」

士兵們很快便撤出了通道，但哨兵嚮導依舊在用精神力清掃通道裡的喪屍，給後面可能還會衝出來的人掃清障礙。

這樣過了幾分鐘後，通道裡果然又衝進了兩個人，一邊飛奔一邊大聲道：「後面──快把後面追的那群殺了，快跑不動了──」

哨兵們將後面緊追的一群喪屍殺掉後，看見衝出通道的是兩名身著哨嚮學院軍裝的女學員。

「怎麼樣？有沒有受傷？」軍醫趕緊迎上來給兩人檢查。

計漪擺著手，「沒事沒事，我們沒有受傷。」

副官問道：「妳們是從哪兒出城的？在路上還有沒有遇到其他撤離的人？」

王穗子喘著氣道：「我們從⋯⋯從工廠那裡來的，好多喪屍，全圍在那兒了。」

「工廠的火是妳們放的嗎？」

王穗子聽到副官旁邊那名中年人在問她們。她沒見過陳思澤，但見他氣勢一看就不是普通軍官，必定是某個高層，態度也就變得拘謹了些：「不是，但是我們倆一直在那兒殺喪屍。」

「你們一共多少人？」

王穗子道：「四個。」

「四個？就四個？」陳思澤有些吃驚。

王穗子點頭道：「還有兩名學員，他們放火在吸引喪屍，我們才過去幫著殺的。」

「那他倆呢？」陳思澤問。

## 第八章
放心，我不會讓我們倆出事的

「還剩下 10 分鐘的時候，他倆讓我們先走，說不然喪屍就又散掉了，所有人都不好撤，他們會在我們離開 6 分鐘後才會追來。」

「⋯⋯6 分鐘後。」陳思澤抬臂看了眼時間，又大聲命令身旁的士兵：「繼續清除通道裡的喪屍，一定要給他們留下一條路。」

「是。」

其他城門口已經傳來炸斷緊急通道的劇烈聲響，只有西城門這邊還沒有動靜，士兵們依舊駐守在橋頭，殺掉通道裡的喪屍。

黑獅馱著兩人在廢墟間飛奔，雖然沿途一直有喪屍衝上來，但還沒跑近，便被封琛用精神力給殺掉了。

這裡距離西城門並不遠，快要跑到時，顏布布聽到左右兩個方向都傳來隆隆的爆炸聲。

「他們在炸什麼？」顏布布緊緊抱著黑獅脖子，嘴裡問道。

封琛：「應該是在炸斷通道。」

「啊！那炸斷通道的話我們怎麼出去？」

「沒事，計漪和王穗子她們如果選擇最近出城的路，就會是西城門。現在左右兩邊都在炸橋，唯獨西城門沒有動靜，證明她們一定是已經跑出去了，把我們還在城裡的消息告訴了軍隊。」

「對的，證明她倆也安全了。」顏布布喜道。

城裡面沒有了東聯軍，喪屍紛紛從各個缺口裡往上鑽，西聯軍從城邊緣一圈撤走，那些鉅金屬網上也爬滿了喪屍。此刻黑獅背上馱著的兩人，便成了它們唯一的目標。

封琛一直在放出精神力，將前路和身旁的喪屍殺掉，顏布布也一直為他進行著梳理，並控制那些快要撲到的喪屍。

中途他目光盯著一處，跑遠了還在回頭張望，封琛便問道：「在看

257

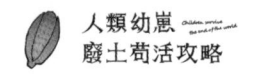

什麼？」

「我看見了一隻身材和我差不多的喪屍，也是捲頭髮。」顏布布轉回頭，有些感慨地道：「剛才我掉到城外面，要是沒有恢復過來的話，就和他們變成一樣了，說不準現在正在追你，而且……」

「別胡說！」封琛打斷他的話，聲音嚴厲。

「我說的是萬一。」

「沒有那種萬一。何況就算你在後面追我，我也正好將你抓住，再讓比努努和你脫離精神連結不就行了？」

比努努被黑獅一直叼在嘴裡，面朝著下方地面，聞言也舉了下爪子。顏布布原想說自己和比努努要是連線時間過長的話，沒準斷開連接也恢復不過來。但他覺察到封琛身體緊繃，隱隱散發著怒氣，便沒有敢再做聲。

喪屍雖然多，但它們來不及聚集，只盲目地向著封琛兩人衝。而黑獅不停改變路線，從那些空地上飛奔向前，很快便衝到了西城門口。

顏布布遠遠地便聽到通道的另一頭有人大吼：「他們來了，快清出路來。」

西城門的通道口是片空地，那裡滿滿都是喪屍。但通道對面的哨兵們集體放出精神力豎起屏障，為黑獅開出了一條剛好容牠通行的路。黑獅衝出通道的瞬間，顏布布便聽到有人在果決地命令：「炸橋！」

轟隆一聲巨響，身後騰起絢爛火光，顏布布在這瞬間扭頭，看見他們才經過的那條緊急通道已經被炸成了幾段，墜入下面的喪屍群裡。而那些追到城門口的喪屍，也嚎叫著掉了下去。

山頭上全是人，此刻都靜靜地看著中心城。火光將這一片照得猶如白晝，也照出他們臉龐上的淚痕。

顏布布周圍站著的都是軍人，但後面卻是普通民眾。當一切平息下來後，除了腳下的喪屍嚎叫，便只聽到他們隱隱的啜泣聲。

他看見卡口旁一名身形清瘦的中年人舉起了擴音器，「我知道大家

## 第八章
### 放心，我不會讓我們倆出事的

都很悲傷，我也是。中心城是我們共同創造出來的一個奇跡，它現在沒了，同時失去的還有我們的家園，我們在這艱難世道裡的庇護所。但我覺得最大的奇跡不是中心城，而是你們！你們就是最大的奇跡！只要大家還在，那麼中心城一定會重建，會讓它依舊屹立在這裡⋯⋯」

顏布布轉頭看向封琛，見他一瞬不瞬地盯著那名正在講話的中年人，便輕聲問道：「他是誰呀？」

封琛也輕輕吐出三個字：「陳思澤。」

「啊！他就是陳思澤嗎？」顏布布驚訝地看了回去，「我以為他會很高大很威猛那種，結果是這樣的嗎？」

「⋯⋯大家先下山，去種植園旁邊搭建臨時安置點。以前那麼艱難的日子都過來了，這次困難又算得了什麼⋯⋯」

陳思澤講完後，將擴音器遞給了旁邊的士兵。受到他剛才這番言語的鼓舞，也沒有人再哭泣，只沉默地在士兵的指引下上山，再翻過山脊，去種植園旁邊搭建臨時安置點。

「顏布布！」顏布布聽到了王穗子的聲音，看見她和計漪在前面對著他揮手，便也朝著她們揮手，並拉著封琛想過去。

「兩位等等。」旁邊卻走過來一名士兵，「陳政首想見你們，兩位跟我來一下。」

顏布布有些驚訝，轉頭看向封琛。封琛對他點了下頭，顏布布便跟著他一起，在那名士兵的帶領下，走向站在卡口旁的陳思澤。

「⋯⋯種植園旁邊是我們早就預留出來的空地，正好給 1 層的人搭建大營地。但是變異種很多，得組織人手先巡邏起來。軍隊騰不出人手，巡邏的事就讓那些預備役民兵去做，給他們分發武器。晚點我和西聯軍碰頭開個會，先拿出個暫時的對策⋯⋯」

陳思澤給一個又一個的軍官下達命令。他反應敏捷，考慮問題很周密仔細，安排事情也事無巨細，封琛一直在旁邊默默地聽著。

時間過去了 10 幾分鐘後，陳思澤才轉回頭，看見了旁邊的封琛和

259

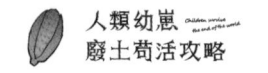

顏布布,有些茫然地道:「你們⋯⋯」

「陳政首,我是顏布布,他是我哥哥封琛,我們倆是被一名士兵帶過來的,說您想見我們。」顏布布口齒清楚地脆聲回道。

「啊⋯⋯對,我是讓人請你們過來的。」陳思澤和氣地笑了起來,「剛才就是你們和另外兩名學員點起大火引走喪屍的吧?我已經代表東聯軍感謝了她倆,現在是特地想向你們倆表示謝意。」

「不用感謝,我和哥哥也是東聯軍的士兵,那是我們應盡的職責。」顏布布關鍵時刻不掉鏈子,挺直腰身,板著臉蛋兒認真回答,惹得封琛連著瞥了他好幾眼。

陳思澤贊許地點頭,「你是嚮導吧?叫顏布布?」

得到顏布布肯定的答覆後,他又轉頭看向了封琛,「你是哨兵,叫做⋯⋯封琛?」

陳思澤遲疑著說出封琛兩個字時,聲音已經變得很輕。他上下打量著封琛,眼睛慢慢睜大,像是終於肯定了自己的猜測,神情逐漸變得又驚又喜。最後伸出手指在空中一直點,卻一個字也說不出來。

「陳叔叔,我是封琛。」封琛啞著嗓子道。

「果然是你、果然是你⋯⋯好小子,你居然還好好的,好小子。」陳思澤聲音裡帶著激動:「其實你就算不說名字,我如果遇見了你,也會把你認出來。模樣沒變、沒變,和你小時候一個樣。」陳思澤看著封琛,沉默了兩秒後又道:「和你父親年輕時也一個樣。」

顏布布悄悄看向旁邊的封琛,看見他喉結在上下滾動,眼底閃著水光,眼周有一圈紅,便伸手拉住了他的右手,安慰地握緊手指。

封琛剛想說什麼,旁邊就跑來一名軍官,匆匆道:「陳政首,西聯軍想將2層的營地搭在礦場上,說那邊雖然左邊是陰硤山,右邊是沙漠,變異種非常多,但是必須要將2層和1層的人分開才行。」

陳思澤想了想,回道:「⋯⋯是要分開的。冉平浩在哪兒?我現在去找他商量。」

## 第八章
放心，我不會讓我們倆出事的

「他在東城門口。」軍官回道。

「行，那我馬上過去。」陳思澤道。

等著軍官離開後，陳思澤再次看向封琛，「封琛，你帶著顏布布去營地安置下來，你倆今天辛苦了，先休息休息。陳叔叔這裡還要處理事情，晚點我會派人去找你，我們叔侄倆好好聊聊。」

「好的，陳叔叔您先去忙。」封琛道。

封琛就站在原地，看著陳思澤快步走向遠方，良久後才對一直沒吭聲的顏布布道：「走吧，我們也下山去。」

「好。」

山道上全是人，黑獅乾脆揹著比努努離開山道，從山坡上往下攀爬。顏布布走在人群裡，滿腹的話無法開口問，怕被人聽見，只不停側頭去看封琛的臉。

「一直看我做什麼？」封琛低聲問。

顏布布想了想，湊到他耳邊小聲問：「你現在還覺得他會和那個的失蹤有關係嗎？我覺得他很好哎。」

他怕被周圍的人聽見，沒有直接說出陳思澤和林奮的名字，但封琛明白他的意思。

「從情感上我不願意懷疑他，但是理智告訴我，不管是對他還是其他人，在沒找到人之前都必須懷疑，不能隨便下定論。」封琛道。

顏布布點了點頭，神情嚴肅地道：「嗯，你懷疑誰我就懷疑誰，你不懷疑他了，我才不懷疑他。」

封琛想起剛才他對陳思澤的一臉崇敬，現在立刻又變了臉，心裡有些好笑，忍不住就抬手揉了下他腦袋。

整條山道上都是人，卻沒有誰說話，只沉默地走著。山上比城裡氣溫低了不少，有人將圍巾什麼的裹在身上，更多的人卻什麼也沒能帶出來，只緊緊抱著自己手臂。每隔段距離便會站著名手持汽燈的士兵，照亮了這些人疲憊中帶著幾分麻木的臉。

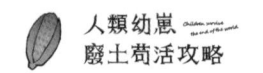

封琛將軍裝脫下來搭在顏布布肩上,再將人攬在懷裡,問道:「冷不冷?」

「不冷。」顏布布搖頭。

王穗子和計漪在山頂等著他倆,四人會合後,一行人便又順著車道往山下走。

「也不知道陳文朝和蔡陶他們怎麼樣了。」王穗子聲音低沉。

顏布布安慰她道:「他倆和丁宏升都是去了2層,還有我們學院的那些同學,肯定都會沒事的。」

「嗯,他們應該沒事的。」

前方有人在大聲嚎哭,一名60出頭的老人閉著眼躺在路邊,邊哭邊不停訴說。

「我的小真啊……都已經快到城門口了,她怎麼就能被喪屍咬了呢……我的女兒……地震和龍捲風都熬過來了,為什麼這一關妳就沒有熬過去……」

他毫不在乎形象地在地上滾來滾去,彈動雙腿,渾身都是泥土,顯然已經悲傷到極致。路過的人紛紛惻然,有些也失去親人的便跟著放聲大哭起來。

顏布布聽著這滿山的哭聲,也在抬手揉眼睛,封琛沒說什麼,只將人攬得更緊。

下山途中還遇到了蘇中校,他看見顏布布四人後,既欣慰又難受,聲音都有些哽咽:「好,看到你們安全就好,太好了……」

「我們海雲城的那些人怎麼樣了?」王穗子和計漪關心地問。她倆不像顏布布和封琛曾經遇到過那些事,年幼時和海雲城的人一起乘船來中心城,又一起在嚴寒中步行,對海雲城的人有著共患難的情感。

蘇中校張了張嘴,最後擠出一個難看的笑,「還行、還行,大部分的人都在。」

王穗子和計漪沒有繼續追問,幾人站立片刻後,蘇中校道:「我要

## 第八章
放心，我不會讓我們倆出事的

去卡口覆命，你們先下山吧。大部分民眾的臨時營地在種植園旁邊，哨嚮學院的營地在礦場裡，你們下山後就往那裡走。」

「好。」

「好的。」

山下一片忙亂，大家在種植園旁的空地和礦場上分別搭建臨時安置點。那曠野雖然寬廣，能將中心城的人都容下，但變異種隨時出沒，周邊環境很不安全。

當顏布布幾人走到半山腰時，便聽見曠野上突然響起喧嘩人聲還有槍聲，想必在搭建安置點的過程中就有變異種衝了進去。

既然蘇中校說哨嚮學院的臨時營地在礦場，四人就往那方向走，半個小時後下山到了礦場。

礦場裡也搭建著大大小小的帳篷，顏布布經過那些帳篷時，看見篷布上分別寫著軍部、福利院和研究所，已經度過變異期的普通人也住在這裡，幾個大帳篷上注明了１居民點、２居民點……

礦場裡到處都是人在匆匆奔走，負責安排的人被民眾圍著，焦急地詢問自己失蹤親人的動向。

「我是從２層出來的，１層Ｃ區租住點的人都離開中心城了嗎？」

「我和我姊姊跑分散了，我是從２層西城門通道出來的，沒有看到她人，２層會有危險嗎？」

「１層Ａ區安置點的人都出來沒有？是不是要去種植園那邊找？」

哨嚮學院的帳篷搭建在最裡面的空地，緊挨著陰硤山。顏布布還沒走近便看到了孔思胤的身影，還有很多學員和教官。

「顏布布！王穗子！」

顏布布聽到了趙翠的聲音，轉頭喊了聲：「翠姐。」

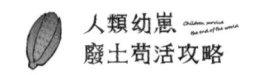

趙翠朝幾人走來，滿臉都是污痕，身上的軍裝也破了好幾個洞，顯然剛才也遇到過不小的危機。

　　趙翠給顏布布和王穗子分別一個有力的擁抱後，王穗子問道：「翠姐，妳剛才怎麼樣？」

　　「哎，還行吧。」趙翠先是嘆了口氣，接著便開始講述：「你們不知道啊，我去居民點帶著人撤離的時候，一腳踩空掉到了1層，謝天謝地各位大小神保護，下面居然是個臨時辦事點的帳篷，我就掉在了帳篷頂上。」

　　「哇——」顏布布和王穗子齊聲驚歎，「好險啊。」

　　「更險的是什麼？是那帳篷旁邊有一群喪屍。我和大白站在帳篷頂上，和那些往上爬的喪屍打了一陣。心裡那個絕望啊，就覺得我肯定是活不成了，要丟在那兒了……我那鞋墊都才做了一半呢。」

　　顏布布屏住氣，「後來呢？」

　　「後來……後來我被人救了。」趙翠說到這裡，臉上表情突然有些奇怪，像是不好意思似的，手臂往左邊稍微抬了下，「是他從2層的裂口處跳下去救我的。」

　　顏布布看過去，看見那名叫做王德財的老哨兵，正站在一旁笑咪咪地看著他們，便揮手打了個招呼，「王叔。」

　　「哎，乖娃。」

　　王穗子笑嘻嘻地問：「翠姐，那妳打算以身相許了嗎？」

　　趙翠原本還有點羞赧，在聽到王德財那聲乖娃後又沉了臉，「聽聽，乖娃……我和他完全就不是一個輩分的，他太老了，我不願意。」

　　顏布布道：「其實也不老，只是個稱呼而已，翠姐妳也可以叫我乖娃的。」

　　「不，你是弟弟。」趙翠果斷拒絕。

　　三人又聊了幾句，趙翠說：「你們先進帳篷吧，陳文朝在裡面，還有經常和你們一起吃飯的那兩個哨兵。」

## 第八章 ◆
### 放心，我不會讓我們倆出事的

顏布布知道她說的是丁宏升和蔡陶，聽到他們都平安後，總算是鬆了口氣。

帳篷裡面積很大，像是個籃球場似的，地上鋪著層塑膠布，哨兵和嚮導學員們隨意地坐著，互相詢問並講述自己的經歷。現在沒人收回量子獸，動物們也在滿地亂跑，學員加上量子獸，整個帳篷裡一團鬧哄哄。比努努和黑獅也進了帳篷，比努努一見到這場景便開始煩躁，不斷扯黑獅的鬃毛想出去。

「去吧，但是不要跑太遠。」封琛低聲道。

黑獅便揹著比努努出了帳篷。

顏布布鑽進帳篷，一眼就看見了陳文朝、蔡陶和丁宏升。他們也發現了門口幾人，連忙站起身揮手，「快過來！」

大家在塑膠布上盤腿而坐，一番交談詢問後，顏布布才知道陳文朝他們剛才也很驚險。他去到2層居民點，卻發現包括自家在內的好幾棟樓房都垮塌了，便和其他學員一起挖掘廢墟，從裡面搶救出了不少人。結果中間遇到些小事故耽擱了時間，幸好蔡陶和丁宏升去找他，趕在北城門炸橋的最後一刻衝出了城。

「那你爸爸沒事吧？」顏布布問。

陳文朝道：「沒事，他當時沒在家，又在學院外的卡口處。結果中心城剛剛塌陷，他就被第一批送出了城。」

顏布布談到他和封琛的經歷時，沒有說自己掉到城外還差點變成喪屍的事。只說去福利院帶了四名小孩兒，將他們送出城時遇到了去找他的封琛，便去1層引喪屍，最後碰見了王穗子和計漪。

哨嚮學院一共有兩個大帳篷，分別住著兩、三百名學員，吵鬧得像是交易場。當孔思胤帶著幾名教官進入這間帳篷時，學員們的聲音才逐漸小了下來。

「現在點名，統計人數。」教官拿著名冊開始點名，「現在先點名哨一班的學員。劉明凱。」

人類幼崽
廢土苟活攻略

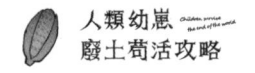

「到。」

「陳思恩。」

「到。」

「陳留偉。」

沒有人應聲,教官又念了遍:「哨一班陳留偉……哨一班陳留偉在不在?」

學員們也在左右張望,卻沒聽到陳留偉回應。

教官:「你們有人見過陳留偉嗎?」

有人回道:「中心城就要垮塌的時候,我在卡口見過他。當時有醫院剛從緊急通道撤離,那些重病患者走不動,醫院人手不足,他就揹著病人一起下山了。」

「你的意思他早就到了營地?」

「對。可能在種植園那邊還沒有回來吧。」

教官也就不再詢問,繼續往下點名。10幾分鐘後點名完畢,統計的結果是除了陳留偉,其他學員都在。

孔思胤目光緩緩掃過學員們的臉龐,「各位學員,我們的臨時營地右面是沙漠,左面是深山,變異種隨時都有可能出現。接下來你們的任務會更加艱巨,希望你們都已經做好了充分的思想準備。今天大家都辛苦了,先好好休息一晚上,明天會有新的任務等待你們去執行。」

「是。」

「是。」

帳篷內響起大家的齊聲回應。

對於哨嚮學院的學員,中心城總是最照顧的,沒過多久,軍隊便送來了被褥和換洗衣物,以及一些必須的日用品。

經過數次大災難後,軍隊裡有專門的物資連隊,負責平常的物資囤積和災難來臨時的物資轉移。之前他們就在這曠野裡囤積了很多物資,在發現甲蟲可以腐蝕鉅金屬柱後,又連夜運送大量物資出城,保證

## 第八章
放心，我不會讓我們倆出事的

了大家的基本生存。

封琛排隊領取了自己和顏布布的物資，見他神情疲倦，便道：「我們去打水洗漱一下，然後就休息。」

哨嚮學院的帳篷附近便有一口井，那是軍隊之前打的戰備井。現在井前打水的人排著長隊，附近還用簾布圍了七、八個小間，裡面傳出嘩嘩水聲，應該是臨時洗澡房。

顏布布他們一群七個人全都提著塑膠桶在排隊，慢慢地向前移動。排到水井旁打好水後，又去臨時洗澡房前排隊等著洗澡。

現在沒有熱水，氣溫也很低，每個洗完澡從簾子裡鑽出來的人都凍得哆哆嗦嗦，弓著身體往帳篷裡跑。

他們這幾人排到井口時，封琛將顏布布的桶打滿水，又給陳文朝和王穗子打好，拎著三桶水，走向不遠處的一間獨立帳篷。

他在帳篷門口和名後勤兵說了幾句，士兵便放他進了屋。10分鐘後他再出來，那三桶水便騰騰冒著熱氣。

「那是廚房，可以燒熱水。」封琛將三桶水分別交給三名嚮導，「快去洗澡吧，洗完了早點休息。」

「謝謝封哥。」

輪到顏布布洗澡時，封琛將他的水桶提進洗澡間，又將乾淨衣服放到隔板臺上，這才退了出去。

顏布布閉著眼用水澆頭，泡沫順著臉龐往下淌。整片營地已經漸漸安靜下來，但民眾營地方向依舊有隱約的斷續哭聲。

那哭聲像一張看不見的透明薄紙，封住顏布布的口鼻，一點點被洗澡間的氤氳水氣染濕，讓他的呼吸也一點點變得艱難。

夜裡，不管男女還是哨兵嚮導，大家都挨擠在一塊睡覺。有人在小聲交談，也有人靜靜地看著某處發呆。

顏布布和封琛並排躺著，頭就枕在他肩窩，不時輕聲說上兩句。黑獅趴在他們身旁，一隻爪子輕輕攏著將頭鑽到牠肚皮下的比努努。

「我們的毛衣毛毯全在家裡沒有帶出來，那些都是你在海雲城的時候織的。還有我的那個密碼盒，裡面還裝著我的螞蚱⋯⋯」

封琛道：「以後肯定會回去的，那些衣服和你的密碼盒都好好在家裡，不會有什麼問題。」

「喪屍不會去我們家裡亂搞嗎？」顏布布問。

「不會，我們家門窗都鎖好了的，裡面也沒有什麼好東西會吸引喪屍撞門進去。」

顏布布：「可是萬一軍部不重建中心城了呢？比如帶著我們去另外的城市。我們從海雲城來的時候，路上不就有幾個空城嗎？」

封琛道：「只要普通人會異變成喪屍的問題不徹底解決，那不管到了哪個城市，年復一年的過去，喪屍只會越來越多。槍枝彈藥短缺，消耗量遠大過製造量，不可能全用來清理喪屍，終究還是要將城市修建在高處，把喪屍丟到地面去。而且中心城是按照災後的生活需求建造的，工廠設備和安置點基本齊全，與其大費周章另外建新城，不如重新修復省時省力。」

既然封琛說沒有問題，那就肯定沒有問題。顏布布趴在他懷裡，感受著他溫熱的體溫，鼻端嗅聞也是他身上淡淡的香皂味，這時候才徹底放鬆，漸漸睡了過去。

## 【第九章】

## 不管怎麼樣,你都有我,
## 還有比努努和薩薩卡

◆─────◆─────◆

教官揉了下耳朵,「行吧行吧,那就你了。」
顏布布轉身,目不斜視地走向隊伍,站在了封琛身旁。
比努努同樣昂首挺胸地走向黑獅,水壺拖在地上,撞得砰砰響。
「還挺能啊。」封琛用兩人才能聽到的聲音道。
「那可不。」顏布布得意地回道,又伸手去勾住封琛的小指。

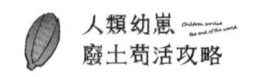

第二天一大早，學員們起床出了帳篷。

吃過早飯後，教官便來布置任務：「我們應該還要在這裡住很長一段時間，這個……你們是哨兵嚮導，很多人還沒有匹配……當然有些已經匹配了。這個……所以大家不能就擠在一個帳篷裡。」

教官吞吞吐吐地說了個大概，但學員們心知肚明，都知道他說的是什麼意思。有人面紅耳赤地垂著頭、有人假裝沒有聽見、有人視線飄忽，不知道將目光落到哪裡才好。

如果是普通人也就罷了，很多學員還面臨著結合熱的問題。

嚮導在結合熱來臨時會不可控地散發嚮導素，還沒經過匹配的哨兵會受到嚮導素吸引，並產生一系列生理反應。所以這也是學院除了修建單身哨嚮的宿舍樓外，還要給已結合或即將結合的哨嚮學員單獨修建小樓的原因。

如果大家都擠在一個帳篷裡，若是哪名嚮導迎來結合熱，嚮導素滿帳篷都是，那肯定會出亂子的。

「兩位執政官命令我們今日內搭建好簡易板房，所有材料都齊備，民眾營地由他們自己負責，你們只需要將學院的板房搭建好就行了。」

教官說完任務，接著問：「對了，哨一班的陳留偉回來了沒有？」

哨一班好幾人都在回答：「沒有。」

「沒有，昨晚一整夜都沒有回來。」

「沒看到他。」

教官神情變得嚴肅起來，只說了句解散，便匆匆走出了帳篷。

礦場的面積非常大，很快就將各區域劃分出來。軍部的房屋搭建在靠近沙漠的地段，而靠近山底的地方則歸哨嚮學院，中間最安全的地段，便分別劃給研究所、福利院和幾個居民點。

簡易板房用的材料是專門生產的軍用板房材料，重量輕卻堅固，原料也好找。而且搭建這種房屋就像小孩子拼湊積木似的，方法很簡單。中心城未雨綢繆，在安定時便在大量生產這種板材，囤積了一大

## 第九章 ◆
不管怎麼樣，你都有我，還有比努努和薩薩卡

批，現在就派上了用場。

　　整個礦場都在開始搭建板房，因為溧石和鉅金屬的煉製不能停，所以礦場的作業點要留出來，還要容下2層居民點的幾萬人，所以就算這裡面積廣，地方也不大夠用。

　　封琛和顏布布都在忙碌，一名士兵卻走了過來，「你是封琛嗎？」

　　封琛看了眼他的東聯軍制服，心裡猜到了什麼，便放下手上的板材回道：「我是封琛。」

　　「陳政首讓我來接你去一趟軍部指揮所。」士兵道。

　　「好，我現在就去。」封琛轉頭對累得滿頭大汗的顏布布道：「我去軍部一趟。」

　　顏布布聽到了他們的對話，忙道：「你去吧，我先在這裡搬著。」

　　軍部指揮所就在靠近沙漠邊緣的地方，是獨立的兩個板房群落，互不相干卻又離得不算太遠。

　　封琛知道這必定是東西聯軍各自的指揮所，心裡不由生起一種微妙的滑稽感。

　　東聯軍指揮所是左邊那片板房，封琛跟著士兵進了其中一間。剛進門，他便看見陳思澤坐在窗邊的木椅上，雙眼緊閉地用手撐著頭，像是已經睡著了。

　　他做了個噤聲的手勢，阻止了士兵通報的舉動。士兵領首，輕手輕腳地退出屋，關好了房門。

　　封琛就站在屋中央，靜靜地看著陳思澤。

　　陳思澤還穿著昨天在卡口時見過的那套軍裝，一隻袖口不知道在哪裡刮破了，垂著幾絡布條，衣襟上也沾著一些污痕。他雖然閉著眼，下眼卻有著兩團明顯的烏青，顯然昨晚通宵都沒有睡過覺。

　　陳思澤和他記憶裡的形象沒有什麼大的變化，只是臉上多出了些歲月的痕跡，眼尾也有著幾道深刻的紋路。

　　──如果父親還在的話，可能也會是這樣吧……

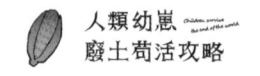

當陳思澤睜眼看到封琛時，眼底還有著剛醒來的茫然，「在平？」

「陳叔叔，我是封琛。」封琛低聲道。

陳思澤怔了下才回過神，站起身走過去，張開雙臂給了封琛一個擁抱。片刻後鬆手退後一步，上下打量著他，神情既欣慰又激動，「像，和你爸爸年輕時長得太像了，剛才那一刻我還以為看見了他。」

封琛聽他提到父親，心裡隱隱抽痛了下。

「來，不要站著，先坐下，我要和你好好聊聊。」陳思澤讓封琛坐下，感嘆一陣後又笑道：「大了，長大了。以前你爸爸經常會帶著你去軍部，小小年紀板著個臉，看見我後還要給我行軍禮。」

封琛也記得那些幼時的事，現在聽陳思澤提起，也跟著笑了起來。

「什麼時候來中心城的？是多年前海雲城的人集體遷徙那次嗎？那為什麼這麼久都沒來找我？」陳思澤問出了一串問題。

封琛不準備說出當年的那些經歷，便斟酌著回道：「我當時生病了，就沒有跟著來中心城的人一起走，就一直住在海雲城的東聯軍研究所裡。」

「一直住在研究所裡？你一個人住在那裡？」陳思澤有些驚詫。

封琛只含混地回道：「不是一個人，還有其他人。」

陳思澤並不清楚他口裡的這個其他人也是名小孩，只當同時留下的還有大人，便沒有在意，只略微思索後問道：「表示並不是你不想走，而是別人不帶你走？」

封琛回道：「我當時得的是一種比較烈性的傳染病，所以……人之常情。」

陳思澤了悟地點頭，也沒有繼續追問，只連連感嘆不容易：「不過東聯軍在海雲城修建研究所時很是花費了一番工夫，如果在地震中沒有被毀壞的話，是可以在裡面生活數年，並平安度過極寒天氣的。」

「是的，所以我這些年過得還不錯。」

「不錯就好。」

## 第九章 ◆
不管怎麼樣，你都有我，還有比努努和薩薩卡

向封琛詢問完情況後，陳思澤問：「昨晚我還聽士兵彙報，說東城口底層的橋斷了，是你和幾名學員架起了備用通道？」

封琛道：「也不算是我們幾名，當時所有在場的哨兵學員和崗哨士兵都在努力，如果不是大家一起幫忙對抗喪屍的話，只憑我們幾個也根本無法架橋。」

陳思澤臉上露出一絲欣慰，「不錯，很不錯。有勇有謀有能力，還謙遜不貪功。光芒初顯，只需要再細緻打磨。」他目光愉悅地打量封琛，交代道：「等你從學院畢業以後，就到我身邊來，我要親自帶你一段時間。」

「是。」

士兵這時送水進來，待他放下水離開，陳思澤又慢慢凝肅了表情。

「雖然你沒有問，但我知道你肯定很想從我這裡瞭解你父母當時的情況。」陳思澤端起水杯喝了一口，又側頭看向了一旁。

封琛終於能知道父母最後一刻的經歷，心裡像是被木槌重重敲擊了下，下意識握緊了手中的水杯。

陳思澤回憶道：「那天，我在宏城的中心劇院舉行演講。我在臺上，你父母就坐在第一排。在地震發生的那一刻，大家都在往外跑，但我還堅持站在那裡繼續演講……」他苦笑了下，對封琛道：「要知道那場演講對我很重要，關係著能不能打敗西聯軍的競爭對手，也沒意識到會是這樣強烈的地震。直到我聽見你父親在喊思澤快躲起來，我才鑽到了演講桌下。」

封琛想問什麼，但喉嚨上下壁卻黏在一起，張了幾次嘴都沒能成功地發出聲音。

陳思澤苦笑了下，「先是地震，接著又是土石流，我躲在那桌下，前面被水泥板擋住出不去，也不知道外面到底怎麼樣了，只知道四周漸漸都沒了聲音……演講桌下放著一箱礦泉水，我在那下面待了 5 天，後來被士兵救出去了。」

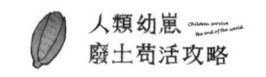

「那我父母呢？」明知道結果，但他還是忍不住問，喉嚨像是被砂紙擦過，說出的話嘶啞難聽。

陳思澤沉默片刻後，抬手抹了把臉，「士兵在劇院廢墟裡挖出了幾百具屍體⋯⋯小琛，是我親手將你父母埋在了山腳下。」

顏布布還在搭建營地，他一邊將板材遞給屋頂上的哨兵，一邊頻頻往軍部方向張望。

「我要的是焊槍，不是這個。」哨兵道。

「喔，好的，焊槍。」

顏布布將焊槍遞上去後，轉頭便看見封琛正從軍部方向走了過來。

「哥哥！」顏布布大喊了聲，但封琛卻像是沒聽見似的，臉色是顏布布從未見過的失魂落魄，被身旁奔跑的人撞著了也沒有什麼反應。

顏布布心頭一緊，忙對旁邊屋下的趙翠道：「翠姐，幫我這邊遞下工具，我有點事離開一下。」

「好，你去吧。」

顏布布飛跑到封琛身旁，小心地停下腳步，卻見他眼神空空地擦過自己身側往前走，便趕緊拉住了他的手。

他知道封琛見陳思澤，也知道他一定會打聽先生和太太的消息。封琛現在這副樣子，他不用問也猜到了是怎麼回事。

顏布布的心也直往下沉，強忍著要流出的眼淚，見右邊山腳下沒人，便拉著封琛往那方向走。

兩人背靠山腳的一塊大石坐下，封琛垂著頭不開口，顏布布便只安安靜靜地坐在旁邊，不時偷偷看他一眼。

中途比努努來了一次，要去扯封琛的衣袖，被顏布布拉到了一旁，「他現在不高興，你不要去打擾他。」

## 第九章 ◆
不管怎麼樣，你都有我，還有比努努和薩薩卡

比努努看看封琛，又看看後方，再轉回頭一動不動地盯著顏布布。

別人若是看見牠，會覺得牠和平常沒有什麼區別，但顏布布卻能從那雙看似毫無情緒的漆黑眼瞳裡，看出牠此時的慌張。

「是不是薩薩卡不高興？」顏布布心念一轉便明白了。

比努努點了下頭，垂在身側的小爪子捏得緊緊的。

「牠和哥哥遇到了很不好、很不好的事。」顏布布摸了下比努努的腦袋，「你去陪著牠吧，讓牠開心一點。」

比努努點了下頭，飛快地轉身離開。

封琛一直靜靜坐著，眼望著遙遠的漆黑天際。顏布布也就一直沉默地陪著他，將他手拿到自己膝蓋上放著，輕輕握住。

也不知過了多久，封琛才慢慢轉頭，盯著自己被顏布布握住的手，問道：「你沒去幫忙蓋房子？」

他的聲音雖然還有些低啞，但語氣和神情已經恢復正常，顏布布輕輕鬆了口氣，道：「我先在這兒陪你一會兒。」

封琛俯身從地上撿起一塊小石頭，在指尖輕輕轉動，嘴裡平靜地道：「他倆在地震時就已經沒了，應該沒有什麼痛苦，是陳政首親自安葬的。」

顏布布雖然早已經知道這個結果，但聽到封琛親口說出來，心裡還是猛地一抽。他趕緊轉開頭假裝看其他地方，將湧出來的眼淚悄悄蹭在肩頭上。

兩人又靜坐了許久，顏布布將頭靠在封琛肩上，伸手拿過封琛指尖的小石子，再放回他掌心一下下撥動。

封琛眼睛也看著那顆小石子，聽到顏布布在輕聲道：「不管怎麼樣，你都有我，還有比努努和薩薩卡。」

封琛沒有應聲，只看著顏布布將他掌心的小石頭撥來撥去，就這樣看了很久。

「你還要這樣撥多久？我就一直這樣給你捧著嗎？」封琛問。

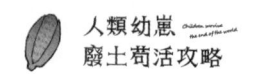

顏布布停下動作，有些驚訝地看向他，「你不說話也不動，一直將手攤著，我還以為你愛看我撥石子，都不敢停下來。」

封琛臉上終於露出了一絲笑意，「走吧，吃午飯去，我聽到你肚子響了兩次了。」

「你不再坐一會兒嗎？你可以坐到真的想走了我們才走。」

封琛道：「早上我去軍部時，看見食堂的人抬了幾隻野山羊變異種，今天中午一定會有紅燒羊排骨。」

顏布布慢慢坐直了身體。

「如果去晚了，很快就被搶光了。」封琛扔掉石子，站起身拍拍腿上的灰土。

顏布布趕緊去牽他手，「那走吧，我們先吃飯，吃了飯你想安靜一會兒的話，我們再來這裡坐。」

封琛又去拍他腿上的灰土，「吃完飯就去建房子，今天總不能還睡在大帳篷裡，不然比努努多難受。」

兩人吃過午飯便去搭建板房，到了晚上時，學員們終於將哨嚮學院的板房群落大致搭建完畢，只是房頂還沒有安上。

出入口像模像樣地豎了塊木牌，如同中心城學院那般，讓孔思胤在木牌上寫了「埃哈特哨嚮學院」一行字。

板房群的左邊是學員宿舍區，依舊分成了男女和哨嚮雙性別。不過現在沒有一人一間套房的待遇，都是六人住一間，廁所和澡堂是公用，在宿舍區的盡頭。

右邊除了教學樓，還有校長和教官的宿舍，學院食堂和軍部合併在一塊兒，吃飯的話就去靠著沙漠的軍部食堂。

民眾區是和安置點類似的大棚，裡面用隔板隔成了一個個小間，每個小間都要擠下十來個人。

如今能活下來都算不錯了，居然還能有容身的地方，也沒有誰抱怨空間狹小，只埋頭幹著活。

## 第九章 ◆
不管怎麼樣,你都有我,還有比努努和薩薩卡

住在礦場的民眾都是渡過變異期並痊癒的普通人,人數也有兩、三萬。雖然他們要搭建的大棚面積廣,但他們人手足夠,很快就將外層搭建好,開始在裡面隔小間。當所有房屋搭建好後,整個礦場成了個大型租住點,場面很是壯觀。大型挖礦機依舊在運作,房屋之間鐵軌交錯,礦車在上面來來往往。

哨嚮學院的未結合哨嚮學員是住集體宿舍,那些結合了的哨兵嚮導會有自己的單間。

說是單間,不如說是個鴿子籠更合適。屋內僅僅能擺放下一張床,還有一條連轉身都艱難的過道。不過密封性倒是非常強,若是有嚮導進入結合熱期,只要關好門窗,不會有半分嚮導素從房內溢出去。

有陌生教官負責給結合過的哨嚮學員分房,拿著以前住在小樓裡的人員名單念,很自然地就念出了顏布布和封琛,並分給了兩人一間鴿子籠。鴿子籠的屋頂還沒搭建,只有四面牆壁。顏布布坐在屋內的窄床上,看著封琛在牆邊釘吊櫃。

「我們必須要有個櫃子,但是地上擺不開,乾脆就釘在牆上。」封琛道。

他每次轉身拿工具,顏布布都不得不將兩條腿縮回床上,好留出通道讓他轉身。

「比努努和薩薩卡怎麼辦?如果比努努知道牠只能躺在床邊的過道裡,我都不敢想像會發生什麼。」顏布布摸著自己手臂打了個哆嗦,遲疑地道:「要不……要不你睡過道,我睡在床下,把床留給牠吧。」

「不用,我去物資點找一架上下床。」

封琛去了物資點,顏布布便在屋裡等著。

他們的房子雖然小,竟然還開了扇窗戶,只是那窗小得只有比努努能進出。因為左邊是走廊,窗戶便開在了右邊,正對著陰硤山。

陰硤山上只有低矮的灌木,大片深黑色山體露在外面,斑駁難看。好在半山腰有一大片石林,山石造型還不錯。除此之外也沒有什麼其他

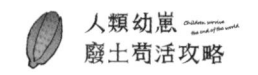

風景可看，窗戶唯一的作用就是通風和換氣。

顏布布盯著那片石林看了會兒，封琛便回來了，兩手空空地站在門口，「物資點現在沒人在，我去打水，把地板和床底下擦乾淨。」

夜裡，顏布布和封琛並排躺在床上，雙手都交疊放在小腹，姿勢很是板正。兩人中間躺著比努努，也將兩隻小爪疊放在胸口，兩人一量子獸都面無表情地盯著天空。

黑獅則趴在床邊過道裡，慢慢甩著尾巴。

「我要翻個身啊，這樣躺著有些難受。」狹窄的床鋪只能容下兩個人，多了個比努努後連翻身都很困難。顏布布窸窸窣窣地動作，翻身面朝著比努努。

他眨著眼近距離看了會兒比努努，幽幽道：「我還沒有這麼仔細地看過你，原來你是個塌鼻梁，就鼓起了一團鼻頭，像個……像個大蒜……你的睫毛還很長，翹翹的，我摸一下看看。」

比努努一爪打掉顏布布的手，翻身朝向了封琛那方。

封琛眼睛盯著天空，「今晚沒有眼罩和睡裙，睡覺不習慣嗎？」

比努努點了下頭，枕頭布料被牠的腦袋摩擦出沙沙聲。牠又撥了下封琛胳膊，示意他去看自己身後的顏布布，隱隱有些告狀的意思。

「條件不好，將就一下吧，等到解決了甲蟲問題，重建中心城的時候我們就可以回去了。」封琛也轉頭看向比努努，「過幾天我看能不能找點碎布頭給你做條裙子……」

他的聲音漸漸小了下去，盯著比努努喃喃道：「……顏布布說得沒錯，你居然真的沒有鼻梁。」

比努努胸脯上下起伏，齜著兩排尖厲的小白牙，接著又騰地起身，直接從封琛肚子上踩過去，跳下了床。

## 第九章
### 不管怎麼樣,你都有我,還有比努努和薩薩卡

牠先鑽到床底,再往外挪,緊緊貼著黑獅。黑獅便抬起一隻爪子,將牠攏在自己懷裡輕輕地拍了幾下。

封琛便用只有兩人才能聽到的聲音對顏布布耳語:「牠要再擠上來,我們還說牠鼻子。」

顏布布笑瞇了眼,做口型道:知道了。

兩人如同往常睡覺那般,顏布布開始絮絮叨叨地說話,封琛有時候不理,有時候會回應兩句。

「你看這窗戶就對著山壁,半夜裡會不會有變異種偷偷摸進來?如果突然衝下來一大群變異種的話,大家都睡著了怎麼辦?」

「沒事的,好多量子獸在外面巡邏,變異種不來個幾百隻,連我們的量子獸都搞不過。」

回顏布布話的卻不是封琛,而是隔壁的人。

顏布布知道這房間板材薄、不隔音,但沒想到他和封琛只是在小聲談話,居然也會被其他人聽到。

顏布布便問道:「同學,你們是誰啊?」

「我們是哨一班的董明軒和嚮二班的左婁。」隔壁的人回道。

顏布布便也隔空跟他們自我介紹:「我們是哨二班的封琛和嚮三班的顏布布。」

「你們好。」

「你們好。」

打完招呼後,封琛開口問道:「你們班那名哨兵找到了嗎?」

他問的是哨一班那名始終不見人的陳留偉。

董明軒也清楚他問的是誰,嘆了口氣道:「失蹤了。」

「失蹤了?」顏布布驚訝地直起上半身,被封琛將他的腦袋又按回了枕頭。

「今天教官專門去找過他當時護送下山的病人,大家都說他將病人送到種植園後就來了礦場。」

279

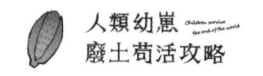

封琛問道：「意思他是到了礦場營地這邊失蹤的？」

「是的。當時礦場裡人不多，軍部物資處在忙著運送板材，沒有怎麼注意他。也有人記得他在幫忙卸貨，只是後來就沒見著了。」

隔壁另一道陌生聲音響起，應該就是董明軒的嚮導：「會不會有變異種衝到礦場來把他弄走了？」

「不可能啊，他可是哨兵，一、兩隻變異種根本不可能傷到他。如果有出現大批變異種的話，當時這裡的其他人不可能不知道啊。」董明軒道。

他的嚮導嘟囔著：「那可能自己跑進山裡去了？」

董明軒道：「教官也是這麼懷疑的，可能他發現了變異種或者是其他什麼，一直追進了山裡或者沙漠裡，結果不知在哪兒迷了路。今晚軍部已經派出了一個連隊進山裡找他，如果還找不到人，可能我們明天都要去找。」

顏布布一直聽著，問道：「在這裡會迷路嗎？而且他是哨兵，還帶著量子獸。只要能辨清方向的話，總能回來吧？」

「唉，誰知道他會不會遇到什麼突發情況了。」董明軒的聲音有些憂慮。

大家都沉默下來，氣氛也變得很凝重，不知哪間屋子又響起了其他鄰居的聲音。

「我覺得他會不會又掉頭回了中心城？」

「不會的，如果他回中心城，無論怎麼都會留下蹤跡。」說話的是左邊一間屋子裡的人。

「是的，大家都在往城外跑，他要逆著進城。那緊急通道就那麼窄窄一條，不說路上遇著的人，光是關卡的士兵都能注意到。」

「那他到底去哪兒了呢？他可是名B級哨兵，上次體測的時候，他們那組完成了測試的只有三個。一個是入學不久的哨兵，一名是哨三班的誰，還有一名就是他了⋯⋯」

## 第九章 ◆
### 不管怎麼樣，你都有我，還有比努努和薩薩卡

顏布布聽到這裡，忍不住插嘴道：「你說的那個剛入學不久的哨兵，應該是我的哨兵。」

他沒有說是我的哥哥，而是我的哨兵，說完後下意識抬頭看了封琛一眼，想看一下他的表情。

封琛還是保持著雙手枕在腦後的姿勢，閉著眼睛面容平靜，顏布布看不出來他此時有什麼想法。

這片板房裡全是住著已經結合過的哨兵嚮導，數量不是太多，也有那麼三十來對。開始說話的還沒有幾人，到了後面都在七嘴八舌，像是在開會似的。

等到聲音漸漸平息，已經是一個小時後了。顏布布面朝封琛側躺著，拿起他垂在衣領外的項鍊墜子輕輕搖晃。

封琛也轉頭看著顏布布。

高壓鈉燈從空無一物的房頂照下來，投在顏布布臉上，給他白皙的肌膚罩著一層霧濛濛的柔光。

封琛伸手將他搭在額前的一絡頭髮撥開，用兩個人才能聽到的聲音問道：「當時你害怕嗎？」

中心城陷落到現在，兩人還沒有好好聊過這事。

顏布布想了下：「還是怕的，我走在喪屍群裡，周圍全是喪屍，比努努也不能和我斷掉精神連接。我想找個地方鑽進地下城，又擔心會被那些士兵開槍打死⋯⋯特別是我發現我可能真的要變成喪屍後⋯⋯」

封琛的手指順著他臉龐緩緩下移，帶著薄繭的指腹擦過肌膚，描摹著他的五官。

「別害怕，就算你變成了喪屍，我也會想辦法救你。」封琛輕聲耳語道。

「嗯，我知道的。」

封琛專注地看著顏布布，卻感覺到自己腰部被戳了戳，他轉過頭去看，看見床邊搭著比努努的一隻小爪子。

281

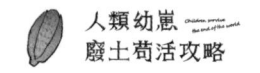

他拿起那隻小爪子在掌心捏了捏,「你也別怕,不管發生什麼事,我和薩薩卡都會馬上找到你。」

比努努安心地將小爪子抽了回去。

第二天起床吃過早飯後,所有人被叫到學院中央的空地上集合,孔思胤和總教官站在前面,等人集合好後,總教官便拿出名單開始點名。

「王思齊、蔡卓喜、封琛、計漪、陳文朝、丁宏升⋯⋯」

顏布布以為是常規點名,但總教官只點了部分哨兵和嚮導的名字後便收起了名單。

封琛、蔡陶他們都在名單上,只是沒有他和王穗子的名字。

一直沉默的孔思胤緩緩開口:「大家也知道,哨一班的陳留偉同學失蹤了。昨晚軍隊就已經出發,在沙漠和山裡找了一夜,沒有見著人。安置點還在搭建,變異種也多,軍隊沒有那麼多人手,所以我們今天要自己去找。」

他的視線穿過鏡片,在每名學員臉上劃過,「陳留偉是我們學院的學員,我們要盡可能地去尋找他。不過最重要的,是你們找人的過程裡要保證自身安全,我不希望在失蹤一名學員後,還有其他學員出事。」

「今天是去山裡搜尋,等解散後,剛才名單上的學員就出發進山。其他留下的學員任務也很艱巨,要負責礦場安全,以防變異種入侵。」

「是!」

「遵命!」

孔思胤沒有再說什麼,總教官開始念這次行動人員的分隊名單。

「第一小隊,封琛、孫誠、陳文朝、計漪、丁宏升、蔡陶,封琛為小隊隊長。第二小隊,盧飛科、陳謙⋯⋯」

念完名單,總教官拿出一張放大的照片,上面是名身著學員制服的

## 第九章
### 不管怎麼樣,你都有我,還有比努努和薩薩卡

年輕哨兵。

「這就是陳留偉,前去搜尋的人記清楚他的長相。」

學員們解散,要入山的學員匆匆去往物資庫,在那裡領取裝備槍械。封琛大步往物資庫走,顏布布就小跑著跟在身側,嘴裡不停叮囑。

「你把比努努和薩薩卡都帶上,陰硤山上好多石頭,天黑的話走慢點。山裡的溫度應該比這裡低得多吧,你要不要再穿件衣服。哎⋯⋯我也好想去啊,我去找總教官說說吧。」

封琛道:「既然總教官讓你留下,那肯定有他的理由。你就安心在營地裡把房子蓋好,讓我回來睡覺的時候能看到房頂。對了,你們還要對付那些變異種,把營地守好。」

顏布布還想爭取一下:「我怕你在山裡遇到險情,結果沒人能給你梳理精神域⋯⋯」

「教學樓第2層樓梯口貼的什麼字?」

封琛突然站住腳,大聲喝問。

教官經常在上課之前或是下課離開教室前這樣驟然大喝,顏布布也形成了條件反射,一個激靈站直身體,大聲回道:「軍人以服從命令為天職,以保衛國家為榮耀!」

「軍人以服從命令為天職,以保衛國家為榮耀!」旁邊同時也響起了兩道相同的聲音。那是兩名正好經過的哨兵,也如同顏布布般站直身體,兩腳後跟咯嚓相碰。

兩名哨兵發現情況不對後,立即發出噓聲:「不帶這麼玩的。」

「我們只是無辜的路人,為什麼要被拉住硬塞一把狗糧?」

封琛手碰帽檐對他倆行了個禮,那兩哨兵回禮,再笑著離開。

顏布布被封琛捉弄也不惱,只嘻嘻笑著湊上去,抱著他開始耍賴:「我也想去⋯⋯我也想去⋯⋯」

封琛兩手搁在他肩上,柔聲道:「我們是去進山裡找人,很累很辛苦,所以總教官才讓你們年紀小的都留在營地裡。再說了,你的任務也

283

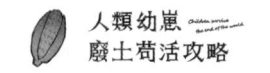

很艱巨，就帶著比努努安心在營地裡蓋房子吧。」

封琛進了物資庫，給分發物資的士兵報出自己名字，士兵便提起旁邊一個鼓鼓囊囊的行軍背包，還有一把突擊步槍交給了他。

封琛走到一排無人的儲藏櫃後，開始整理著裝，戴鋼盔，往腰上繫彈藥帶，顏布布就在旁邊眼巴巴地看著。

封琛坐在旁邊的長凳上換軍靴，顏布布趕緊蹲下身給他繫鞋帶，「我來我來，我給你繫。」

他繫得很仔細，既不要太緊箍住封琛腳背，也不能太鬆，打出的結也是既要牢固又要好看。

顏布布繫好左腳鞋帶，揚起臉看封琛，「少爺，我伺候你伺候得好不好？」

「差強人意。」封琛換過右腳，催促道：「還有一隻，繫牢點，不用太好看。」

「那可不行，我在王穗子那裡學了個打結的新法子，繫出來的結可好看了，必須給你用上……」顏布布嘴裡嘟囔著，繼續認真地繫鞋帶。

兩隻腳都繫好後，他滿意地端詳兩個結，又抬頭去看封琛，卻發現他正眼眸深深地瞧著自己，不由一怔。

隔著一排儲物櫃，可以聽到後面學員交談的聲音，但他們這排卻只有一名士兵，一直背對著他們在整理物品。

顏布布和封琛對視了片刻，只覺得自己被他這目光點得心口發熱，不做點什麼的話簡直不行，全身會燒起來的。

他慢慢欠起身朝封琛貼近，目光順著他鼻梁一寸寸下滑，落在那兩瓣薄薄的唇上。封琛唇形完美，薄而紅潤，讓他想起曾經印在自己額頭上時的觸感，柔軟且溫熱……

顏布布越靠越近，都能感覺到封琛溫熱的鼻息，看得清那些根根分明的睫毛。但就在他準備吻上去時，額頭卻被一隻修長的手指給頂住。

「你想幹什麼？」封琛半闔眼簾看著他。

## 第九章
不管怎麼樣，你都有我，還有比努努和薩薩卡

顏布布心如擂鼓，小聲道：「我想親嘴兒。」

封琛瞥了眼不遠處的那名士兵，也壓低了聲音：「你簡直是無法無天了。」

「他沒轉過來，我們可以很快地親個嘴兒……」

封琛注視他幾秒後，鬆開抵住他額頭的手，顏布布以為這是默許，立即往前湊，卻又被他將兩腮捏住。

「你腦袋裡成天都在想些什麼亂七八糟的？」封琛低聲斥道。

顏布布嘴被擠成一團，也不敢吭聲，只無辜地看著他。

「走吧，出去了。」封琛鬆開他腮幫站起身，就在顏布布滿臉失望時，他又俯下身，飛快地在顏布布唇上碰了下。

「下不為例啊。」他清了清嗓子，神情看上去很淡定，接著便轉身大步往外走去。

砰！他撞翻了擺在櫃子旁的一條木凳，再迅速擺好，繼續往外走。

顏布布還蹲在地上，半晌後才伸手碰了下自己的唇，剛才的觸感和記憶中印在他額頭上的吻一樣柔軟，但溫度卻燙得驚人……

「你在這兒幹什麼？是要上山出任務的嗎？裝備領了沒有？」那名士兵終於轉身，看見了蹲在地上的顏布布。

顏布布慢慢抬起頭，滿臉泛著桃紅，一雙眼睛如夢似幻，片刻後才嘻嘻笑了聲：「不告訴你。」

士兵：「……」

入山的路就在哨嚮學院的左邊，所有要進山的學員排在空地上點名，身邊蹲著他們各自的量子獸。顏布布站在離封琛不遠的地方看著他，又看向那些會一同進山的嚮導，心裡羨慕得不行。

比努努也站在顏布布旁邊，眼睛一直看著封琛身旁的黑獅。

「錢蓉。」

「在。」

「洪幸成。」

「在。」

「孫誠。」

當教官念出這個名字後，卻沒有人應聲。

「孫誠在不在？」

這時有人回道：「孫誠剛才聽說他媽媽腳崴了，現在去了種植園那邊的安置點，說馬上就會回來，再等 10 分鐘就行。」

教官一臉怒意地抖了抖手上的名單，「馬上就出任務了，誰還會等他？我們所有人站在這裡等他嗎？」他接著又大聲問：「現在差一名嚮導，有沒有嚮導願意和我們一起進山？」

顏布布一怔，身旁的比努努卻已經高高舉起爪子，他便也反應過來，搶在其他嚮導開口之前高聲回道：「有！」

教官循聲看來，站在最前排的封琛也微微側頭看向了顏布布。

「教官，我可以去出任務。」顏布布又道。

教官見他身形單薄，看年紀不會超過 18 歲，便有些遲疑。

顏布布小跑到教官面前，雙腳後跟相碰行了個軍禮，「學員嚮導顏布布，現申請執行進山搜尋任務。」

「但你……」教官還在猶豫，顏布布已經從他身旁的裝備箱裡拿起一個鼓囊囊的行軍背包，又在往口袋裡塞彈匣，比努努也拿起個不銹鋼行軍水壺給自己套上。

教官：「……顏布布是吧？」

「回教官！我是嚮導三班的學員顏布布！進山後一定會好好執行任務！」顏布布立即又站正，聲音洪亮地回道。比努努也站直了身體，掛在身上的水壺帶子過長，水壺就半垂在地上。

教官揉了下耳朵，「行吧行吧，那就你了。」

## 第九章

不管怎麼樣,你都有我,還有比努努和薩薩卡

顏布布轉身,目不斜視地走向隊伍,站在了封琛身旁。比努努同樣昂首挺胸地走向黑獅,水壺拖在地上,撞得砰砰響。

「還挺能啊。」封琛用兩人才能聽到的聲音道。

「那可不。」顏布布得意地回道,又伸手去勾住封琛的小指。

「走不動了可不許要我揹。」

顏布布斜睨了他一眼,「只要你走得動,我就走得動。」

封琛彎腰取下比努努身上的水壺,調短帶子後重新給牠套上。

「出發!」

在教官的命令中,所有人朝著後山出發。

雖然嚴冬已經過去,但後山上的植被並不茂密,因為久不見陽光,都長得矮小瘦弱,露出大片深黑色的山體。遠處的黑暗裡飄著一些幽綠的光,那是蟄伏著的變異種,猙猙而動地窺視著這群人。

「這些變異種看我們人多,也不敢輕舉妄動,但是等會兒各隊分散後就不一定了。所以你們一定要注意安全,隨時保持通訊器暢通。我們只搜尋方圓五十里的地方,再遠的就不去了,而且陳留偉也不可能走那麼遠。」教官的聲音從耳麥裡傳出來。

量子獸開道,並將所有學員圍在中間,在保持這個隊形往前走了兩小時後,最前方的教官停下了腳步,「前面就是軍隊沒有找過的區域,現在各隊長帶領自己的小隊,在方圓五十里內進行地毯式搜索。」

「是。」

「是。」

封琛隊一共九人,陳文朝和顏布布是嚮導,剩下的都是哨兵。他們要搜尋的是東北方的查亞峰,走出一段後,面前便是一片沼澤,表面稀疏地生著小簇的灌木。

幾人用額頂燈四處照,看見沼澤裡橫倒著一些腐爛的樹木,每根直徑都一公尺開外,至少兩個人才能合抱住。

「這裡以前肯定是片密林,可惜這些樹了⋯⋯」計漪伸手拍拍面前倒著的一段樹幹,「它們也算堅強了,至少還留了個軀殼。那些木房子經過酷暑又經過嚴寒,很多木頭都爛成了碎片。」

封琛揭開一塊樹皮查看裡面,道:「木質還沒有完全腐爛,證明它們其實是挺過酷暑和嚴寒才倒下的,有時候植物的生命力比我們想的要頑強得多。」

丁宏升嘆息道:「它們本來拚勁全力想要活下去,可惜了,最後還是沒能撐住。」

顏布布摸了摸面前的樹,「那它們為什麼沒能撐住呢?」

封琛看了下即時地圖,推測道:「這裡是查亞峰前面的一片凹地,而且沒有缺口,極寒時肯定積了厚厚一層冰雪。極寒後冰雪融化,水排不出去,又沒有陽光照射,這些樹的根部在水裡泡久了,也就沒有再能挺過去。」

因為怕沼澤裡會有血蛭或者其他線蟲,幾人開始穿防護衣,並準備把量子獸收回精神域。大家正在穿衣時,突然聽到蔡陶爆出一聲怒吼:「你他媽在做什麼?」

幾人立即拿槍,轉身,瞄準,結果只見蔡陶的那隻狼犬正在泥漿裡快樂地打滾,已經把自己糊成了一隻泥狗。聽到蔡陶的怒吼後,狼犬哆嗦了下,停下打滾仰面躺在泥漿上看著他。

「幹得漂亮!」陳文朝緩緩鼓掌。

丁宏升道:「看這都成什麼樣子了,快把牠收回精神域吧。」

「這麼髒,我他媽才不會收進精神域,嫌棄。」蔡陶從地上撿起一塊泥塊砸過去,「蠢狗!」

狼犬被不痛不癢地砸了下,也不敢回來,只眼巴巴地看著蔡陶。

陳文朝嗤笑一聲:「量子獸可是你的精神體,牠要蠢的話,你也好

## 第九章
不管怎麼樣，你都有我，還有比努努和薩薩卡

不到哪兒去。」

「我怎麼蠢了？」

陳文朝道：「量子獸在回到精神域的瞬間，會成為精神力的形態，那些附著物也就不可能被帶回精神域。你怕什麼髒？牠再放出來後又是一條乾淨的蠢狗。」

狼犬一直豎著耳朵在聽，聞言趕緊點頭，對著陳文朝吐出舌頭，露出個討好的笑。

蔡陶不忍直視地轉過眼，「算了，牠既然喜歡玩泥巴那就玩個夠吧，去，你乾脆去探路。」

狼犬便四腳飛快地刨動泥漿，向著前方跑去。

丁宏升跟大家提議道：「走吧，把量子獸收回精神域，過了這片沼澤再放出來。」

顏布布看著那條在泥漿裡撲騰的狼犬，便問騎在黑獅背上的比努努：「那你們倆呢？是準備從泥裡刨過去？像那狼犬一樣？」

比努努瞧瞧那泥潭又瞧瞧顏布布，滿臉都是不可置信，似乎在說：你在逗我？

黑獅知道牠沒法回精神域，便揹著牠一臉淡定地往沼澤裡走，比努努連忙扯住牠的鬃毛不准牠進去。

顏布布便道：「那讓薩薩卡回精神域，我抱你過去好不好？」

比努努平常不讓他抱，這次只看著前方不做聲，算是勉強同意了。

顏布布穿好防護衣便將牠抱起來，低聲道：「你只護著薩薩卡，生怕牠沾泥才讓我抱。如果換作我是牠，像那狼犬一樣在泥裡打滾你都無所謂。」

比努努斜著眼看他，又看了眼沼澤，像是在說：那你現在去打滾給我看看。

「我等會兒把你扔了，扔到泥裡去。」顏布布威脅。

比努努轉過臉不吭聲，只是在封琛走過來給顏布布整理防護衣時，

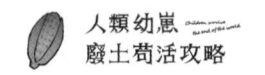

牠倏地轉身撲到了他懷裡。接著便伸出爪子指著顏布布，喉嚨裡咕嚕咕嚕地向他告狀。

「好了好了，準備出發。」封琛將黑獅收進精神域，槍枝挎在肩上，一手抱著比努努，一手牽著顏布布走進了沼澤。

因為這片沼澤形成的時間不長，所以並不深，每一腳踩下去後，只淹沒至小腿而已。

「注意腳下，沼澤裡也淹沒著一些樹幹，不要被絆倒。哨兵們放出精神力探查地形，先把路上危險的變異種清理乾淨。」

哨兵們的精神力紛紛放出，將這片沼澤籠罩。好在變異種們也不喜歡這種泥濘地方，只在泥漿裡發現了幾條線蟲變異種，在牠們朝著人衝來時，就用精神力擊殺。

線蟲變異種將泥漿攪弄得四處飛濺，若是平常，比努努早就按捺不住跳下去開殺了，現在只規矩地坐在封琛懷裡，還扯過他的防護衣將自己擋住。

很快他們便走過了沼澤，也放出了量子獸。在繞過一座山頭後，封琛道：「原地休息會兒吧，5分鐘後再往前走。」

「好！」眾人原地坐下，封琛卻繼續在附近查看，看這一帶有沒有人經過的痕跡。

儘管沒有日照，這裡也生長了不少植物，計漪拿出水壺喝水，目光卻落在石頭旁的一株草莖上。

這株草約莫半尺來高，生著呈現出標準心形的葉片，一串串掛在草莖上。

「這是什麼草啊？我怎麼從來沒見過？」計漪伸出手指碰了下那草的葉片，卻見它所有的葉片都突然蜷縮起來，原來直立著的根莖也彎曲向下，俯在了地面上。

計漪有些驚奇地笑了聲：「這草可真有意思，我一碰它就縮起來了，像是害羞似的。」

## 第九章 ◆
### 不管怎麼樣，你都有我，還有比努努和薩薩卡

丁宏升道：「極寒時期你在中心城沒有出去過，外面到處都是這種草，可能是某種植物的變異種。」

「那它本來叫什麼名字？」

「不知道叫什麼，反正我以前也沒有見過。」

顏布布介紹道：「這是羞羞草。」

「羞羞草？這不是學名吧？學名叫什麼？」計漪問。

封琛沒有勘察到陳留偉的痕跡，便也走了回來，道：「這是極寒以後才出現的一種新生植物，是以前從來沒有的物種。顏布布給它取名叫羞羞草，所以學名也就是羞羞草。」

計漪咂了咂嘴，「行吧，顏布布給取的學名，那就叫羞羞草。」

幾人休息了一陣後繼續往前，邊走邊查看兩邊的植物和泥土，量子獸們也四處嗅聞，都在尋找陳留偉的行蹤痕跡。

蔡陶卻不停地四處張望，旁邊的丁宏升問道：「你在看什麼呢？」

「我的狼犬迷路了。」

「什麼？」丁宏升懷疑自己聽錯了。

蔡陶道：「牠才用精神聯繫告訴我，說牠迷路了。」

「可是你把牠收回精神域不就行了？」

蔡陶皺起眉：「牠說那個地方非常奇怪，在裡面什麼都看不見，我就讓牠再查看一下再收回來。」

「量子獸也看不到？」這下其他人也驚奇了，連走在最前面的封琛也轉回了頭。

量子獸的視力不受光線影響，哪怕是最漆黑的夜晚，在牠們看來也和白天無異，所以狼犬什麼都瞧不見的話，的確是有些匪夷所思。

蔡陶遲疑道：「是的，我通過精神聯繫用牠的眼睛去查看，也是一片黑，什麼都看不見。」

封琛想了下，問道：「那地方在哪兒？」

「就在左邊一座山頭後面，離這裡不遠。」

291

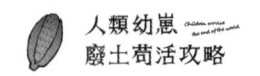

「那我們去看看。」

往左走沒有了沼澤水潭，泥土只帶著微微的潮濕，空氣中散發著水氣、草木和泥土的混合味道。地面生長著不少低矮植物，裡面夾雜著的羞羞草在被人的腳觸碰到後，立即飛快地縮回地面。

顏布布走在封琛身旁，總覺得視線越來越模糊，便抬手去揉眼睛。

「怎麼了？眼睛進沙子了？」封琛問他。

顏布布嘟囔著：「沒覺得進沙子，就是有些看不清……」

「我也看不清，總覺得東西霧濛濛的像隔了層霧氣。」陳文朝在隊伍中後部說道。

大家都同時意識到，這是因為哨兵們一直在用精神力探測前方，並不是完全的依靠眼睛，所以兩名嚮導率先感覺到了視線變化，不由都停下了腳步。

封琛將額頂燈照向遠方，原本可以照得很遠的光束，如今卻只能照亮身前幾公尺。

更遠的地方則一片濃黑，像是個能吞噬掉所有光線的黑洞。

「這裡有些不對勁，我們不能再往前了。」

封琛示意他們用額頂燈照遠方，自己則觀察著四周，「蔡陶，把你的量子獸收回來，別讓牠亂跑。」

「好的。」蔡陶應聲。

計漪道：「也不知道陳留偉是不是進到裡面去了，就像狼犬一樣迷了路。」

他們這隊的一名其他班哨兵道：「那乾脆喊人吧，我們不進去，就在邊上喊。」

「站在這裡喊人，裡面的人能聽見嗎？」

「能！」封琛對顏布布甩了下頭，「上！」

顏布布深深吸了口氣，再氣沉丹田，陡然爆出一聲尖銳的大喊：

「陳──留──偉──陳──留──偉──」

## 第九章
### 不管怎麼樣，你都有我，還有比努努和薩薩卡

「啊！怎麼跟個高音喇叭似的。」

「我的耳膜都在跟著震動。」

「如果陳留偉在裡面的話，肯定能聽見的吧，這音量只有聾子才聽不見。」

顏布布喊陳留偉時，大家便盯著前方瞧，也注意聽著有沒有他回應的聲音。封琛則低頭在四周查看，像是發現了什麼似的蹲下身，撥開旁邊的一叢草，再用額頂燈照亮。

丁宏升也湊過來蹲下，「封哥，你在看什麼？」話音剛落，他便驚訝地問：「這是腳印嗎？好像是個腳印。」

草叢下的泥土比較濕潤，上面留下了兩個清晰的腳印，一前一後，腳尖都朝著前方。

封琛道：「對，這是腳印，鞋底紋路是我們學院的制式軍靴，43碼。根據鞋碼大小和腳印深淺，這人體重應該在160斤左右，身高186或187公分，和蔡陶的體型差不多。」

「我沒有走過那邊，我一直都走在這兒的。」蔡陶連忙道。

「知道。」封琛站起身拍拍手上的土，「教官在出發前告訴了我們陳留偉的資料，這腳印很符合他和蔡陶的資料。但既然蔡陶沒走過這邊，那就很有可能是陳留偉留下的。」

「你的意思是陳留偉真的進了這片黑黢黢的地方，還被困在裡面了？」計漪問道。

封琛謹慎地回道：「不清楚，但不排除這種可能。」

蔡陶突然咦了一聲，驚疑不定地道：「怎麼回事？我的狼犬收不回來了。」

他身旁的陳文朝皺起了眉，「收不回來了是什麼意思？」

蔡陶：「我也不知道，我們能保持精神聯繫，也清楚地現在沒有遇到什麼危險，還在四處亂竄。但我想將牠收回精神域時，卻怎麼都收不回來。」

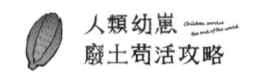

「是牠拒絕嗎？」

「不，牠沒有拒絕。」蔡陶語氣困惑：「但很奇怪，我就是無法將牠收回精神域。」

封琛看著那個腳印，將背上的突擊步槍摘下來握在手中，「蔡陶的狼犬回不來，那我們必須得進去看一看了。這裡面一片漆黑，估計燈光也不會有效果，如果走失就很麻煩了。大家都注意跟緊身前的人，最好是牽著衣服走，對講機也要隨時開著。」

「量子獸呢？裡面什麼都看不見，是把量子獸收回精神域還是怎麼？不然牠們要是迷路了怎麼辦？那我們今天可就耗在這裡找量子獸了。」計漪問。

封琛想了想，乾脆取下行軍背包，從裡面掏出一條繩索，「這樣吧，也不用牽著衣服走，我們都把自己和量子獸繫在一起。」

「繫在一起嗎？可以。」

除了量子獸不在的蔡陶，其他人都將自己和量子獸繫上。繩索之間還縱向連著一條繩，這樣便將所有人和量子獸都繫在了一條繩上。

封琛給顏布布繫好繩子後便走在最前面，一手持槍一手拿著根木棍，旁邊則是脖子上套了個繩索的黑獅。比努努拒絕被套繩，封琛覺得反正牠隨時騎在黑獅身上，不套繩也行，便隨牠去了。

一行人往前不過走出了 20 分鐘，可視度便直線下降，額頂燈的光芒越來越暗淡，都照不清身前人的背影。

「都注意點，右邊地上有些爬藤變異種。但它們不會主動攻擊人，只要別靠近就行。地圖顯示前面便是查亞峰，有很多山峰懸崖，大家都走慢一點。」

封琛叮囑完，又轉頭低聲吩咐顏布布：「牽著我的衣服。」

「好。」

封琛帶著身後這串人和量子獸，慢慢走向黑暗深處的查亞峰。

光線飛速變暗，就連聲音似乎也在跟著消失，從遠處傳來的那些若

## 第九章
不管怎麼樣,你都有我,還有比努努和薩薩卡

有若無的變異種嘶吼聲也聽不見了。

而且隨著他們的前進,氣溫也在逐漸下降,從進入查亞峰這片區域到現在,體感溫度至少已經降低了 10 度。

封琛邊走邊用精神力將這一帶搜尋了遍,但他的精神力就如同蔡陶的狼犬般,在更深處便什麼也看不見,也沒有發現有人的跡象。

「這地方太邪門了,連隻變異種都沒有。」一名也使用精神力搜尋過的哨兵略微有些不安,「這到底是什麼奇怪的地方?光線逐漸消失,會不會連聲音都慢慢沒了?」

封琛道:「聲音應該可以傳播,沒有什麼問題。」

一行人繼續往前走,額頂燈的光亮終於徹底消失,眼睛像是被蒙上了一層厚厚的黑布,陷入了絕對而極致的黑暗。

「薩薩卡,你看得見路嗎?」顏布布問完黑獅,黑獅發出低而短促的回應,這是看不見的意思。

封琛開始用棍子探路,身後也響起篤篤聲響,是大家都在使用木棍戳前方的地。

走出一小段後,蔡陶突然笑起來:「我怎麼覺得我們好像一群瞎子,這樣一個牽著一個的往前走。」

他說話時察覺到前面的人停了步,便也在原地站著,但身後的人卻沒有注意到,一棍子就戳在他腳背上。

「……嘶,陳文朝你是不是故意的?」蔡陶身後就是陳文朝。

他原本是開玩笑的一句,不想陳文朝卻突然往前加快兩步,一把揪住了他的衣角,「別動。」

「怎麼了?」蔡陶下意識的反應便是來了變異種,立即放出精神力屏障將自己和陳文朝罩住。

不想陳文朝卻壓低了聲音:「走你的路就好了,別管我怎麼了。」

蔡陶聽他語氣平靜,顯然沒有發生什麼突發狀況,便收回了精神力,奇怪地道:「不是你讓我別動嗎?現在又讓我走自己的路?」

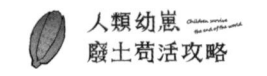

陳文朝沒理他，但也沒放開他衣角。蔡陶正想問他怎麼了，腦內靈光一閃，意識到他可能是在怕黑。

蔡陶立即就想取笑一番，但想到這人一貫要強，便又閉上了嘴，只默不作聲地帶著他往前走。

走出一段後，蔡陶的狼犬終於跌跌撞撞地找了過來，貼在蔡陶身側委屈地嗚嗚著，只是依舊沒有發現陳留偉的下落。

這片區域非常安靜，也沒有變異種，反而透出一種不正常的詭異。封琛始終保持著一絲精神力在外面遊蕩，顏布布也一直揪著他衣角，亦步亦趨地跟在身後。

「封哥，你覺得這裡為什麼會吸走光線，就像個小黑洞似的？」丁宏升走在顏布布後面，也拄著一根木棍。

封琛手上的木棍碰到了一塊石頭，便帶著人從旁邊繞過，嘴裡回道：「我並不覺得光線是被吸走的。」

「那是因為什麼？」走在隊伍最後的計漪大聲問道。

封琛：「你們記得擋住我們天空的是什麼嗎？」

「記得，說是一種暗物質。」丁宏升剛回答完便立即醒悟，「你是說這裡的光線不是被吸走，也是被那種暗物質擋著？」

「對，我覺得我們現在其實就處在那種暗物質之中，所以額頂燈的光亮也被擋住了。」

封琛頓了頓後繼續道：「雖然蔡陶的狼犬裹了一身泥，但並不會影響將牠收回精神域，因為牠在成為精神力回到精神域的瞬間，身上的所有物質會掉落，回歸到精神域的精神體是絕對純淨的。」

丁宏升立即回道：「我明白了。純淨的精神體才能回到精神域，那麼反過來推想，牠剛才回不去的原因，是因為身上附著某種不能掉落的物質。」

封琛道：「是的，只有暗物質才能吸附在精神力上，我認為這片區域全是那種可以隔阻光線的暗物質。」

## 第九章 ◆
### 不管怎麼樣，你都有我，還有比努努和薩薩卡

蔡陶聽完封琛的話，恍然道：「如果是這樣的話，就能解釋我的狼犬為什麼收不回來。只是那暗物質洗不掉怎麼辦？那牠不是永遠沒有辦法回我的精神域了？」

「這個應該能洗掉，不用擔心。」封琛道。

聽說量子獸沾上了這種暗物質便暫時收不回精神域，大家都去摸身旁的量子獸，想確定牠們還在不在，量子獸們也都往主人身邊湊。

「比努努，薩薩卡，你們還好吧？」顏布布趕緊問。

黑獅低低地回應了聲，示意牠們兩個都沒事。

計漪摸著自己手臂，「你們有沒有覺得這氣溫也太低了點？我感覺現在就像冬天似的。」

「冷！冷得很。」丁宏升回道。

現在雖然是盛夏，但天上被擋住了一層暗物質，所以氣溫不高，一直保持著十來度的溫度，學員們身上的穿著也並不薄。但進入這片區域後，光線被徹底隔阻，所以溫度愈發低。

「冷不冷？」封琛低聲問顏布布。

顏布布摸著自己手臂，「冷。」

「冷也受著，誰讓你非要跟來的？」

話雖如此，顏布布卻聽到身前傳來窸窸窣窣的聲響，應該是封琛在翻背包，接著身上就多了件薄薄的衣服。他摸了下，是一件防護服。

「大家都停一下，如果覺得冷的就把防護服穿上。這防護服也是可以阻隔空氣並保留體溫的。」封琛道。

隊伍停了下來，顏布布把自己背包裡的防護服取出來遞給封琛，所有人穿好衣服後繼續往前。

封琛邊走邊道：「現在溫度大概在零度左右，羞羞草是在極寒時期出現的新物種，只生活在寒冷的環境裡，所以⋯⋯」

他說到這裡突然沒有了聲音，蔡陶正聽得起勁，連忙催促道：「所以怎麼了？」

封琛沒有回話，而是彎下腰在腿邊摸索，不出所料地摸到了心形葉片，並在他的觸碰下飛快縮回地面。

他再往周圍摸，發現地面上全是成片的羞羞草。它們茂密地生長在這裡，應該已經覆蓋了整片區域。

整個隊伍都停了下來，顏布布有些不安地喊了聲哥哥，封琛回道：「我沒事，等等。」

封琛在地面上又摸索片刻後才直起身，用棍子戳著地，帶著身後一串人繼續往前。

「封哥，你發現什麼了？是陳留偉留下了什麼線索嗎？」丁宏升好奇地詢問。

封琛道：「先讓我好好想想，你們繼續喊陳留偉的名字。」

一行人慢慢往前行，邊走邊大聲喊著陳留偉的名字，卻始終沒有得到任何回應。

計漪道：「這地方真的邪門了，我們回去後就彙報給軍部，他們肯定會來研究，應該會有重大發現的。」

一直悶不吭聲的陳文朝忽然遲疑道：「但他要是在這裡面的話，會不會……」

所有人都清楚他沒說的話是什麼。照目前這樣情況來看，如果陳留偉迷失在這片暗物質裡，還真的是吉凶難測。

雖然已經往裡走了半個小時，但還沒走出這片區域，眼前也全是一片濃稠的黑暗。

封琛沉默的時間太久，顏布布忍不住又喊了聲哥哥。

「我沒事。」封琛安撫地回應。

丁宏升實在是沒忍住好奇：「封哥，你是發現什麼了嗎？」

封琛已經思考了半晌，便直接回道：「其實我現在有個猜想。」

「什麼猜想？」

封琛也不隱瞞，只斟酌幾秒後便回道：「我猜的話，天上的暗物質

## 第九章
#### 不管怎麼樣，你都有我，還有比努努和薩薩卡

可能就是羞羞草產出的。」

顏布布大驚：「什麼？就是羞羞草？」

封琛道：「你們摸下自己腳邊就明白了。」

所有人開始摸索自己腳邊，也都接連發出了驚歎：「好多羞羞草，這裡到處都是羞羞草。」

「可是這種草也長了好些年了，它如果能釋放那種暗物質的話，為什麼現在才開始？難道是經歷了什麼變異？」丁宏升問。

封琛想了下才緩緩開口：「羞羞草需要在極寒的天氣下才能生存，而當極寒結束，氣溫升高時，它們便失去了生存下去的環境。」

丁宏升一想就明白過來了，道：「你的意思是，它們是故意將光線擋住，好讓氣溫降低？」

封琛想了想道：「以前我和顏布布剛來中心城一天，被東聯軍的陳宏上校送去哨嚮學院。我記得他在給我們介紹中心城的情況時提了一句，說研究所已經對這種暗物質研究出了一點眉目，確定是某種變異種植物產生的。」

丁宏升喃喃道：「變異種植物……雖然羞羞草不是變異種植物，而是一種新物種，但應該就是它。」

封琛道：「這只是我的猜測，還需要研究所證實才行。」

「但它們只是草啊，難道還具有智商？」計漪問道。

蔡陶興奮道：「植物成了變異種，不就具有一定的智商嗎？在地震之前，你能想像到動植物也能成為變異種？我覺得肯定就是因為這個。極寒結束時，氣溫升高了也就幾天時間，天空立即就被遮擋住，氣溫也從夏季變成了十幾度。如果氣溫升高威脅到羞羞草的生存，那它肯定會想辦法，這就有了動機了啊。」

一行人為這個重大發現激動不已，要不是還要繼續找人，他們這就想掉頭回營地，向軍部彙報這件事。

封琛聽著他們的議論，突然聽到了一絲聲音從遠處傳來：「哥哥、

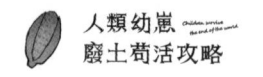

哥哥……」

　　竟然是顏布布的聲音。

　　封琛心頭一緊，連忙去摸腰上的繩子，發現繩子還在，而自己的衣角也被牽著。他握住那隻手，不放心地喊了聲：「顏布布！」

　　「啊？怎麼了？」顏布布問道。

　　封琛剛鬆了口氣，便聽到不知哪個方向又響起顏布布的聲音：「哥哥快救我，我什麼都看不見，腳被卡在石頭縫裡了。」

　　那聲音清亮，還帶著幾分嬌憨，竟然和顏布布平常撒嬌時的語氣沒有半分區別。

　　封琛站定腳步，將肩上的槍摘下來抱在手中，微微側頭傾聽周圍的動靜。

　　「你怎麼不走了？」他身後的顏布布問道。

　　封琛：「你有聽到什麼別的聲音嗎？」

　　「別的聲音……是陳留偉嗎？你聽到他的回應了？」

　　「不是。」封琛只簡短地回了聲，繼續往前走，但遠處又傳來顏布布的聲音。

　　「哥哥，你來拉下我啊，我的腳卡在石頭縫裡動都動不了。這裡好黑，我有些害怕……」

　　封琛聽不出這聲音具體是從哪個方向傳來的，但他清楚並不是自己的幻聽，便放出精神力，向著四周蔓延找尋。

　　黑獅分明也感覺到了顏布布的呼喚，但牠只緊張了一瞬就安靜下來，同樣警惕地豎起了耳朵。

　　「哥哥，我現在就在你右邊，你往右走一段路就能找到我了。」

## 【第十章】

### 就算我哥哥不在，
### 我也是超強的好吧？

◆　　　◆

教官怒喝道：「平常就叫你們多練習格鬥，不能什麼都依賴槍枝，遇到現在這種情況就傻眼了吧？」
教官轉過視線，看見顏布布身法巧妙地避開一隻變異種，同時匕首刺入另一隻變異種的頸子，便又道：
「你們看顏布布，他的近身格鬥能力就很強，證明平常是有好好聽課的。」
「謝謝教官，我還可以更強的！」顏布布大聲回道。

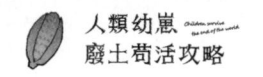

封琛不動聲色地繼續往前走，但精神力卻向著右邊延伸而去。因為看不見，精神力便俯在地上前進，擦過沿路每一株羞羞草的葉片。

這些羞羞草察覺不到他的精神力，沒有如平常一般縮回去，而是依舊在黑暗中靜靜地舒展著枝葉。

封琛的精神力悄無聲息地往右行了幾十公尺後，突然感覺到有什麼地方不對勁。是了，這片地面上居然一株羞羞草也沒有。

這裡的泥土很鬆軟，顆粒之間還有著很多的縫隙，他那絲精神力便穿過縫隙鑽進土中。

只見這土層下方居然是中空的，他便沿著邊緣壁繼續下行，但一直下行了好幾十公尺也觸不到底，原來這土層下面是一片斷崖。

隊員們正在摸著黑行進，察覺到隊長又停了下來。

「都別前進了，馬上掉頭回去。」封琛沉聲命令。

丁宏升問：「怎麼了？」

「這裡面有古怪，出去了再說。」

計漪問：「那不找陳留偉了嗎？剛才還看見了他的腳印，他應該在這裡⋯⋯」

「那不是他的腳印。」

封琛打斷計漪的話：「那應該是一個陷阱。」

他的聲音略顯急促，所有人都聽出了其中的嚴重性，他們對封琛只有信服，便也不再詢問，紛紛轉過了身。原本封琛帶隊，計漪在最末尾，現在則變成了計漪帶隊，封琛在最末尾。

「哥哥，到底出什麼事了？」顏布布有些緊張地問。

封琛上前兩步，牽著他並排一起走，「這裡面有什麼東西布下了陷阱，想引誘我們掉下懸崖。」

「是變異種嗎？還是人？」顏布布問。

「我不清楚。」

蔡陶知道陳文朝怕黑，在換上防護服後就一直握著他的手。現在轉

## 第十章
### 就算我哥哥不在，我也是超強的好吧？

過身，很自然地換了隻手又將他牽上，陳文朝也沒有反對，只默默地跟在他身旁。

兩人前面就是計漪，蔡陶聽到前方木棍發出不停的篤篤聲，便問：「計漪，妳怎麼像隻啄木鳥啊？是不是沒有手感，要不換我來帶隊？」

他剛說完這話，便想起自己還牽著陳文朝，又改口道：「換老丁來帶隊。」

「我現在雖然是瞎子，但我不是傻子，有沒有戳到地面還是知道的。」計漪不停戳著地面，「就是這木棍短了一截，我這彎腰弓背的，真就似個老太婆了……還好不會被小嚮導看見。」

計漪說完這話便咦了一聲，又問：「你們聽到什麼聲音沒？」

「什麼聲音？」蔡陶豎起了耳朵，「妳別說話，讓我聽聽。」

計漪突然急聲道：「王穗子怎麼會跟來了？她就在這裡……」

「假的，別管！」封琛打斷了計漪的話：「那是陷阱。」

「可是……」

「我剛才也聽見了，這種聲音只針對帶隊的人。」封琛沉聲解釋：「我原本有些懷疑是幻聽，但精神力追尋著聲音去後，發現是個陷阱。證明這裡有一種超出我們認知的東西，它正在模仿對於隊長來說很重要的人的聲音，引誘隊長帶著隊伍去它設下的圈套裡。」

「什麼東西這麼強？」

「我沒聽見，一點聲音都沒有，是只有隊長才能聽到？」

「製造幻聽？有其他東西給隊長製造出來的幻聽？」

大家都在緊張地議論，丁宏升卻敏銳地發現了其中一點：「既然它能模仿隊長，那它是能捕捉到我們腦內的想法或者記憶了？」

「應該是的。」封琛道。

「我靠！我想什麼、我經歷過什麼它都知道嗎？」計漪大驚。

蔡陶連忙催促：「這地方太危險了，快離開，快走，邊走邊說。」

「我說呢，王穗子怎麼會到這兒來。」計漪一邊嘟囔，一邊戳著木

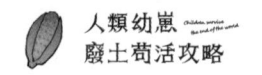

棍往前走。

顏布布走出一段後，悄悄問身旁的封琛：「你剛才是不是聽見我在叫你？」

封琛道：「你覺得呢？」

「你說它會模仿對隊長很重要的人，那你聽到的聲音肯定是我了。」顏布布道：「但是它也不聰明嘛，我明明在你旁邊，它哪怕是模仿不那麼重要的熟人也行啊，我們說不定就要去找找。」

封琛回道：「證明它只能捕捉到我們的部分記憶片段，而不是全部，它還沒有從那些片段記憶裡發現你也在這裡。」

往前走出一段後，濃稠的黑暗淡了些，隱隱可以看見空中浮動著幾團微亮，那是大家額頂燈的光束。再往前，便能看清近處的人，也隱約能看清地面。

丁宏升鬆了口氣：「終於走出來了，我還擔心那東西見我們不上套，還會有其他的方法來對付我們。」

周圍不再是一片黑暗，陳文朝也就想從蔡陶掌心裡抽出自己的手，但蔡陶將他握得緊緊的，他連接抽了兩次也沒抽動。

「可以了。」陳文朝道。

蔡陶卻不鬆手，「不可以的，這光線還是很暗，容易摔跤。」

陳文朝怕被別人聽見，便壓低了聲音道：「我現在比一個人走更容易摔跤。」

蔡陶那隻被繩子繫住脖子的狼犬一直緊貼著他的腿，身後那條大尾巴則往右搭在短尾鱷的背上。

蔡陶看了他一眼，現在光線亮起來後，也就能看清陳文朝的表情。「你別瞪我，我也是好意……」蔡陶慢慢鬆開手，嘴裡小聲嘟囔：「剛才誰死死抓著我的手不放？甩都甩不掉。現在把我利用完了，說**翻臉**就**翻臉**……」

就要走出這片區域，整個隊伍的人都放鬆下來，既然能看見路，大

## 第十章
### 就算我哥哥不在，我也是超強的好吧？

家便將棍子扔掉，開始動手解身上的繩子。

比努努也伸出小爪，認真地去解黑獅脖子上的繩結。

「哥哥，給我解一下，你剛才給我繫的死結。」

顏布布讓封琛給他解繩子，封琛只將手搭在他腰間，視線去看向了其他地方。在計漪就要踏出這片長滿羞羞草的區域時，他突然大聲喝道：「計漪站住！其他人都不要解繩子，馬上停住！」

所有人都被這聲大喝嚇了一跳，停下解繩子的動作僵立不動。計漪抬起的左腳隔了兩秒才落下地，「怎麼了？發現什麼了？」

封琛道：「我覺得這裡的羞羞草不對勁。」

所有人低頭看腳邊。

「沒有什麼不對勁啊，是數量增多了？」

蔡陶滿臉不解地左右打量。

陳文朝用腳尖踢了下旁邊的草，「是不對勁，這羞羞草居然不怕我們碰了。」

「果然不怕了哎。」顏布布蹲下身去碰羞羞草，那些草葉任由他捏在手中，並不像以前那樣瞬間回縮。

丁宏升問：「封哥，羞羞草不怕人碰會有什麼問題？」

封琛扯出一株羞羞草看了下，又扔回地上，「這種草怕碰的本質並不是害羞，而是在進行自我保護，現在被我這樣拔出來也不躲避，問題大了。」

「你的意思是⋯⋯」

「我懷疑我們現在還沒走出查亞峰，我們現在身處在幻境當中。」封琛拍掉手上的土，「大家都先不要把繩子解開，還是連在一起。計漪，妳的棍子呢？棍子拿上探著路往前走。」

「幻境？除了幻聽還有幻境，這是非要把我們弄死在這裡嗎？」

大家原本都已經解開了繩子，立即又往腰上纏。

計漪站在原地一動不敢動，只道：「我棍子剛才扔掉了，那我現在

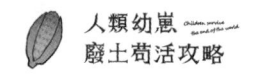

去找一根？你們得把我扯住啊。」

「不要亂動，拿我這根探路。」除了封琛，所有人剛才都扔掉了手上的棍子，現在便將他這根棍子往前傳遞，一直遞到了計漪手裡。

「那我們現在往哪個方向走？」計漪問。

封琛道：「繼續按照原路線試試。」

「好。」計漪拿棍子點了下前方的地，見沒有什麼異常，這才放心地往前跨出一步。但就在她接著點地時，卻發現面前明明是長滿羞羞草的泥土，但棍子卻輕易地穿透土層，還絲毫感覺不到凝滯，那裡像是只有團虛無的空氣。

「這是怎麼回事？」她驚訝地問。

蔡陶就站在她身後，一直探頭看著，現在便往前走了兩步想瞧個究竟。他腳尖踢中了一塊小石頭，一直滾去計漪的前方，卻突然就那麼消失在泥土裡，還發出下墜時打在崖壁上的啪啪聲。

啪啪聲一直跳躍著往下，所有人聽著這動靜，臉色都變了。

「這真的是幻境，我們前面就是懸崖！」蔡陶的聲音充滿驚懼。

蔡陶剛喊完，顏布布便看見四周空氣蕩起水波似的紋，接著場景變幻，光影流轉，光線突然亮得刺眼。面前突然出現望不到邊際的湛藍大海，而腳下長滿羞羞草的地面也變成了一片沙灘。

這個場景是如此真實，他的腳微微陷入沙粒，耳邊也傳來海鳥的陣陣鳴叫。

所有人都回不過神，只站在原地四處張望，量子獸們也和主人一樣，傻呆呆地左右打量。

片刻後，計漪激動的大叫響起：「海雲城啊，這是海雲城的海，我家就住在這片沙灘後面的鎮子上，我、我小時候天天在這海灘上玩，這、這就是我家前面的海灘，還沒地震前的海灘。」

顏布布對這片海灘不熟悉，畢竟地震前他也才6歲，印象深刻的就是封家和幼稚園。但封琛卻不一樣，他看著遠方樹木後露出來的尖屋

## 第十章

### 就算我哥哥不在,我也是超強的好吧?

頂,便贊同道:「是的,我認識這海灘,在海雲城響水鎮那一帶。」

「我就是海雲城響水鎮的人!」計漪聲音都有些變調:「我的家就在沙灘後面,我都能看到我家的房頂。」

眼看計漪的手移上腰間繩子,封琛警惕地喝道:「計漪!我們現在是在山裡!」

計漪這才反應過來,腦子也開始冷靜,只是那雙放在繩子上的手卻沒有挪開。

「可是、可是這也太真實了。」計漪看著那些屋頂,有些語無倫次地道:「那尖屋頂是鎮子裡的禮堂,旁邊就是我們小學,不知道現在是什麼時候,應該、應該快下課了⋯⋯」

「妳能感覺到陽光嗎?妳能感覺到海風,能聞到海水的味道嗎?這還是陷阱,引誘妳帶著我們去往它布下的陷阱。」封琛厲聲打斷她。

經過封琛提醒,顏布布這才發現他雖然站在沙灘上,腳底也有踩著沙粒的感覺,但在如此強烈的陽光下,他卻沒有感受到相同的溫度,反而身上還在發冷,鼻端也是潮濕的泥土腥和草木味。

計漪徹底冷靜下來,伸手抹了把臉,啞聲道:「它捕捉了我的記憶,這個狗東西捕捉到我的記憶。」

「對,它捕捉妳的記憶,感受妳的情緒,再選擇妳記憶裡最深刻的一段復刻下來。」封琛的聲音很冷靜。

計漪沉默兩秒後,對著前方空氣嘶聲罵了句:「我操你祖宗。」

「冷靜點,還不知道它祖宗到底是個什麼玩意兒。」蔡陶拍拍計漪的肩,「繼續吧,就當沒看見,還是用木棍探路往前走。」

計漪深呼吸兩次,問道:「可是按照原路線的話,前面就是海,也能去嗎?」

封琛回道:「這是幻象,不要在意那前面是什麼。」他又抬起手腕看腕錶,「我的即時地圖無法顯示目前地形,也無法顯示我們身處位置,你們看看自己的。」

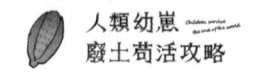

所有人都打開自己的地圖儀，不出封琛所料，每個人的地圖儀都已經失去作用。

「通話器也沒信號了，想向教官求救都不行。」丁宏升道。

「對，幻象，都是幻象，走吧，按照原路線往前走。」計漪喃喃著拿起木棍開始點地，帶著眾人往大海方向而去。

一群人和量子獸被繩子繫在一塊兒，連接走進了海裡。顏布布能感覺到海水帶著微微的阻力，在他腿邊輕輕搖曳。

「這水⋯⋯」顏布布對封琛道。

封琛說：「假的。」

顏布布：「我知道，你說了這是假的就肯定是假的，只是我有在水裡行走的感覺。」

「那是這個場景通過你的眼睛到達大腦，讓你大腦產生錯覺，也給了你錯誤的感知。」封琛抬手蒙住顏布布眼睛，「我們在海雲城外的海面上，準備鑿個窟窿抓條魚做晚餐。你能感到迎面的風，也能感受到腳下很光滑，但你鞋底上纏了繩子防滑，走得還很輕鬆⋯⋯」

顏布布被蒙住眼睛，耳朵裡聽著封琛的低語，嘴角卻慢慢勾起一個夢幻的笑。

封琛的語聲慢慢停下，輕聲問道：「你現在在哪裡？」

「在海雲城，正準備抓魚，等會兒就回去吃烤魚晚餐。我會坐在沙發上和比努努一起看電影，你和薩薩卡就在廚房裡剖魚⋯⋯」顏布布說著說著，摘下封琛蓋著眼睛的手，也用很輕的聲音道：「哥哥，我想回家了⋯⋯」

封琛沉默了兩秒：「把事情都辦好後，我就帶你回家。」

「嗯。」顏布布剛點了下頭，便又瞪大了眼睛，「哇，原來真的是錯覺，剛才我就沒覺得在水裡。」

現在海水已經淹到了他胸口，也到了封琛腰部，當他看見這幅場景後，頓時覺得又不好走了，而且胸口還有被海水壓迫的感覺。

## 第十章

### 就算我哥哥不在，我也是超強的好吧？

「明明知道是假的，但我的眼睛一直在欺騙我，讓我覺得還在水裡，走起來好費勁，覺得兩條腿在發飄。」蔡陶在後面苦著臉道。

丁宏升卻笑道：「我總覺得我們是什麼大型邪教現場。」

顏布布轉頭張望，看見他們這群人和量子獸被繩子繫在一塊兒，都在費勁地往深水裡走，也覺得有些好笑。

他去看黑獅和比努努，想看牠倆的狀態。只見黑獅雖然已經被淹沒在海水裡，卻走得四平八穩，如履平地。

比努努雖然揪著牠的鬃毛在走，卻歪歪斜斜，高抬腿輕輕放，一看就是在水裡行走的姿勢。

「薩薩卡好厲害。」顏布布驚歎。

比努努在水裡轉頭看了他一眼。聽到他稱讚薩薩卡，比努努難得沒有吃味，反而驕矜地昂起下巴，一副與有榮焉的模樣。

大家越往前走，海水就越深，顏布布在這群人裡個頭最矮，所以最先被海水淹過嘴鼻。雖然知道是幻境，但被海水淹沒的感覺卻如此真實，他在那瞬間下意識憋氣，有些驚慌地抓緊了封琛的衣袖。

封琛立即矮下身體，將自己也沉入水中，然後就在水裡對著顏布布道：「看，我能呼吸，你也能聽到我說話，這是假的，你看到的一切都是假的。來，跟著我呼吸。」

顏布布向來對封琛的話都深信不疑，所以哪怕周圍都是海水，也開始大膽呼吸。

「怎麼樣？」封琛問。

帶著潮濕泥土味的新鮮空氣順著鼻腔湧入肺部，顏布布笑道：「我還可以給你表演個吹泡泡。」

其他人也陸續被水淹沒，顏布布看著他們閉緊嘴忍住呼吸的模樣，在水裡哈哈大笑。

特別是蔡陶的狼犬，拚命刨動四爪想浮起來。但這也不是真的水，便在那裡狠狠地刨地，歪歪斜斜地往前走，像是喝醉了酒似的。

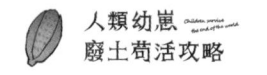

不過大家陸續也都調整過來，開始順利地呼吸和交談。

「我們不會再遇到什麼深海溝吧？我有深海恐懼症的，遇到那種我不敢走啊。」丁宏升有些畏懼地道。

封琛道：「沒事，你閉上眼就行了，我們會帶著你走。」

顏布布也忙道：「這個我哥哥有辦法，要是遇到海溝，我就給你講海雲城結冰的海面，你就不會覺得有什麼了。極寒的時候，海面結了厚厚一層冰，你能感覺到迎面的風，也能感覺到腳下有些滑。如果敲開冰層的話，可以看見下面的海水，深黑色不見底……」

「別說了！你現在閉嘴！」丁宏升打斷顏布布。

「……你覺得這個方法不好使？」顏布布問。

封琛輕笑了聲，拉住顏布布的手，輕聲說道：「別管他，讓他沉到海溝裡去。」

「蔡陶，你怎麼回事？你呼吸啊，蔡陶！你是不是想把自己憋死？」後面突然傳來陳文朝的聲音，顏布布轉頭看見蔡陶已經憋得臉色發白，顯然從下水到現在他都沒有呼吸過。

封琛便道：「你拍下他的背。」

陳文朝巴掌落在蔡陶背上，砰砰兩聲重響，顏布布的身體都跟著抖了兩下。

「咳咳咳，咳咳……」蔡陶遭到這兩下重擊，終於開始大聲嗆咳，同時也在大口吸氣，喉嚨裡發出呼哧呼哧的聲響。

丁宏升樂不可支：「老蔡，你這不行啊，再過一會兒你就要肚皮翻白漂水面上去了。」

蔡陶一邊咳嗽一邊揮手，「漂、漂不上去的，這、這是假水。」

一行人走在水底，陽光在水裡投射出道道光線，魚兒在造型奇特的珊瑚叢中穿行，雖然是幻境，卻也美輪美奐。

比努努知道這是假的，卻依舊被那些魚兒吸引，爪子好幾次都蠢蠢欲動，想去抓從面前經過的魚。

## 第十章
### 就算我哥哥不在,我也是超強的好吧?

大家已是很久沒見過陽光,也沒見過這樣的場景了,雖說還處在危險之中,卻也看得很專心,不時發出幾聲驚歎。

當封琛路過一叢紅珊瑚時,突然出聲:「計漪,等等。」

最前方的計漪停下腳步,所有人都看向了封琛。

「這叢珊瑚我剛才見過一次。」封琛指著右邊的珊瑚道:「按照我們現在的速度,如果是正確路線的話,早就應該從谷地裡走出去了,但我們現在還在海裡,海水也沒有繼續變深。」

「繞圈?鬼打牆?」蔡陶驚呼。

此言一出,大家都打了個寒戰,顏布布也摸著自己手臂,往封琛身旁靠近了些。

「不過它沒有直接攻擊我們的本事,只能將我們困在幻境裡。」封琛冷笑一聲:「這幻境提取的應該是計漪的記憶,她沒有潛入深海的回憶,那麼範圍肯定不大。我們只要記住沿途的珊瑚、礁石或是有特點的魚,再多走兩次,就可以找到正確的路線。」

計漪點了下頭,「是的,我爸爸是漁民,我也是小時候被他帶著在淺海裡潛過水,沒有去過深海。而且這片淺海我也只潛過一小片,範圍不廣。」

只要找到了方法就好辦,就在他們調整了兩次路線,朝準最後一個方向前進時,場景又突然切換,深海像是光影隱退般消失,眾人現在站在一條巷子前。

巷道幽深曲折,鋪著一層青石板,兩旁是單獨的院落,從籬笆上看進去,還能看到晾曬的衣服在風中微微飄蕩。

一陣風吹來,不知道捲帶著哪家院子裡的桂花香,遠處一條白狗正在邀朋喚友,兩條小灰狗屁顛顛地跟上去,一起跑向遠方。

陽光溫暖地落在臉上,樹枝發出簌簌輕響。這分明就是多年前還未地震時的場景。

所有人看著這一切,眼眶發熱,鼻尖發酸,雖然知道這不過又是他

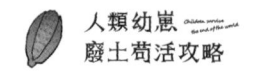

們其中某個人的記憶片段，卻依舊貪婪地看著，捨不得移開目光。

最終還是封琛道：「走吧，向左走直線。只是我們的前進路線會受街道和兩旁房屋的影響，會下意識調整路線。這些房屋都是虛無的，都閉上眼睛不要看，只用木棍探路，直接從牆體穿過去。」

「王程、王程，你幹什麼去？王程，你站住！」

眾人轉頭看去，看見一名哨兵已經解開腰上的繩子，帶著自己的量子獸，向著小巷深處走去，而和他相熟的另一名哨兵正在著急地喚他。

那名叫王程的哨兵站住腳，回頭看向眾人，臉上卻是遍布淚痕。

「這是我家……我家就在前面，我想回去看看。」他邊流淚邊哽咽著道。

他朋友著急地喊：「你別衝動啊，這是幻境，這不是真的。」

「我知道這不是真的，但我想看看媽媽，就看一眼……從地震後我就再也沒能見著她了。」王程一步步往後退，嘴唇都在顫抖，「我只想看看記憶裡的她……我太想她了。」

「你想看家人，這個沒有問題，但是你先停住不要動，我們來想辦法。你知道這裡面肯定有陷阱。你是軍人，現在一定要冷靜，不要貿貿然往前走。」封琛沉聲道。

他們是哨兵嚮導，是一群受過訓練的軍人，但他們都經歷過兩個不同的世界，也是一群曾經從人間墜落到地獄的孩子。

雖然現在已經成年，但他們從來沒有忘記過拂面的春風，灑落在臉上的陽光，街上的車水馬龍和轉動的摩天輪。

他們更沒有忘記自己的親人，那些音容笑貌都刻在心底，刻出了深深的痕。而過去了這麼多年，那些痕從來都沒有結痂，也沒有淡去。

再次看到自己的家時，那種渴望和期待已經衝破了理智，哪怕知道這是一個陷阱，是一場幻象，也想去看看。

在場的人全都理解王程的心情，只道：「你回來，你先回來。」

顏布布也道：「我們陪你一起去看，你先回來再說。」

## 第十章

就算我哥哥不在，我也是超強的好吧？

王程流著淚停住了腳步，量子獸也站在他身旁。

封琛也道：「我們還是用繩子綁在一起，再探著路往前走，就算有什麼陷阱也可以避……小心！」

他突然一聲大喝，接著衝向了王程，腰間的繩子也帶著身後的顏布布和丁宏升跟著一起跑。

王程被這聲驚住了，猛地轉頭看向身後，卻沒注意到腳邊幾條樹藤竄出，像是毒蛇般箍緊了他的腳腕。

他在這瞬間放出精神力，量子獸也撲了上來，但那樹藤被撕碎的同時，他腰間又被另外的樹藤纏住，並將他拽倒在地上飛速往後拖。

「你們拽穩繩子。」封琛邊跑邊對其他人喝道。

王程猝不及防地被直直拖向後方，腳下一空，整個人往下跌落。

而此時的場景還在那條巷子裡，在其他人看來，他就是突然陷入了青石板裡。在他下墜的同時，封琛也撲了上來，一把抓住他的胳膊。王程整個人已經陷入了青石板，封琛跟著被拖下去，但兩隻腳還露在石板外面，看著非常詭異。

除了王程，所有人都被腰間的繩子串在一起，包括量子獸。所以在封琛跟著撲下去時，大家都迅速後退，繃緊繩索，將他給拖住了。

顏布布雖然知道青石板是假的，但見到封琛這副模樣，也還是駭得驚慌大叫：「我哥哥只剩兩隻腳了！快拖，把他拖出來！」

封琛在身體沒入青石板的同時，眼前的光亮也跟著消失，那瞬間他什麼也看不見，四周又是一片濃濃黑暗。

他緊緊抓著王程的胳膊，眼睛在適應了從明到暗的交替後，也漸漸能瞧清四周。

雖然光線依舊很暗，但額頂燈卻透出微弱光芒，在他轉頭打量時，照亮了身前的崖壁，和崖縫裡長出的羞羞草。

冷風從崖底往上吹，寒意浸入了每一根骨頭縫裡。

封琛低頭看著濃黑中的崖底，總覺得那黑暗裡似乎蟄伏著某種未知

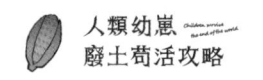

的東西，此刻正看著他。

不過他也來不及想太多，因為腰間的繩子發緊，他和王程很快就被拖了上去。

「哥哥你沒事吧？」顏布布緊張地去捏他手腳。

「我沒事。」

「真他媽神奇，我眼睜睜地看著你倆穿透青石板，又眼睜睜地看著你倆被我們一點點拖出來，就像看電影似的。」等兩人都歸隊後，蔡陶驚訝地咂嘴，「快講講你們在那下面看到了什麼？」

「看到了什麼？看到了懸崖。」封琛道。

王程臉色蒼白，嘴唇囁嚅著：「對不起……我、我……」

「別想了，人沒事就行。」封琛拍拍他的肩，「把繩子繫好吧，我們準備從這裡出去。」

丁宏升恨恨道：「這狗東西就是抓住我們心中渴望的東西，想盡一切辦法想弄死我們。」

「它到底是想幹麼呢？為什麼要這樣煞費苦心地對付我們？是覺得弄死我們很有意思？」計漪又拿起了木棍，憤憤地在地上戳。

封琛冷靜說道：「現在不用去管它的目的，我們先要找到走出去的辦法。」

王程還在往那條巷子深處看，封琛問道：「怎麼？還想去試試？」

「試什麼啊，現在知道前面都是懸崖了。」王程苦笑道：「這樣看看就行了。」

封琛也轉頭和他一起看向那條巷子，「其實它只是複製了你的記憶而已。只要你沒有忘記，那麼這條巷子就永遠不會消失，它一直都在這裡。」他點了點自己的腦袋。

王程抬手擦了下眼，「……是的，它一直都在。」

等到所有人繫好繩子後，封琛接過計漪手裡的木棍，「我已經知道怎麼出去了，現在我來帶隊吧。」

## 第十章 ◆
### 就算我哥哥不在，我也是超強的好吧？

「你知道我們現在的方位了？」蔡陶驚喜地問。

封琛道：「我們進入這片區域，大約走了 20 分鐘，那時候還有光線，能看到右邊有一片變異種爬藤，也正是剛才纏住王程的那種爬藤。我們在掉下懸崖時，額頂燈的光亮是能看見的。根據那亮度和爬藤可以推斷出，我們其實已經離出口不遠了。」

「那我們……」蔡陶指了個方向，說道：「那正確的回去路線就應該是這裡。」

「對，我們再走一次試試。」封琛道。

雖然街道是一個緩緩向左的弧形，但封琛卻帶著他們直行，斜穿過一家包子鋪的牆壁，再從那些吃飯的客人、後廚裡剁餡的老闆身旁走過。當他們走到包子店後的後門時，眼前光影流轉，不再是那個放著泔水桶和拖把水池的後門小巷，而是一個漂亮的庭院。

庭院面積很大，左邊是個小花園，右邊的木架上爬滿繁茂的葡萄藤，有個鞦韆在風中微微搖晃。而庭院對面就是一棟頗為氣派的豪華別墅，大門敞開著，隱約可以看見門旁立著一只工藝大花瓶。

別墅左邊隔著幾十公尺遠的地方還有一棟兩層小樓，有著獨立的小院，看著也非常漂亮。

顏布布只凝滯了一秒就大叫出聲：「這是我的家！這是哥哥的家！」他又抓住旁邊封琛的手，激動道：「哥哥你看見沒有？這是我們以前在海雲城的家！」

封琛雖然沒有回話，但他一直看著那棟樓房，並將顏布布的手反握住。從那微微急促的呼吸裡，看得出他心情也不平靜。

「看那草坪，我經常在裡面挖蚯蚓，看那葡萄架下的鞦韆，我經常在那裡盪鞦韆。還有那小樓，看那小樓，我媽媽晚上洗過澡，會坐在那樓前吹風，說頭髮乾得快一些……」顏布布激動得聲音也帶上了哽咽：「哥哥，我會看到媽媽嗎？會看到先生和太太嗎？」

不待封琛回答，其他人都齊聲道：「看到了也是假的。」

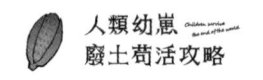

「我知道是假的⋯⋯可是我也想看。」

話音剛落，一名面容姣好的年輕女人便從主樓走了出來，手上還拿著一把大剪刀，應該是要去小花園剪花。

顏布布在看到她的瞬間便屏住了呼吸，瞳孔微微放大，下意識將封琛的手握得更緊。

「⋯⋯媽媽。」他喃喃叫了聲。

阿梅去到小花園，認真挑選裡面的玫瑰，剪下開得最盛的那幾朵。顏布布一瞬不瞬地看著她，用目光描摹著她的面容，雖然站著沒動，熱淚卻滾滾而出。

封琛站立片刻後，摘下背上的行軍背包，從裡面取出手帕給顏布布擦眼淚。

黑獅馱著比努努就站在顏布布旁邊。比努努也盯著阿梅看，小爪子將黑獅的鬃毛揪得很緊。牠是顏布布的精神體，所以見到阿梅時也有股天然的親近感。

阿梅剪好花枝便回了屋，直到她背影消失在主樓大門口，顏布布抽噎著問：「她還會出來嗎？」

封琛道：「希望她不要出來。」

「為什麼？」

顏布布剛問完，阿梅就再次從主樓走了出來，手裡還端著一個瓷盤，裡面裝著切好的水果。

「布布，快來吃水果。」她微笑著喊站在庭院鐵門口的顏布布，還對他招了招手。

顏布布心頭劇震，腦裡一片恍惚，若不是封琛攬住他的肩，他也許已經走向前去了。

丁宏升反應過來，連忙道：「走走走，快點走，這是要搞事了。」

所有人開始催促，一個接一個地推自己身前的人。封琛也攬住顏布布的肩，動作溫柔卻堅定地將他調轉方向，朝著庭院大門外走去。

## 第十章
就算我哥哥不在,我也是超強的好吧?

　　黑獅在旁邊跟上,比努努卻從牠背上跳下地想衝向阿梅,黑獅眼疾手快地將牠叼起來,也不顧牠的掙扎,叼著牠掉頭往外走。

　　「……布布快來,把這盤水果吃了,少爺只嚐了一塊就不吃了,剩下的這些別浪費……」

　　顏布布轉頭想去看,封琛卻將他的頭按在自己懷中,「別聽、別管、別去想。」

　　「我知道,我如果過去了就會掉下崖……我就是好難過……我終於看到媽媽了,但是她卻想騙我過去掉崖……」

　　顏布布在他懷裡泣不成聲。

　　「那不是阿梅,阿梅永遠不會想讓你掉下山崖的。」封琛一手攬住他,一手握住他的後腦杓,帶著他往前,「這只是你的記憶片段,在阿梅拿著花進屋那刻起,一切都是陷阱了。」

　　「我知道的,我知道,這個就是假的,它其實好蠢,根本騙不過我們。」顏布布話雖如此,眼淚卻一直往外湧,滲進封琛的衣服,燙得他心口也跟著酸脹。

　　封琛就這樣攬著他往前走,走出一段路後,還能聽到阿梅遙遙的呼喚聲傳來:「布布……布布來吃蛋糕……」

　　直到阿梅的聲音消失,又走出一段後,顏布布才逐漸平靜下來,也停止了抽噎。

　　一行人都沉默著,蔡陶撓了撓腦袋,終於沒有忍住心中的疑惑:「我還以為你們是地震後才遇到的,原來你們小時候就在一起呀?」

　　顏布布紅腫著眼睛回頭道:「你們剛才看見的那棟小樓是傭人房,2樓左邊第二間是我的房間。」

　　「傭、傭人房?」蔡陶驚訝道。

　　「等一下,鞋帶鬆了。」封琛拉住了顏布布。

　　他蹲下身給顏布布繫鞋帶,顏布布就站著不動,並給其他人解釋:「我媽媽是哥哥家的傭人,我爸爸是司機,不過在我剛出生不久,他

317

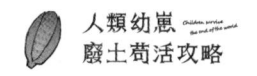

就生病去世了。」

「換隻腳。」封琛拍了下他的腿。

顏布布換了隻腳繼續道：「封家也是我的家，我也是封家的傭人，我反正從小就知道我長大後是要伺候我哥哥的……」

顏布布說話時，眾人的目光時而看他，時而落在封琛給他繫鞋帶的手上，神情都很複雜。

封琛給顏布布繫好鞋帶，站起身後看見計漪對他悄悄豎起大拇指，還在做口型：佩服。

封琛神情不變地移開視線，道：「根據那棵爬藤變異種推斷，再往前走大約5分鐘，我們就可以離開這片區域了。那東西不管再設置什麼幻境，對我們也沒有用。」

一行人繼續往前走，就如同封琛所說，5分鐘後，他們剛穿過別墅區的鐵柵欄，眼前景物變幻，光線也瞬間變暗。

他們轉著頭四處打量，頭頂的額頂燈照亮四周，發現周圍環境已經變成了陰磈山的查亞峰，地上也生著一片片茂盛的羞羞草。

「我們是走出來了嗎？可以看到光線了。」

因為之前的幾場幻象，所以大家也不敢確定，只狐疑地左右張望。

封琛用木棍戳了下旁邊的羞羞草，看到它的葉片陡然緊縮，根莖也俯在地上後才回道：「是的，這次不是幻象，我們已經走出來了。」

「一隊聽到了嗎？第一小隊聽到了嗎？聽到了請回答。」

所有人的對講機突然都響了起來，裡面傳出教官急促焦急的聲音。

封琛回道：「一隊在，剛才搜尋陳留偉進入了一片未知區域，通話器一直處於無法連通狀態。」

現在他沒法詳細說，便只簡短地回了一句。

教官那邊傳來長長的吁氣聲：「那你們還好吧？有沒有事？」

「都沒事，只是沒能找到陳留偉的下落。」

教官道：「那你們即刻往回走，在剛才分隊的地方集合，我們準備

## 第十章 ◆
### 就算我哥哥不在，我也是超強的好吧？

下山了。」

「是。」

往回走時，計漪問道：「封哥，你覺得剛才我們遇到的那些幻境，是不是羞羞草製造出來的？」

封琛想了想：「我覺得是，但也不確定。」

「不確定是什麼意思？」

「我在海雲城時接觸過很多羞羞草，它們並不像是具備這種智商的植物。但天上的暗物質確實是它們產出的，原因是為了擋住陽光，讓氣溫變低。」封琛道。

計漪道：「要完全遮住天空，那得多少的羞羞草一起產出暗物質啊……如果它們不具備智商的話，那產出暗物質遮蓋天空，是它們遇到天氣變熱後的本能反應？」

丁宏升一直在默默思忖，此時也提出自己的想法：「也不一定就是植物生存的本能反應。也有可能它們只是普通植物，但它們有統領，而那個統領具備一定的智商，也具備製造幻象的能力，還能指揮它們一起產出暗物質。」

封琛道：「我覺得老丁的想法挺有意思，如果真是那樣的話，我覺得羞羞草就像一個龐大的網路，它們服從於主腦或是主株的命令，一起產生暗物質遮蓋天空。」他回頭看了眼身後，「剛才掛在懸崖邊上時，我有種特別強烈的感覺，那懸崖底下像是有什麼東西。」

「主腦或是主株在那裡？」計漪問。

封琛道：「不清楚，只是我的一種猜測而已。既然羞羞草可以形成一個龐大的網路，那主株在其他什麼地方也說不定。反正回去要彙報給軍部，至於這中間到底是怎麼回事，就讓他們去調查。」

當他們這隊人去到集合地時，其他隊伍的人都已經到齊了。大家看上去都灰頭土臉的，也都沒找到陳留偉。有些隊伍遇到了成群結隊的變異種攻擊，有些隊伍被刺藤困住，全身衣服都割得破破爛爛，臉上暴露

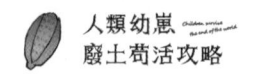

在外的皮膚也有傷口。

所有人看著都很是狼狽，反倒襯得封琛這一隊最為體面。

封琛給教官簡略講了下剛才發生的事，教官神情越來越凝肅，表示下山後就和他一起去軍部。

回去的路上沒有再遇到什麼狀況，到了營地後，教官對封琛道：「先去洗澡吃飯，換一身乾淨制服，然後和我去軍部。」

「是。」

封琛和顏布布先去物資點交還槍枝和裝備，正要回他們那片哨嚮雙人房時，一名士兵攔住了他們。

「封琛，你倆的房間在那邊。」士兵指著軍部方向。

那片也是哨嚮雙人宿舍，不過是東聯軍正規軍宿舍，雖然所使用的板材都一樣，但那裡地勢寬廣些，房間也就會比哨嚮學院的宿舍大。最主要的是每間房都擁有單獨的廁所，不像哨嚮學院宿舍是公共廁所。

「不用了，我在哨嚮學院宿舍住得挺好，只是房頂還沒蓋，明天就能蓋上。」封琛拒絕道。

士兵有些遲疑：「……可是。」

封琛：「我會去說的，沒事。」

士兵這才放心，轉身離開。

兩人繼續往前走，顏布布奇怪地問：「為什麼要讓我們換房子呢？是大家都換還是只有我們？」

封琛道：「應該是陳政首吩咐他的，只有我們要換。」

「啊……這樣啊。」

封琛嘆了口氣：「我就知道和陳政首相認以後，他總會明裡暗裡照顧我。但是有的好意是不能接受的，比如換房子，雖然是件小事，但我們要是換去了好房子，其他學員會怎麼想？」

顏布布點頭，「對，有些人會不高興的，我們不能換。」

見封琛沒說話，他又安慰道：「今晚你再堅持一下，明天我就把房

## 第十章
### 就算我哥哥不在，我也是超強的好吧？

子蓋好，讓你不用看著天空睡覺，好不好？」

封琛道：「行，明天你就負責蓋房頂，我能不能在房頂下睡覺就要看你的了。」

「沒問題，包在我身上。」顏布布應聲。

兩人回了宿舍後便去洗澡吃飯。食堂給他們這群上山的人留了飯，封琛匆匆吃完後，跟著來找他的教官去了軍部。

教官應該已經提前彙報過，封琛在踏入那間會議室時，看見陳思澤坐在裡面，而旁邊那位身著和他同銜軍裝的高大軍人，想來便是西聯軍執政官冉平浩。

陳思澤和冉平浩看上去像是兩種截然不同的人。陳思澤中等身材，神情和藹，哪怕是度過了這麼多年槍林彈雨的日子，身上也照樣有份儒雅之氣。而冉平浩則是典型的軍人，濃眉方臉，嘴角有兩道深刻的法令紋，讓他更顯嚴厲。

和兩位執政官同坐在長桌後的，還有哨響學院院長孔思胤，三人像是考官一般坐在那裡，看著進門的封琛。

封琛行了個軍禮，「陳政首，冉政首，孔院長。」

陳思澤和冉平浩只點了下頭沒說話，孔思胤開口回道：「坐吧，你今天也辛苦了。」

封琛坐下後，陳思澤問：「你們在外面跑了一天，都很累吧？」

「不累。」封琛回道。

「晚上食堂給你們做好吃的沒有？」

封琛回道：「做的菜都很好，學員們把飯菜都一掃而空。」

陳思澤和孔思胤都露出了微笑，冉平浩嚴肅的神情也放緩了些，氣氛變得輕鬆了許多。

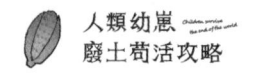

「好吧，講述一下你們隊今天遇到的事情。」孔思胤打開桌上的錄音設備，「不要忽略每一個細節，說得越詳細越好。」

「好！」

封琛在兩個小時後才走出會議室，手揣在褲兜裡，慢慢向著哨嚮學院的方向走去。

他在彙報的同時也在觀察冉平浩，想通過簡單的對話和他的表情反應，來分析這個人的性格特點和做事作風。

他覺得冉平浩長相看似粗獷，實則心思細緻程度和陳思澤不分伯仲。那麼林奮失蹤的事，和這兩人到底有沒有關係？或者說，和其中一個有沒有關係？

從情感上來說，他偏向陳思澤是無辜的，更希望和這事有關的是冉平浩。他能感覺到陳思澤對他的關心出自真心，不希望林奮的失蹤是出自他的手筆。

砰砰砰！隔著寬廣的種植園，從那頭的居民點傳來數聲槍響，也不知道是有變異種入侵還是又有人變成了喪屍。

封琛抬頭看著漆黑的天空，心頭一片紛亂，直到回到哨嚮雙人宿舍，推開自己宿舍的門，看見在床上擠成一團的顏布布和兩隻量子獸，臉上才浮起了一個微笑。

顏布布和比努努都枕在黑獅背上，舉著手和爪子，顏布布在向比努努顯擺自己指節比牠長。

「你看你的爪子，兩根連起來都沒有我一根長。」顏布布得意地晃著手指，比努努則臉色沉沉地盯著自己爪子。

顏布布抬眼就看見了斜靠在門框上的封琛，驚喜地坐直了身，「哥哥你回來了？什麼時候回來的？」

「就是你在晃手指的時候回來的。」封琛走到床邊，揉了下比努努的大腦袋，「下次和他比誰的指節短，那你不就贏了？」

比努努慢慢瞪大了眼，接著又一臉恍然。

## 第十章
### 就算我哥哥不在，我也是超強的好吧？

黑獅和顏布布都往旁邊挪，勉強給封琛挪出了個位置。封琛坐下後便往後躺，腦袋就枕在比努努肚皮上。

比努努伸爪要推他，封琛便道：「我枕下怎麼了？你還要不要我以後再給你出些好點子？」

比努努伸在空中的爪子便又收了回去。

「你把事情講給他們後，他們怎麼說的？」顏布布伸手去捏封琛的耳朵，嘴裡問道。

封琛抬頭看著天空，「軍部現在就已經派人出發了吧，去調查那片區域。」

顏布布輕柔地捏著封琛耳朵，像是夢囈一般地道：「其實吧，我也不是太討厭羞羞草。畢竟誰都想活下去，不管是人還是植物。想想我們今天經過的那片沼澤，那些一直在堅持的大樹也是非常想活的。如果從羞羞草的角度來想的話，它們想活下去又有什麼錯呢？」

「……是啊，誰都想活下去。」封琛也喃喃道。

顏布布撐起身體看向封琛，「以前還是極寒天氣的時候，羞羞草從來不會做壞事的，它們和別的變異種不同。哥哥，如果它們有一片寒冷的地方，那你覺得它們還會生出暗物質，還想殺人嗎？」

「也許不會吧。」封琛也收回目光看向顏布布，將他捏自己耳朵的手握住，「但是世界就是這樣。它們想生存，但我們也要活下去，就算要除掉它們，那也是沒辦法的事情。」

顏布布點頭，「我知道的。」

第二天早飯時間，幾人圍著飯桌吃飯，陳文朝從窗戶看出去，看了會兒後問道：「軍部那邊是出什麼事了嗎？」

蔡陶咬了一口豆餅，含混地道：「說是昨晚軍部派了人，還帶著研

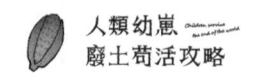

究所的研究員，扛著儀器，連夜去陰硤山的查亞峰找羞羞草⋯⋯」

「不是，這事我知道的，我是看見外面有很多士兵正在去後山，昨晚去的人不夠嗎？」

幾人都看向窗外，果然看見至少兩百名哨兵及嚮導正整裝出發，朝著後山方向行去。

「看來暗物質的確是羞羞草搞出來的，不然不會接著派兵去。」丁宏升有些興奮地伸長了脖子，「沒想到咱們歪打正著，居然找到了暗物質的源頭。」

蔡陶也激動起來：「那會不會給我們記功？」

「難說啊，這麼重大的發現，我估計是要記功的。」

封琛將飯盒裡的一塊胡蘿蔔夾到顏布布飯盒裡，淡淡地道：「可是接著派兵，還是兩百多名哨兵嚮導，證明這事很棘手，軍隊昨晚派出的兩個連根本對付不了。」

「那東西是很厲害的，關鍵它能攻心。人的這裡是最脆弱的，哪怕拿著最強的武器也不能抵禦。」計漵按著自己的心口，「昨天它是逐個對付我們，其他人還能保持理智將人拉住，可要是它還有另外的手段呢？比如同時製造不同的幻境，將所有人都困住。」

「同時布下不同的幻境，那不可能吧⋯⋯」陳文朝道。

封琛放下筷子，「我覺得計漵說的不是沒可能，不然軍部不會到現在還在調人去。那地方除了我們也沒人會去，昨天也許是它第一次給人製造幻境⋯⋯」

「業務不熟？」丁宏升問。

封琛想了下：「也可以這樣說吧，拿我們練手後，等軍隊再進入的時候，它就可以同時給多人製造不同的幻境了。」

「現在還在派人，那最開始派去的人有生命危險嗎？」顏布布緊張地問。

封琛想了想，推測道：「應該沒有。如果有很多人遇難，軍隊不會

## 第十章
### 就算我哥哥不在，我也是超強的好吧？

再繼續派人。」

「對，現在人命才是最重要的，如果傷亡太大，那天黑著就讓它黑著吧。」蔡陶見所有人都在出神，便拍了拍桌子，「放心吧，兩軍加上研究所，不可能連個植物變異種都對付不了。」

陳文朝道：「關鍵這個植物變異種的智商還挺高。」

「那也高不過人啊。」

蔡陶壓低聲音道：「東西聯軍鬥了這麼多年，再鈍的腦子也鬥活絡了，它個小植物才成精了多久？怎麼可能鬥得過？」

王穗子不大高興地道：「你們昨天全去了山裡出任務，就留我一個在營地裡，在種植園種了一天的地。」

「種地好啊，種地好。」計漪翻著飯盒裡的煮馬鈴薯，「要是沒有妳種地，哪裡有我們現在吃的馬鈴薯？」

其他人紛紛附和：「對對對，種地才是最有意義的事情，比去山裡找人強多了。」

顏布布湊過去小聲道：「我今天陪妳，不管他們要去哪兒，我都留下來陪妳。好不好？」

王穗子這才抿唇笑了起來，「那你可別跟著你哥哥跑了。」

「不跑不跑，我一定陪妳。」

兩人在這裡小指拉鉤，食堂外卻響起總教官的聲音：「昨天去山上執行任務的學員，你們還有5分鐘的吃飯時間，5分鐘後集合！」

「這是又有新任務了！」

「5分鐘集合，我的飯都才打好。」

「快吃快吃，5分鐘夠你吃飽了。」

食堂裡頓時喧嘩起來，馬上出任務的人大口刨飯，吃完飯的則衝向物資庫去領裝備。

蔡陶和計漪剛才一直在說話，飯都沒怎麼動過，現在便也開始拚命往嘴裡刨飯。

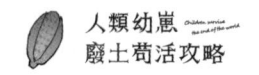

倒是封琛已經吃好了，轉頭看向顏布布，「你是留在營地嗎？」

顏布布剛想說我要和你一塊兒，就覺得小指頭緊了下，這才想起自己和王穗子拉的鉤都還沒有鬆開。

他只能道：「那我就留在營地吧。」

今天學員的任務還是尋找陳留偉，只不過是去沙漠。

相較入山，進沙漠其實更危險一些，畢竟除了變異種，也許還會遭遇沙塵暴。站在物資點門口，顏布布將裝滿水的水壺塞進封琛的行軍背包，戀戀不捨地道：「你口渴了就要喝水，別捨不得，我把我的壺也塞你包裡了，水很夠的。」

「知道。」

顏布布給封琛繫作戰盔的繫帶，封琛垂眸看著他，「你要是覺得蓋房子累的話就別蓋了，還是等我回來。」

「反正也沒事做，我就把房子蓋好。」

顏布布見比努努騎在黑獅背上，兩隻爪子緊緊抱著牠脖頸，臉也埋在鬃毛裡，一副不想讓牠走的模樣，便道：「你把比努努也帶上吧，兩隻量子獸在身邊要安全得多。」

「不行，營地裡也經常會衝進來變異種，比努努得留下。」封琛拒絕道：「你別擔心我，我們不會走很遠，就在附近找一圈。」

旁邊空地傳來集合的哨聲，顏布布心裡湧起強烈的不捨，他扯著封琛衣角左右張望，琢磨著要是沒人看的話，就要親上他兩口。

封琛一直垂眸看著他，突然伸手握著他下巴，將他腦袋扳回正面朝自己。顏布布心裡一個激靈，頓時想起之前在更衣室裡，封琛也是這樣捏著他下巴，然後就親了上來。

顏布布立即閉上眼，微嘟起嘴，還踮起了腳尖，兩排蒲扇似的睫毛

## 第十章
### 就算我哥哥不在，我也是超強的好吧？

不停地顫。等了10幾秒都沒等到落下的吻，他便又睜開了眼。看見封琛一動未動地保持著原姿勢，饒有興味地看著他。

「怎、怎麼了？」顏布布錯愕地問。

封琛抬起左手，將他耳側不知什麼時候沾上的一抹灰痕擦去，再鬆開他的下巴，曲起手指在他額頭上敲了兩記，轉身往空地處走。

顏布布怔愣兩秒後追了上去，連番追問：「你怎麼不親了？啊？你怎麼不親了？」

「你聲音再大點？要不要我去把擴音器拿給你？」

「那你怎麼不親了？」顏布布小跑著跟上，壓低了聲音：「你這叫言而無信，你去把擴音器拿給我，我就要滿營地吼，讓大家都知道你欺騙了我的感情。」

旁邊有名士兵拿著擴音器在催人，封琛將他擴音器拿過來，頭也不側地丟給了顏布布，繼續往前走。

「哎，我這⋯⋯」

那士兵一臉錯愕，顏布布趕緊又將擴音器還給了他。

封琛轉頭看了眼顏布布，呵囑道：「好好待在營地，不要亂跑，我很快就回來。」

「我才不在乎你是不是很快回來。」顏布布沉著臉說著，腳下卻跟得很緊。

封琛也沒說什麼，只低笑一聲抬手揉他的腦袋。

「煩人，別把我頭髮揉亂了。」顏布布拍開他的手，又將他的手指握在掌心。

學員們很快地集合出發，顏布布目送著封琛進入沙漠，直到他背影消失在黑暗裡也不挪開視線，還想能看到一點什麼。

封琛和黑獅走到燈光再也照不到的地方時，都停步轉身，看見顏布布和比努努還一動不動地站在原地。

雖然知道顏布布看不見自己，封琛還是對他揮了揮手，黑獅也朝著

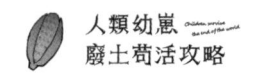

那方向吼了一聲。

「走吧,下午就能回來了。」封琛拍了下黑獅的頭。

前方風聲呼嘯,帶著沙粒捲向天空,他從衣領裡拿出顏布布送的項鍊,嘴唇在墜子上輕輕碰了下。在將項鍊塞回衣領時,卻發現黑獅突然站著不動,只定定看著他。

封琛停住腳,和黑獅對視了兩秒,便摘下牠別在左耳鬃毛上的髮夾,湊到牠嘴邊碰了下,又戴回牠頭上。

黑獅這才淡定地移開視線,跟著他走向前方的黑暗。

顏布布回到營地後,便同王穗子和比努努一起蓋屋頂。他們都爬到房頂上,將板材一塊塊放好,再用楔子卡住。

「你這可是婚房,每一顆楔子都要卡好,不能胡亂湊合。」王穗子拿鐵錘砰砰敲,嘴裡說道。

「婚房……」這兩個字取悅了顏布布,他撞了下王穗子肩膀,抿著嘴笑道:「我的婚房就只差半個屋頂,馬上就要裝好了。」

「你喜歡你的婚房嗎?」王穗子也撞了下他肩膀。

「喜歡,只是我的婚床太小了。」顏布布開始舉一反三。

王穗子擠了下眼,「婚床嘛,小點無所謂。」

將房頂裝好後,王穗子有事要回去自己宿舍。等比努努將剩下的板材送去物資點時,顏布布便站在房頂上滿意地打量,看了好一陣,才美滋滋地順著旁邊的梯子下去。

王穗子說得沒錯,婚床小點無所謂,但比努努接連睡了兩晚地板,一張臉臭得什麼樣的,半夜還會冷不丁抬腳蹬他們床底。所以他準備再找點材料,給比努努做個可以放在床底下的小床。

他剛下到地面,突然就停下了動作,身體繃得很緊。

## 第十章
就算我哥哥不在，我也是超強的好吧？

　　凝滯一秒後，向旁邊飛快地閃出半步，同時拔出後腰別著的匕首，看也不看地轉身刺出。

　　隨著一聲野獸的嘶吼，匕首不知道扎入了一隻什麼動物的脖頸。待到他拔出匕首，血箭噴出，那動物便撲倒在地上。顏布布驚魂未定地退後兩步，這才看清倒在地上的是一隻鬣狗變異種。

　　他們這排雙人房的房頂上還蹲著其他正在蓋房頂的哨兵及嚮導，聽到動靜後紛紛探出了頭。

　　「什麼時候來的一隻變異種？放哨的量子獸呢？你人有沒有事？」

　　「這是鬣狗變異種嗎？鬣狗都是成群結隊的，為什麼只有一隻？」

　　「你沒事吧？有沒有被變異種咬傷？」

　　顏布布正要說自己沒事，突然神情一凜，看向了山坡上。那裡雖然只有低矮的灌木，卻在不停搖晃，像是有什麼東西正在向他們靠近。

　　其他哨兵及嚮導也感受到了不對勁，立即放出精神力查探，接著便響起幾道驚呼：「好多鬣狗，快喊人，快點快點，好多，起碼有幾百隻變異種鬣狗。」

　　警報迅速拉響，在整個曠野上空迴蕩，原本還在匍匐前進的鬣狗變異種們都直起了身。半座被高壓鈉燈照亮的山坡上，全是牠們鋒利的獠牙和綠色的眼瞳。

　　比努努這時也飛快地衝了回來，站在了顏布布身旁。

　　「所有還在外面的民眾迅速進入離你最近的房間，關緊門窗，士兵準備迎戰。所有在外面的民眾迅速進入離你最近的房間，關緊門窗，士兵準備迎戰⋯⋯」

　　擴音器裡的聲音急促尖銳，還帶著盤旋不休的回音。

　　鬣狗變異種們在這時也發起了衝鋒，對著山下疾衝而來。

　　還在蓋屋頂的學員們都倉促地進入戰鬥，各種被散放在外面的量子獸衝向後山，準備在路上進行第一波攔截。

　　「快快快！哨兵全部去房子前的空地上準備作戰，嚮導後退，嚮導

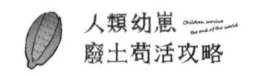

不要往前衝。」

　　在教官聲嘶力竭的大喊聲中，哨兵們都從各個地方衝到學院和後山之間的空地上，顏布布則跟著其他嚮導一起，退在他們的身後，準備進行梳理。

　　鬣狗變異種們從山坡上俯衝而下，發出凶狠的吼叫，口裡拖著長長的口涎。一些留守的士兵也從靠近沙漠的方向往這邊飛奔，邊跑邊朝著山坡上開槍。

　　變異種數量多，且現在一半的學員都去了沙漠找人，軍隊留下的人也不多，能擋在前面的只有為數不多的學員。哨兵們只能毫不保留地釋放出全部精神力，對衝下來的鬣狗群進行轟炸式攻擊。

　　顏布布已經學習過不少嚮導的戰鬥知識，此時不用人吩咐也立即調出精神力，給自己前方的兩名哨兵進行梳理。

　　比努努平常若是看見這麼多的鬣狗變異種，早就衝上去大殺特殺，可今天牠也知道封琛和薩薩卡不在，便按捺著性子，寸步不離地守在顏布布身旁。

　　衝在最前面的鬣狗變異種，有些被精神力絞殺，有些被山腳下的量子獸們攔住，但也有很多直接便衝進了營地。

　　比努努圍著顏布布身側來回奔跑，擊殺那些企圖撲上來的變異種，但也有那麼幾隻會繞過牠，偷偷衝向顏布布。

　　顏布布腦內亮起了大螢幕，一邊躲避變異種一邊進攻，很快就殺掉了四、五隻。

　　比努努轉頭看了眼，在又一隻變異種繞過牠衝向顏布布時，一個躍身撲上鬣狗的背，怒氣騰騰地咬下牠的一塊頭皮，又將兩顆眼珠挖出來，在爪子裡撲撲兩聲捏爆。

　　因為手頭沒有槍枝，嚮導們只能用手邊能拿到的冷兵器和鬣狗群展開了貼身廝鬥。

　　「王穗子、王穗子！」顏布布生怕王穗子出事，邊殺邊大喊。

## 第十章
### 就算我哥哥不在,我也是超強的好吧?

女嚮導宿舍區離這裡並不遠,他立即聽到王穗子的回應:「……我沒事。」

「我們一定要攔住這些變異種,不能讓他們衝到身後的居民點。」顏布布他們班的那名教官在大聲喊道。

「是!」

「哎喲!哎喲哎喲!」

一名同班嚮導被鬣狗咬住了手臂,痛得連聲大叫。

教官飛撲過去,一刀捅死那隻變異種,又怒喝道:「平常就叫你們多練習格鬥,不能什麼都依賴槍枝,遇到現在這種情況就傻眼了吧?」

教官轉過視線,看見顏布布身法巧妙地避開一隻變異種,同時匕首刺入另一隻變異種的頸子,便又道:「你們看顏布布,他的近身格鬥能力就很強,證明平常是有好好聽課的。」

「謝謝教官,我還可以更強的!」顏布布大聲回道。

一隻變異種從左側對著教官衝去,他正要揮刀,眼前就閃過一道黑影,那變異種同時發出一聲慘叫。

比努努將雙爪從變異種腦中拔出,立即轉頭看向教官,站在他面前不動。

「謝謝,我沒事。」教官以為他是在等待自己的感謝。

比努努又飛快閃動,爪子刺入他右側的一隻變異種頸部。牠瞧也不瞧那緩緩倒下的變異種一眼,又轉頭靜靜地看著教官。

教官終於反應過來,立即大聲道:「你們看比努努,牠的近身格鬥能力不遜於顏布布,平常肯定是有好好聽課的。」

比努努終於從他身旁離開,去顏布布附近繼續殺變異種。

留守的士兵已經將民眾點都安排好,也衝上來戰鬥。物資兵推著小車在人群裡穿行,將推車裡的槍枝發放給各哨兵及嚮導。

最開始那一陣的混亂已經度過,所有人開始有條不紊地戰鬥,場面已經基本控制住。

## 人類幼崽
## 廢土苟活攻略

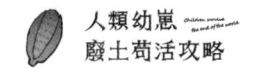

「顏布布，你怎麼樣了？」王穗子在女嚮導宿舍喊顏布布。

「我沒事，妳呢？」

「我剛才在房頂上，也沒事的。」

趙翠的大嗓門也在附近響起：「我剛還在洗頭，滿頭都是泡沫，聽到命令就往這邊跑，眼睛都被蟄得睜不開。呸呸，流到嘴裡了⋯⋯」

顏布布聽到後便問道：「翠姐妳現在眼睛還能睜開嗎？我去給妳拿條毛巾來。」

「不用不用，眼睛現在能睜開了。」趙翠道。

前方的哨兵們也輕鬆下來，邊殺變異種邊笑道：「王叔，現在完全可以擋得住變異種，你快去打盆水來給翠姐沖沖頭。」

王德財笑咪咪地道：「那行。」

「他媽的，這群鬣狗是眼看著我們營地走了很多人，所以想來搞偷襲，真是異想天開。」

鬣狗這種動物天生狡詐，更何況是變異種。估計牠們一直在後山坡上窺探著這方向，在發現很大一部分人都離開了營地，便想趁機偷襲一波。沒想到有隻先出頭的被顏布布發現了，結果偷襲不成，反倒折損了個七七八八。

牠們倒也不堅持，見勢不妙立即就撤，一些哨兵便跟著追上了山。

教官看到這情況便急了，拿著擴音器大吼：「牠們想逃就逃，剩下的不用管，你們不要離開營地範圍！」

大家都明白這是怕再出一次像陳留偉似的失蹤事件，便也不再追，哪怕是已經到了半山腰的也開始回頭。

王穗子從那頭走了過來，問顏布布：「封哥不在，你嚇到了沒？」

「就算我哥哥不在，我也是超強的好吧？教官剛才表揚我了。」顏布布看了眼旁邊的比努努，接著吹噓：「比努努也超厲害，教官剛才也表揚牠了。」

「確實，比努努真的很棒⋯⋯超級棒。」王穗子想起自己的無尾

第十章 ◆
就算我哥哥不在，我也是超強的好吧？

熊，語氣便帶上了幾分淒涼，又伸手去摸比努努的腦袋。

比努努並沒有躲開她的手，任由她摸了兩把後才走開。

顏布布轉頭去看沙漠，長長地嘆了口氣，無奈道：「哥哥他們怎麼還沒回來。」

「還早呢，沙漠附近昨天被找過，他們今天是去更遠的地方，現在應該才走到目的地吧。」

王穗子語氣有些惆悵：「其實我認識那個失蹤的學員，雖然也沒說過幾句話，但他人挺不錯的。聽說還是名優秀學員，能力考核優等，學院還指望著他進入第二次分化後能成為A級哨兵。」

顏布布也有些感嘆，盯著遠方山坡正想說兩句什麼，視野中便閃過一抹暗紅。

因為鬣狗變異種是從後山衝下來的，所以剛才戰鬥時，營地的燈光都朝向了這方，將山坡上的每株草木都照得分毫畢現，不管下面藏著什麼都難以遁形。

也正是如此，顏布布便捕捉到了那一抹在葉片間若隱若現的暗紅。

鬣狗變異種都是灰黑色，這抹紅色顯然不是鬣狗。它就在營地背後的山坡上，自西向東地飛快移動，像是要奔進大山深處。

「你在看什麼？」

王穗子察覺到顏布布的視線，好奇轉頭看了過去。

顏布布立即指給她看，「看見沒有？那裡有紅色的東西在跑，馬上就要跑進石林了。」

王穗子也看見了，道：「對啊，那是什麼？有草擋住了看不清。」

她話音剛落，那東西就衝出了草叢，順著光禿禿的山脊奔向石林。

顏布布這瞬間看清了牠的外形，那竟然是一隻臉盆大小的紅蜘蛛。

（未完待續）

【紙上訪談】
# 作者獨家訪談第三彈，
# 不可錯過的創作花絮

Q14：創作之初，是否有想寫出有別於其他哨嚮文的作品，因此做了什麼安排？您覺得成果如何？

A14：沒有，我寫文前只有對這篇文的大概構思，並不會想到它細節會如何，會不會區別於其他的文。
只有在寫完後回頭，咦？好像和別的類型文不大一樣。

Q15：創作過程中有沒有發生什麼有趣或難忘的事情？有沒有遇到什麼困難？寫作時最大的挑戰是什麼？

A15：其實寫起來還算順利，因為我寫作有個優點，不會將那篇文朝某個方向硬掰。
我的文是流動的，它自然地流淌，我只需要順著它走（好吧，其實就是沒有大綱）。
我是無大綱作者，我只需要知道結局，還有關鍵的幾個事件點，讓流動方向不會偏移就行。

Q16：這部作品故事背景龐大，埋了很多線索，前後呼應，邏輯相通，而且角色塑造鮮活，連配角都令人印象深刻，在末日奮力求生的情節緊張刺激，幾條主副CP的感情線也刻劃細膩感人，因此很好奇當初是怎麼構思劇情的？以及怎麼塑造角色的？

紙上訪談

A16：我塑造角色時，這個人在我心裡是活的，他必須活起來，我能看到他的一顰一笑，我才能知道遇到同一事件時，他們的不同反應。
而當他們做出符合自己性格的反應時，這個人就在我的文裡開始豐滿了。

Q17：承上題，本書故事背景龐大，出場角色眾多，請問針對世界觀或是角色設定，有沒有什麼小說沒提到的裡設定？有沒有被您忍痛修改掉的設定？

A17：我沒有忍痛改變的設定，如果能有那種設定，我肯定不會捨棄的。

Q18：如果讓封琛、顏布布、林奮、于苑、王穗子、計漪、陳文朝、蔡陶、丁宏升互相介紹其他人，他們會說什麼？

A18：嘰嘰喳喳的就是顏布布和王穗子，其他人偶爾插句話，封琛和林奮從頭到尾一言不發，林奮甚至掏出了一本小說來看。

Q19：您覺得自己私底下是個怎樣的人？筆下有沒有哪部作品的角色跟您最像？

A19：我私底下就是個普通人，喜歡獨處，也喜歡和朋友聚會，過年走親戚也很帶勁，和親戚一聊就是半天。
就，還挺隨和吧，沒有那麼突出的個性。
如果說我文裡有誰和我最接近，可能就是某個洗大豆的廚子，某個扛著泡菜罈子逃亡的普通人。

（未完待續）

i小說 060

# 人類幼崽廢土苟活攻略4

國家圖書館出版品預行編目（CIP）資料

人類幼崽廢土苟活攻略 / 禿子小貳著. -- 初版. --
臺北市 : 愛呦文創有限公司, 2025.02-
　冊；　公分. -- (i小說 ; 60-)
ISBN 978-626-99038-7-0(第4冊 : 平裝)

857.7　　　　　　　　113018184

著作權所有‧翻印必究
本書如有缺頁、破損、裝訂錯誤，請寄回更換
Printed in Taiwan.

愛呦文創

| | |
|---|---|
| 作　　　者 | 禿子小貳 |
| 封 面 繪 圖 | 透明（Tomei） |
| Q 圖 繪 圖 | 60 |
| 責 任 編 輯 | 高章敏 |
| 特 約 編 輯 | 劉怡如 |
| 文 字 校 對 | 劉綺文 |
| 版　　　權 | Yuvia Hsiang、Panny Yang |
| 行 銷 企 劃 | 羅婷婷 |
| | |
| 發 行 人 | 高章敏 |
| 出　　　版 | 愛呦文創有限公司 |
| 地　　　址 | 10691台北市忠孝東路四段59號10-2樓 |
| 電　　　話 | （886）2-25287229 |
| 郵 電 信 箱 | iyao.service@gmail.com |
| 愛呦粉絲團 | https://www.facebook.com/iyao.book |
| | |
| 總 經 銷 | 聯合發行股份有限公司 |
| 電　　　話 | （886）2-29178022 |
| 地　　　址 | 231新北市新店區寶橋路235巷6弄6號2樓 |
| | |
| 美 術 設 計 | 廖婉禎 |
| 內 頁 排 版 | 陳佩君 |
| 印　　　刷 | 沐春行銷創意有限公司 |
| 初 版 一 刷 | 2025年2月 |
| 定　　　價 | 360元 |
| I S B N | 978-626-99038-7-0 |

©原著書名《人類幼崽廢土苟活攻略》由北京晉江原創網絡科技有限公司授權出版

愛呦文創

愛呦文創